Romance
# A muralha
## Dinah Silveira de Queiroz

© 2020 Editora Instante
© 2020 Titular dos direitos autorais de Dinah Silveira de Queiroz

Direção Editorial: **Silvio Testa**

Coordenação Editorial: **Carla Fortino**
Revisão: **Fabiana Medina**
Capa: **Fabiana Yoshikawa**
Ilustrações: **Joice Trujillo**
Diagramação: **Estúdio Dito e Feito**

1ª Edição: 2020  |  2ª Reimpressão: 2024
Dados Internacionais de Catalogação na Publicação (CIP)
(Laura Emília da Silva Siqueira CRB 8/8127)

---

Queiroz, Dinah Silveira de.
    A muralha / Dinah Silveira de Queiroz. 1ª ed. — São Paulo:
Editora Instante: 2020.
    A muralha foi adaptado para a TV brasileira como novela
em 1954, 1958, 1961, 1968 e como minissérie em 2000.

    ISBN 978-85-52994-23-7

    1. Literatura brasileira 2. Literatura brasileira: romance
    3. Literatura brasileira: romance histórico
        I. Queiroz, Dinah Silveira de.

CDU 821.134.3(81)                                CDD 869.3

---

Índices para catálogo sistemático:
1. Literatura brasileira
2. Literatura brasileira : romance
3. Literatura brasileira : romance histórico
    869.3

Direitos de edição em língua portuguesa exclusivos
para o Brasil adquiridos por Editora Instante Ltda.

Texto fixado conforme o Acordo Ortográfico da Língua
Portuguesa de 1990, em vigor no Brasil a partir de 2009.

**www.editorainstante.com.br**
facebook.com/editorainstante
instagram.com/editorainstante

*A muralha* é uma publicação da Editora Instante.

Este livro foi composto com as fontes Arnhem e
Monroe e impresso sobre papel Pólen Natural 80g/m²
em Edições Loyola.

"Tudo o que acontece eu ponho neste livro. E, se não acontece, estando no livro é o mesmo que ter acontecido."

Dom Braz Olinto

# Sumário

Tesouros
escondidos · 6

Primeira parte
Descoberta
da terra · 10

Segunda parte
A Madama
do Anjo · 146

Terceira parte
Canção de
Margarida · 324

Sobre a autora · 397

Sobre a concepção
da capa · 400

# Tesouros escondidos

> A paixão é como aquelas sombras feitas com as mãos sobre a parede. Se você apaga a luz, as sombras desaparecem na hora.
>
> **Rosa Montero**

Acabo de reler, pela quarta ou quinta vez, *A muralha*, de Dinah Silveira de Queiroz, em meu antigo e precioso exemplar que estava na pilha dos "encadernar" com outros livros indispensáveis, marcadores das etapas na minha formação como mulher, educadora, ativista e, certamente, como escritora tardia. Não sou crítica nem teórica da literatura. Sou uma contadora de histórias, e aqui o que me ocorre fazer é contar como Dinah, sua família de escritores e sua *A muralha* povoaram minha cidade, as estantes de livros das casas onde cresci, minhas lembranças da infância e da juventude e como, com toda a certeza, ainda alimentam minha escrita. Os feitos dessa escritora e importante personagem de nossa história literária não me cabe contar, pois estão à disposição das pontas dos dedos de quem o quiser saber, nestes tempos de informação *just in time*.

Considerando o relativo esquecimento em que ultimamente caiu a obra dessa extraordinária e pioneira escritora, reconheço um "tesouro escondido" que trago na minha memória-imaginação.

Cada vez mais me dou conta do privilégio de ser "antiga" e de ter nascido e crescido em Santos, ao pé da muralha da Serra do Mar. Quando ali brotei, em 1942, ainda não havia "paulistas quatrocentões" — categoria surgida no IV Centenário de São Paulo, em 1954. Não havia a moderna via Anchieta nem estradas que percorressem o litoral caiçara; nem antibióticos, nem a bomba de Hiroshima. Tampouco se pensava em televisão, e estava o porto de Santos submetido ao *blackout* em plena guerra. Só com quase três anos pude ver, maravilhada, nossa casa e a cidade iluminarem-se com luz elétrica durante a noite, depois que o sol se escondera por trás da Serra. São Paulo, porém, já era "a cidade que mais cresce no mundo" — ali tínhamos parentes a visitar ou dependíamos dos aviões de Congonhas para chegar à casa dos avós maternos mineiros —, e para lá subíamos, de automóvel, pelo antigo Caminho do Mar, a "estrada velha" sem túneis nem viadutos, beirando despenhadeiros, tantas vezes mergulhada na neblina, calçada a pedras e tão íngreme que era preciso levar galões de água ou conseguir chegar à única bica do caminho para esfriar os motores, que, subindo em marcha reduzida, retardada por carroças puxadas a mulas, ferviam a meio do caminho. Ou, então, a maravilha e a emoção da subida pela estrada de ferro, também tão íngreme que não havia locomotiva que pudesse arrastar os vagões mata adentro e Serra acima, ficando esse trabalho por conta de um sistema de cremalheiras engatadas aos vagões, que só seriam religados às marias-fumaças no início do planalto. Ainda era aventuresca e inesquecível a subida da Serra-Muralha do Mar!

Lembro-me bem de uma polêmica que ouvia por volta do IV Centenário, xereta que sempre fui, escutando as conversas dos adultos. Havia os que diziam: "Não é qualquer um que tem a honra de ser 'paulista quatrocentão'", e a resposta voltava muitas vezes contraditória: "Pois devia era ter vergonha de descender daqueles bandidos, matadores de índios!".

Alguns anos antes, meu pai tinha achado, dentro de um livro, duas páginas de papel, emendadas uma na outra, que alguém lhe dera quando nasci, contendo uma verdadeira ou fantasiosa árvore genealógica que ia de Maria Valéria, de geração em geração, até João Ramalho e Bartira. Mais de quatrocentos anos! Lembrei-me disso e fiquei em dúvida sobre a questão: "Era honra ou vergonha ser quatrocentão?". Fiz a pergunta diretamente a meu pai, e ele me respondeu que o mais importante a saber era o que eu queria fazer da minha vida dali por diante. Algum tempo depois, porém, ele me chegou com um exemplar da primeira edição de *A muralha* e me disse que lesse e resolvesse eu mesma se ser quatrocentão era bom ou não. Eu já tinha lido *Floradas na serra*, que me deixara muito comovida com a separação dos enamorados, recolhidos em Campos do Jordão para tentar curar-se da tuberculose, e levou meu pai médico a consolar-me, explicando que aquele sofrimento não aconteceria mais, porque já havia a penicilina, e tinha lido *Os caboclos*, de Valdomiro Silveira. Sabia de histórias da família dos Silveira, encontrava-os muitas vezes como amigos de minha família, também cheia de escritores. Louca por livros novos, agarrei-me com o romance e me recusei a largá-lo até chegar à última página e voltar a lê-lo bem mais devagar, com a dúvida persistindo na minha cabeça, mas com meus cinco sentidos aguçados pela viagem fantástica que eu fazia no tempo e no espaço — parte deste, a própria muralha da Serra, fácil de reconhecer e de embrenhar-me de novo por ela, com a imaginação-memória crendo ver tudo como o vira a moça Cristina do livro; outra parte, as Minas Gerais, eu também conhecia e reconhecia, e fiquei convencida de que, então, devia ser verdade tudo o que Dinah contava. Pude ver, eu acreditava, a verdadeira São Paulo de Piratininga e seus moradores de quatrocentos anos antes.

Vivi décadas sem televisão e nunca assisti a nenhuma das versões de *A muralha* na telinha! Sorte minha, digo eu hoje, pois o maior encanto do livro — desde a minha primeira leitura, que só fez crescer nas leituras seguintes e se confirma hoje — está na rica linguagem, que me soa ao mesmo tempo próxima e estranha, palavra por palavra, na maneira tão equilibrada e sedutora com que entremeia a descrição das pessoas, dos objetos, dos processos de trabalho, das ações, das paisagens — feita sempre do ponto de vista das personagens —, e no drama, na comédia e na tragédia que se desenrolam dentro de cada uma das pessoas envolvidas e entre elas.

Impressiona-me ainda a sabedoria de Dinah, que nos revela como nossa percepção dos objetos, das paisagens e sobretudo dos outros e de nós mesmos — do mundo, enfim — é mutável, porosa, enigmática, quase sempre coberta de neblina como a Serra, porque sempre transformada pelo filtro dos sentimentos que tantas vezes irrompem ou morrem em nós sem que os possamos conter, compreender, distinguir claramente ou nomear, e por isso geram a poesia, a arte que nos salva. Talvez tenha sido *A muralha* — ao não me dar resposta segura à pergunta que desencadeara minha leitura — o ponto de virada para que eu compreendesse que é muito mais importante ter boas e constantes perguntas do que excessivas certezas.

Reli ainda *A muralha* depois de todos os outros livros de Dinah, quando estava, já no final dos anos 1980, mergulhada nas minhas pesquisas sobre a história das mulheres no período colonial brasileiro — que acabaram por gerar uma dissertação histórico-sociológica e meu romance mais recente —, e novamente me admirei da precisão e da abundância dos conhecimentos históricos da escritora numa época em que ainda não se podia contar com as vantagens das fotocópias e dos recursos digitais.

Enfim, nesta releitura mais recente, num momento da história no qual o patriarcalismo, em seus estertores, parece mais cruel tanto para as mulheres quanto para os homens, percebo e reafirmo a importância da obra de Dinah para que acreditemos na força da luta e da capacidade das mulheres e para que os varões tenham verdadeira compaixão de si mesmos e se aliem a nós para construir, agora, sim, um Novo Mundo, com a natureza e a humanidade enfim resgatadas dos desastres que nos acabrunham.

**Maria Valéria Rezende,** escritora
Fevereiro de 2020

# Primeira parte

# Descoberta da terra

# I

Era como uma brecha ou ferida rasgando as árvores e as plantas, uma vila miserável que transbordava de gente. Ela via os casebres, o povo afluindo ao porto, o navio chegando à bacia de óleo, e punha sua vista naquele teatro com a firmeza do sacrifício que se entrega, cuidando no céu. Se Deus bem quisesse, daí a momentos iria conhecer Tiago, seu primo, seu prometido, a resposta que dera à vida pequenina de Lisboa. O olhar crescia na água, atravessando as lágrimas que não queriam cair. Havia um apagado de luz branca em torno da mancha vermelha e cinza de orlas verdes de São Vicente. Ali estava seu caminho, seu destino. "Sou como um inocente que entendesse seu próprio nascer."

Junto de Cristina, anunciada por seu cheiro de sândalo, Joana Antônia, companheira da longa viagem, apareceu. Trocara as roupas simples. Trazia um vestido de adamascado escarlate, argolas de ouro e chapéu com uma pena frisada que o vento morno fazia viver. Hoje Joana Antônia estava decidida e cheia de coragem. Seus olhos cercados de tinta escura, como são os das mouras, luziam de bravata, e não de choro:

— A menina bem me pode dar seu adeus... Se bem me fio em mim mesma, não lhe ajuntei mal ou desgraça nesta enorme viagem...

— Adeus... — respondeu Cristina com súbita secura, sem voltar-se de lado. Parecia um retrato com fala e gesto quando mais disse: — Deus Nosso Senhor a acompanhe.

— Ai, quanto a isso, menina, Deus Nosso Senhor estará comigo, bem que não tenho dúvida. Ele é pessoa mais companheira e sem orgulho...

Chegava o capitão-mor. Nunca, como nesse momento, ele lhe pareceu um galo novo, passeando sua crista e seu esplendor em meio a outros apagados e servis emplumados. Era distinto, fino, engomado e lustroso como boneco de príncipe. O cabelo caía em ondas de mulher; a mão que o alisava para trás mostrava o grande anel de lápis-lazúli com seu escudo.

— Bom dia, senhora minha — disse ele a Cristina, passando junto de Joana Antônia, que se retirava, não a vendo nem a sentindo. — Se soubésseis o que é esta terra e estes endemoninhados sem lei nem rei, não gastaríeis aqui vossa gentil presença. — E, não esperando resposta, enquanto acenava para a terra, acreditando que já fosse visto: — Em outros tempos, os desesperos de amor e as mágoas de família se aquietavam nos conventos. Agora, toca a passear a mágoa por um mundo diferente.

Cristina sorria, deslindando as palavras com alegre afetação:

— Basta de tristeza. Espero não ter gastado todo o meu dinheiro em vão com tantos cobiçosos neste barco. E saiba Vossa Senhoria que vou ser feliz e que não venho esquecer-me, mas viver...

O capitão-mor continuava a acenar; depois, brusco, pondo na moça seus olhos azuis frios, a puxou pelo braço tremente, falando em cor de voz mais íntima:

— Cure-se a menina de ilusões. A pobreza arrogante desta terra! Os índios feios como judas, os brancos sujos, fanfarrões briguentos, os negros fazendo o que lhes ensinam, como monos. Os padres disputando com os brancos, mas lhes dizendo as missas. E as mulheres escondidas em casa como coelhos nas tocas, ignorantes e obstinadas.

E, enquanto cortejava a gente que já o podia distinguir com um aceno altaneiro:

— Vede bem esta miséria. De perto ainda é pior! Porque este povo cheira diferente... Se algum dia descoroçoar, contai com minha valia.

Cristina foi prendendo a mantilha, enrolando-a no pescoço:

— Com esta gente de que fala, não viverei eu. Há de ser com meu esposo, que tem meu próprio sangue e será um homem igual a meu irmão.

O capitão-mor balançou a cabeça, mirou Cristina de cima a baixo:

— Deus Nosso Senhor conserve a alegria da menina, e também sua beleza, em terrão tão sem galas. Adeus!

Cristina se viu, descida do bote, num atordoar de povo que a olhava como se ela viesse de outro mundo. Ela ficou a contar suas arcas, a vigiar os tripulantes que as traziam para a terra. Como reconheceria Tiago? Voltava-se depressa, em sustos, a cada instante. Mas o homem que podia ser seu noivo já a inquiria com jeito desaforado na face. Eram todos curiosos, e as suas coisas excitavam interesse geral. O moço que a acompanhava empurrou com o corpo, de lado, certa mulherinha escura, de duros cabelos, que passava a mão pelo seu vestido, como alguém encantado a alisar um bicho.

— Arreda! Arredem todos!

Nessa confusão se chegou uma figura estranha: um mestiço ruivo, de face sardenta e rosada, de olhos fendidos no rosto chato. Vestia roupa decente, calça de algodão, gibão de couro.

— Ei... Procuro a dona mandada pra meu senhor...

Cristina, embora em sua tonteira de emoção, quis ajudar. Seria o criado para levar Joana Antônia... E mostrou:

— Vai acolá. Espera ali à sombra...

Mas o criado a olhou, de lado, suspeitoso:

— Sou da Lagoa Serena. Meu senhor aqui me mandou pela dona de seu filho... Tiago, meu sinhozinho.

Cristina sentiu o sangue no rosto:

— Tiago não vem?

O mestiço olhou a moça, triunfante:

— Aimbé leva a dona dele!

Cristina viu dois homens quase despidos, escuros, de cabelos lisos e sem barba. Pareciam gêmeos.

— Gente boa. Gente da Lagoa Serena. Aimbé mesmo caçou eles pra meu senhor!

Os índios, com Aimbé, carregaram as arcas. Um homenzarrão barbudo e em farrapos puxou a mantilha de Cristina e riu, um riso de dentes pretos:

— Ai, a branquinha tão fresca!

Aimbé lhe cortou a explosão:

— É a sinhazinha pra Lagoa Serena!

O homem fechou a boca, deu um passo desajeitado para trás, fazendo o arremedo de uma escusa ou de um cumprimento. Ela arrepanhou firme a saia na mão e enfrentou a populaça formada de faces espantadas ou admirativas, ingênuas ou caçoístas. Desviou os olhos de uma mulher morena, só de saia, com os longos seios, bambos, expostos; deu com o braço no peito de um velho que ria divertido para ela, intrigado como se ela fosse um boneco de engonço. Uma ave, no ombro do velho, dava gritos terríveis, ofendida e solidária com seu amo, logo que este foi empurrado.

Cristina estava agora animada de heroísmo obscuro. Aceitava tudo, queria tudo aceitar com perfeita naturalidade, porque ao fim daquele fio de cenas e acontecimentos ela teria Tiago, o seu Tiago; tão bom, decerto, como seu irmão, e ainda mais belo. Exatamente como aparecia no medalhão que escondia sob o vestido.

Merendou nesse dia em casa limpa, de grande portal de pedra, de chão pisado. Uma bugra silenciosa serviu-lhe o pão de milho assado na brasa. Silvéria, a dona da casa, fez sentar Aimbé a seu lado, na mesa nua, coberta de pratos de barro. Aimbé havia sido mandado a comer na gamela dos criados e protestara. Não deixaria sua senhora só. Enorme sopeira de porcelana ficava no centro da mesa, como rainha de tudo. Mesmo tampada, deixava escapar uma respiração de fumaça. Era a honra e a glória da hospedagem. Por tantos pratos ali postos, parecia que Silvéria estava aguardando outras pessoas. Ela veio, cheirando a forno, repinicando as largas cadeiras enroladas em pano branco, adejando a saia estampada de flores, e destampou a sopeira:

— Aí tem, menina, a nossa canjica. É o que há de melhor. Bem quente e tenra de se trincar.

Pôs no prato aquele caldo de caroços, que fumegava. A bugra veio, untado o cabelo de banha de galinha, uma cruz de prata pendendo do pescoço, cruz animada, que dançava, era toda a sua vida de autômato. Trouxe leite, deitou uma concha de açúcar. Em seguida apresentou a canela-da-índia. Cristina provou, sem entusiasmo, daquela brancura de canja. Era a primeira vez que comia em terra, e aquilo, decerto, seria manjar comum do povo com o qual iria conviver. Aimbé abriu um pouco os olhos difíceis, apertados. Fez gravemente a pergunta:

— Bom?

Cristina tomou mais uma colherada, como a certificar-se de seu gosto:

— Bom! Muito bom!

Aimbé riu, desafogado.

Mas eis que lá dentro, do longo corredor escuro que conduzia à cozinha aberta, rebentavam gritos, gritos humanos em algazarra, nasalados, em torrentes de palavras que não se entendiam. Aimbé se levantou, se precipitou, enveredou pelo corredor. E Silvéria, depois de instantes, veio a queixar-se com certa cerimônia, enquanto o alarido continuava:

— Menina, os seus criados não se comportam. Empurram os outros.

Cristina levantou-se. Posta fora de casa, no terreiro, estava uma enorme gamela, a mesma bacia cavada na madeira, onde, na sua quinta, iam comer os animais. Mas ali comiam homens! Além de seus dois índios, mais três escravos lá estavam: um negro e dois mestiços. Aimbé agora falava alto, zangado com os escravos da Lagoa Serena. Enquanto lhe respondiam eles, os três outros servos, curvos sobre a gamela, iam apanhando mancheias de um pirão amarelo e devorando sôfregos, como cães humanos, aquela comida.

Silvéria apontava os índios que vinham com Cristina:

— Eles se imaginam importantes, porque são homens da Lagoa Serena, e querem comer antes dos outros. Mas em minha casa gente de cozinha é toda de gamela igual. Os outros estavam famintos, porque vinham atrasados a buscar outra noiva que chegava no barco, e os pobres correram toda a manhã, como preás!

Cristina dirigiu-se, enérgica, a Aimbé e aos dois escravos:

— Parem com esta algazarra, que farei queixa quando chegar e terão seu castigo.

Aimbé fechou a boca, mas um dos índios disse, resmungando:

— A dona nhehen, nhehen, Aimbé nhehen, e a gente fica sem força na barriga pra carregar bagagem.

E o outro concordou quase chorando:

— Aqueles dois comem tudo!

Diante desse ato de insubordinação, Aimbé não se conteve. Como estivessem vergados, bem juntos, ele os apanhou de surpresa, as fortes mãos em garras, pelas nucas, fazendo estalar com força, como nozes em estrépito, uma cabeça na outra.

Seu tom róseo de pele se tornou rubro:

— Cachorros comem só resto — disse.

Os índios ficaram quietos, olhando como bichos amedrontados a entusiasmada comilança na gamela, e se arredaram, submissos.

Cristina estava assustada. O pior amo em sua terra não trataria assim o último servo.

— Quando estes acabarem, dê comida aos meus! — disse a Silvéria. — Quero que comam sozinhos.

— Volte a menina à sua canjica, que ela esfria, e fique sem cuidado. Tudo se fará conforme quer.

Aimbé acompanhou a moça.

— Não os castigues mais sem minha permissão. Não quero. Darei parte se me contrarias — disse ela.

Cristina se sentara à mesa. Tomava a sua canjica, mas esta já não lhe sabia bem. O mestiço, porém, pareceu não compreender seu constrangimento:

— Aimbé mesmo apanhou eles — disse, obstinado. — Aimbé castiga, quebra a cabeça deles. Meu senhor não zanga, acha até bom, porque eu trouxe essas coisas e também muitas outras do Sertão. A dona não sabe. Meu senhor não ralha nunca com Aimbé.

Mal Cristina terminava a merenda, e a casa de Silvéria era sacudida pela intempestiva chegada de Joana Antônia, ofegante, o chapéu de pluma a cair-lhe sobre um olho. Vinha acompanhada por um guarda de farda nova para o agrado do senhor capitão-mor. Ele a segurava por um braço:

— Já se há de ver se vosmecê tem marido ou companhia. Querer que arranje seguida e cavalos para São Paulo de Piratininga, sem dinheiro, dizendo que vai casar com um tal mestre Davidão...

Antes que Cristina tomasse parte na conversa, Joana Antônia reagiu:

— Pois, se tivésseis paciência, saberíeis que guardo dinheiro comigo e muito... o bastante até para comprar vosso precioso serviço e o de outros... Não quero burlar ninguém.

O homem estava irritado:

— Esta é uma terra de finórios, de estranhos que chegam sempre com uma rica ideia na cabeça, mas de bolsa vazia. E ao depois também sei muito bem das qualidades de quem trato. Lá no barco me disseram... E é preciso cautela. Se vosmecê fala comigo, me trate como a um branco, não como a um negro ou a um bugre.

— Ai, meu rico senhorzinho da guarda do senhor capitão-mor. Que linguagem quereis? Nem bispo sois, nem príncipe, bem se vê, malgrado essas meias novas, e a nova calça azul e esse chapéu também novo. Trazeis sapatos furados, não tivestes a fortuna de ganhar outros... Mas... que dizeis?

— Digo e repito a vosmecê que não quero que me tratem como negro ou bugre!

— E quem vos trata assim?

— Vosmecê. Não custa... discutir como... branco.

— Irra! Não entendo o que quereis, falo em boa língua. É o bastante.

Silvéria vinha da cozinha para dizer que os escravos de Cristina haviam terminado a refeição.

Joana Antônia se desembaraçou do guarda e se dirigiu a Silvéria:

— Já neste pouco tempo aprendi que aqui os bonitos vestidos como o meu custam bom dinheiro... Quase não existem. Quanto me daríeis por este? — E ela volteou nervosa para mostrar o efeito de sua saia de adamascado.

— Não tenho ouro para tanto... Mas... — E Silvéria se chegava fascinada. — Já recebi um, não tão bonito, de uma tia que se finou, e por testamento. Agora está velho e rasgado. Prometo... Eu prometo dar muito... à menina. Não ofereça a outra antes que lhe diga qual é a minha troca... Espere... Uma junta de bois... Mais um escravo... Não basta... não?

Joana Antônia sentou-se sobre o longo banco, rindo-se desafogada, fingindo ignorar Cristina. Olhou desafiadora para o guarda:

— Estou já mais rica do que vós... Deixai-me tratar de meus negócios em paz, que tenho tino.

Cristina saiu de seu silêncio:

— Ó da guarda, que trato quereis?

— Pois quem se estima diz Vossa Mercê... ou vosmecê, que é mais fácil... Não faz mal à língua dobrá-la uma vez por outra.

— Com todo o respeito a Vossa Mercê... ou a vosmecê, mas esta senhora veio comigo, e sei que diz a verdade.

Voltou-se, fria, para Joana Antônia:

— Seus criados... Os escravos de mestre Davidão estão lá fora.

— Quem disse tal coisa à menina? — perguntou Silvéria, de testa franzida.

— Pois serão, certamente, aqueles escravos que vieram buscar a noiva... Perdoai-me interferir em vosso bom negócio. Estão lá no terreiro, senhor guarda! Se vosmecê quiser, pode ir ver.

O guarda saiu para a cozinha.

— Graças pela ajuda — murmurou Joana Antônia, comovida.

— Faria por quem quer que fosse — disse Cristina, dando de ombros.

— Mas... o vestido? — Silvéria insistia, sabendo que não obteria outro igual. — Eu ainda posso juntar... algum... pouco... dinheiro.

Joana Antônia estava alegre, sem que a afetasse agora o desdém de Cristina:

— Que me perdoe a hospedeira... mas se me vieram mesmo buscar, eu guardo o vestido para alegria de meu noivo, o mestre Davidão... Pelo que vejo, me olharão com inveja muitas damas de São Paulo de Piratininga. Ah, bem sei que aqui já valho alguma coisa...

# II

Cristina quis conversar durante a viagem. Aimbé vinha a seu lado, examinava o arreio da besta em que montava a moça, corria a zelar pela carga que os outros animais levavam, mas o que ele dizia era pouco. Cada homem olhava por sua montaria. A viagem seria longa. Logo saída de São Vicente, ia admirando aquela fartura de plantas que se adensavam, buscando umas às outras. O caminho era mal aberto, parecia arruinado. Lembrava-se da quinta, das penas que o povo sofria para juntar sua lenha, e aquilo era, em princípio, como um desperdício, um mar de plantações que vestiam por coisa alguma a terra toda, a terra que em Portugal seria nua, se jamais a cobrissem de trabalhos e canseiras.

Os arbustos iam crescendo, as plantas de largas folhas a eles sucediam, apareciam árvores enormes enredadas de crinas. Ela queria saber se essa riqueza poderia ser de todos:

— Quem é o dono? — perguntou a Aimbé, afinal, de tão duvidosa.

— O Padre Nosso que estais no Céu santificado! — respondeu o mestiço, rindo.

Ela não teve agrado. Achava que ele fazia caçoada.

De repente sua visão abriu, medrosa. Pelo alto do animal via passarem as folhas das árvores, como mãos que a poderiam pegar.

— Então... por aqui não há ninguém?

— Só gente pequenina, de pés para trás — disse Aimbé, rindo. — Branco não come aqui. Branco vai correndo depressa.

O último índio se atrasara com a mula.

— Tuiú! — Aimbé chamou.

Fez Cristina parar. O outro índio também ficou esperando. Aimbé gritou novamente:

— Tuiú! — E o vento levou aquela sorte de uivo sobre a planura úmida, encharcada, recendendo ainda ao mar visível. Tuiú estava atrasado, lá longe, imóvel como um faquir. A besta esperava, paciente.

Apenas os lábios do índio se moviam, modulando uns pios tristes e curtos, que atraíam a passarinhada. Um pequeno povo de pássaros o espreitava, e ele, duro e ríspido, continuava a chamar. Aimbé pareceu também meio enfeitiçado. Ficou parado, ausente, por uns instantes, e depois reagiu:

— Tuiú é à toa! Tuiú obedece já... Fica bom filho, senão eu mando embora!

Tuiú parou de assobiar. Dissipou-se o encanto da passarada. O índio tangeu a besta. Aimbé o estocou levemente com o cabo de seu chicote:

— Tuiú não conversa mais com passarinho, senão eu vou soltar Tuiú na mata grande!

Tuiú tocou então, vivamente, seu animal. Aimbé fez o índio tomar outro lugar, logo depois de Cristina. E a moça viu que uns três pássaros, dois verde-escuros e um amarelo, ainda o perseguiam com seus voos, meio estonteados. Depois eles se perderam entre as árvores, e foi a monótona seguida de claridade e de sombra, de rendas de verdes. Além, no dia que descambava, era um bafo friorento que parecia habitar. Muitas vezes de lá vinham arezinhos de arrepios, quando o vento mudava. Os três homens andavam calados. Aimbé ativou índios e bestas:

— Minha dona vai dormir bom. Minha dona comer bom e dormir fechada. Dormir bem fechada.

Já agora era uma visão no descampado, que emocionava a moça. Mariposas sem conta se desprendiam do chão. A terra fervia de mariposas, que se desatavam do verde, como flores a cobrar vida.

— Que lindeza!

Mas o índio, atrás de Cristina, assinalou as mariposas:

— Terra mole; não presta. Afunda, acaba tudo!

Mais adiante, Cristina perguntou a Aimbé:

— Piratininga... Piratininga é agradável, é bela de se ver? Tem boas casas?

— Boas casas. Piratininga... bela — respondeu o índio com entusiasmo.

A noiva de Tiago apontou a enorme muralha verde-escura barrando o horizonte.

— Fica muito longe, Piratininga?

— Longe! — ecoou o escravo.

Com as sombras da tarde e a aproximação daquele desfile tenebroso de montanhas, que se encostavam eretas umas às outras, numa procissão de guardas gigantescos, insinuava-se na alma da moça uma desconfiança torturante:

— Longe? Ao pé da Serra? — perguntou.

— Mais alto.

— Alto?... Como aqueles pássaros que ali voam? Tão alto assim? Mas eu nada vejo!

— Mais alto do que passarinho pode voar!

— Mais alto? Deus meu! Onde? Onde está aquela grossa nuvem?

— Piratininga... depois de passarinho... depois de Serra, lá longe...

Já era quase a noite quando o caminho abriu mais, numa rampa. De longe — fresca surpresa — um galo mandou seu canto de coragem atravessando os ares. Começou uma larga cerca de taipa, em breve alta como os muros de um convento. E veio logo o portal, guardado por um índio.

Aimbé se adiantou:

— Gente da Lagoa Serena. Avise seu senhor!

O índio, ele sozinho, destrancou a porteira. Cristina se viu num largo pátio, junto de uma grande casa cuja cobertura de palha avançava sobre várias colunas de madeira. Naquele ermo, alguém tangia uma guitarra. Mas certa voz de homem, voz mole e quente, já sustava seu canto. Cachorros vieram ladrando. Da coberta saiu um homem trazendo na mão uma lanterna que aclarou, bem junto de Cristina, o rosto viril e barbudo, todo envolvido de cabelos, como cabeça de leão. Cristina fez um ligeiro recuo, mas aquele bom leão ruivaço, depois de examiná-la, declarou:

— Já esperava a senhora dona. Entrai e descansai que em nossa casa nada havereis que recear. — E para Aimbé: — Vigiai a carga, mas lá na outra casa, onde também podereis comer.

O ruivo hirsuto ajudou a moça a descer, entregando a lanterna a um de seus índios:

— Não sabeis quem sou eu. — Cristina se achava pequena diante dele. — Mas sei que sois a prometida de Tiago, meu bom amigo. Pois entrai. A casa é o pouco que vos posso oferecer...

Dom Guilherme Saltão d'Ajuda, a fera ruiva, houvera construído sua bem vigiada casa num ponto de reunião dos caminheiros. Ele era tranquilo, saudável, quieto e metido em sua toca, como um gato selvagem. Desprezava as viagens, porque, nas suas terras, sabia tanto ou mais que os viageiros de acontecimentos do Sertão, das minas que se abriam, das águas dos rios e do mar. Tinha sempre em sua propriedade índios mansos e ativos para vender. Contavam em São Paulo do Campo de Piratininga que ele possuía um vinho todo especial só para fazer seus bons negócios. Enriquecia na preguiça, recebendo gente com fidalguia. Os enganados por dom Guilherme nunca o perseguiram com seu ódio. E havia em São Vicente pessoas que juravam que ele sofrera perseguições injustas de amigos de El-Rei. Era um passado de lutas e de guerras, que ali viera esquecer e curar.

Cristina lavou-se em bacia de prata, com água perfumada a ervas, e uma índia que a acompanhava à sua alcova, onde deveria passar a noite, vestiu-a com uma espécie de burel de algodão cheiroso, lavado e escorregadio. Seu senhor mandara a roupa à moça, para que poupasse o rico vestido de viagem.

Cristina tomou prazer naquela solicitude. Não tinha nem o costume nem o *donaire* de algumas damas do Reino, que cavalgavam com a decisão de fidalgos à caça. Fizera sua viagem até ali como um severo castigo para o corpo. Agora, sentia-se bem, depois do trato que recebia. Na grande sala, cujo teto se perdia no negrume, lá pelas alturas, haviam acendido fumegantes candeias, cujas labaredas vermelhas dançavam com o vento, ora de arrepios, ora de calor, que vinha da larga porta escancarada.

Lá fora, num braseiro, postas de carne eram penduradas em ganchos suspensos de um portal de pedra. Escravos cortavam lanhos de uma carne de que Cristina desconfiou. Pareciam-lhe postas de mula ou de jumento.

Dom Guilherme Saltão, rindo, tomou a mão da moça, levou-a à porta:

— Dizei-me: que pensais desta carne? Cheira bem, não cheira? Agora, com franqueza, de que animal vem ela? É um veado, um vitelo ou um javali? — E ele ria, esplêndido; espécie de sol selvagem.

Cristina sentiu o rubor:

— Ai, se vós perguntais... Para mim, que bem conheço, isto é carne de jumento. Mas se a vida é rude aqui... não podemos desprezá-la... e antes seu cheiro me chama o apetite. Nunca pensaria, dom Guilherme, que desejasse comê-la... Mas sou franca. Ela cheira a delícia.

— Senhora... — E dom Guilherme fez uma careta cômica. — Não iria aguardar a noiva de Tiago com um banquete feito com as postas de qualquer mula velha, sofrida e cansada. Aprendei que nossos costumes não ficam sempre tão puros, nem os de comer, nem os de vestir. Os índios nos ensinam algumas coisas boas. Esta carne faz a delícia dos bugres. É carne de anta, um animal que tanto tem de mula como de porco. Mas a vianda é boa!

Cristina se serviu do fígado da besta. Era tenro, de paladar rico. E a ceia foi alegre. Quando havia um silêncio, caíam sobre eles sons estranhos. Pela porta vinham os ruídos da noite da mata. Eram como risadinhas, depois gritos, depois palpitações que se sentiam no ar.

Dom Guilherme viu o rosto franzido da moça e levantou o copo de prata. Tomou um gole de seu famoso vinho indígena, que oferecia aos seus hóspedes. Lá fora, agora, velava a noite, com todos os seus sons indistintos:

— Bebamos a este quiriri, a esta garganta do silêncio da terra. Enquanto se ouvirem estas coisas, estamos bem... Ninguém nos fará mal. Nem índios, nem brancos, nem feras. É a festa da Caaguaçu, a grande mata. E há quem tenha medo do quiriri... Pois que só ele sempre vos seja doce companhia, até chegardes a Piratininga.

Cristina molhou os lábios no copo. A bebida era forte, mas sabia bem, vinda com a carne sangrenta. Tomou um gole e logo sentiu uma barra quente sobre a cabeça, como se boa mão aquecida pousasse em sua fronte. Viu-se feliz e corajosa, mas compreendeu que era súbita demais sua alegria e pensou como se fosse a guarda, a irmã de si mesma: "Mais nenhum gole, do contrário logo estarás tonta à mesa deste desconhecido".

— À vossa bela hospedagem, dom Guilherme! — E depois, querendo dar solenidade, e não intimidade, à conversa: — Bebamos à saúde de El-Rei Nosso Senhor!

E a moça pousou, apenas, o copo nos lábios.

— Pois... à saúde de El-Rei! — disse dom Guilherme. E logo, em tom mais baixo: — Não convideis os parentes e amigos, ao chegardes, a essa prova de dedicação. Nem todos eles são como eu, tão alcançável às graças de uma dama.

Tudo era contrário àquilo a que estava habituada... Cristina nem perguntou por quê. Tomou aquela advertência mais como uma oportunidade para o galante, o feio e tão atraente dom Guilherme. Mas logo ele lhe pediu novas de Lisboa, e ela o foi informando sobre casos do Reino.

Quando a ceia findou, ele tomou da guitarra e cantou canções de amor, como se estivesse em alegre serenata, sob o balcão de qualquer bela, na pátria distante. Cristina o viu exaltar-se, dela inteiramente esquecido por momentos. Havia o mesmo estribilho, que ele repetia em várias melodias:

São três notas, são três notas,
Que sobem, descem e caem.
De Marias, de Carlotas,
D'Isabelas são meus ais...

A moça, com a necessidade que têm as mulheres de romance e de intriga, viu em dom Guilherme um infeliz em amores, ali guardando sua desdita. Quando ele fez uma pausa, ela delicadamente insinuou:

— Parece-me que esses ais são muito de vossa pena... E aqui viestes buscar sossego de alguma atribulação. Faço mal em perguntar?

Dom Guilherme riu estrondoso, e as barbas e os cabelos lhe palpitaram em torno à figura vermelhenta:

— Aqui não habito por males de coração, mas de meu sangue violento. E vós? Lançar-vos tão solitária por esses tapados de árvores e de índios?

— Minha história não tem mistérios, dom Guilherme. Venho casar, como sabeis...

— Bem raro me parece que tão bela senhora venha buscar marido nestas lonjuras do demônio, mas — e ele riu, alongando as pernas e batendo estrepitosamente com os pés no chão — as mulheres não carecem de razão como nós. Principalmente quando são belas.

— Senhor dom Guilherme — disse Cristina, com súbito acanhamento —, se me permitis, vou retirar-me. Estou morta de sono.

Uma índia chegava para recolher as sobras da ceia. Trazia roupa limpa e alva, mas seu vestido à frente estava aberto, desabotoado, e o seio esquerdo, quando ela se debruçou, veio à mostra.

Ele derramou sua cólera:

— Pagã infeliz — ralhou —, sabeis que teu senhor quer decência nesta casa! Compõe-te, avia-te, cunhã sem juízo!

A índia aconchegou a roupa, medrosa, sem jeito. Depois apanhou uma bandeja de barro com restos de carne e saiu assustada.

— É difícil ensinar um índio a vestir-se. Eles mostram a pele como os bichos mostram o pelo. Escusai-me, senhora, quereis dormir? Nada mais justo. Desculpai-me a ceia rústica e os criados tão broncos. Podeis dormir tranquila.

Cristina o saudou e se dirigiu a seu quarto. Sua cama consistia num estrado sobre o qual se via um alto e fofo colchão de palhas. As cobertas eram de pano grosso, áspero para sua pele. Apesar do cansaço, Cristina não podia dormir. Dedilhava dom Guilherme, agora, certa música bárbara, tristonha e monótona. Devia ser música dos nativos. Sua voz ia engrossando, enrouquecendo. Ele estaria bebendo ainda à mesa. Afinal, Cristina caiu num curto sono. Depois ouviu rumores e acordou, o coração batendo forte. Levantou-se. Fecharia a janela que houvera deixado aberta, porque confiara nas grades de madeira que a resguardavam. Estremunhada, viu defronte a casa dos criados, iluminada por fugidios raios que clareavam a larga janela aberta. Havia um tumultuar de risos de crianças, e a voz bêbada de dom Guilherme entoava a mesma música monótona e bárbara. Cristina ali ficou, a garganta aquecida e abafada, inerte. Na confusão de sombra, e de luz viva, viu dom Guilherme passar, inteiramente nu, abraçado a duas índias também despidas. Em seguida, pelo quadro de lume desigual, passou um grupo ruidoso de índias nuas, com seus gritos e risos de meninas.

Cristina fechou a janela de mansinho. Pensou que ia chorar, a cabeça escondida nas cobertas. Mas seu terror foi tão grande que ela não chorou. Ficou ouvindo aquela roufenha melodia de dom Guilherme e procurando esconder seu pensamento de tal orgia de pecado. Em vão. Ouviu gritos. Gritos, e o tropel das mulheres-crianças. Só dormiu quando tudo serenou. Já os galos amiudavam o canto.

Despertou moída, atribulada. Mas, ao abrir a janela, a luz jorrou tão alegre, o verde lhe pareceu tão belo, as aves desconhecidas tão ricas de suas vozes, que ela se sentiu purificada de lembranças. No riacho, ao lado da casa, dois indiozinhos mergulhavam, rindo. Vinham à tona, atiravam água um no outro. O que se passara acontecera como um sonho de dissipação.

Vestiu-se e se preparou para dizer, muito naturalmente, o seu adeus a dom Guilherme.

# III

Diante da casa, depois de ter tomado a sua refeição, Cristina se despediu de dom Guilherme. Já ao sol da manhã que rompia, era outro homem, o mesmo fidalgo que a recebera. Ele mesmo esteve a perquirir com os índios sobre providências de segurança da viagem. Forneceu a Aimbé mantimentos e entregou uma carta a Cristina, para que ela levasse a Tiago, em testemunho de sua amizade. Quando acomodou a moça sobre sua sela, dom Guilherme disse:

— Levai de minha parte um recado especial a dona Isabel. Dizei-lhe que a sua passagem por esta casa deu a este velho solitário grande alegria. — Depois, mudando de tom, meio jocoso: — Logo que estiverdes longe de vistas curiosas, será bom abreviar tanta roupa junta neste sol inclemente. Que vosso pudor não prejudique vossa boa disposição, impedindo que chegueis tão bela e disposta quanto eu vos vejo.

— Adeus, dom Guilherme — disse Cristina.

E a pequena comitiva rompeu a trilha pela manhã varejada de um sol novo, salpicando de luz amarela os cimos das árvores da paisagem. Aimbé havia calculado a viagem em três dias; este era o segundo. Durante toda a parte da manhã, e até ao meio-dia, a viagem foi monótona, porque tudo era sol, ramos folhudos e perpassar, de quando em quando, de pequenos animais selvagens, que se escapavam correndo pela estrada invadida de ervas. Mais tarde se encontraram com uma reduzida expedição que partia para São Vicente. Era um artífice chamado a Piratininga para serviços da Câmara e que vinha ainda furioso pelo pouco da sua paga. Quando soube que Cristina ia para a Lagoa Serena, perguntou-lhe, seco:

— Que vai fazer a gentil moça naquele convento de mulheres? — E como seu acompanhante puxasse pelo seu braço, numa atitude de quem quer alertar o inconveniente, ele não se emendou. Mirando Cristina, fez esta declaração, tão pouco tranquilizadora para a moça: — Se vosmecê pretende casamento em Piratininga, com a raça da Lagoa Serena, melhor seria servida se houvesse ficado em Portugal, como criada de convento; porque vosmecê vai ter muito pouco marido, mas muita pena e serviço.

Cristina reagiu com toda a sua força de mulher portuguesa:

— Sois um despeitado e quereis envenenar minha chegada. Se vos pagaram pouco, deve ter sido muito bem merecido, pois bem se vê que vossa natureza não é a de prestar, mas a de contrariar.

E com esse diálogo, tão pouco ameno para a viagem num deserto de folhagem, se separaram as duas breves comitivas. Como dom Guilherme dissera, já mais adiante o sol, mesmo encoberto de quando em quando pelos ramos, se foi tornando penoso de suportar. Cristina primeiro abriu a gola; depois, passando a mão suada, com um lenço, pelo seio, desapertou o vestido. Mais tarde, pedindo a Aimbé que parasse, ocultou-se atrás de um pequeno barranco, despindo a longa anágua engomada, debaixo da saia. Pouco a pouco, com a subida, nova vegetação se acrescentava àquele perpassar de plantas frondosas. Flores desabrochavam, amarelas, azuis, vermelhas, roxas como o manto de Nossa Senhora da Paixão. Transpuseram um riacho de água fresca, onde as mulas se dessedentaram. Comeram um pão de gosto diferente que Aimbé trouxera para merenda. Depois dessa pausa continuaram a subir, mas já aí a viagem era mais penosa. Grimpavam os animais com menos facilidade. Muitas vezes seus cascos firmavam-se em pedras que se deslocavam e rolavam pelo caminho.

Cristina resvalava a todo momento pelo arreio do animal. Ela se queixou a Aimbé.

— Dona fica contente. Daqui a pouco dona tem que apear.

E a viagem prosseguiu assim, ora baixando Cristina a cabeça, puxados seus cabelos por espinheiros, no alto, ora contornando obstáculo. Quando a subida avançou mais, a moça começou a se assustar. Já as pedras, que os animais faziam rolar, caíam em profundezas que ela não podia medir. Mais além, com a fresca da tarde, chegou até o pequeno grupo um toldo de nuvens, que se desprendia do tope do monte e avançava, cobrindo tudo de umidade. Pouco a pouco, já esquecido o sol alvissareiro da manhã, o que chegava era um medo tão estranho, como o que devem sentir os bichos. Cristina não receava cair, mas aquelas nuvens frias, o verde-negro das folhas, tudo que estava encoberto lhe transmitia a impressão de que mares ocultos iriam assombrá-la daí a pouco. Aimbé queria que a viagem prosseguisse até mais tarde, porém Cristina pediu-lhe que parasse. Ficassem por ali até clarear a madrugada. O índio ainda fez ironia:

— Quem tem medo não senta; quem tem medo corre.

Mas, instado por sua senhora, logo preparou docilmente o descanso de todos. Aliviou, com os outros índios, as bestas de suas cargas, amarrou-as a árvores e preparou um leito para Cristina, com uma pesada manta. Mandou os índios apanhar gravetos, fez um pequeno fogo e ficou de vigia enquanto os dois escravos dormiam, derreados de cansaço. Cristina lembrou-se de dom Guilherme, sentindo suspenso, sobre ela própria, o infinito murmúrio do quiriri da mata. Estava saciada ainda com as sobras do banquete de dom Guilherme, que ela saboreara com aquela espécie de pão de uma farinha desconhecida. Além dos últimos galhos, rasgado por nuvens que passavam rápidas, um céu distante com estrelas embuçadas espreitava. Um céu que fazia pensar em salvação difícil, na escravidão do corpo humano e nas penas e nos sofrimentos postos em alcançá-lo. Como em toda moça de dezoito anos, nela o amor estava muito próximo da ideia de Céu merecido à custa de sofrimento. Se Piratininga estava longe, se tudo que sofrera de cansaço até agora lhe adormentava o ânimo, nem por isso perdia a fé naquilo em que seu ser obscuramente acreditava. Tiago seria um prêmio. Tiago não a decepcionaria. O terrível homenzinho, que encontrara antes da subida, já fora esquecido, como demônio que não chega a causar mal. Todavia, esses pensamentos românticos num instante se perderam. Estalaram folhas e uns olhos gateados a amarelo riscaram perto. Aimbé, vigilante, atirou uma pedrada. Ouviu-se um ronco, meio gemido, meio ameaça. Cristina cobriu a cabeça e ficou à espreita do sono, ao mesmo tempo ansiando por ele e morrendo do medo de que ele a atraiçoasse. Mas a escuridão de sua coberta logo a aquietou. O sono a venceu, e ela só acordou quando as bestas estavam sendo arreadas e quando uma dança estrepitosa de pássaros riscou de susto alegre seus primeiros instantes do último dia da viagem.

Depois dessa parada, Cristina pouco aproveitou as vantagens de ter uma montaria dócil e a energia do passo da besta descansada. Logo adiante a trilha apertou. Ela teve que apear. Andaram alguns instantes, montou novamente, e em breve aquilo se tornou tão desagradável que preferiu continuar a pé ainda por largo tempo. Quando o sol já aquecia, Tuiú, que estava novamente na retaguarda, teve outro acesso de comunicação com seus companheiros alados. E ficou a chamá-los, numa espécie de loucura que a Natureza lhe comunicava. Aimbé desceu até onde ele estava, raivoso, de chicote à mão, vermelho, de sangue às faces, e, contra sua própria fascinação pelo milagroso voejar das aves que manchavam de cores e resplandeciam em torno da figura de Tuiú, perdeu a cabeça e se atirou de chicotadas em cima do índio. Com os gritos do mestiço e os de Tuiú, as bestas se impacientaram. Uma delas passou pela outra, querendo fugir, atordoada. A última falseou o pé, tentou aprumar-se, mas já era tarde. E, de maneira súbita, desapareceu no fundo do precipício que estavam ladeando. Cristina correu, cheia de cólera, e ameaçou por sua vez Aimbé:

— Sois um louco! Justamente a arca com os presentes, os vestidos para a família de Tiago! Deus meu, que é que vamos fazer? — E depois de vencer a própria perplexidade: — Ainda que isto atrase a viagem, ireis buscar a arca. Que será de mim se aparecer sem nenhum presente para a gente de Tiago?

Aimbé estava penalizado, mas seu desgosto era calmo:

— Tuiú culpado de tudo. Aimbé vai soltar Tuiú na Caaguaçu e arranjar outro pra fazer serviço. Mas Aimbé não desce no buraco, não, dona.

Tuiú sentou-se, lacrimoso e desvalido, chorando copiosamente. O outro índio veio à borda do precipício, apertando os olhos e dando muxoxos significativos. Cristina continuou obstinada:

— Se sois nascido nesta terra e conheceis bem estas paragens, deveis saber como se pode buscar uma peça caída. Quem sobe por este caminho deve sofrer sempre danos iguais. Por isso ordeno-vos que comeceis uma busca, porque, se o animal naturalmente morreu na queda, o que é de roupa não se estragou de tal maneira que se deva desprezar.

— Gente de Piratininga sabe perder, dona. Gente de Piratininga todo dia perde. Gente de Piratininga já está acostumada, não chora nem briga por isso. Se eu abrir ouvidos para a queixa da dona e descer neste buraco, vai ser pior. A dona fica sem Aimbé, com esses dois coisa-ruim, que estão vivos só porque Aimbé tem bom coração. Vamos embora, e, quando eu chegar na Lagoa Serena, eu conto pra meu senhor que tinha uma arca cheia de pano bonito. Ninguém vai pensar que a senhora mentiu.

Enquanto Cristina se baixava, pesquisando pelo verde e admitindo a possibilidade de que a arca tivesse ficado presa a uma pedra, Aimbé empurrou Tuiú, dizendo:

— Cachorro não vai atrás de mim, senão cachorro leva pedrada no lombo. Tuiú fica aqui, passando fome e conversando com passarinho, como gosta.

Nessa altura, Tuiú já não chorava, uivava. E Cristina, desanimada com a inútil perseguição, levantou-se e encarou Aimbé, dizendo:

A MURALHA | 33

— Deixai esse pobre de Cristo sob minha proteção. O culpado não foi ele, mas, sim, quem organizou esta viagem, dando responsabilidade a este infeliz.

— Meu senhor me mandou fazer a vontade de sua dona. Por isso Aimbé, até chegar em casa, faz o que ela quer. Mas na Lagoa Serena, onde Aimbé tem vontade dele mesmo, jura que solta esse diabo no mato outra vez. Minha dona não vai ter muita pena de coisa-ruim assim como ele, porque por aqui tem muito bicho igual. Eles não prestam pra nada, não valem nem o pirão que mastigam. Pra gente não gastar o dinheiro do senhor, o melhor mesmo é soltar ele no mato de novo.

Cristina perdeu as esperanças diante daquele embrutecimento. Se ele não se apiedava de um ser humano, quanto mais de umas pobres coisas postas dentro de uma arca! Aimbé continuou a jornada, exclamando:

— Antes tivessem caído esses dois diabos! Meu senhor vai ficar aborrecido com a besta que perdeu e que custou tão caro!

Continuava a viagem sob uma fúnebre tristeza de Cristina. Aqueles presentes constituíam, na sua opinião, o melhor entendimento entre ela e as mulheres da família de Tiago. Durante quanto tempo, em Lisboa, reunira, peça por peça, aquelas preciosidades, com que iria conquistar a boa vontade da sua futura sogra e de suas cunhadas! Falara-lhe de Mãe Cândida o irmão. Dissera-lhe que seu tio fizera um relato das qualidades da esposa numa curiosa carta, que Cristina nunca vira e em que fora combinado o seu casamento com Tiago. A descrição que o tio fizera da mulher parecia ser esta: "Custa a rir, mas, quando ri, foi porque lhe abriram o coração fechado. A meiguice a desarma; é enérgica, mas cede, quando lhe sabem fazer agrados". Pensava na longa saia de cetim azul-violeta que comprara a um comerciante vindo da França, a saia de Mãe Cândida; num caderninho de notas de veludo carmesim, para dom Braz Olinto; e nos colares, gargantilhas, mantéus e pequenos objetos que comprara indistintamente para uma e outra pessoa, contando, de acordo com a presença de cada um, dar a cada parente o objeto mais apropriado. Acontecera alguma coisa que viera perturbar desoladoramente a moça. Aimbé agora parecia mais zangado com ela mesma do que com Tuiú. Todas essas perspectivas de infortúnio – chegar de mãos vazias, debaixo da má vontade de Aimbé – oprimiam de uma angústia vexada sua garganta. Aimbé mudara inteiramente de sistema. Se a moça queria descansar, dizia: "Sol andando, gente andando, pra chegar antes do sol" e chegava ao cúmulo de, nas passagens um pouco mais difíceis da estrada, correr na frente com os animais, deixando Cristina desnorteada e aflita para trás. Quando aquele caminho incerto se tornou uma estrada regular, Cristina, que já estava muito fatigada, usou de violência para que houvesse um descanso. Também alguma coisa a preocupava — além das preocupações que já havia experimentado até ali: seu aspecto. Dentro de poucas horas estaria com Tiago e temia pela maneira com que deveria ser apresentada a seu futuro marido.

Uma copada árvore dava sombra suficiente para que toda a comitiva descansasse ali. Cristina procurou repousar; depois, mesmo com a má vontade de Aimbé, abriu sua arca, tirou um corpete, vestiu-o, alisou os cabelos, enrolou a mantilha novamente em torno do pescoço e passou a inquirir no seu pequeno espelho de prata se a viagem não a tornara demasiadamente vermelha e manchada de sol. Fixava a atenção na pele, que estava rosada e até lhe ajuntava um aspecto de saúde diferente. Cristina era morena, de um moreno pálido, e jamais tivera essa glória que é o sangue nas faces das mulheres louras ou muito brancas. Teve uma curiosa impressão ao se ver enrubescida de sol, como se isso fosse um presente de Deus para que ela não chegasse com o seu ar de sempre, excessivamente severo, na cor das moças fechadas, bordadeiras e recatadas. Observava seus olhos, um pouco próximos do nariz, fendidos, apertados nos cantos, olhos sempre molhados e que representavam demasia de vida e de calor de mocidade, num rosto de linhas retas e falto de sensualidade.

A boca estava rubra, sem que precisasse morder o lábio fino, como costumava fazer, quando saía de casa. Em criança, preocupara-se em comparar seus lábios, pobres de carnes, com os de mulheres que conhecia. Na viagem, sua boca descorada adquirira um contorno diferente, porque sobressaía de seu rosto, com a cor que o sol lhe emprestara. Tão comum no tipo português, um leve buço sempre fora seu cuidado. Achava que ele ainda sombreava mais seu rosto pálido, e agora — surpresa! — o pequeno buço queimado de sol era penugem de pêssego num rosto que nem de longe demonstrava as guardadas e infinitas perturbações.

Enquanto Cristina fazia essa consoladora descoberta, e tendo Aimbé, com os dois índios, descido à margem da estrada para apanhar água num córrego próximo, uma comitiva se aproximou. Cristina guardou o espelhinho e ficou a olhar, intrigada, para uma personalidade que marchava à frente, montada numa besta, e que vinha tão cheia de mantos e imponente que ela tomou por algum fidalgo excêntrico a andar naqueles ermos, coberto de magnificências, embora montando animal inferior. Só muito de perto foi que reconheceu: o cavaleiro era Joana Antônia, que vinha, não atrás do cortejo, como acontecia com Cristina, mas à sua frente, num ímpeto de general, e levando os homens, que a acompanhavam aos berros. Ao passar perto de Cristina, descobriu a companheira de viagem sentada junto do tronco da árvore, e toda ela, em cascatas de panos e de plumas, se derramou do alto da montaria para a moça:

— Que grande gosto meu o de vê-la, minha senhora — disse cerimoniosa, mas alegre. — Por que, com tão bom tempo, estais aí sentada? — E num estado de ânimo que admirou Cristina, sem esperar resposta: — Já me sinto outra, nesta largueza, com este cheiro de mato! Ai, meu Deus, acho que vou mesmo passar de pecadora a virtuosa... Estou tão feliz, ofegante e ansiosa quanto uma noiva donzela!

Que grande revolução se passara no espírito de Cristina! Ela, que tanto havia evitado a má companhia de Joana

Antônia, no barco, não pôde disfarçar um sentimento de alegre surpresa e riu para ela, dizendo:

— De longe me parecíeis um fidalgo d'El-Rei à caça. Como podeis suportar esta viagem tão largamente vestida assim?

Joana Antônia erguera a saia e de um salto se pusera no chão, ao lado de Cristina:

— Ora, vou lá perder minhas pétalas?... Numa terra onde as mulheres nada têm para vestir? Na falta de outra honra, trago esta aqui de sobra.

Cristina continuava rindo para Joana Antônia. A antipatia que experimentara por Aimbé e por seus escravos fizera com que ela apreciasse o encontro de Joana Antônia de maneira absolutamente diversa do que podia esperar. Mas, quando Joana Antônia se referiu à falta de vestidos das mulheres, voltou-lhe a cruel aflição e disse:

— Joana Antônia, imaginai que vou chegar de mãos vazias. Uma de minhas arcas, justamente a que levava os presentes para a família de Tiago, rolou no despenhadeiro! Estou pensando como me vou apresentar sem um agrado sequer...

Joana Antônia soprou com violência a pluma do chapéu, que amolecera ao sol e pendia como crista de galo velho sobre seu rosto forte e belo, apesar de tanta extravagância:

— Não me esquecerei — disse ela, séria — da bondade que tivestes para comigo, impedindo que fosse levada por aquele soldadinho. Escolhei na arca que levo umas quantas coisas para vossa gente. Se não vos amedronta o cheiro de pecado... as fazendas são boas.

O velho sentimento de asco pelas mulheres de má vida voltou em Cristina de maneira imprevista, logo que Joana Antônia falou em cheiro de pecado. E mudou de tom, dizendo em voz mais apagada:

— Não vos preocupeis; saberei arranjar-me sozinha.

Joana Antônia também não insistiu. E, voltando novamente à sua besta ruça, montou-a com desenvoltura, pondo fim à conversa:

— Se fazeis isso de cerimônia, muito bem; sofrereis da cerimônia quando chegar a ocasião própria. Adeus, senhora Cristina, não quero perder tempo. Vou mandar Davidão surrar estes escravos, que cochilam em pé. Nunca vi gente tão preguiçosa em minha vida.

Joana Antônia, inteiramente dona daquelas paragens de grandeza, se afastou, seguida pelos escravos a pé e de caras tão sofredoras como sentenciados. Mais adiante, Joana Antônia rompeu numa alegre canção das tascas de Lisboa, e a sua voz, ardente e entusiasmada, chegou a Cristina como um estranho estímulo. Pensou como são as coisas neste mundo de Deus. Não era possível que, por uns poucos pedaços de pano e pela falta de alguns objetos, ela pudesse ser tão amesquinhada, a ponto de que a mulher de má vida se sentisse muito mais segura e importante. Riu sozinha, um riso meio de amargura e meio de entendimento com ela própria. Aprenderia a fazer de si mesma confidente, consolo. Enquanto chamava, com voz sonora, a Aimbé e a Tuiú, pensava que daí por diante teria muito que tirar de suas próprias forças. Ai, tão distante o irmão! Ai, tão longe a terra! Até mesmo sua pequena e mesquinha vida desgostosa de lá longe lhe parecia como um teto, uma proteção. Ela agora sentia que, embora caminhando para uma grande casa, com muita gente, estava só, com sua força ou sua fraqueza.

# IV

Quando Cristina se avizinhou de Piratininga, uma ilusão lhe ofuscou o olhar. De longe, a vila parecia importante, eriçada de fortificações, com altos muros e paliçadas. Mas, ao chegar perto, viu que aqueles eram restos de muros e toda aquela aparência sofria de incrível desmazelo. Eram ruínas. Entravam e saíam livremente os porcos; crianças patinhavam na lama a seus pés. Mais lhe parecia a Vila de São Paulo, ao penetrar nela, uma aldeia em abandono. Ao transpor uma pequena ponte, por ali se quedaram ela, Aimbé e Tuiú à espera do outro índio, mandado, havia horas, como mensageiro, avisar a gente da Lagoa Serena.

Cristina se sentiu abandonada na espera. A chegada de estrangeiros não atiçava o povo, que deveria ter ficado atrás das janelas, nessa vila estranha. Cristina perguntou a Aimbé:

— Piratininga é isto? Nada mais?

Aimbé franziu o rosto sardento:

— Piratininga morre todo dia da semana. Só tem vida dia santo, dia de festa. Aí fica tudo uma beleza.

A espera pareceu-lhe um século. De quarto em quarto d'hora, chegava-lhe, de longe, ao ouvido, a voz triste do sino do Colégio. Procurava observar, no pouco que via, os costumes da nova terra. Mas tudo era tão estranho, contrastando com todas as normas até ali apreendidas por ela! Passava um senhor, acompanhado de um escravo preto seminu. Trazia o homem chapelão de feltro importante, um antigo traje de cerimônia, mas seus pés iam nus pisando as pedras. Houvera apreciado o edifício que deveria ser o mais rico da cidade —

o da Câmara. Ainda que encimado por uma espécie de torreão, que ostentava no topo a bandeira com a cruz de Malta — que lhe mandava como que o único adeusinho gentil —, sua importância era relativa unicamente aos outros pequenos prédios do lugarejo. Em Lisboa, podia passar por uma prisão de bairro. E a moça, na sua espera, não se descuidava, a alisar-se, a pentear-se, a enxugar o suor do rosto. Imaginava que, em breve, apareceria ali um luzido cortejo para acompanhá-la à Lagoa Serena. Por mais rústico que fosse esse país, por certo haveria ele de se interessar pelas pompas do noivado, que cabem até mesmo nos sítios mais distantes do campo, em Portugal. Pensava que, em breve, numa nuvem de pó, surgiriam Tiago, seus irmãos e toda uma pequena corte de amigos e de parentes, para vir saudá-la. Tanta aflição de espera lhe punha um frio desconhecido no corpo. E de repente, como se o seu pensamento fosse uma antevisão, ela viu, num canto de rua de casas baixas e encostadas, surgir um cortejo composto de seres confusos, que gritavam, num tropel de cavaleiros e de homens a pé, cortejo que desceu a ruazinha e desembocou perto da ponte, aos gritos de Viva a noiva! Explodiram foguetes. "Que visão tão cômica!", pensava ela, perplexa. "Que gente tão especial!"

Aimbé lhe puxou o braço:

— Olha lá atrás!

Ela se voltou. Além da ponte, Joana Antônia, ela mesma transformada numa espécie de estandarte vivo, esperava risonha e orgulhosa o magote de estranhos cortesãos. À frente, ia um cavaleiro de gibão de couro, que mal se fechava no ventre sacudido pelo andar do animal. O chapéu escapava para trás, descobrindo-lhe a face redonda. Era pachola, muito típico. "Eis Davidão", Cristina viu logo. Ele havia também vindo de Portugal, mas agora era tão de Piratininga como um peixe pertence ao rio. Riscou pela ponte em algazarra e estrépito o noivo Davidão com seus amigos. Cristina acompanhou o teatro de abraços e de festas. "Joana Antônia escolhera marido tão ruidoso e comunicativo quanto ela mesma", pensou.

E logo Davidão, Joana Antônia e todas as pessoas passaram rente à moça. Joana Antônia, vendo-a, parou:

— Dona Cristina — disse —, aqui está a flor dos noivos de São Paulo! Vede bem, pela sua grossura e por seu vestir, que é homem de vida farta. Acabaram-se os maus tempos para mim!

O noivo pareceu extremamente lisonjeado com essa declaração. E, batendo com certo carinho na própria rotundidade, disse:

— Ai, quanto à vida farta, é bem verdade o que diz a menina Joana Antônia! Toda esta glória do bom viver quase me vai por água abaixo, pelo cuidado que tive com a viagem da minha rica noivinha. Mas agora não lhe faltará nem proteção nem carinho.

Ao que Joana Antônia respondeu:

— Estás bem certo de que terás mulher para proteger? Ou para ajudar a mandar? Mestre Davidão, nunca fizeste um tão bom negócio quanto este que me trouxe aqui. Tenho ganas de te ajudar em teu empreendimento de tal forma que havemos de ser, se não príncipes, pelo menos os senhores mais ricos desta terra. Ainda bem que não escolheste mulher rezadeira, mas de tino e coragem.

Cristina ficou chocada com essa assombrosa falta de modéstia. Mas a própria Joana Antônia a fez sorrir, dizendo:

— Dona Cristina, se estiverdes enfarada de vossa vida e de vossa gente, procurai a mim e a Davidão. Estou tão contente! Davidão, não vamos perder tempo. Toca para casa!

Davidão fez um cumprimento para Cristina:

— Pois, quando quiser, venha a menina à nossa casa. Sou um homem muito conhecido. É só procurar pelo Davidão que até mesmo os cachorros lhe ensinam onde moro. Quando vier a alguma função da igreja, esteja em nossa casa, que teremos gosto em hospedá-la. E também, se tiver qualquer coisa para vender, não deixe de procurar-me, que eu dirijo o negócio. Não há estrangeiro que não tenha tido comigo um ajuste. Eu vendo, eu troco, tudo debaixo do bom desejo de fazer não só fregueses, mas amigos.

Cristina foi mais calorosa do que supunha:

— Que Deus vos abençoe — disse. — O vosso entusiasmo me aquece o coração.

E, ao dizer "aquece o coração", sua voz se encolheu e tremeu um pouco.

Lá se foi despachado o cortejo dos noivos, seguidos por uns poucos basbaques de pés descalços, uns pobretões alevantados, de aparência sadia, que ela mais tarde veria, multiplicados, pelas ruas de São Paulo de Piratininga. Eram boa gente, gente simples do lugar, tão pobres de roupa quanto ricos de liberdades e soltos na vida, com alegria dentro deles. E depois, quando os sinos já lhe haviam cantado tantas vezes, o índio veio de volta. Chegou, a cabeça pendida, descoroçoada, e disse:

— Não tem homem.

Cristina ficou sem entender:

— Fala, criatura, explica-te! Que queres dizer?

— Não tem homem. — E depois de uma pausa: — Só tem dona lá na Lagoa Serena. Homem está tudo no Sertão e ainda não voltou. Mãe Cândida está esperando vosmecê lá na Lagoa Serena.

Não foi nem desânimo. Foi um começo de ódio que Cristina experimentou. Grande desconsideração, aquela! Era muito menos importante a sua chegada do que a da pobre Joana Antônia, acolhida com tanta festa e tanta alegria. Avisado a bom tempo fora Tiago. Bem avisados foram todos. Ela não podia conceber uma chegada no meio de tamanha indiferença.

Atravessaram uma várzea. Acima dos barrancos se alinhavam casas pobres, de taipa. Mas havia em São Paulo de Piratininga uma altivez incompreensível. Da várzea, as pequenas casas pareciam crescidas naquele aumento do barranco. Cristina pensou, uma raiva surda a lhe apertar a garganta: "Tanta pena, tanto cansaço; uma subida como se nós fôssemos à catedral do topo do mundo! E, ao chegarmos, isto: uma pouca sujeira". Lembrava-se do que Aimbé lhe havia dito, "Piratininga bela", e não ria porque estava tão acabrunhada que não podia imaginar quando poderia dispor da naturalidade de seu riso.

Umas três ou quatro horas depois, atravessaram o rio. Sobre ele deslizava mansamente uma balsa, onde um homem branco, solitário, viajava, cantando, feliz, certa mistura de canção d'Europa e de harmonia nativa. Ao ver os viajantes na outra margem, acenou com o braço, e lá se foram minguando na distância sua voz e seu vulto, com uma alegria diferente.

Cruzaram uma propriedade.

Um negro, vestindo alva roupa de algodão, tão branca de luzir ao sol, contrastando com sua pretura opaca, veio cumprimentar, em nome de seu senhor, a moça viajante:

— Meu senhor João Antunes lhe manda dar bom-dia e convidar para visitar a fazenda. Meu senhor está de comida posta na mesa.

Aimbé disse a Cristina:

— Tem que aceitar.

Mas Cristina respondeu:

— Diga a seu senhor que fico muito agradecida com o convite. Logo estarei de volta aqui e, então, terei o prazer de me sentar à sua mesa. Mas hoje estou muito fatigada e quero chegar depressa à Lagoa Serena, para onde já vou com atraso.

Esporeou o animal, mas o conteve, ao ver que o negro se abaixava, desanimado:

— A bênção, sinhazinha!

— Deus o abençoe — disse ela, admirada.

E aí, com mais violência, tomou o caminho da Lagoa Serena. Ouviu, apesar do trote rijo da sua montaria, o comentário amargo de Aimbé:

— A dona... está começando errado. A dona... está com dengue demais... Não tem homem, não tem mesmo: não adianta ficar zangada.

Muito tempo depois ela se lembraria da primeira visão que tivera da Lagoa Serena. A lagoa, rente à pequena aldeia de casas e de compartimentos da Fazenda; e, descendo a encosta, os bois carregando um carro transbordando de lenha. Os edifícios — muitos —, a casa alta, de taipa, com uma varanda, e mandando ao ar um fumaceiro alegre; o moinho, as casas menores, o paiol, o muro a cercar a ilha edificada no mar de vegetação, e, diante do muro, no chão limpo, uma fila estranha, toda composta de mulheres. Ao centro, a cabeça altiva e branca de Mãe Cândida, batida de luz, os cabelos soprados pelo vento da tarde. E, ao lado as filhas, a nora, todas com ar cerimonioso e ao mesmo tempo simples de disciplina. Do grupo se destacou Mãe Cândida. Cristina viu-a caminhar com uma particular dignidade de maneiras, enquanto sua saia de tosco riscado lambia o chão de terra pisada. Abriu os braços:

— Seja bem-vinda, minha filha!

Cristina, desajeitadamente, desceu do animal, beijou a mão calosa e morena, mão de serva, mas talhada em linhas fidalgas. Sua raiva — ela não entendia bem — como que se fora de repente naquele beijo filial. Já Mãe Cândida puxava-a para si, a abraçava num abraço rústico, um pouco duro. Mas seus olhos pretos, pestanudos, de sobrancelhas negras, que lutavam contra a branquidão dos cabelos, impondo energia e um resto de mocidade, estavam cheios d'água:

— Pobre da minha filha — disse ela. Beijou Cristina na testa: — Compreendo a sua decepção por não encontrar Tiago aqui à espera. Mas... quem sabe se isso não será melhor? Assim vosmecê vai vendo a sua própria casa e a sua própria gente, nós, todas — mostrou as outras mulheres —, estudando nossos costumes para que ele a conheça já como filha da casa.

A larga porteira se abriu. Mãe Cândida, segurando o braço de Cristina, entrou em casa. As mulheres cochichavam, meio tímidas, meio curiosas. Havia em tudo uma extravagante mescla de imponência e pobreza, que feriu o coração de Cristina. Tão malvestidas! Logo mais teria de revelar seu segredo. Em vez de raivosa, ela estava novamente com receio. Fora entregue às mulheres da Lagoa Serena. "Perdoariam elas a sua triste chegada de mãos vazias?", pensou, filosofando. "Desculpem ou não desculpem, decepção por decepção, afinal também todas elas me parecem meio escarninhas, meio diferentes. Só Mãe Cândida será o meu porto seguro!"

Em tudo que vira até ali, não havia — ela mesma não se explicava bem por quê — encontrado a firmeza do apoio e da simpatia que a figura de Mãe Cândida lhe impusera à alma.

Entraram. A sala enorme era mistura de salão de recepção e de depósito de arreios. Sentou-se com Mãe Cândida num sofá tosco e duro. E, então, viu-se cercada de mulheres: mulheres morenas, severas, que a olhavam, obstinadamente, hesitando na pergunta. Uma pergunta que ela bem sabia qual era: "Que é que vosmecê trouxe para nós?".

# V

A impressão de que todas aquelas mulheres eram escuras de rosto dentro de alguns instantes se modificou. A vista que delas tivera fora tomada de diante da janela, que recolhia um muito de sol da tarde e um tanto da lagoa, morta e brilhante. Sobre esse fundo luminoso se recortavam as imagens das mulheres que seriam vultos de sombra. Dessas criaturas, Mãe Cândida puxava uma pela mão: era Margarida, sua nora, a que esposara o irmão mais velho de Tiago. Mãe Cândida apresentava as duas moças, dizendo:

— Margarida lhe vai ensinar a gostar da Lagoa Serena.

Anos depois, Cristina ainda se lembraria de sua admiração por aquela graciosa figura que sobressaía das outras mulheres, como se ela fosse uma fidalga menina de paço, ali encontrada, não se sabia por que espécie de acontecimento. Até no vestido era diferente. Enquanto todas as outras usavam saias de algodão e corpetes soltos, também de algodão, Margarida estava com uma linda blusa de seda e uma saia de chamalote. Além disso trazia joias, brincos, colares e o cabelo louro penteado irrepreensivelmente. Parecia injusto ver, na mesma fazenda, uma tão chocante regalia de luxo. Todavia, ela não devia ser invejada ou estar em rivalidade com as outras, porque, enquanto falava, as cunhadas a olhavam com interesse e uma espécie de ternura, como se fosse o orgulho de todas. Margarida, com muita espontaneidade, disse a Cristina:

— Vosmecê não pode imaginar como estamos encantadas. Quem manda buscar mulher em lugar tão distante não sabe o que vem.

Nesse momento as outras sorriram.

— Sempre, cá para estas bandas, vêm ou as infelizes, ou as feias, ou as que fogem. Quem tem noivo e quem tem vantagens não vai deixar tanta gala e tanta pompa para vir a Piratininga. Que vosmecê não se admire...

E Margarida ria, ao mesmo tempo que seus olhos se enchiam d'água e ela ficava subitamente vermelha.

— Nós aqui apostávamos como vosmecê devia ser. Mana Rosália dizia que vosmecê devia ser muito gorda.

Basília, a filha mais velha da casa, muito parecida com Mãe Cândida, um pouco seca, disse, meio amuada:

— Não era por mal. Nós sempre ouvimos falar que tudo que se ganha é para engordar o povo do Reino.

Cristina sobressaltou-se. Mas já Margarida continuava:

— Todas nós brincávamos com Tiago, mas ele, afinal, era só quem tinha ideia certa e disse que vosmecê não devia desmerecer o retrato que carrega sob o pano da camisa!

Ela se sentia um pouco enleada. Não sabia como principiar a conversa, até que Mãe Cândida lhe deu a oportunidade:

— Venha, minha filha. Vosmecê precisa conhecer seus aposentos e também descansar da viagem. Depois que repousar um pouco, vamos à janta. Rosália lhe preparou uns doces de que vosmecê, estou certa, vai gostar.

Cristina quis corresponder à amabilidade e disse, afinal, o que todas as mulheres estavam esperando. Falou, já no hábito da terra:

— Eu trouxe... uns agrados para vosmecê, Mãe Cândida, e também para todas!

Acenderam-se sorrisos pelas faces. Mãe Cândida foi perfeita:

— Vosmecê não precisa se incomodar agora. Nós todas temos tempo de sobra, enquanto os homens estão fora. Deixe pra se ocupar com essas coisas amanhã.

Cristina voltou a falar, verificando, obscuramente, que a boa acolhida lhe dera uma possibilidade de se sentir não abaixo, mas acima das moradoras da Lagoa Serena. E apesar de que nunca fosse esperta em manhas e artifícios, já importante pela recepção, acabou em mentirosa:

— Infelizmente, Mãe Cândida, vejo que vosmecê ainda não recebeu a arca.

— Que arca? — perguntou Basília, com os olhos brilhantes.

— Como estava dela muito cuidadosa, o senhor capitão-mor, a quem fui recomendada na viagem, tomou a si o encargo de fazê-la despachar, juntamente com envios seus, para Piratininga. Disse que, com isso, aliviava as minhas preocupações. Agora, estou percebendo que a arca não chegou, porque senão me teriam dado notícias dela.

Basília franzia as sobrancelhas:

— É estranho. Vou mandar perquirir. Em que tempo estamos nós que mesmo os trastes do capitão-mor não têm segurança em seu destino?

Cristina não ficou sabendo se ela estava ou irônica ou penalizada. Margarida desmanchou qualquer má impressão:

— Ora, tenho recebido tanta coisa de mais longe! Por que só vosmecês teriam menos sorte?

Mas já as mulheres acompanhavam Cristina, que ia conhecer seu quarto de solteira. Quando casasse, teria habitação mais larga e importante.

Atravessaram a sala onde costumavam comer em recato quando havia visitas masculinas. Os homens ficavam a rir, a conversar e a falar alto, inteiramente à vontade, no salão vizinho.

O quarto de Cristina dava para uma pequena antecâmara, que comunicava com os aposentos de Rosália e de Basília. Era muito simples: as paredes de taipa cobertas de cal, um catre com pano limpo de algodão, uma arca ao lado da cama. Sobre a pequena mesa, a bacia de cobre, já posta com água.

As mulheres não pareciam envergonhadas da simplicidade e até da penúria daquele quarto da noiva. Ela sentiu um aperto no coração, mas não estranhou mais. Quando em Lisboa lhe falavam da riqueza da família que agora vivia nas lonjuras do novo país, não sabiam como essa riqueza era falsa. Margarida enlaçou-a e, mostrando com uma graça faceira a bacia de água fresca, riu, desenvolta, dizendo:

— Ah, dizem que as mulheres de Lisboa têm duas caras, mas que a verdadeira só o diabo lhes sabe. Aí está a água, minha mana. Vamos ver a sua face verdadeira depois que conhecemos a de cerimônia. — E já sem poder mais sufocar aquele natural ruidoso e comunicativo, passou-lhe a mão pela nuca: — Lave esta carinha de freira. Vamos ver!

As outras riram. Cristina riu também. E, abrindo a gola do vestido, hesitou:

— Mãe Cândida, com permissão de vosmecê.

Mas, nesse instante, Mãe Cândida já havia saído silenciosamente, acompanhada de Rosália. E Margarida e Basília seguiram curiosas o desvestir da moça, estudando-lhe o pescoço, o busto, as rendas e as roupas de baixo, como se ela fosse objeto de grande raridade.

Margarida ajudou-a a lavar o pescoço, as orelhas, dizendo:

— Também sabemos que lá no Reino a moda é dos cheiros e da esfregação da pele com unguentos e perfumes. Mas aqui os índios nos ensinam o banho da água fresca. Isto é só por hoje, porque amanhã cedo vosmecê, se quiser, pode ir comigo, de camisolão, no remanso da lagoa, tomar um banho muito melhor!

O jantar foi servido às quatro horas da tarde, na grande mesa coberta por uma infinidade de pratos, com a comida a fumegar. Pela janela, sempre aquela visão da lagoa, morna e parada. Uma lâmina a cortar a vista dos campos. Havia grande quantidade de carne de porco guisada e muito cheirosa. A mesa era farta, como Cristina jamais vira tanta fartura na quinta onde vivera. Tudo era posto de uma vez: viandas, farofas, compotas. Os escravos não traziam bandejas à mesa. Eles se recolhiam à cozinha, depois de ter preparado tudo. Ao iniciar a refeição, Mãe Cândida, que a ela presidia na cadeira importante — a única de espaldar —, se levantou e, levando a mão à testa, disse:

— Santa Cruçara angau arecê.

As outras mulheres repetiram:

— Santa Cruçara angau arecê.

A recém-chegada assustou-se. Seriam aquelas mulheres todas dadas a magias e a bruxedos? Permaneceu levantada, mas hirta, de olhos espantadíssimos, a inquirir a estranha gente, que dizia aquelas palavras misteriosas. Rosália, a seu lado, apertou-lhe o braço. A caçula disse baixo:

— Vosmecê reze também.

Mãe Cândida percebeu o embaraço de Cristina e, se interrompendo, falou às filhas:

— Cristina ainda não sabe. Vamos dizer mesmo na língua dela. — Voltou a persignar-se e então, com aquela sua voz máscula, tão parte dela mesma, disse: — Pelo sinal da Santa Cruz, livrai-nos Deus...

Cristina respirou, aliviada. Em Lisboa, vivia com temor das feiticeiras e da ralé de religião proibida. Receara ter caído no meio de mulheres que, às escondidas de seus homens, fizessem o que tantas faziam no silêncio e no segredo dos lares portugueses: passes de magia, orações supersticiosas, coisas que infestavam as casas mal protegidas. O sinal da cruz acabara por dar a Cristina segurança e estabilidade, e foi com alívio que ela honrou o primeiro jantar na grande casa de Lagoa Serena. As mulheres comeram em silêncio, e a recém-vinda apreciou a deliciosa compota de frutos desconhecidos que Rosália, a caçula da família, havia feito. Quando estava tranquila e satisfeita, olhou a porta que dava para a larga cozinha e viu nela plantado, de mãos à cintura, Aimbé, que a fitava, curioso, como a ver seu desempenho.

Então pediu licença à Mãe Cândida, dizendo que ainda tinha que dar algumas ordens. Levantou-se do banco e disse ao mestiço, bem alto:

— Depois me procure, que lhe vou dar um agrado pelo serviço que prestou. — E baixo: — Feche o bico sobre a arca que caiu!

Aimbé continuou com a mesma cara vagamente divertida. E a moça retomou seu lugar. Margarida então disse a Cristina:

— Já falei com Mãe Cândida, e ela me deu licença para carregar vosmecê até lá em casa. Vosmecê não quer acabar seu dia fazendo visita?

Rosália, então, voltou para Cristina o rosto redondo, picado de sardas, vivo e trigueiro:

— Ah, vosmecê vai ter uma surpresa muito grande com a casa de Margarida! Depois vosmecê nos conta se lá, pelas suas bandas, também tem casa assim. — E um pouco inconveniente: — O perigo é a gente gostar demais...

Basília frechou a irmã com uma frase severa:

— A nossa casa é tão acolhedora quanto a de Margarida. Apenas não é tão enfeitada, e vosmecê não precisa desdenhar do que é seu também.

Mãe Cândida disse sem se mostrar aborrecida:

— Podem levantar, meninas.

Cristina respondeu a Margarida:

— Estou um pouco fatigada. Gostaria de me deitar.

Margarida foi imperiosa:

— Vosmecê descansou demais, jantou até demais... Não faça dengues comigo.

Puxou Cristina pelo braço e logo, fora de casa, chamou um escravo que dormitava rente a um tronco de árvore, mandando-lhe aprontar as viaturas. Eram essas viaturas apenas duas cadeiras comuns amarradas a longos paus. Em breve, Margarida e Cristina se sentaram e foram atravessando, lado a lado, carregadas por quatro escravos negros, a porteira da fazenda. Do alto, Cristina viu o campo coberto de arbustos e estatelar flocos de neve. Margarida mostrou, com o dedo em riste:

— Aquilo ali dá a roupa de que a Lagoa Serena precisa. Nós não temos o linho do fino corpete de vosmecê. — E mais adiante mostrou o trigal ondulando ao sol e que se escondia atrás de um corte escuro de mata: — Quase tudo isso aqui é obra de Mãe Cândida. Vosmecê conheceu hoje uma criatura extraordinária. — E rindo: — Mais homem que muito homem...

Ladearam um riacho, um pequenino braço d'água da lagoa.

A casa de Margarida ficava fora da povoação que constituía a fazenda. Era toda faceira, não coberta de palha, como a maioria dos edifícios da fazenda, mas de boa telha vermelha. As janelas tinham rótulas, e à frente se via um pequeno rosal.

Cristina ficou deslumbrada:

— Rosas por aqui! Tantas rosas! Nunca pensei que aqui houvesse rosas!

Margarida não sorriu:

— Vosmecê pensava que espinho não dá flor, não é?

Ainda havia um resto de luz para que Cristina observasse minúcias da casa. Reparou no mosaico da entrada, cobrindo o chão, nas pinturas das paredes. Deteve-se, deslumbrada, a examinar as extravagantes ornamentações que atulhavam a casa da nora de Mãe Cândida. Em cima de uma pequena mesa, coroas de penas, de cores alegres: a um canto, um pano trançado de fibras, com franja de colorido vivo. Margarida fê-la sentar-se num catre coberto por uma colcha de raro adamascado. Junto, havia outra mesinha com quantidade de conchas de toda espécie. E, quando Cristina se sentou e baixou os olhos para os pés, reparou que eles pisavam o couro de enorme fera, parecendo um tigre. A vista ficou alegremente impressionada com aquela confusão de objetos diferentes. Não lhe parecia a casa de um bom gosto admitido por sua gente, mas era alegre e agradável. Do pequeno terraço, ao lado, vinham gritos de aves, e uma delas imitava o falar humano, dando ordens engroladas, que se espalhavam sonoras. Margarida ficou a observar Cristina, esperando sua aprovação. Via-se que a pressa em mostrar a casa denotava o imenso orgulho que sentia. Cristina disse:

— Aqui é diferente de todas as casas que meus olhos já viram. Acho a sua mais do que bonita: ela me faz pensar em lendas e coisas que se escutam na infância. Não tem jeito de casa, mas eu vejo que lhe deve dar muito conforto e satisfação.

A outra exultou:

— É isso mesmo — disse. — Não tem jeito de casa. Por que todos devem morar da mesma forma? Nossa casa... minha e de Leonel... faz um pouco o milagre que as mulheres daqui tanto desejariam realizar. Veja, Cristina, vosmecê está tomando parte nas viagens de meu marido e nas minhas também.

Mostrou as conchas:

— Aqui estão lembranças de Itanhaém. Aquela rede veio das Minas, e foi um companheiro de Leonel que a cedeu. E este tapete aqui foi feito do couro de uma onça que meu pai, ele mesmo, caçou com seus escravos.

A voz do pássaro continuava, festiva e entusiasmada, a dar ordens.

— E aquele papagaio, que vosmecê está ouvindo, foi comprado de um viajante, no Rio de Janeiro. Essa colcha de adamascado, Leonel a comprou em Santos, de um inglês que diziam ser pirata. E vosmecê ainda não viu nem a metade dos tesouros que possuo.

Escurecera de vez. Margarida falou:

— Venha conhecer o Louro!

Subitamente, a ave silenciara. Um escravo havia acendido um facho. O pássaro encorujava-se no poleiro, e Cristina, então, o olhou rindo:

— Ai, tão pequenino e tão importante de fala! Bem dizem — falou, supersticiosa — que esta é uma terra de maravilhas e de assombramentos! Não esconderá esta ave alguma alma encantada?

Ela queria brincar, mas estava dizendo o que sentia.

Disse a dona da casa:

— É como muitos de nós! Muita fala, muita fanfarronada e muito pouca cabeça. Se este for encantado, o encantamento aqui se vê aos milhares, porque o Louro, antes de ser caçado no Sertão e levado ao Rio de Janeiro, vivia no meio de um povo de pássaros iguais a ele. O pobre, de vez em quando, ainda está a imitar os barulhos da mata de onde veio. Coce-lhe a cabeça e veja vosmecê mesma que bichinho tão sem maldade é ele!

Mas a visitante não quis saber de fazer a experiência:

— Ah, lá no Reino, as coisas que se contavam desta terra perita nas grandezas da magia, com seus feiticeiros perigosos! Pode ser que um dia eu tome confiança no Louro, mas tão de pronto, não.

Margarida riu sonoramente:

— É curioso; quando ouvia falar numa moça do Reino, pensava que ela fosse altiva e desdenhosa, mas nunca pensei que fosse medrosa. Vamos voltar, minha querida. Um outro dia eu lhe mostrarei a melhor coisa que tenho.

— Vosmecê pode me dizer o que é?

Margarida fez um muxoxo.

— Talvez vosmecê goste, porque é diferente, mas as outras mulheres da Lagoa Serena não gostam. Elas, quando os homens estão fora, se esquecem no trabalho. E eu, a mais preguiçosa de todas, faço uma coisa que muitos aqui censuram numa dona: escrevo! Por parte de meu avô, tenho a rima no sangue.

Foi esta, entre todas, a mais assombrosa das admirações de Cristina. Encontrar ali mulher letrada, e com aquela simplicidade e aquela travessura! Imediatamente, toda a simpatia e a proximidade que a figura de Margarida lhe pareciam significar se desvaneceram. A amiga que procurava nessas lonjuras poderia ser essa mulher que fazia versos?

— Vejo que vosmecê levou susto, Cristina. Mas a poesia é também lembrança da lonjura de Leonel e dos outros homens. Vamos ver o que é que vosmecê inventa para se ocupar quando for casada com Tiago.

Voltaram logo depois, nas suas cadeiras, e aquela frase ficou doendo no coração da noiva. Até mesmo a alegre Margarida vivia sofrendo de solidão.

# VI

Chegou um mensageiro à Lagoa Serena, e por ele ficaram as mulheres sabendo que os homens não tardariam a voltar. Houve muito alvoroço. Cristina pensou que chegassem na semana seguinte, mas Mãe Cândida sorriu:

— Depressa aqui, minha filha? São duas luas, pelo menos.

Como Margarida lhe dissera, as mulheres eram obrigadas a encurtar o tempo de espera por um trabalho quase sobre-humano. Elas não participavam, nunca, daquelas horas de ócio do mulherio do Reino. Mãe Cândida, então, era como a chefe de um pequeno Estado, um verdadeiro príncipe que encarnava em si todos os poderes. Estava sempre aprumada, ereta, sem dar sinais de cansaço e de fraqueza. Começava seu dia com os próprios escravos, ao toque da madrugada. Não ficava fechada em casa, a dar ordens. Ia pessoalmente fiscalizar os trabalhos de plantio e de colheita. Era tão dela aquele cheiro de pano limpo, recendendo ainda a roupa corada ao sol, como se tudo que Mãe Cândida vestisse não tivesse uso, fosse puro! Fresca de roupas, com a falta de faceirice total, apesar da sua ocupação intensa, ainda tinha tempo para se dedicar aos problemas de cada um de seus filhos.

A madrugada reunia as mulheres — menos Margarida — no salão da Fazenda, numa reza geral, em que participavam os escravos e as escravas, porém eles ficavam do lado de fora, ao relento, e eram só as suas vozes que povoavam de sofrimento e submissão a larga sala.

Havia um pequeno oratório com a imagem da Virgem, tendo aos pés um anjo. Ali ardia perenemente uma lamparina. Chamavam-na Madama do Anjo.

Rosália disse a Cristina, irreverente:

— A Madama só ganha iluminação quando os homens estão fora. No dia em que eles chegam, acabou-se. Apaga-se a lamparina. E ninguém mais se preocupa com ela.

Depois que Mãe Cândida saía para dar as suas voltas na Fazenda, muitas vezes acompanhada por Basília, Cristina ficava a ajudar Rosália na grande cozinha. Rosália tinha o orgulho de ter seu próprio comércio e mandar caixas e caixas de marmelada para longe dali. Todas as mulheres se ocupavam em trabalhos rendosos. Era extraordinário. Havendo tanto esforço e tanto êxito, faltava todo e qualquer luxo e conforto para tais mulheres. Cristina acabou pensando que isso se devia ao fato de que a Lagoa Serena tinha bocas demais, vidas demais, para serem nutridas e agasalhadas.

Depois do almoço, enquanto havia um ligeiro descanso para as outras mulheres, Mãe Cândida recebia seus doentes: também fazia de médico. Tinha um livro, que mandava Basília ler, e atendia aos escravos com toda espécie de chás e de unguentos feitos de banha de carneiro. Era um orgulho seu ter a escravaria bem-tratada e limpa de feridas. Uma vez, Cristina a viu lidar com certa negra da cozinha que tinha queimadura arruinada. Sobre essa queimadura, não se sabe que espécie de bicho venenoso ali pegou. Quando a moça vinha chegando, Mãe Cândida lhe fez sinal para que esperasse. Com a ponta de uma pequena faca, ela descarnava as partes podres da carne. O cheiro era tão intenso que, para prosseguir no seu trabalho, ela havia mergulhado algodão embebido em vinagre no nariz. O ferimento era tão grave que a negra não se queixava. A ferida havia matado a carne. Seria preciso chegar até a parte viva para que a escrava se restabelecesse.

A mais comunicativa da família era Rosália. Margarida dizia que ela mentia sem maldade, para se enganar, como fazia com seus versos. Procurava embasbacar Cristina, falando de assombrações que visitavam a Fazenda. Contava sobre um padre excomungado que havia muitos anos morrera numa tocaia, ali perto, e que perambulava ao redor da Fazenda. Muitos o haviam visto: ele estava sempre recitando uma litania não a Deus, mas a Satanás. Até diziam que a gente ruim do lugar, quando queria fazer algum malefício, invocava o padre endemoninhado, que era muito generoso na caridade do Mal. Enquanto Rosália, franzina, o rosto luzidio do fogo, todo pintadinho de sardas, contava essas coisas, batendo com uma colher de pau a massa espessa de marmelada fumegante, Genoveva, a mulata que superintendia os trabalhos das outras escravas — e que era a primeira pessoa da cozinha —, apertava a boca, fazendo um "hum-hum" significativo.

— Que é que vosmecê quer dizer com isso? — perguntava Cristina.

Então Rosália, acesa ainda pelas labaredas de sua invenção, a olhava com desdém sem rancor, dizendo:

— Vosmecê não sabe que Genoveva tem alma de sapo? Só sabe dizer hum-hum para tudo. Olhe aí: até cara de sapo ela tem também.

Genoveva não se zangava com a caçulinha da Fazenda e, muitas vezes, vinha com coisas raras e especiais, que agradavam à sua sinhazinha. Sempre o melhor sequilho era para ela. Às vezes, nem mesmo Mãe Cândida podia comer as broinhas mais tenras que lhe preparava. A menina era todo o seu enlevo e continuava a ser mimada, como quando ela a trouxera nos braços. Nunca lhe fizera censuras, senão com o seu hum-hum inofensivo. Rosália tinha um namorado misterioso, quase sobrenatural. Ninguém o vira. Gostava de falar dele, principalmente a Cristina, novata ali, a quem endereçava frases que se desmanchavam no ar, imprecisas:

— Quem me vai tirar disto aqui será meu amor. Eu não me vou casar com esses homens que, enquanto fazem um filho na mulher, fazem dez nas índias.

Quando ela disse essas palavras tão impróprias para uma menina de catorze anos, Cristina julgou de bom-tom repreendê-la:

— Mãe Cândida não gostaria de ouvir vosmecê dizer essas coisas.

Rosália respondeu:

— Eu não sou filha de minha mãe no sacrifício. Vá vosmecê escarafunchar na cozinha, no quintal, e aí por fora, que há de ver nosso sangue misturado ao desses macacos.

Justamente quando Rosália acabava de dizer esta frase, Basília veio chegando. E então a menina falou, com a maior naturalidade:

— Mana Cristina estava aqui me contando sobre as danças do Reino. A mana não quer aprender algum passo?

Basília disse com severidade:

— Tenho vinte e cinco anos e não sou mais moça de dar passos.

Ao que Rosália, com muita insolência, respondeu:

— Nem os de dança nem os maus passos... Não é mesmo, mana Basília?

Basília se dirigiu a Cristina:

— Vosmecê não se impressione mal com Rosália. Tem a língua solta, foi mal educada e mimada por todas nós. Eu lhe deveria ter, como mana mais velha, aplicado a palmatória, mas nem Mãe Cândida a corrige. E o resultado é este: uma menina sem modos, dizendo toda espécie de inconveniências. Eu lhe peço, Cristina. Não dê trela para suas conversas e, como pessoa mais velha, a censure e a corrija quando for oportuno.

Mas Cristina não tinha o menor desejo de ser severa:

— Rosália é muito inocente — disse.

Rosália explodiu num riso:

— Inocente, eu, dentro desta Fazenda? Posso lhe dar lições, minha querida. A experiência não se consegue só à própria custa, mas à custa dos outros: o que esses negros daqui e d'além-mar nos ensinam! E é só porque eu quero falar de gente... Porque a bicharada está aí solta para me dar aulas... Mana Cristina — disse ela com ternura —, lá fora não é lagoa, é torrente de rio, e torrente forte. Um tempo desses, nosso pai, que anda meio brigado com os padres...

Basília, que ia saindo, se voltou:

— Tenha comedimento, minha mana. Quando foi que nosso pai brigou com os padres?

A menina prosseguiu com violência:

— Eu não disse brigado, disse meio brigado, que é diferente.

Basília, franzindo as sobrancelhas, ordenou:

— Vosmecê pare aí. Eu acho muito bom. Porque vosmecê ainda não está livre da vara de marmelo! E antes que meu pai ou minha mãe tenham que lhe dar ensino, eu lhe dou, e com o direito de irmã mais velha.

Rosália não ficou intimidada:

— Ah, Basília, pode ser que Cristina tenha medo dessa sua cara de mamão-macho, mas eu sei que vosmecê tem um fraco por mim. Quem mais vosmecê há de querer? Não tem mais idade para arranjar marido. Tem que tirar a tenção desse propósito: amar pai e mãe é sacrifício que cansa. O pai, porque anda sempre longe, e a mãe, porque seu coração tem que dar para todos e não chega muito para a gente. Ora, vosmecê bem sabe que eu não sou só sua mana, eu sou sua filha torta.

E, intempestivamente, Rosália pegou a irmã pela cintura e lhe deu um beijo na face. Basília ficou hirta, e ela continuou.

— Oh, rosto ruim da gente beijar! Não admira que vosmecê não tenha arranjado casamento. Parece até cara de homem.

Pois este amontoado de grosserias não despertou em Basília uma reação à altura do ataque carinhoso. Suspirou fundo e disse com uma tristeza velada:

— Deus queira que a gente não se arrependa de ter criado tão mal este diabinho.

Então saiu. Saiu triste e, ao mesmo tempo, encantada, como se o afeto da irmã lhe fosse um tormento de amor.

Margarida vinha buscar Cristina para o banho da madrugada.

— Acorde, sua preguiçosa!

E como Cristina, ainda um pouco oprimida de sono, reagisse molemente, ela brincava:

— Olhe que vosmecê tem que desmanchar isso de que falam da gente do Reino. Que é povo que tem medo de banho.

Cristina abriu os olhos e disse:

— De água quente não tenho medo, mas dessa friagem da lagoa bem que tenho.

Margarida já vinha com o camisolão, e Cristina o vestia, se enrolando depois num largo xale. E lá iam as duas, antes mesmo da reza, quando a Lagoa Serena parecia conter a pouca luz que o dia dava em promessa.

Cristina achava que a lagoa amanhecia antes da terra. Ficava brilhando, viva, quando tudo ainda estava quieto, dormindo, envolto em trevas.

Ao chegar perto do remanso da lagoa, subiram o pequeno barranco, com um caminhozinho afundado entre a relva, e desceram — Margarida à frente — pelo declive escorregadio. Na árvore que crescia embaixo da alta borda da lagoa, Margarida pendurou o longo xale. Cristina fez o mesmo com o seu. E Margarida desceu com coragem para a friúra do banho. Esse remanso da lagoa ficava mais próximo da casa de Margarida do que da casa da Fazenda, além dos muros que a sitiavam. Ao entrar na água, Cristina ouviu um som confuso e longínquo, como uma frase imensa, despachada pelos ares.

— Quem está acordado, dando ordens? — perguntou Cristina, o queixo batendo.

Margarida riu, uma risada que se quebrava naquele frio de arrepiar:

— Minha mana, quem está dando ordens é o Louro.

— Cruz-credo! — respondeu Cristina. — Essa ave enfeitiçada acompanha a gente até no banho!

— É o único homenzinho por aqui! — falou a outra.

Cristina reparava: os pequenos pulos de Margarida faziam com que seu camisolão se enchesse d'água.

— Parece um tonel — disse. — Ou...

A outra não achou graça:

— Uma mulher prenhe? — E Margarida perdeu seu riso e sua animação. — Ah, bem que desejaria ter essa forma ridícula! Veja vosmecê, as mulheres, aqui, parece que cumprem o encargo que Deus Nosso Senhor lhes deu: povoar este mundo despovoado... As bugras, as negras têm filhos, como as bugias dos matos. Têm filhos do amor, têm filhos do desamor... E, no entanto, Leonel e eu, que formamos um par tão feliz, que nos queremos tanto, nunca tivemos a felicidade de ter um filho.

Ao que Cristina respondeu, esfregando os longos cabelos que lhe caíam no rosto e roçavam a água como sombra de negro salgueiro:

— Ah, vosmecê é muito nova!

— Por isso mesmo eu sofro, porque sou nova no sangue e no corpo, e um filho me faz falta, para acalentar a saudade do pai.

Mas já aí Margarida pareceu querer esquecer este assunto. Atirou-se de costas sobre a água, boiando, o camisolão unido ao corpo, tão bela e serena. Olhou o céu, onde as estrelas desmaiavam, e então perguntou:

— Vosmecê já conhece a Rabudinha?

— Que é que vosmecê está dizendo?

Margarida havia voltado à alegre disposição de sempre:

— Rabudinha é a outra bem-amada de Tiago.

— Deixemos de brincadeira, mana. Não sou forte em adivinhações. E vejo que vosmecê está querendo me confundir: pois, se Tiago tivesse mulher, eu não seria informada, e ainda mais por vosmecê, que é tão boa. Rabudinha... Que nome estranho! Será uma novilha? Ou quem sabe se não é uma macaquinha? Mas fale depressa!

Margarida foi saindo para a margem, grimpando o degrau lodoso da terra. E, enquanto Cristina deixava também o banho, ela, sacudindo a cabeça e os longos cabelos louros, que gotejavam água e claridade, disse:

— Venha conhecer a Rabudinha...

Cristina subiu pequena parte do barranco.

— Olhe lá a Rabudinha! — E apontou para a margem do céu, onde uma estrela cintilava, sanguínea, com um clarão que parecia encompridá-la ligeiramente, como uma lágrima descendo. E Margarida, extasiada: — Nunca ela esteve tão bonita!

Cristina ficou parada, sem saber o que dizer. E Margarida continuou:

— A Rabudinha, agora, não indica, para Tiago e os outros homens, apenas o caminho da Lagoa Serena. Ela mostra, principalmente, vosmecê. E é por isso que ela está tão linda, como eu nunca vi.

Cristina combateu aquela emoção que se apossava de sua alma naquele momento tão impressionante e imediato ao fim da noite:

— Vosmecê está fazendo poesia ou essa história é mesmo verdade?...

# VII

Um berro varou o escuro:

— Ei, Tiago! Tiago!

Nada. O silêncio, uns grilinhos, a voz dos sapos. O índio correu para junto de dom Braz Olinto:

— Meu senhor chamou?

— E tu te chamas Tiago? — disse o velho senhor do Sertão, com voz áspera.

O índio respondeu manso, com o queixo caído; ainda que dom Braz não lhe visse o rosto submisso, sua voz era doce e afetuosa:

— Mas, quando meu senhor chama, por qualquer nome, eu atendo.

Dom Braz ficou silencioso por um instante. Toda a gente ainda dormia. Ele já estava, havia muito, acordado:

— Vem cá, Parati. Vai por aí afora buscar Tiago. Não sei por que é que ele não me responde.

Parati respondeu com a mesma voz doce:

— Sinhozinho anda muito triste. Sinhozinho anda só querendo olhar as cunhãs do céu...

— Diacho — disse dom Braz Olinto. E aconselhou o índio: — Cuidado com o mato seco daqui por perto. Tem muita cobra. É melhor campear Tiago aí pela borda do rio.

Parati ficou muito lisonjeado:

— Meu senhor, Parati sabe onde pisa.

— Diacho! — disse o velho. — Campeia logo, seu respondão, que nós temos que continuar viagem daqui a pouco.

Junto do rio Tiago estava de pé, com o vento da madrugada a lhe bulir na barba, os cabelos compridos soprados por aquela aragem úmida e friorenta. Áspero, vestido de couro, com suas botas altas, ele ali estava olhando firmemente a barra do céu, onde a Rabudinha o espiava com seu olho dengoso, derretido, escorrendo luz sensual e vermelha. O índio o tirou do seu esquecimento:

— Meu senhor está chamando vosmecê.

Tiago se voltou, tão estranho, como se ele o houvesse acordado naquele momento:

— Que é que meu pai deseja?

— Meu senhor só fazia gritar: "Tiago! Tiago!". Está muito zangado.

Tiago sorriu. E pensou:

— Graças a Deus! Ele está no seu natural.

E foram os dois, Tiago e o índio, voltando para junto da tropa adormecida. Instantes depois, diante de seu pai, Tiago se apresentava:

— Que é que vosmecê quer de mim?

— Diacho, até já me esqueci! — disse o velho chefe. — Era uma coisa importante. Deixe estar que eu me lembro.

Mas Tiago teve vontade de rir quando o pai lhe perguntou:

— Como é, a Rabuda está vermelha?

— Está, nhor pai, a Rabuda em que vosmecê não acredita está dando passagem; disse que não vamos ter nem chuva e que o caminho está livre.

Dom Braz Olinto deu ordem a Parati que se fosse e depois, encarando a figura do filho que nascia do dia que despontava, com suas cores e seu relevo, o tomou pelos ombros, perguntando:

— Vosmecê, meu filho, anda triste. Quer dizer a seu pai o que o aflige?

Tiago disse:

— E por que haveria eu de andar triste, meu pai?

O velho ficou zangado com aquela falta de confiança, a falta da confidência:

— Tu não tens mesmo razão para esses dengues de mulher. Mas tu andas cheio de maus pensamentos. Um pai não se engana.

Tiago sentiu-se atingido com aquele tratamento de "tu":

— Vosmecê, meu pai, nem a um negro trata desse modo.

O velho subiu ao auge da raiva:

— Estou te dando confiança de te perguntar, porque sei que alguma coisa se passou. Se eu não trato meus negros por "tu", é porque eu conheço melhor meus escravos que meu filho.

Ouviu-se o soar de uma nota profunda. A trombeta de chifre de boi mandava ao ar o sinal para que a bandeira se pusesse de pé. Isabel, a sobrinha do capitão, ajustou seu casaco de couro, sacudiu a saia de flanela, aqui e ali com pequenos rasgões, esfregou o rosto com as mãos, trançou a cabeleira castanha e passou a mão ao lado, como a procurar algum objeto na relva. Parati passava junto.

— Parati — disse ela, em pânico —, a Morena estava aqui mesmo. Ainda há pouco eu a apalpei; estava dormindo quietinha.

Parati respondeu:

— Nhor Leonel vinha com ela no braço, andando por aí.

Quando Isabel ouviu isso, saiu furiosa à procura de Leonel. Mais adiante ela viu o primo ajoelhado ao lado da jaguatirica, que, deliciada, brincava com um passarinho já meio morto, numa diabólica dança em que a vítima, aterrorizada, era envolvida. Morena pegava o pássaro, ora nas quatro patas — e o levantava no alto —, ora o envolvia na cambalhota, para deixá-lo arquejante, respirando já seu finzinho de vida. Esperava, com sábia tenção, que se reanimasse um pouco e batesse as asas, num impulso desesperado. Voltava à presa, para mordê-la devagarinho e largá-la em seguida. Leonel apreciava isso tudo sem mudar de posição, a mão no rosto. E a prima, zangada, o interpelou:

— Quem lhe deu licença para trazer a Morena? Vosmecê bem sabe que eu não quero que lhe ensinem coisas más.

Leonel não riu:

— Acho muito difícil proteger a inocência de uma dona... quanto mais a de uma onça! Foi ela mesma que caçou o passarinho. E agora tem direito de ter o almoço temperado do jeito que quiser. Prima, acabe com a mania de fazer desta onça um gato. Onça é onça, gato é gato. Isto é bicho de natureza ruim. Não adianta vosmecê querer que ela seja diferente.

Já a manhã estava tomando conta da mata, do rio ao lado, do campo, e lutava contra um resto de névoa, que lambia a terra. Isabel pegou a jaguatirica no colo. Essa fervia uma raiva que não se atrevia a atacar a dona. Com o pé, Isabel esmagou o pássaro:

— Morre, estúpido, de uma vez, por ter caído em mão de onça!

A jaguatirica, subitamente, entre os braços de Isabel, se aquietou. E então, subindo pelo ombro, ali ficou tão solidamente encarapitada que Leonel riu:

— Essa Morena é rara. Será que ela não é mestiça de macaco?

Isabel disse, sem rir:

— Ela é uma jaguatirica como as outras, primo. Só que as outras não têm a piedade de ninguém, e essa tem a minha.

E, passando a mão no dorso da ferazinha, a puxou docemente para si:

— Vem, Morena, que ainda tenho um pouco de carne cozida de ontem para te encher a barriga.

Leonel olhou atentamente Isabel, naquela sua mistura de mulher e de homem. Os pés, sujos de pó, calçavam grosseiras sandálias. As mãos estavam cheias de terra nas pontas das unhas. E, no entanto, o rosto de Isabel, com fiapos de cabelos arrebentados caindo pela testa, era o de uma criança pálida e talvez doente. Leonel a observou.

— Prima — disse ele —, vosmecê não estará doente? Parece muito abatida.

Isabel caçoou:

— Vosmecê quer dizer que eu estou bem ruim de cara. Vá se espiar lá no rio e veja que vosmecê está tão maltratado que vai fazer susto à prima Margarida.

Isabel lá se foi com a jaguatirica a procurar seu tio. Nas viagens, ela caminhava sempre ao lado de dom Braz Olinto.

Mais tarde, a expedição se pôs de volta, ladeando o bosque. Dom Braz Olinto ia cavalgando, preocupado, ao lado de Isabel. Fechava-se num silêncio de mau agouro. Iam mais atrás Leonel, Tiago e um forasteiro de nome Bento Coutinho, que se associara ao grupo. Tinha vendido meia dúzia de escravos negros e uns vinte índios carijós, os quais iam algemados atrás da tropa, que dom Braz Olinto levava. Fizeram, os da empreitada, alguns negócios durante a viagem, em Taubaté e Pindamonhangaba. O ouro que traziam era pouco. Bento Coutinho era um homem falante, que fazia críticas acerbas à vida do Rio de Janeiro, à moleza dos costumes, e que se propunha a ir viver mais tarde no Sertão. Iria ou para a Serra, ou para as minas — não sabia bem ainda. Era homem solteiro, queria largueza e achava que o Rio de Janeiro era muito pouca coisa para sua ambição. Isso tudo ele dizia quase sem ser ouvido por Leonel e Tiago, que pareciam impressionados com o silêncio do pai. Enquanto Bento Coutinho, que havia também vendido algumas munições, lançava ao ar suas histórias, Leonel se levantava ligeiramente da montaria para abarcar com a vista o fim do comboio. Fechando a expedição, iam índios fiéis e armados, mandados por Parati, que fiscalizava os escravos.

A comitiva de dom Braz Olinto ladeou o bosque algum tempo. As árvores desfilavam, escuras e tristes, na paisagem serena. Vez por outra, as vistas se alegravam com punhados de pessoas que se deslocavam carregando suas famílias, até seus xerimbabos, em carros de boi ou a pé, naquela ânsia de mudar de vida e descobrir uma felicidade ou um pouco de ouro em qualquer lugar.

Algumas horas depois, quando haviam atravessado um campo, houve o acontecimento pouco comum. Isabel, que era mais filha de dom Braz Olinto que seus próprios filhos, foi levando a mão à cabeça, disse um "ai, meu Deus" curto, caiu mansamente sobre o animal e depois deslizou para o chão, onde ficou estendida, pálida, nariz afilado, a testa gotejando suor.

— Diacho! — gritou dom Braz Olinto, que se apeava.

Pararam todos. Dom Braz Olinto foi quem se acercou primeiro da moça, carregando-a com Leonel, para uma pedra próxima, à sombra de uma árvore, onde ele a fez sentar. Isabel abriu os olhos, vagarosa. E então parece que quis dizer alguma coisa ao tio. Mas as lágrimas lhe caíram aos borbotões, enquanto, aos poucos, recuperava a cor. Leonel disse:

— Eu bem achei que vosmecê estava doente.

Isabel limpou os olhos na saia velha e furada:

— Eu sou lá mulher de emperrar a vida alheia? Por minha causa meu tio não se iria atrasar.

— Diacho — disse dom Braz Olinto —, sempre esta falta geral de confiança em mim. Que é que sou, um assassino? Um desgraçado? Ninguém tem confiança de me contar suas aflições?

— Nhor tio — disse Isabel, também zangada. — Doença de mulher é coisa que não conta. Quantas vezes eu já me senti assim indisposta? Só que não bambeei como desta. Tive força e acompanhei vosmecê. Mas isso não se vai repetir.

Dom Braz Olinto estendeu a cabaça com água, que trazia pendurada ao ombro. A moça bebeu um gole, cuspiu, franziu a testa e disse:

— É curioso... tanto tempo sem água e não estou com sede. Estou com uma tonteira... Acho que devia tomar uma coisa bem forte.

Dom Braz Olinto então se desanuviou:

— Desta vez, minha filha, você bebe o que quiser.

Disse a Leonel:

— Vá e traga o cauim para Isabel. Dê-lhe uns três ou quatro goles, quanto ela quiser.

Leonel foi buscar a bebida. Dom Braz Olinto já não estava ao pé da moça. Ele chasqueou:

— Vosmecê pra beber isso não carecia de inventar desculpa.

Isabel apanhou a bebida, com fúria, bebeu três goles, depois respirou fundo, como quem está deliciada. Bebeu mais um e disse:

— Não sou moça de dengues, mas que faz bem à gente uma coisa dessas... faz!

Olhou Leonel e disse, ainda uns restos de lágrimas a luzir nas pálpebras:

— Vosmecê pensa sempre mal de mim — disse com raiva. — Mas... — E concluiu com ironia de homem, forte e atrevida: — ... mas meu consolo é que eu sou muito pior do que vosmecê pensa.

Leonel a puxou pela mão:

— Só meu pai tem paciência para trazer vosmecê.

Ela resmungou:

— Assim a mulherada fica aliviada.

Estavam todos parados, e só por sua causa. Isabel, ainda um pouco fraca das pernas, mas animosa, mercê da bebida, tomou um impulso, esfregou a testa cheia de suor, soprou as falripas dos cabelos e, decidida, tomou seu lugar ao lado de dom Braz Olinto. Este a considerou, de rosto fechado:

— Vosmecê está bem ou está me enganando?

Isabel, cuja montaria estava rente à de dom Braz Olinto, tomou a mão do tio, fez um carinho brusco, passando a sua mão calosa sobre a dele:

— Já estou bem, meu tio.

E, quando cavalgavam lado a lado, dom Braz perguntou, com uma cor de voz diferente:

— Só queria saber por que é que vosmecê chorou tanto.

Isabel respondeu, num tom meio áspero:

— Ah, eu comecei a ter maus pensamentos. Eu comecei a pensar que eu e a Morena somos iguais. Eu quero fazê-la de gato, à viva força, e vosmecê, à viva força, quer me fazer de filho.

Riram ambos, uma risada só, rude, mas que tinha, do lado da moça, um teor de doloroso desafio. Tiago perguntou a Leonel:

— Vosmecê não está vendo? Eu também pensei que ela estivesse doente. Agora está provado que era falta de bebida.

Já nessa hora, Bento Coutinho galopava para o fim da expedição. Leonel indagou:

— Houve alguma coisa?

Tiago franziu os olhos:

— Parece que foi algum que fugiu.

Ouviu-se o tiro. E a voz de dom Braz Olinto esbravejou:

— Diacho! Corram que o homem está acabando com meus escravos!

Disse isso, mas foi ele mesmo, galopando, para o lugar de onde partira o disparo. Bento Coutinho havia atirado num preto que escapulira e se escondera à beira da estrada, numa moita. Parati só fez explicar:

— Ele estava ali, tão manso, escondido no mato, com o pé de fora. Era tão fácil a gente cercar e apanhar. Mas o meu branco quis acabar com a vida dele.

Dom Braz ainda tentou reanimar o preto. Mandou jogar água, empurrou-lhe bebida. Não havia muito sangue, o ferimento não parecia grave, mas era nas costas, na altura do coração, e o negro não resistiu. Dom Braz falou com Bento Coutinho:

— É assim, não é? Vosmecê me vende o negro, depois vosmecê arrasa com ele, hein?

Bento Coutinho disse, simpático:

— Um negro fujão não lhe serviria para grande coisa, mas sou homem de negócios limpos. Devolvo a vosmecê o preço que deu por ele.

Houve a demora com o enterro do pobre negro. Dom Braz perguntou a Bento Coutinho:

— Vosmecê sabia se ele era batizado?

Bento Coutinho respondeu:

— Ah, esse não era, não.

Então dom Braz falou:

— Neste caso, não carece de cruz.

Mas já Isabel, com desenvoltura, se aproximava:

— Meu tio, num instante eu ponho uma cruz. Afinal, quando passar alguém, pode ser que se lembre de rezar por ele. Isso sempre ajuda.

Dom Braz Olinto disse:

— Faça como quiser, mas não demore, porque nós já perdemos tempo demais.

Isabel, ajudada por Parati, colocou sobre a sepultura uma cruz feita de dois galhos e amarrada com cipó. Depois rezou. Parati disse com voz doce:

— Não adianta. Negro fugiu, mas foi pro Limbo. Negro vai ficar no escuro toda a vida. E não vê Nosso Pai nunca.

Isabel esfregou uma vista com raiva:

— A culpa não foi dele se não foi batizado.

# VIII

Margarida se balançava na rede a um canto de sua sala e dizia a Cristina:

— Se vosmecê está achando o tempo demorado, faça um verso.

— Ora, até sinto vergonha de estarmos com uma conversa assim. Fazer verso é como quem tira a roupa na frente dos outros. Eu acho que mulher não nasceu para isso.

Margarida disse:

— Inocente! Se não fosse para mulher fazer, Deus não punha os versos também na cabeça das mulheres.

Cristina ficou pensativa e depois fez a pergunta:

— Como é que vosmecê sabe que são de Deus?

Margarida se balançou, mais vivamente:

— Está querendo dizer que são do demônio? Pois, minha mana, eu sei perfeitamente quando eles me vêm de Deus e quando não vêm. Vosmecê é desconfiada com quem faz poesia, como toda a gente. E olhe, que não carece mostrar desconfiança. Cuidado tenha vosmecê com as mulheres que não se enganam dessa forma, e sim de uma outra muito conhecida.

Margarida deixou de movimentar a rede:

— Mesmo quando o Diabo sopra verso, não faz mal. O pior é quando ele sopra outras coisas. Mas... então não lhe mostro as poesias que fiz. Elas vão esperar Leonel, que é só quem me compreende...

Cristina ficou meio perplexa:

— Não faça isso, não se zangue comigo. Eu sou uma pessoa criada muito fora desses assuntos. Só conhecia mesmo os livros de reza. Meu pai me punha na mão as orações e dizia que leitura de romances e histórias de bem e mal fazer só serviam para homens... Assim mesmo... os livros de reza eu os tinha junto de mim, porque gostava de suas figuras e porque achava que eles eram santos. Meu pai nunca me mandou aprender a ler. Pensava que as letras só serviam às donas para que mandassem recados a seus galantes. Mas meu irmão sempre lia para mim alguma coisa escondida. E também ele sabia de cor muitos versos. Vosmecê conhece um tal de Luís de Camões, de quem meu irmão gostava muito?... Um antigo poeta que tinha uns versos assim, tão doloridos... Espere: "Alma minha gentil que te partiste..."?

Margarida ficou animada:

— Vosmecê não aprendeu a ler, mas sabe o que é bom. Não há nada mais lindo no mundo do que a poesia de Camões. Essa poesia faz bem a quem está distante, e todos os versos que falam de lonjura, de abandono, de separação, de morte são meus prediletos. É tão triste a gente viver sempre com uma saudade doída e uma esperança que tira o sono... Casamento aqui, minha mana, não é segurança, é vida de amante que não toma posse de seu amor por inteiro.

E todo aquele entusiasmo se dissipou por encanto. Cristina insistiu, menos pelo interesse da leitura, que por amor a Margarida:

— Queria tanto ouvir vosmecê ler! Esqueça as minhas palavras. Deus sabe que eu não disse por mal. Meu defeito é não saber prender a língua!

Margarida levantou-se, abriu uma arca, tirou uns papéis de dentro e voltou com eles palpitando na mão. Com o rosto meio espantado, mirou Cristina:

— Gosto tanto disto aqui que eu seguro as folhas como quem carrega criancinha nova. Tenho tanta pena dos meus versos... que nasceram de mim! Mesmo que ninguém gostasse deles, eu haveria de lhes querer sempre bem. Ainda que me chamassem de estúpida ou de orgulhosa sem motivo.

Margarida silenciou uns segundos antes de começar a ler. A voz do Louro despejava a sua torrente de ordens.

Quando tudo ficou em silêncio, ela recitou:

Meu amor não tem parada
Nem no rio, nem na terra...

E ia descrevendo solidões, penas, canseiras, disfarçada em sombra amante, a acompanhar o homem querido. Sempre voltava:

Meu amor não tem parada
Nem no rio, nem na terra...

— Conheço tão pouco desta terra — disse Cristina. — Mas há de existir marido por aqui que não ande varando mundo como judeu errante.

Os olhos de Margarida estavam molhados. Ela chasqueou:

— O pior vosmecê não sabe. O mulherio daqui já aprendeu a mandar. E, quando a gente vive morrendo de saudade, tem que ir fazendo trabalho dos homens, vigiando as fazendas, as lavouras, senão tudo se acaba. Vosmecê não faz nem ideia do matão que existe cobrindo por aí as lavouras do tempo de dantes. As mulheres que quiserem continuar com suas casas bem-postas e a criadagem e os escravos bem mandados têm de ter mando de homem e energia de homem. Por isso, muita vez, quando eles chegam, encontram o escravo pedindo primeiro permissão à dona, porque as mulheres, aqui, são fiéis no amor, mas, com essas distâncias e essas incertezas, sempre fazem de conta que são viúvas, sem o ser. E, quando os maridos chegam, aqueles que têm mesa posta, escravaria bem guardada, casa bem preparada, também encontram mulher mandona.

Fez uma pausa e disse:

— Eu deveria ser assim. Meu pai deu tantas entradas, ou mais que dom Braz, por esse Sertão de Deus ou do Diabo.

Taubaté é como pouso de passagem. Quem mora ali ou está chegando ou está saindo. Mas... parece que sou de um sangue diferente. Meus escravos estão aí, soltos, na pasmaceira. Ainda ontem, a mucama me comeu todo o doce de goiaba que Rosália me havia mandado. E eu, por amor da paz, fingi que a compoteira secara e isso era um fato natural. Não fosse Mãe Cândida, a minha casa andaria mais em desordem do que um rancho de ciganos.

De repente, cessou de falar e ficou pálida, os olhos muito abertos, parados.

— Que é isso? — perguntou Cristina.

Por sua vez, Margarida lhe perguntou:

— Vosmecê não está ouvindo nada?

— O Louro, como sempre, dando ordens aos escravos. Mas espere... Parece que o sino está tocando.

Era o sino da casa da Fazenda, que, fora das suas horas de chamada, despejava suas badaladas rústicas, ásperas, não de bronze, mas de ferro forjado na terra, para avisar que um grande acontecimento havia ocorrido.

Margarida, uma das faces vermelha e a outra pálida, o olhar cintilando num raio feliz, pousou as mãos, trementes, em Cristina:

— Eles estão chegando! — disse. — Vamos encontrá-los.

Enquanto Margarida, sempre tão indolente, açulava os escravos que a transportavam na cadeira, Cristina sofria de uma ânsia impossível de suportar em silêncio:

— Mana — dizia ela —, logo hoje que eu nem me penteei conforme queria e quando estou com este blusão amarelo, que não é de meus dias felizes... nem sei por que não o dei de presente!... Tiago me vai ver assim, sem tempo para me aprestar!

Margarida pouco ouvia daquele queixume. Sua face direita estava cada vez mais corada e a outra sempre mais branca. Falou até com certo azedume:

— Com estes homens do Sertão, não é preciso ter tanta faceirice. Pois eu, nem que quisesse, minha mana, poderia ficar bonita. Meu coração descompassado não deixa.

É sempre com esta cara de pintura malfeita que Leonel me vê ao voltar. Nem por isso nosso amor perigou.

E foram chegando, entrando no pátio da Fazenda, onde já havia a confusão e o atropelo dos homens a descarregar fardos, caixas, arcas.

Parati abria, ele mesmo, as algemas dos índios. Escravos e escravas da Fazenda rodeavam os recém-chegados; mas ali já não havia gente de mesa da Lagoa Serena.

Margarida e Cristina desceram de suas cadeirinhas e entraram em casa. A primeira face que viram foi a de alegre animação de Rosália, que puxava um homem de cabelos longos, ainda com pó nas pestanas e nas sobrancelhas, um homem moço, mas com certa tristeza marcada no rosto magro, uma tristeza que lhe vencia o sorriso incerto, com que se apresentou.

— Mana Cristina — disse Rosália —, está aqui Tiago; quer fugir, para se lavar, se arrumar, mas eu não deixei. Vamos só ver se vosmecê tem medo dele!

E assim foi que ele a viu, rente à porta — um pousar de claridade boiando no negror dos cabelos, estendendo para ele a mãozinha que parecia também cheia de sol, quente e nervosa, enquanto toda ela palpitava que nem asa de passarinho presa nas mãos:

— Deus Nosso Senhor seja louvado! Vosmecê chegou bem.

E todas essas palavras saíram num enrolar de dentes e de língua, e Tiago apenas as adivinhou. Respondeu com a mesma cerimônia:

— Deus Nosso Senhor seja louvado, porque vosmecê está bem de saúde e parece já acostumada aqui.

Por dois minutos, suportou Cristina aquela tensão: ser fitada atentamente por aqueles olhos que brilhavam de fulgor úmido em meio às pestanas ruivas de pó. Depois, deu-lhe uma estranha dor no peito, uma sufocação, a tremedeira nas pernas, a vontade de chorar e de rir. Nem que quisesse — não poderia ali ficar conversando com Tiago. A espera demasiada dera tanta solenidade e importância àquele encontro que acreditava não ter mais nem voz, nem ânimo.

Como uma criança envergonhada, ela, que dormira no mato e viajara tão só com escravos desconhecidos, não suportou aquilo por mais tempo. Tirou a mão da mão de Tiago, atravessou a grande sala, atulhada de gente na confusão, e, aos encontrões, chegou a seu quarto. Empurrou a porta, atirou-se na cama e começou a chorar, a chorar como se só o choro pudesse dar vazão àquela infinidade de sentimentos que se contradiziam.

Sentia pena e desprezo de sua franqueza. "E agora?", perguntava-se. "Que pensará Tiago de mim? Que sou louca? Que sou estúpida? Ou que tive mesmo medo dele?" Então, ao inquirir a si mesma, ficava em dúvida e se dizia: "Meu Deus, eu, que tanto o chamei com minha alma, decerto não o reconheceria se Rosália não o houvesse chegado a mim". Não o julgava feio, mas era tão diferente daquele retrato que trazia ao pescoço! Era Tiago um homem totalmente diverso, ainda mesmo dos trabalhadores de sua quinta. Parecia-lhe selvagem e ao mesmo tempo tão inatingível, como se jamais pudesse conversar naturalmente com ele. Quando lavava o rosto na bacia para disfarçar a vermelhidão dos olhos, Mãe Cândida entrou e foi perguntando:

— Que foi isto, minha filha? Vosmecê ficou acanhada?

— Não sei bem o que foi, Mãe Cândida. Eu não suportaria mais ficar de pé. Vosmecê ponha a tenção na minha aflita espera, desde que lá no Reino me dispus a vir. Depois a viagem, a chegada em São Vicente, sem Tiago... Todo esse tempo tão comprido... E, quando o vi, não tive mais força. Que conversa iria ter com ele? Fiquei muito abalada... Mãe Cândida, vosmecê vai fazer pouco de mim, porque eu já havia formado um rosto de Tiago: era como no retrato e mais o que me contavam dele...

Mãe Cândida riu com certa severidade:

— Minha filha, vosmecê queria que seu noivo chegasse bonito do Sertão, assim como ele está no retrato? E agora eu quero que vosmecê se avie, porque dom Braz quer conhecer a futura nora. Não faça caso em que eles não estejam ainda preparados. O Sertão, às vezes, é pior que a guerra, que a peste. É uma espécie de febre que dá nos homens. Saem do conforto das casas para passar fome, sofrer os riscos, às vezes sem nenhuma vantagem. — Fez um sorriso: — Mas graças a Deus e Madama do Anjo esta entrada deu muito bom proveito.

Cristina disse:

— Espere, Mãe Cândida! Estou com o cabelo destrançado, meu nariz ainda está vermelho. Que ideia dom Braz vai fazer de mim?

E foi com certa melancolia que Mãe Cândida respondeu:

— Mulher bonita demais, por aqui, nem tem tanta valia assim. Dá muito cuidado em se deixar. O melhor é o meio-termo.

Cristina fez uma careta cômica, ajeitando o longo saio:

— O pior, Mãe Cândida, é que eu sei que não estou nem no meio-termo.

Era a outra grande experiência. Agora que já vencera o medo das mulheres da Lagoa Serena, seria preciso enfrentar aqueles varões decerto desabusados que compunham a família. Já um par de vezes vira Basília dizer a Rosália ou a Genoveva: "Quando meu pai voltar, não vai haver mais tanto desmando. Ah, casa sem homem não tem disciplina".

Mãe Cândida pegou, afetuosamente, pela mão da moça e, atravessando a sala das mulheres, passou ao salão de entrada. Dom Braz Olinto se sentava no grande sofá. Ao lado estava Margarida. Leonel, de pé, segurava a mão da mulher e prestava atenção à fala do pai. Dom Braz interrompeu o que estava dizendo, sacudido por uma nova energia, depois de tanta atribulação:

— Lá vem a gente nova! Diacho, ela não é nada feia!

Cristina, com essa exclamação, se sentiu ainda mais incerta. Mãe Cândida, porém, olhou o marido e a olhou, já rente dele:

— Dom Braz, vosmecê não carece de assustar a moça. Eu acho melhor não chamar tanto por seu diacho.

— Diacho, que nem me lembrava! — disse o velho. E, se pondo de pé, falou, enternecido, mirando aquela aflição de gente que o inquiria como se ele fosse um potentado e dono de seu destino: — Deus a abençoe por ter vindo de tão longe alegrar minha casa.

Cristina balbuciou qualquer coisa, que ela mesma nem sabia o que era. Olhava aquele velho, talvez não tão idoso quanto parecesse, porque sua voz e seus gestos eram espertos; olhava-o com o mesmo receio com que houvera enfrentado as faces desconhecidas do mulherio da Fazenda. Ele ficou meio preocupado com seu aspecto franzino.

— Ninguém diz que chegou do Reino. — E acrescentou: — Vosmecê deve pesar muito pouco. Será que estranhou a comida e o trato de Dona Cândida?

A senhora da Lagoa Serena falou, quase sem sorrir:

— Seu corpo não agradeceu meu tratamento, mas acho que seu coração já está acostumado. Agora vosmecê é que vai ter que lhe tirar essa desconfiança espantada, de novo.

— Pois sente-se aqui, minha filha — disse dom Braz. E com aquela sua brusquidão, quando Cristina tomou assento no tamborete a seus pés: — Como vai seu irmão? Bom homem era ele, só tinha um defeito... — Dom Braz quedou ensimesmado... — Mentia um pouco demais... Não, não fique zangada. O meu avô... e seu tataravô... era homem de ganhar batalhas e duelos. Grande homem! Mas só nas conversas. Foi pena vosmecê não ter conhecido. Morreu cá mesmo na terra, de um espinho enterrado no pé.

Cristina riu sem forças, mas, ainda que tivesse tanta cerimônia, não dispôs de jeito para sufocar a indignação:

— Meu irmão — disse ela, e sua voz baixou de tom — é a única pessoa que me resta no mundo, e pra mim ele não tem nenhum defeito. — Querendo defender o irmão, que ela trazia dia e noite como companhia em si mesma, disse, num grande esforço para não alterar a voz, já alterada: — Meu irmão não casava só por minha causa. Há muito que tinha prometida e morria de amores... verdade!... por ela. Mas não queria me deixar para tomar mulher que pudesse ser pouco bondosa para comigo.

Então Rosália, que havia chegado de mansinho, deu uma risada:

— Foi por isso que ele mandou vosmecê casar tão longe? Só de bondoso?

Estavam todos sorridentes entre eles: Mãe Cândida, Rosália, Margarida, Leonel, dom Braz. O sorriso era o mesmo, como se sorrir também fosse língua, sinal de raça e de lugar. Ela, sim, era a estrangeira, não entendia nem tolerava aquele sorriso comum. Mãe Cândida parecia ser a única a compreender sua aflição, porque lhe disse:

— O seu irmão fez muito bem em casá-la com um primo. Assim, ele entregou vosmecê à própria família.

Nem que Cristina quisesse poderia falar. Sentia uma vontade muito especial de fugir dali, mas estava no tamborete, ajuizadamente sentada, a olhar o grupo familiar, fechada em sua ideia como quem visse a todos numa pintura sem compartilhar da significação de cada pessoa.

Margarida bateu no ombro de dom Braz, dizendo:

— Nhor pai, vosmecê estava me prometendo uma surpresa quando Cristina chegou. Então saiu do assunto.

Leonel observou:

— Agora, nhor pai, acho que vosmecê pode dizer o que queria. Faça tenção no rosto de Margarida. Já está branco por inteiro. Quer dizer que ela já pode saber da novidade. Já está preparada...

— Margarida — disse o velho —, apanhe a sacola de couro que pendurei acolá. Ali! Ao pé do arreio de lã.

Margarida se levantou e partiu, risonha, como que voando em direção do canto dos arreios. Apanhou a sacola de couro e veio com ela na mão, tão risonha e tão alegre, toda ela brilhando — os olhos, os cabelos, a boca úmida e corada:

— Nhor pai, vosmecê dá licença que eu adivinhe?

Dom Braz disse:

— Quem adivinha não carece pedir licença. Pode abrir a bolsa.

Margarida, antes de abrir a bolsa e pôr a mão dentro, disse:

— Vosmecê me traz uma carta de Taubaté!

O velho balançou a cabeça:

— Vosmecê, desse jeito, não abre tenda de adivinho, não. Eu não trago carta.

— Será possível?

E Margarida, na sacola, apalpou um pequeno volume. Tirou-o:

— Será que meu pai não se lembra mais de mim?

Dom Braz pareceu amuado:

— Para buscar uma dessas coisas que aí estão se fazem guerras! Abra o presente e deixe-se de queixas.

Margarida extraiu da bolsa um pequeno saco de camurça. Abriu-o, verteu-o em sua mão direita. Enquanto cinco moedas de ouro faiscavam, novinhas, na sua palma, ainda dentro dele pesava uma infinidade de outras.

— Meu pai me mandou dinheiro? Será que ele pensa que eu estou precisando de dinheiro? Mas isto é uma fortuna! Eu nem sei o que é que nós podemos comprar com tantas moedas de ouro! Que riqueza! Assim mesmo tenho pena que ele não tenha mandado uma lembrança da sua mão querida.

Leonel se aproximou de Margarida, tomou as moedas e as examinou uma por uma:

— Foi a maneira que dom Carlos Pedroso teve de lhe mandar sua saudade. São estas as primeiras moedas cunhadas em Taubaté. As moedas feitas com o ouro das minas gerais. Seu pai quis que as primeiras da sua fundição vosmecê as guardasse, como prova de amor e de lembrança da filha abençoada.

Margarida ficou com os olhos cheios de lágrimas:

— Disseram-me que era pecado beijar o dinheiro, porque Deus Nosso Senhor foi traído por ele. Mas eu quero beijar essas moedas que meu pai fundiu. É carta, é notícia, é bem, é trabalho e é a vida de minha gente, que cada uma delas me vem contar. Dom Braz, Deus o guarde e aumente pela surpresa que me trouxe!

Rosália torcia o canto da boca com essas palavras da cunhada:

— Não precisa tanto disfarce, tanta palavra bonita pra dizer que ficou satisfeita com o dinheiro. Quem é que não ficava?

# IX

Margarida e Leonel se retiraram para casa. Os escravos, orientados por Genoveva, carregavam para os quartos e a despensa arcas e objetos. Os instrumentos de mineração e mais alguma carga já haviam ficado lá fora, entregues ao cuidado de Parati.

Dom Braz havia comprado, em Taubaté, e de homens que vinham do Rio de Janeiro, presentes para a família. Mãe Cândida recebeu um lindo saio bordado de miçangas, peça que as mulheres da casa examinavam com uma espécie de fervor. Aquilo parecia feito por mãos encantadas. A fazenda mudava de cor com o reflexo do dia. E as pequeníssimas miçangas formavam desenhos caprichosos de flores miúdas. Quem mais se entusiasmou com o presente de Mãe Cândida foi Rosália:

— Ah, se meu pai se lembrasse de mim e me trouxesse umas coisas dessas!

— Vosmecê também ganhou uma lembrança muito bonita de dom Braz — disse Cristina.

— Ora — respondeu Rosália —, como poderei ir a seu casamento com esses vestidos velhos? Meu pai me trouxe umas lindas pantufas, mas, para dançar de pantufa, só se fosse bailar dança de cigana ou de negra!

Basília, muito contente com um xale de brocado, que ela lançou sobre os ombros e cuja moleza como que lhe adoçou a fisionomia seca, lembrou, encarando Cristina:

— A arca entregue ao senhor capitão-mor está demorando, mas não vai tardar, não é? Ainda ontem soube que um nosso vizinho recebeu dois livros de reza que o senhor capitão-mor arrematou num espólio, mandando-os a seu amigo por via de uns escravos.

Cristina já não sabia o que dizer. Tinha a impressão de que se adensavam nuvens carregadas de tempestade. Um perigo estúpido e grosseiro, que ela julgava não merecer, estava prestes a desabar. Tudo se tornou mais aflitivo ainda quando Mãe Cândida, muito feliz e até risonha, contra seus hábitos, disse:

— Muito fácil será sabermos de nossa arca... — E corrigiu: — ... da arca de Cristina. Vou despachar um escravo à antiga fazenda Galupe para indagar o que foi feito dela. Quem sabe se não houve troca de endereço?

Cristina baixou os olhos:

— É o mais fácil que tenha acontecido.

Rosália ficou emocionada:

— Conte-me direitinho como é o meu vestido, Cristina.

Cristina tartamudeou em vez de falar:

— Era... é branco.

— Ai, branco? Bem, ponho uma fita azul ou, quem sabe, flores nos cabelos. Não sou tão alva por dentro, que o branco me assente.

Basília ralhou:

— Já me estou cansando de suas más palavras. Não encontro nelas a menor graça.

Nesse momento, entrava Genoveva carregando, com Tuiú, uma arca que foi pousada no canto.

— Mãe Cândida, a arca de dona Isabel... Ela... disse que não vai ficar no quarto com dona Cristina.

Cristina viu, fascinada, aquela arca, que parecia a mesma na qual trouxera os presentes. Pensava que os que não creem em Deus são obrigados, às vezes, a crer no demônio. Este se mostrava naquele momento. Pareciam arcas gêmeas! Apenas a de Isabel estava mais usada, mais velha. O pequeno acontecimento aumentou-lhe a confusão. Mãe Cândida, que se aproximara dos escravos, ia responder a Genoveva. De repente falou a Tuiú, com voz áspera:

— Tu andaste bebendo, hein? Tu andaste bulindo no vinho da despensa? Quando Aimbé quer te mandar embora, bem que eu tenho tido pena. Mas, agora, vejo que é preciso.

Genoveva o enfrentou também com severidade:

— Eu não queria trazer histórias para seus ouvidos, Mãe Cândida. Não queria perturbar a alegria do dia de hoje. Mas bem que este desgraçado merece umas lambadas! Estava tão tonto que deixou cair ao chão uma tigela de porcelana!

— Valha-nos Deus! — disse Mãe Cândida, como se isso fosse uma desgraça.

Tuiú, atormentado pelas acusações e, naturalmente, comovido pelo vinho, teve um acesso de desespero e caiu, molenga, de joelhos, diante de sua senhora:

— Eu fico bom filho de novo! Eu fico bom filho outra vez! Eu nunca mais chamo passarinho, derrubo carga no buraco, quebro tigela! Não dá lambada em Tuiú, que Tuiú é muito fraco, tem carne doída. Tuiú não é igual à gente da cozinha, Tuiú é muito doído... Ah, perdoa, Sinhá, nunca mais Tuiú derruba arca no buraco, nem quebra tigela, nem furta vinho da despensa.

Cristina estava apavorada. Mas talvez ninguém entendesse. Houve um raio de breve esperança, porque Mãe Cândida disse a Genoveva:

— Entregue Tuiú a Parati para levar uns bolos e aprender a não bulir na despensa.

Tuiú se levantava, todo lacrimoso, olhava as mãos e dizia:

— Tuiú carne muito macia... de passarinho. Tuiú irmão de passarinho. Não faz mal a ninguém... — E, em transição, querendo impressionar sua dona: — Só dois bolos chega pra Tuiú ficar bom filho de novo. E ele não deixa nunca mais cair carga no buraco, nem quebra sopeira, nem bebe o vinho dos brancos.

E o que parecia ser evitado se tornou novamente ameaça física, a apertar com força o estômago de Cristina. Mãe Cândida, ao se retirar em pranto o escravo levado por Genoveva, perguntou:

— Que é que Tuiú quis dizer com essa história de arca que caiu no buraco? Ele deixou cair alguma carga hoje?

— Não, Mãe Cândida — disse Genoveva. — Ele hoje, que eu saiba, de ruindade só fez tomar o vinho e quebrar a tigela. Mas pode ser que esse desgraçado tenha feito qualquer arte escondida.

Aí Tuiú, que rompia com alguma dificuldade os próprios vapores, correu para junto de Cristina e disse:

— Tuiú muito estúpido de contar, mas Sinhazinha perdoou e não deixou Aimbé soltar Tuiú na mata grande. Não deixa agora fazerem mais malvadeza com Tuiú. Tuiú muito fraquinho, Tuiú não aguenta malvadeza e vai morrer...

E uma torrente de lágrimas se mesclava a essas declarações, que nem Mãe Cândida, nem Basília, nem Rosália podiam compreender. Então Cristina venceu aquele furioso inimigo que a apertava com suas garras tenazes e, enfrentando a condenação das mulheres, apenas disse a Mãe Cândida:

— É verdade o que Tuiú está dizendo. Eu já o havia perdoado.

— Mas... de quê? — perguntou Rosália, que parecia a primeira a suspeitar, ao contrário de Basília e Mãe Cândida, que esperavam tranquilas, sem nenhuma impaciência.

As palavras saíram lentas, mas bem claras, como se ela proferisse uma sentença:

— De ter deixado cair a arca dos presentes.

Houve um silêncio. Mãe Cândida disse:

— Não estou entendendo bem, minha filha.

E, como Genoveva esperasse e Tuiú esfregasse os olhos, também aguardando o que Cristina iria dizer, Mãe Cândida deu ordem:

— Entregue Tuiú a Parati, Genoveva. Mande-lhe dar dez bolos.

Tuiú ainda disse:

— Mas manda bater devagarinho e não dar bolo muito forte. Olha a mão de Tuiú como é macia!

— Gato ladrão também tem mão macia — disse Genoveva. E para Mãe Cândida: — Deixe por minha conta, que eu sei muito bem do que é que ele precisa. E digo a Parati.

E lá se foi Tuiú, uivando o seu choro, empurrado por Genoveva. Cristina fez menção de sentar-se e disse com heroísmo:

— Mãe Cândida, vosmecê, que trabalhou tanto, não quer se sentar um pouco?

— Não, Cristina, eu estou bem, mesmo de pé.

Cristina se firmou novamente nas pernas que lhe faltavam em segurança. E Basília, então, entrou na conversa:

— Desde o primeiro dia, eu tinha desconfiança dessa arca. Perdoe, mana, mas eu pensava que vosmecê não tivesse trazido nada para nós.

Aquilo foi óleo sobre o coração de Cristina. Porém Mãe Cândida foi muito severa:

— Para salvar um índio como Tuiú, vosmecê não carecia de enganar a gente durante tanto tempo.

Cristina julgava que ia submergir numa onda de vergonha impossível de suportar. E porque tivesse medo, e porque se julgasse incerta e porque tudo naquele dia lhe parecesse contrário, disse com certa obstinação.

— Não foi para salvar Tuiú que eu menti. — As palavras iam saindo da garganta com empáfia dolorosa: — Foi por mim mesma. Era orgulho. Eu não queria chegar de mãos vazias. Eu não queria ficar abaixo das filhas da casa.

Mãe Cândida sentiu o abalo:

— Eu não posso crer no que vosmecê está dizendo. Não se faça de má.

Mas Rosália, chamejante de indignação, ameaçou Cristina:

— Bem nosso pai contou sobre as mentiras do seu irmão! Vosmecê é tão mentirosa quanto ele ou quem sabe, até, se é de raça mais apurada! — E se voltando para Mãe Cândida: — Vosmecê vai deixar Tiago casar com esta mentirosa?

— Rosália — disse Mãe Cândida —, vá para o quarto; vosmecê fica sem jantar. Estejam avisadas de que nem dom

Braz, nem Tiago, nem mais ninguém deve saber desta história, porque terei um castigo muito grave para quem repetir o que se passou aqui. E eu já lhe disse: vá embora, Rosália, para o seu quarto!

A menina saiu, violentamente, dando de ombros, abrindo e fechando a porta com estrépito. Depois dela, Mãe Cândida se afastou triste e menos ereta do que sempre. Basília ficou ao lado de Cristina e pôs a mão no seu ombro:

— Quer saber de uma coisa? Vosmecê não é mentirosa. Nunca foi, porque se fosse não iria inventar mentira tão fácil de ser descoberta. Não fique triste. De triste nesta casa só eu... e já basta.

O amarelo sempre lhe trouxera alguma contrariedade. Não acreditava em malefício de bruxas, mas nos malefícios da cor amarela. E por que, Santo Deus!, havia vestido aquela blusa? Cristina não sabia pensar. Sentia ter caído do apreço de Mãe Cândida, ainda que Basília lhe parecesse, agora, nova pessoa, mais compreensiva, mais irmã. Mas, de repente, aquele ódio obscuro contra tudo, que começara a apontar quando a família ria seu risinho misterioso, numa espécie de conivência, tomara corpo e se apossara dela com fúria. Odiava tudo, desejava mil vezes não ter vindo. Que estúpida fora em vir casar tão longe, no meio dos bugres e desses pretensiosos habitantes de um fim de mundo! Até a vista da lagoa lhe fazia mal, com seu olho torvo, cinzento, sensual, "um olho de cão velho", pensou, "mas que ainda é capaz de atacar". Todas essas coisas, todo esse quadro terrível em que ela iria situar sua vida de mulher, poderiam ser sofridas se ao menos Tiago viesse para ela com alegria de amor, que põe confiança no mistério e que se dá de longe. Mas qual! Tiago a olhara com frieza e uma tristura de quem concede sua simpatia, ficando, ainda, seu dono. E nem a retivera nas mãos, nem viera buscá-la, nem fizera esforço algum para tê-la perto todas essas horas. Agora, dentro em breve, seria posta a mesa. E então ela sufocaria sua dor, sua raiva, sua vergonha e talvez se sentasse junto dele. Mas como tudo era tão diferente daquele pouso feliz que arquitetara em seus braços! Quantas noites não vira, acordada, na luz da sua ideia, que caminhava, enquanto seu corpo ficava inerte de sono, a cena da chegada! Ele descendo lépido do cavalo e vindo em sua direção, adivinhando-a à espera e abrindo os braços. Ela abria também os seus e se aninhava junto do peito tão quente. E tinha até a pretensão de saber como seria o cheiro, o seu cheiro de suor, de homem do mato, e tinha até a ilusão de que podia sentir de longe a doçura da sua barba, de seu rosto. Mas tudo apodrecera, tudo fora solapado, e ela não entendia bem como. O pior era sua própria participação naquela ruína. Ela mesma combatera seu sonho, urdindo aquela miserável mentira que a humilhava como um ferrete. Cristina não chorava. Agora estava fria, impassível. Talvez um dia aprendesse a ser tão severa e tão dura quanto Basília e a matar, de uma vez, aquela flor teimosa de ilusão.

# X

Ela ficou muito tempo a olhar aquela arca, que lhe recordava a vergonha, a esperar Isabel, que não vinha. A janela aberta recolhia o vozerio e a confusão dos escravos. Ouviu tinir um chicote. Unia-se à voz de Mãe Cândida e à de Rosália lá fora no pátio. E, como que tangidas pela irritação que ela sentia na tarde, entravam moscas, moscas tontas, a lhe percorrerem os braços, que ela agitava molemente, numa canseira pesada. A essas horas, Tiago estaria no seu quarto. Havia um preto que aprendera ofício de branco, sabia aparar cabeleiras, barba e até arrancava dentes, se preciso fosse. Mãe Cândida, vez por outra, o levava a seu lado, e ele se sentia honrado em sua situação de enfermeiro. Decerto, a essas horas, estaria a ajudar o sinhozinho.

Cristina sacudiu aquelas moscas, que empestavam o quarto, numa voracidade de coisa alguma, como se elas se sentissem atraídas pelo podre que via em si mesma. Entre as coisas que a desgostavam da nova terra havia mais esse horror dos insetos que vinham dos ares, do chão, de toda parte, e que desabavam sobre a casa mal a noite se anunciasse com seus zumbidos irritantes. Quando ela avistara a terra cheia de folhagem e de viço, não podia pensar que tanta limpeza de céu e que tanta perfeição de terra dessem de si aquela nojeira dos insetos a poluir a vida, a exasperar a paciência. Já estava meio adormentada nessa espera vazia quando a fala de dom Braz estrondou rente no corredor:

— Gente! Gente surda! Genoveva! Basília! Onde é que vosmecês estão?

Passou e, instantes depois, a voz sumida, já longe, mas bastante gritada para que fosse perfeitamente percebida por Cristina, berrou uma terrível praga. E logo em seguida o costumeiro "Diacho!", dizendo:

— Corre, Aimbé! Traz aquele diacho antes que eu arrase com a vida dele!

Algum negro teria fugido? Devia ser. E fugir para onde? Por que fugiriam esses pobres diabos? São Paulo era aquela pobreza enfatuada, e a rica gente do lugar não viveria melhor que os brancos da Lagoa Serena. Fugir para onde neste deserto miserável? Ela também quisera agora fugir, mas bem sabia como era impossível. Teria vergonha de seu irmão e dos que a conheciam. Diriam as velhas amigas de sua mãe: "Esta menina, tão sem sorte, nem na terra dos negros foi servida. Nem por lá arranjou marido, e a mandaram de volta".

Quando estava ainda fechada nessas incertezas, Basília a veio buscar:

— Está na hora da janta!

Tinha o chicotinho de couro muito luzente e de punho de prata, com que Leonel a presenteara. E disse a Cristina, para puxar assunto, como visse a outra se levantar tão marcada de tristeza profunda:

— Já entrou em uso hoje. Isso é para espantar os moleques, que andam a tirar a paciência da gente, e dar forma neles.

Cristina, que estava de roupão, olhou a blusa amarela em cima de um tamborete com certa malícia melancólica:

— O que me aprontaste hoje, hein?

E se vestiu com outra blusa, enquanto pensava: "Nem que fosse benta e exorcizada tiraria de mim tal humor peçonhento". E, tendo Basília seguido à frente, saiu para o corredor e chegou à sala da comida.

Havia espera de chuva. O sol desaparecera. A lagoa era corrida de ondazinhas miúdas. Portas batiam. As árvores se entortavam, cabelos loucos, que flutuavam no ar, como plantas tangidas no fundo da água. Alguém deveria ordenar que se fechassem janelas, cerrassem as portas, acendessem candeeiros, mas não se ouvia voz nenhuma. Cristina, ela mesma, fechou as janelas e deu centelha ao candeeiro de azeite. Foram chegando Mãe Cândida, Basília, dom Braz. Cada qual tomou o seu assento em silêncio.

Sentaram-se todos, e houve assim como uma espera. Mãe Cândida puxou pelo braço do marido:

— Dia... que me esqueci. Em nome do Padre, do Filho e do Espírito Santo.

Serviu-lhe Mãe Cândida o cozido fumegante. Estavam vagos os lugares de Margarida e Leonel, de Isabel, de Tiago e de Rosália. O jantar, que deveria ser de festa, era de uma tristeza acabrunhante. Cristina perguntou a Mãe Cândida, preferindo não saber de Tiago:

— Ainda não conheço Isabel... Ela não vem jantar?

Dom Braz mastigava, colérico, as espessas sobrancelhas unidas, e não fitava ninguém. Parecia que nem sabia o que estava comendo, tal a raiva que devia sentir. Mãe Cândida respondeu, triste e sisuda:

— Isabel chegou doente, está de cerimônia com vosmecê. Quis ficar no quarto de trás, ao lado de Genoveva. Também, com a jaguatirica que trouxe, vosmecê não aguentaria a inhaca.

Cristina pensou que, felizmente para ela, o ódio de dom Braz deveria ser contra o negro fugido ou por outro motivo. Não acreditava que Mãe Cândida pudesse ela mesma confidenciar a respeito da triste história da arca com seu marido.

Houve um tropel lá fora. Chegavam cavaleiros. Tiago e Aimbé daí a pouco entraram na sala, que se abrira sobre a friúra da tarde. Tiago, ainda do mesmo modo que Cristina o vira, se apresentou ao pai:

— Meu pai, eu tomei cavalo mor de ir a São Paulo combinar assuntos meus.

O olhar do velho chispou de través, riscando de baixo para cima as sobrancelhas arrepiadas, e sua voz pausada, sem alteração alguma, perguntou:

— Desde quando vosmecê é livre de fazer o que lhe dá na cabeça?

Tiago tartamudeou:

— Bem, não havia precisão de mim em casa.

— Então — disse o velho, pondo-se de pé, subitamente vermelho —, tu chegas do Sertão, ainda com pó dentro do umbigo, nem tomas bênção direito a tua mãe, nem fazes o conhecimento de tua noiva, que te viu como relâmpago, e tu te pões a caminho de novo?

Aimbé disse, respeitoso:

— Meu senhor, seu filho taí.

E se retirou para a cozinha, tendo a noção de que havia inconveniência se ficasse.

Tiago estava agora trêmulo e também raivoso:

— Não vejo razão para ser procurado e caçado que nem negro fugido.

Dom Braz explodiu:

— Quem não quer ser procurado como negro fugido não faça papel de negro fugido. Sente aí, aí, ao lado de Cristina. Tome seu caldo.

Tiago respondeu:

— Meu pai, com licença de vosmecê, vou para o quarto. Não quero jantar.

Subiu ao auge a cólera do velho capitão:

— Deus Nosso Senhor não me faça perder a calma: eu devia era tanger o chicote no teu lombo, para te ensinar a respeitar teu pai, tua mãe, tua noiva e tua casa.

Mãe Cândida fez uma intervenção sem nenhum proveito:

— Vosmecê deve perdoar, para não me tirar de todo a alegria da chegada.

— Que alegria, que coisa nenhuma! Por que é que esse diabo não morreu no Sertão, para não dar um desgosto desses à gente? Já te disse, Tiago. Tu te sentas aqui, e não se fala mais na história.

Cristina percebeu, no todo agressivo, quase um pedido de graça ao filho. Sua garganta se apertou. Tiago deu as costas.

— Boa noite, meu pai, boa noite, minha mãe!

Então o velho, as barbas a lhe tremerem, se afastou com dois passos da mesa e, fazendo voltear Tiago pelos ombros, disse:

— Ajoelha já e pede perdão.

Mãe Cândida também se levantava e dizia a Tiago:

— Meu filho, não me dê esse desgosto. Obedeça a seu pai.

Foi o próprio dom Braz que, erguendo o punho com força, abateu Tiago no chão, obrigando-o a ajoelhar-se. Tiago já se ia levantar quando dom Braz Olinto, tirando do bolso um longo lenço de fazenda desenhada, bateu com ele no alto da cabeça do moço umas três vezes. Tiago se pôs de pé, as mãos cobrindo o rosto, e saiu da sala.

Cristina pensou que ninguém mais, depois disso, continuasse a jantar. Mas o velho casal voltou a seu lugar. Mãe Cândida prendeu uma lágrima fechando os olhos, rápida. Dom Braz mastigou, em silêncio, bebeu um gole d'água e afastou o prato. Então a voz do vento se alteou e subjugou a casa, num gemido monstruoso, que parecia o uivo da mata, o pranto daquela terra diferente, de costumes diferentes.

Mais tarde, Basília chegou ao pai:

— Nhor pai, quer que lhe traga o livro de assentamentos?

O velho fez um "ah", riscando com a mão no ar, e depois mudou de ideia. Cristina, num abatimento enorme, os olhos a se esconderem de todos, sentava-se agora junto da Virgem, cuja lamparina estava apagada. Mas havia um cheiro de azeite: o resto do fervor ali posto do pedido geral de proteção pelos varões da Fazenda.

O velho pareceu mudar de ideia e disse:

— Traga esse livro, Basília, vosmecê sabe o que faz. Sabe o que quer.

Havia na sala um pesado bufete, quase sempre fechado. Basília meteu a chave numa das portas e lá de dentro extraiu um grande livro coberto de veludo azul já desbotado. Basília trouxe a tinta, a pena de pato e pôs tudo junto do pai. Depois trouxe mais um candeeiro e colocou-o sobre a mesa escura e longa, com todos os lugares vazios, menos a grande cadeira, agora ocupada por dom Braz. Basília arredou o banco, sentou-se, e o velho lhe foi ditando com impaciência sobre a viagem, os sucessos, a entrada no Sertão, a gente que levava, o negro que morreu, o ouro que trouxe — "que é tudo que, mercê de Deus e tirado o quinto de El-Rei, me foi sobrado".

Depois, relatou ainda sobre as compras que trouxera; o presente que levara de dom Carlos Pedroso para Margarida.

O tempo corria. Agora a chuva caía mansa e se unia à lagoa num torpor doce, que vinha mesmo através das janelas fechadas. Ao acabar de ditar sobre o número de caixas, arcas, canastras e baús, fechou, assim, seu relato: "Neste dia da chegada à Lagoa Serena, se fizeram prometidos para tomar bênção dentro de dez dias, na igreja do Colégio, na Vila de São Paulo, meu filho, Tiago Olinto, e dona Cristina de Godói, que com toda a solenidade se obrigaram, sob minhas vistas, a manter sua fé, amor e obrigação um pelo outro".

Ao terminar essa extraordinária declaração, dom Braz se espreguiçou:

— Agora pode ir embora, que eu vou dar gosto à minha rede.

Era uma espécie de recado a Cristina, que então, o rosto em fogo e subitamente corajosa, o interpelou:

— Dom Braz, bem sabeis... Vosmecê bem sabe que não celebramos nossos esponsais e que por trato só temos cartas trocadas.

A nuvem doce passou pelo rosto de linhas rígidas:

— Minha filha, tudo o que acontece eu ponho neste livro. E, se não acontece, estando no livro é o mesmo que ter acontecido.

A súbita energia de Cristina a impeliu aonde ela nunca cuidaria poder chegar:

— Mas, dom Braz, acho que vosmecê não devia pôr o preto no branco quando tudo ainda está no ar. Pelo visto, Tiago está desgostoso. Quem sabe se ele não quer dar a entender que põe o não pelo sim que assentou na carta? Promessa de casamento não é casamento, dom Braz, vosmecê sabe disso muito bem.

Dom Braz teve um riso triste:

— Com quem ia casar Tiago? Com alguma negra, alguma índia? Todo branco que tem filha casadoura e é da altura de minha casa já tratou noivo para ela. Vosmecê não tomou compromisso há dois anos? Homem de Sertão não tem tempo para namoro e quando, por ter sangue quente demais, casa mor de sua aflição, esse casamento vira ajuste do diabo. Nunca dá certo. Casar por conta própria é um negócio desgraçado e infeliz. Eu sei muito bem que vosmecê é mulher de bom molde e de boa raça. Vosmecê já deu sua palavra. Tiago também. Eu já assentei no livro. Vamos tocar a festa depressa para diante. Vou amanhã mesmo justar o padre e providenciar a mudança para a casa de São Paulo.

— Mas... Dom Braz... Eu...

— Vosmecê vai casar com toda a honra e todo o gasto que for preciso. Vosmecê, desde que entrou na minha casa, ficou minha filha também. Eu sei o que é preciso para vosmecê. Se Tiago fez essa indisciplina, isso em nada se refere a vosmecê. Cuide de se aprestar.

— Mas... e se eu não quisesse?

Então o velho começou a rir e respondeu, melancólico:

— Nossa raça dá às vezes gente ruim e às vezes gente tão boa, que até santo já deu. Mas louco, isso, não! Loucura não vem em nosso sangue, nem que tudo case com primo e que torne a casar com primo, como sempre foi nosso jeito.

Cristina tornou a dizer:

— Se eu não quisesse? Eu não sou escrava da Lagoa Serena. Vim livre e, se quiser, volto livre também.

Então o velho fechou o rosto; suas sobrancelhas se ligaram num traço eriçado, e disse com secura, antes de deixar a sala:

— Mas vosmecê não é livre de sua vergonha.

# XI

Margarida, matando as saudades do marido, pouco ia, agora, à casa da Fazenda. Cristina resolveu visitá-la e, para isso, saiu mesmo a pé, caminhando sem pressa. Ao chegar próximo à casa de Margarida, num braço d'água que vinha da lagoa, viu cena rara: certa mulher branca lavava um cavalo, um belo cavalo pampa, que se deixava esfregar e ensaboar com soberba indiferença, já acostumado com o banho. Cristina viu logo que se tratava de Isabel — outra branca não havia na Fazenda — e, se bem que estivesse mal impressionada com a sobrinha de dom Braz, que se mantinha arredia, já não podendo passar sem ser vista, dirigiu-lhe a palavra:

— Vosmecê... Bom dia. Vosmecê... é Isabel?

A moça parecia tão entretida que não havia ouvido os passos. Empurrou mansamente o animal. Passou por debaixo da cabeça dele, molhando metade da saia no córrego, e foi enxugando os pés num pano que havia deixado à margem. Em seguida, puxou o cavalo, enxugou-lhe o lombo e disse:

— Eu sou mesmo Isabel. E vosmecê, está se vendo, é Cristina.

A noiva de Tiago sentiu simpatia e profunda pena por aquela moça de saia suja e rasgada que lavava cavalos como um escravo. Ela parecia adivinhar o sentimento da outra, porque foi dizendo, enquanto prendia o animal numa árvore próxima e puxava os cabelos embaraçados para trás:

— Vosmecê está com cara de quem estranha. Está fazendo uma cara tão horrorizada que até acho graça nela. Não pense — disse Isabel, orgulhosa — que eu sou uma borralheira, a fazer este serviço, a mandado de alguma peste. Eu faço isso porque gosto.

Cristina não sabia o que dizer; experimentou o terreno, para ser agradável:

— É... Deve ser interessante essa sua ocupação.

A outra riu, um riso bruto, sem quase abrir os lábios, meio gritado e desafiador:

— Bem se vê que vosmecê está de cerimônia. Vosmecê está achando estranho que moça da Lagoa Serena ande como eu ando — mostrou seu vestido — e faça o que eu faço. Mas Deus Nosso Senhor estava querendo fazer troça quando me fez mulher. Onde é que vosmecê vai?

— Vou à casa de Margarida. — E, com súbita ternura, desconfiando de que algum traço a aproximasse de Isabel, em misteriosa atração: — Mas, como nós só nos conhecemos agora, podemos voltar juntas ou ir juntas à casa de Margarida.

Isabel disse:

— Vosmecê não se ocupe comigo, vá mesmo continuando seu passeio. — E passando o pano pela crina do animal, amorosa: — Eu tenho mais gosto na companhia de um como este.

Aquilo poderia ser uma grosseria insuportável e, no entanto, não era, vindo de Isabel. Porque ela própria, como se de repente sentisse também a mesma atração, esclareceu:

— Este cavalo e a Morena me chegam pra meu afeto. Meu tio dom Braz, coitado, bem que me quer, mas eu só sei mesmo envergonhar a família. Eu devia era ter nascido bugio e morar nas árvores.

Dizendo isso, foi andando e se aproximando mais rente da árvore. Esticou o corpo e lá de cima puxou um gato amarelo, que ela mesma encarapitou sobre o ombro:

— Que lindo gatinho! — disse Cristina.

— Só que tem que não é gatinho, é onça. É uma jaguatirica. Este gato é tão gato quanto eu sou mulher.

Cristina passou a mão no pelo do animal:

— Como se chama?

— Morena. Mas tenha cuidado. Parece mansa, mas lhe pode dar uma dentada. — E Isabel, que mostrava gosto em se acusar a si mesma, tornou: — Tal como a dona, Cristina.

A outra exclamou:

— Quem fere não avisa! Por que é que vosmecê se escondeu de mim e agora me diz essas coisas?

— Eu não me escondi. Eu não gosto da mulherada. Se dom Braz e os outros homens da Fazenda não tivessem, por cobiça, que dar as entradas que deram no Sertão e ainda mais o trabalho das minas, eles teriam que inventar viagens para que se safassem desta Fazenda. Que coisa tenebrosa é a gente ter que viver no meio de mulheres! Mulheres que os homens amam e servem, porque Deus pôs instintos neles, mas, assim mesmo, bem que eles se sentem felizes no mato, quando se servem das índias, que têm menos conversa, menos complicação, e não fazem pouco numa pobre de Cristo só porque ela tem um rasgão na saia e o cabelo embaraçado.

— Que vosmecê me perdoe, mas já é mesmo do nosso modo... pentear, alisar e querer agradar. Vosmecê é diferente... Não faça pouco nas outras.

Isabel esfregava o nariz na cara do cavalo, e a jaguatirica se firmava, com extraordinária agilidade, agarrando o vestido nas suas costas, sem cair. Era curiosa a comunhão. Depois a moça falou com certa dureza, a franqueza que lhe era tão natural, dentro de sua animalidade inocente:

— Estou reparando que vosmecê está me querendo agradar demais. Vosmecê nem devia falar comigo, porque eu não procurei vosmecê. Será que o mulherio da Lagoa Serena já lhe aprontou alguma história?

Cristina não quis responder:

— Adeus, prima, até outra hora, quando Deus quiser.

Cristina encontrou Margarida de humor diferente. Esperava vê-la transbordando de sorrisos e animada. Achou-a pensativa e estranha. Leonel saíra a fiscalizar a Fazenda. Ela estava só, a se embalar na rede, e, quando Cristina entrou, não mostrou contentamento. Mandou que se sentasse e ficou a olhá-la, retraída. Cristina, para começar a conversa, disse:

— Só agora conheci Isabel. Ela estava no córrego a lavar o cavalo. Eu não esperava que fosse tão simpática; mesmo quando quer desagradar, ela é simpática.

Margarida pareceu inquieta:

— O que lhe disse Isabel?

— Nada de importante. Só fez se acusar, dizer que é má. — E Cristina, ainda cheia de suas tristezas, teve um sorriso melancólico. — E que pode morder, como a jaguatirica.

Margarida falou, a se abanar com a mão. Parecia ansiada:

— Estou muito apreensiva mor de Isabel. Ela pensa que nós não lhe queremos bem. Mas agora eu vejo que não é só cisma. Isabel está doente. O pior é que eu cismo que não é doença boa, quer dizer... Alguma coisa que vai causar muito transtorno aqui... Ontem, esteve muito mal quando, com alguns escravos, carregava as espigas para o depósito. Perdeu os sentidos e ficou branca como morta.

— Mas isso não será de sua vida ativa demais? Qual de nós podia suportar estas viagens, estas entradas no Sertão, que arrasam os homens, e, depois delas, ainda fazer trabalhos tão pesados? Vosmecê atente bem. Mãe Cândida e Basília trabalham muito, mas não fazem esforço igual ao de Isabel. Acho natural que a moça não resista a tanta canseira.

Então, depois que o Louro passou por cima da conversa, com suas flechadas sonoras, Margarida levantou-se da rede, chegou à janela, mirou o córrego, não viu mais Isabel. E voltou para Cristina, com a face fechada:

— Eu tenho uma desconfiança que me está arrasando. Uma desconfiança que guardo no coração, como se fosse um pecado mortal. E deve ser um pecado mortal. Vosmecê não conhecia Isabel. Eu acho que ela está mudada.

Cristina não entendeu bem aquele cuidado. Isabel não se queixara das mulheres da Lagoa Serena? Esta podia ser diferente das outras. Mais amiga, capaz de compreender melhor as estranhezas da prima.

Margarida começou a passar a mão pela nova série de caramujos que o marido lhe trouxera. Então, sua voz ficou fraca, uma voz quebrada, que lhe saía num fio apenas audível:

— Na falta de padre, Deus me perdoe, se me confesso a vosmecê. — E mais alto: — Acho que sei o que tem Isabel. Vosmecê vai pensar que sou louca, ou que sou ruim, de tanto imaginar. Vosmecê que... ah, não proteste! Deve desconfiar da minha poesia, soprada por um mau espírito, decerto vai achar que eu sou uma alma perdida de maldade. Mas que é que posso fazer? Isto entrou na minha cabeça e não sai mais...

— Fale, prima. Eu pensava que vosmecê estivesse tão feliz com seu marido e agora estou vendo vosmecê tão alvoroçada! Tenha franqueza, que eu também só queria ter coragem para pôr para fora as mágoas que sinto e que nem sei contar.

Margarida, distraidamente, continuava a bulir nos caramujos. Ela se voltou, a face assustada pelo que sentia dentro de si mesma — aquela onda que não mais podia refrear:

— Com perdão de Deus Padre... Mas acho que Isabel... Isabel está esperando filho!

Cristina esboçou um sorriso primeiro, depois ficou quieta, crescendo em espanto, pálida, assustada, com a enormidade daquela declaração de Margarida — justamente entre todas as donas da Lagoa Serena a mais delicada, a mais doce.

Margarida continuou:

— Tenho sofrido muito pela falta de um filho e venho acompanhando, com uma sorte de inveja, os sinais nas outras mulheres. Antes que todos saibam, até mesmo Mãe Cândida, que entende dessas coisas, eu descubro, nas escravas, aquilo de que ninguém suspeita ainda. É inveja, uma inveja que toma, parece, a medida da cintura, que sabe a diferença do contorno do seio. Cada vez que um filho se anuncia, cai uma espécie de moleza no corpo da mãe. É um derrame de doçura, como se o corpo fosse fruto pesado a se estender para a gente; o seio, o ventre, as coxas que se adivinham na saia... de repente tudo isso parece que já não é mais da própria e que se está mostrando. Os seios ficam crescidos. O ventre, ainda não deformado, tem um abandono e um arredondado diferente. Cada mulher, ao começo, quando o filho ainda é promessa, parece um galho exibindo a carga impudente, a oferecer sua riqueza a quem passar. Não sei se é do meu ciúme. O corpo das mulheres de vida perdida não me faz vergonha, mas eu acho indecente o corpo das mulheres que estão a esperar seus filhos, quando ainda bem no começo! Ontem Isabel, quando voltava do desmaio, parecia imoral, mais carregada de sexo. Estava para ajudá-la quando soube que havia caído. E fiquei horrorizada a lhe olhar a cintura, o movimento do seio bambo, quando ela se quis firmar... Meu Deus, eu confundo tudo, eu já nem sei se quem está doente sou eu. E fico carregada desses maus pensamentos, sem coragem de confiá-los a Leonel...

Cristina estava aterrada:

— Vosmecê me surpreende... Mas... Eu imagino que Isabel nem seja tão fraca diante do pecado, como as outras mulheres. Pode ser que vosmecê, de outras vezes, tenha acertado, mas... e desta? Mulher que gosta de homem, como qualquer mulher, não é como Isabel. Ela já teve galante?

Margarida riu, em meio às suas sombras:

— Nunca, que eu saiba. Mas, nem que seja por obra e graça do Divino Espírito Santo — e Margarida bateu na boca —, o jeito dela não me engana. — Ficou pensativa. Apanhou um diadema de penas coloridas, brincou com ele. Foi dizendo: — Não se esqueça de que Isabel sempre teve vida à parte. Quem sabe o que acontece com ela, por essas lonjuras?

De novo, a voz do Louro. Cristina se sentiu diferente. Não gostara de ter ouvido Margarida dizer aquelas coisas atrozes. Margarida deveria ser para ela a admiração e a perfeição da Lagoa Serena. Levantou-se:

— Tenho quase a certeza de que vosmecê se deixou levar pelo engano. Isabel não me pareceu abatida e, sim, numa espécie de desafio.

Margarida foi saindo com Cristina para a varanda. O Louro saudou, abrindo as asas, gingando no poleiro e dizendo um palavrório que Cristina não entendeu. Margarida esteve junto dele, a lhe coçar a cabecinha. O papagaio se deixava acariciar num gozo submisso, quietinho agora, as penas arrepiadas, deliciado.

Margarida estava possuída por pensamentos graves:

— Quem é que sabe da vida de Isabel, que faz vida de homem? Quem é que sabe de vida de homem, mesmo quando se ama como eu, Cristina? A gente fica esperando o que eles querem contar. O mato é grande... Dizem que o matrimônio são dois num só corpo. Mentira! Carne de homem é diferente, tem uma brutalidade tão diferente! Hoje é o carinho da mulher, amanhã pode ser uma índia ou uma aventureira nesses mataréus. — E, com a violência que vinha da própria bondade do coração, Margarida, sem que Cristina lhe perguntasse alguma coisa, disse: — Mas não vá vosmecê pensar que eu estou desconfiando de Leonel com... Porque eu morreria antes de ter um pensamento desses.

# XII

Cristina abriu a porta e mergulhou no escuro que parecia ter sido criado pela lagoa frígida — um poço de trevas nessa noite de junho. Ia apanhar um pequeno tonel de azeite, a pedido de Mãe Cândida. Ao entrar na despensa, teve um susto. Um homem, caído sobre sacos de farinha, ressonava. Medrosamente, aproximou a candeia. Era Tiago, que acordava, agora, coçando a cabeça e abrindo os olhos, num sorriso meio incerto, meio infantil, ou talvez até estúpido. Cristina ficou a olhar Tiago, que se movia pesadamente e se levantava com esforço, dizendo, com a língua um pouco presa:

— Boa noite, anjinha.

Que coisa tão estranha! Que acontecimento tão imprevisto! Que estaria fazendo Tiago ali na despensa? Mas foi ele mesmo quem se encarregou de explicar:

— Vosmecê se sente neste trono. Estamos aqui no reino das comedorias e do bom vinho. Vosmecê, a estas horas, deve estar querendo acabar com nosso casamento. Eu, por mim — e a língua se lhe tornava cada vez mais presa —, desejaria antes acabar com todo este vinho. Ninguém sabe que grande reino é este, que aqui fica neste lugar. — E, abrindo a torneira a um grande tonel, colocou um caneco de cobre sob a torrente: — Vosmecê prove deste vinho e então verá que eu tenho razão no que digo. Vosmecê, se tomar tantos canecos quantos eu tomei, vai ficar vendo o céu aqui dentro, vai ficar conhecendo a Rabudinha, que hoje não quis mostrar a cara lá fora.

Cristina reagiu:

— Ainda não tinha tido uma conversa a sós com vosmecê, mas vejo que o vinho lhe sobe à cabeça e espero melhor ocasião.

Tiago, já tendo o caneco inteiramente cheio, o ofereceu:

— Se eu estiver de cabeça fresca amanhã, não terei língua para conversa. É bom, senhora, aproveitar o momento. Sente-se no trono e venha comigo reinar sobre peixes secos, compotas, marmeladas, sebos, ceras e farinha. Que perfume! Vosmecê já imaginou um idílio assim?

Cristina ia a sair:

— Imaginei tudo diferente. Deus também me pregou uma peça — disse, pensando nas palavras de Isabel.

— Também lhe pregou uma peça? Mas a mim ele não pregou nenhuma!

Cristina, em vez de abrir a porta como queria, carregando o azeite, ficou presa a uma lonjura de esperança com aquele dizer:

— Porque vosmecê me veio como eu encomendei! — atirou-se, estabanadamente, sobre os sacos de farinha.

A moça pousou a lâmpada sobre o velho bufete ali junto. E a luz variável iluminou o rosto avermelhado de Tiago, que se voltava para a imagem de Cristina, retomando o mesmo sorriso tolo:

— Senhora, eu não me posso queixar... A medida era essa... Até mesmo esses ombrinhos estreitos, até mesmo essa penugem sob o nariz, as próprias ancas bem frágeis para uma dona que pode e deve ter prole para povoar uma terra despovoada... tudo isso eu encomendei. — E sorriu, insolente, sem amor, como se a sua admiração fosse proibida, e não de noivo.

Cristina teve piedade de si mesma, tanta piedade que julgou devesse julgar a si própria como se fora madrinha do mau momento:

— Se eu agrado... Por que foge, por que fugiu?

— Ah, não digo nada antes que se sente comigo. Que medo é esse? Não vamos casar dentro de tão poucos dias?

— É o que não entendo. Penso que não dei agrado e agora o vejo a se burlar de mim. Depois não gosto de conversar com quem bebeu demais.

Ele riu e a puxou pela mão:

— Não diga vosmecê bebeu demais... Diga: vosmecê está completamente bêbado. Assim é que está certo.

Cristina, sentada, via bem de perto aquele a quem possuía avaramente em seus sonhos de moça. Ali, embriagado, os olhos incertos, os dentes molhados de saliva pegajosa. Perto de sua sensualidade e, ao mesmo tempo, tão longe de seu coração! Longe, como jamais estivera, nas lonjuras que as águas cobriam entre eles.

— É verdade. Vosmecê está bêbado. E eu estou fazendo papel de boba aqui a seu lado. — Mudando de tom, quis tirar daquele Tiago tão diverso do Tiago de seu amor uma confissão, uma aproximação com o moço que durante tanto tempo merecera seu cuidado. — Pela vida de sua mãe, pela vida de Mãe Cândida, conte: vosmecê tem algum segredo? Vosmecê tem qualquer opinião contra mim? Eu sei que toda mulher tem que ter orgulho... essas coisas não se perguntam; mas, desde que pisei nesta terra, vivo de modo diferente daquele em que os ensinamentos antigos eram moeda de bom curso. Torno a perguntar: que acontecimento, o que foi que fez vosmecê fugir de mim no dia da chegada?

Tiago emborcou o caneco. Pela barba escorria o vinho, de través, manchando de sangue a camisa branca. Ficou parado. Parecia vencido pela bebida. Fechou os olhos e disse:

— Eu sei que mulher não entende mesmo.

— Entende? Mas entende o quê?

— A gente vive se despencando serra abaixo, furando mato, cavando terra, suando no calor, gelando no frio e varando esses sertões... — Sua língua se tornava cada vez mais pesada: — Quem nos acompanha? Quem fica de olho por cima de nós? Vosmecê acha que tem alguma mulher de olho tão comprido que espie a gente todo o tempo?

— Não — disse Cristina —, infelizmente as mulheres ficam de longe. Nem sabem se o sol que amanheceu, se a lua que apareceu estão aclarando o marido vivo ou os restos do homem amado. Com essas distâncias, com esses matos, com esses sertões, como podem vigiar as mulheres, como podem saber as mulheres?

Mas Tiago não pareceu ficar impressionado com a doçura pisada das palavras da noiva.

— Então vosmecê quer se inteirar por que foi que eu fugi? E se eu disser que eu... — Tiago fez uma pausa para dar alento à própria língua: — Nem que quisesse poderia explicar a mim mesmo. Eu acho que sei... Mas não tenho muita certeza, não. Principalmente hoje... tudo está tão confuso... — Fechou os olhos mais uma vez. Houve uma pausa, depois ele ficou vigilante e disse: — Não tenho certeza, mas acho que são as estrelas. Vosmecê já pensou que eu durmo com elas, que eu vivo com elas? Desde pequenino eu sabia o sítio delas todas. E, agora, quem nos leva daqui para ali, de lá para cá, pelos sertões? São elas mesmo. De tanto olhar o céu, fui ficando enojado da terra, dos sentimentos, das coisas do chão. Vosmecê, quando estava longe, parecia minha estrela... a Rabudinha. Ela era assim, pura e sensual, que nem vosmecê, que morava longe. Agora, aconteceu como se a Rabudinha tivesse descido do alto e viesse para cá, para esta sujeira... Eu não sei... Vosmecê é igual à encomenda. Eu é que não sabia que gostava mais da Rabudinha no céu do que na terra...

Começavam os preparativos para o casamento. Basília foi a São Paulo abrir a casa, limpá-la em condições de receber os convidados de Mãe Cândida e de dom Braz. Mandavam-se escravos de recado, e o próprio padre que iria abençoar os noivos, após todas as missas, a pedido de dom Braz, dizia da cerimônia e da hora em que ela se efetuaria. Seria um grande acontecimento, e viajantes desciam a Serra, iam a Taubaté, a Santos, a São Vicente e às fazendas vizinhas levando a nova de que o filho de dom Braz iria casar.

Quando faltavam cinco dias para a cerimônia, Margarida foi ao quarto de Cristina e lhe entregou seu presente, antes do tempo. Eram algumas moedas de ouro. Disse:

— Dinheiro não se dá, mas, como este foi cunhado por meu pai, tem também valor de querença. Vosmecê tenha dele o proveito que bem quiser. Também, pelo fato de que foram fundidas por meu pai, eu não vou querer que vosmecê guarde essas moedas toda a vida.

Aquilo deu a Cristina uma ideia. Pediu permissão a Mãe Cândida para ir a São Paulo mor de confessar. Na manhã seguinte, acompanhada por Aimbé, saiu da Lagoa Serena carregando suas moedas. Estava supersticiosa, por isso cumpriu primeiro o prometido. Foi à igreja do Colégio, onde esteve a esperar que lhe dessem a confissão. Havia algumas mulheres à sua frente. Cristina esperou, ajoelhada na frieza do chão. A igreja, agora, com algumas obras importantes — com sua torre em meio —, parecia nova e toda luzente de talha dourada. Havia ainda certa animosidade entre o povo de Piratininga e os jesuítas. Dom Braz cismara em que ela fizesse ali seu casamento, porque agora o templo estava mais imponente. Talvez, preferindo-o à Matriz, à igreja do Carmo e à da Misericórdia, fosse induzido por um velho sestro seu — tomar vitória de seus inimigos, mesmo na paz. Os padres do Colégio acusavam dom Braz de ter tomado parte em quizílias passadas contra os jesuítas. E, agora, dom Braz queria vê-los celebrar em pompa as bodas de seu filho. Já de uma vez padre Manuel, do púlpito, criticara dom Braz mor da caça ao gentio, que ele era ainda muito de fazer, apesar de que agora já preferissem todos comprar a caçar.

Mandando casar seu filho ali, sabia dom Braz que os padres não teriam coragem para lhe negar assistência religiosa. Dentro de sua política de agradar aos homens influentes de São Paulo, os jesuítas não fugiriam, sob nenhum pretexto, de celebrar as bodas de Tiago, pois que ainda não se julgavam fora de perigo e mantinham seu Colégio com o favor de chefes como dom Braz.

Cristina ali esteve em prece, até que por fim foi chegada a sua vez, e ela, no confessionário, depois de dizer "Eu, pecadora, me confesso", extravasou todo o sumo peçonhento que lhe ia na consciência. Tinha um ódio oculto, um ódio que era um pecado mortal, a lhe corroer a alma. Nem mesmo sabia contra quem. Pensava que era, principalmente, contra a terra que lhe reservara tantas surpresas dolorosas. Estava às vésperas de se unir a Tiago, e esse sentimento crescia a cada manhã. Timidamente perguntou ao padre desconhecido se não era pecado desmanchar o compromisso. O padre lhe respondeu com doçura:

— Pecado não é, minha filha, mas vejo que vosmecê mesma não quer.

E ela ciciou as miseráveis razões pelas quais caminhava para essa união:

— A vergonha de chegar ao Reino como se fosse repudiada...

— Que é que eu posso fazer por vosmecê, então? — perguntou o padre. — Vosmecê não está a confessar, está a juizar.

Cristina tornou a dizer sobre aquela impressão de hostilidade, como se ela também tivesse sido feita escrava. Sentia-se humilhada e dolorida. E o pior é que não tinha força para romper a humilhação. Então o padre, cuja voz parecia muito velha, com um leve sotaque espanhol, falou como seriam parecidas as missões que tinham ambos:

— O que vosmecê está sentindo é o peso da lei do amor. Vosmecê se revolta contra esse amor, mas não pode fugir dele. No entanto, vosmecê é livre. Assim também nós temos sido. O que nossa casa tem sofrido por amor nesta terra! Mas defendemos nossa família, e as almas a nós confiadas, com uma fúria e um zelo que os piores entre nós, os menos servidos pela graça de Deus, demonstram de maneira estupenda. Este ódio, minha filha, nós também, seres humanos, quanta vez não experimentamos! No entanto, temos horror a sair daqui. Tudo fazemos para conservar nosso Colégio, nossa Igreja. É a lei de Deus. Aqui fomos postos por Ele e, ainda que todas as injustiças, todas as perseguições, tudo desabe sobre nossa cabeça, defendemos o lugar onde mora o nosso ódio... Porque ele não é mais senão revolta de amor perdido. Se vosmecê fosse mandada de volta, minha filha, vosmecê também defenderia seu ódio. Vosmecê ama seu noivo. Só lhe posso dar, com a absolvição deste pecado de ódio, a certeza de que vosmecê não tem senhor, não é escrava de ninguém... senão de Deus, de quem se fez criada. A terra é rústica, a gente é grosseira, mas atrai, mas chama e prende com força desconhecida. Terra moça pedindo amor... amor que nós lhe damos, abençoando suas horas de vida e de morte, amor que vosmecê pode dar como esposa, companheira de tanta rudeza. Vá em paz, minha filha; há um altar, aqui, à espera da glória de uma santidade que a Igreja de Roma há de um dia apregoar. Tantos e tantos anos decorridos! Passado mais de século que esta Igreja recebeu a sua última visita, já velhinho, mas cioso de sua obra, suas palavras. Os versos simples do venerável José de Anchieta moram conosco. Gosto de recitar alguns. Um deles reza assim: "Não tendes de que temer, senão de vossos pecados. Se forem bem confessados, isto basta". Quero crer que a menina confessou, até com riqueza excessiva, a sua própria miséria. Nada mais terá que temer. — E a voz velhinha terminou: — Isto basta.

Depois, a absolvição impessoal, o riscar opalescente da mão em cruz na escuridão do confessionário. Cristina baixou a cabeça, saiu recolhida, levando, em si, o perdão. Por algum tempo, rezou. Levantou-se depois. Saiu da igreja.

Lá fora esperava Aimbé. E toda aquela fortuna que trazia em si mesma como que se dissipou quando Aimbé, mesquinhamente, com malícia nos olhos apertados, apareceu trazendo o cavalo e perguntando:

— Dona confessou bom? Gostou?

Montada no seu cavalo, Aimbé à frente, ia Cristina atravessando ruas. Dessa vez, São Paulo do Campo de Piratininga lhe parecera uma vila maior. Já era, talvez, a distância de Lisboa, o tempo que havia passado longe da metrópole. Fora da vila, houvera apreciado um ajuntamento. Fora em Ibirapuera, onde a Justiça de El-Rei havia enforcado um soldado da própria guarda que matara um missionário para roubar. A forca ainda pendia com sua carga humana, para exemplo da terra jovem e descuidosa. Contaram-lhe que não se gostavam muito — como na Europa se gostam — desses espetáculos e que essa forca, a balançar seu fruto humano, fora despejada de vários sítios de ruas principais. Ninguém a queria como atração. Era ainda uma diferença essa execução feita fora da cidadezinha, que não queria punir com a mesma solenidade de outros lugares.

Não sabia por que — se obra de algum santo ou se por motivo desta execução — a vila lhe parecia, agora, mais movimentada, com burburinho de gente pelo adro das igrejas, com pequenas feiras, até mesmo com a importante chegada dos vereadores à Câmara, alguns montando cavalos com arreios bem lavrados e imponentes no seu modo de vestir. Continuava, é certo, aquela estranha união de fartura e de miséria. Homens vestidos de maneira abastada — para o lugar — andavam com sandálias que o mais modesto dos frades do Reino recusaria. À saída do templo, vira um desfile de alunos: três ou quatro brancos, alguns mestiços e os mais, indiozinhos, que, com aqueles trajes de batina de algodão, se não sabia muito bem se eram homens. Andavam, braço no braço, risonhos e felizes. "Esta, agora!", pensou Cristina, "Uns seres vindos do mato, como as feras, a se educarem para o serviço de Deus!".

Logo que Cristina passava por uma rua, batia atrás dela a folha de uma janela, atrás da qual um vulto espiava. Eram as mulheres "escondidas nas tocas como coelhos", no dizer (que ela jamais esqueceria) do capitão-mor. Por três ou quatro vezes estalaram as misteriosas janelas sobre os misteriosos vultos, e Cristina pensou: "Lá estarão a dizer: 'É a noiva! É a moça do Reino que veio casar com Tiago, o filho de dom Braz!'".

Afinal, perguntando a um menino, que tangia a sua cabra leiteira pelo meio da rua, soube da casa do mestre Davidão, a quem pretendia procurar:

— É na rua da Misericórdia, uma casa com uma camarinha em cima de um chiqueiro de porcos.

Foi lá que Cristina se viu recebida como uma princesa por Davidão. Acabava ele de ultimar negócio com um viajante, que lhe oferecia seu tacho de cobre e rezingava sobre o quanto lhe dava o mestre, mas, comprado o tacho e se tendo retirado o freguês, Davidão fez certa mesura, que crescia aos poucos, numa sorte de cumprimento e bater afetuoso no peito para a noiva de Tiago:

— Boas-vindas, cara menina. Vou já chamar Joana Antônia. Sente-se aqui. Não, não! Aí, não, que nesta arca guardo os objetos de couro que um diabo me vendeu. Já estão meio pobres. Passe para aqui, para esta cadeira!

E, antes que Cristina se sentasse, Davidão tirou um lenço do bolso e esfregou o assento, sujo de pó:

— Aí está. Assim fica mais a cômodo. — E gritou: — Joaninha! Joanita! Uma surpresa, queridinha!

Joana Antônia veio lá de dentro atravessando uma cortina de seda quase em farrapos que deveria ter sido preciosa. Veio, as mãos cheias de farinha, o rosto salpicado de pingos de gema de ovo. Ao ver Cristina, ficou parada, sem articular palavra. Depois ia abraçá-la, mas se conteve:

— Valha-nos Deus! Quanta honra!

Cristina se levantou. Não sabia que dizer. E então, nesse silêncio, houve ensejo para que escutassem os grunhidos dos porcos a brigar na comilança. Aquilo foi o pretexto para que Joana Antônia, muito entusiasmada, enxugasse as mãos no avental e dissesse:

— Veja a menina que casa farta é esta, hein? Tenho quarenta porcos debaixo do assoalho. A fartura, aqui, é grande. Davidão, cujos pais levaram a vida a ter medo da carne de porco, agora é o rei deles. Se vísseis os leitões dourados que aqui assamos...

— Pois eu tenho gosto em ver que não tivestes decepção alguma. Estais morando aqui neste quarto que dá para a sala?

Davidão riu, os olhinhos miúdos apertados, a boca de lábios grossos, vermelha, numa alegria bondosa:

— Estamos um pouco adiantados no casamento. Mas, dentro de alguns dias, tomaremos bênção. A verdade é que só tínhamos um quarto, e eu não iria mandar minha noiva para outra casa.

Joana Antônia concluiu:

— Coisa que nem eu queria. Depois, eu não sou mulher de luxos. Eu sei o que quero; antes que o padre dê permissão, Deus mesmo nos deu. Do contrário, não teria chegado a estas alturas.

Davidão a tomou pelos ombros, já um pouco familiar, mas se retraiu em seguida:

— O que nos casa, e bem casados, é esta viagem toda. Nunca houve cerimônia nem mais aborrecida nem mais perigosa. O resto é satisfação que nós vamos dar aos fregueses. Porque, menina, se não a dermos, esta gente cá da terra é capaz de achar ruim e torcer o nariz.

Aquilo produzia certo constrangimento, mas Cristina foi abreviando a conversa:

— Mestre Davidão — disse —, não sei se vos lembrais que me oferecestes não só vossa casa para visita, mas ainda dissestes do vosso bom negócio. Hoje estou muito de pressa, por isso desejaria saber logo se poderia encontrar aqui algum vestido para comprar.

Joana Antônia riu:

— Ah, bem que estou lembrada do infortúnio da arca. Davidão não os tem. Ontem, cá esteve uma velha senhora a oferecer um saio mais velho do que ela, porque o marido ia ao Sertão e estava precisando de umas tantas coisas. Mas o saio... — Joana Antônia torceu o nariz — cheira até a defunto.

Cristina ficou teimando:

— Assim mesmo queria vê-lo.

Davidão afastou dois mantos velhos de cima de um baú e tirou de lá um saio de flanela preta esburacado aqui e ali pelas traças. A barra tinha contas pretas brilhantes.

— Com alguns remendos bem feitos, bem cerzidos, serve para uma senhora que vá à igreja de mantilha — disse.

— Ou então — falou Joana Antônia de rosto franzido — que saia à rua com a colcha da cama enrolada no corpo. Não precisas tratar Cristina como ao resto da tua freguesia. Não tens nada que valha...

Davidão se tornou pressuroso:

— Mas estamos aguardando um navio. Chegarão muitas pessoas do Reino.

— É... — disse Cristina —, dizem que, agora, há muita ilusão trazendo gente sem conta para cá. Mas não posso esperar mais tempo. Tenho que fazer a compra hoje, ou então não compro mais.

Cristina, a essa altura, resolveu impressionar. Levantou-se, chegou a um canto, onde uma mesa de madeira pesada exibia quantidade de objetos — candelabros, facões, uma viola sem corda —, e no exíguo campo de madeira nua que sobrava do amontoado fez correr as moedas de ouro.

— Mestre Davidão — disse —, eu sei que vós me fareis o obséquio de encontrar o que preciso.

Davidão se acercou, fascinado. E Joana Antônia, limpando mais uma vez as mãos no avental, tomou, ligeira e hábil, uma moeda de ouro e, levando-a à boca, trincou-a com violência:

— É boa, Davidão! É ouro puro! Mas que espécie de moeda é esta que não conheço?

— São as primeiras da terra. Vieram de Taubaté.

Davidão examinava-as, uma por uma, e a olhar de perto o seu desenho perfeito envesgava de admiração:

— Esta terra já é terra d'homens mesmo! Honra de povo é moeda! E esta honra não é honra só... é glória, porque é do melhor ouro. Gente que fala com ouro fala mais forte.

Houve uma transição. E então ele moveu o rosto bondoso e gordo, mas de malícia derramada, e disse:

— Joanita, não podias servir aqui a nossa amiga — fez uma mesura — que te honra a casa?

Joana Antônia se sentou na própria cadeira que fora ocupada por Cristina, deixando-a de pé:

— O que tu queres dar em troca de ouro eu já ofereci de bom grado. Mas Cristina não quis aceitar.

Cristina se acercou, humilde:

— Agora, tantas coisas decorridas, já sou diferente. Se quisésseis fazer a troca, eu não seria mais tão orgulhosa ou tão estúpida quanto fui.

Davidão lembrou:

— Tens o teu vestido de bodas! Estas moedas ficam, e a fazenda se acaba!

— Ah, este não — disse Joana Antônia. — Foi sempre um sonho que tive o de livrar-me da má vida e casar-me de véu e grinalda. Não vou perdê-lo. Por ouro nenhum do mundo troco o meu vestido de bodas. Mas tenho um vestido roxo, com o qual eu frequentava a Taverna do Toiro e que está muito bem conservado. É de cetim com rendas. Foi com esse vestido que me viste... há tanto tempo e nunca mais te esqueceste de mim...

Davidão falou:

— Meu dever talvez fosse o de conservá-lo aqui, mas quero fazer a vontade da menina, que tão bondosa foi para com minha noivinha. Levareis o vestido, senhora Cristina. Não é, Joanita?

— Também quero a este, porque tem muitas recordações agradáveis. Mas nunca me hei de esquecer de como esta menina me salvou das unhas do guarda do capitão-mor. Vou lá dentro buscar o vestido.

Momentos depois, voltava, trazendo o famoso vestido com uma enorme saia enfeitada de renda. Aqui e ali havia pequenas gotinhas secas.

— Uma boa escovadela e um pouco de sol lhe devolverão a inteira beleza — disse Joana Antônia. — Isto veio da umidade, mas pode a menina cheirá-lo. Sou mulher limpa, apesar da vida que levava. Cheira a rosa fechada, não a carne.

Cristina colocou diante de si aquele enorme vestido cor de vinho. Era belo, de uma beleza agressiva.

Todavia, servindo a mulher honrada, perderia, quem sabe, sua aparência de pecado.

Davidão perguntou:

— Então a menina vai usá-lo?

— Não será para mim; é um presente que devo.

# XIII

Cristina fechou-se em seu quarto, abriu a janela, e o sol de junho, do céu alto e limpo, um sol friorento, se derramou sobre o vestido violeta, que inundou o quarto com seu luxo.

Munida de uma escova, esfregou-o minuciosamente, desde a barra da saia aos punhos rendados da manga, que se abria como flor. Abaixo dos cotovelos, em todos os meandros daquela renda posta sobre o cetim, levou por ele a escova até que todo luzisse, perfeito, livre das manchas de umidade. A essas horas, Rosália deveria estar em companhia de Genoveva no único trabalho de que realmente gostava — fazer doces. O vestido a palpitar em suas mãos nervosas, entrou no quarto da caçula e o estendeu sobre a cama da mocinha. Quando ia a sair, Basília chegou e a inquiriu, risonha:

— Que é que vosmecê está fazendo aqui?

Mas logo viu o vestido e estacou, séria, como que tomada de grave emoção:

— Que é isso? Que vestido é esse?

— É o que comprei para mana Rosália, mor de que ela fique contente no meu casamento — disse Cristina com certa dissimulação.

Basília tomou o vestido e o examinou, inflexível:

— Rosália não pode... — E perguntou ainda: — Mas como foi que vosmecê o conseguiu?

— Uma encomenda do Reino... Chegou para uma senhora que já se finou há seis meses. As encomendas levam tanto tempo... Deve ter vindo pelo mesmo barco em que eu vim.

E pensou, logo depois, nesse pecado venial tão próximo da sua confissão: "Deus me vai perdoar. Se eu dissesse a verdade...".

Então Basília, afetuosamente, como vendo naquela oferta uma prova do que a história da arca perdida havia causado ao ânimo de Cristina, disse com brandura que não lhe era costumeira:

— Pois vosmecê ajunte este às galas de seu enxoval. É caro demais, é rico demais. Vosmecê não se deve apartar dele. Rosália ainda é quase uma menina, e isso nem assenta nela.

— Eu queria mesmo, Basília, que fosse uma coisa muito fidalga, muito bela.

Aí, Basília deixou de fingir como estava fingindo:

— Ela não pode usar este vestido. Não é próprio, vai dar que falar. As mulheres daqui não põem essas coisas. Isto é moda para mulher... — Ficou subitamente envergonhada: — ... que quer atrair homem.

Quando as duas se empenhavam na conversa, Rosália entrou de mansinho e, ao ver o vestido, foi caminhando para ele, radiosa:

— Meu vestido querido, meu vestido que caiu do céu! Quanto eu te tenho chamado! — E se voltando, com uma careta cômica, para Basília: — O que é que esta bruxa de desmanchar prazeres está resmungando aí?

Cristina respondeu por Basília:

— A mana não está achando próprio.

Rosália enfrentou a irmã mais velha, com relâmpagos nos olhos:

— Então vosmecê, só porque é velha e não pode mais vestir um vestido como este, está querendo impedir que eu fique bonita?

A irmã procurou não se deixar envolver pela cólera, enquanto Cristina saboreava seu triunfo.

— Rosália, se vosmecê quer casar depressa, como diz, não deve vestir este vestido. Ele orna nas moças levianas, mas não nas decentes e casadouras.

— E foi por isso mesmo, porque sua cabeça vive cheia de teia de aranha e de ideias passadas e empoeiradas, que vosmecê, que sabe tão bem o que assenta nas moças casadouras, não arranjou marido nem vai arranjar nunca! Porque nem os velhos que passaram nos matos a vida inteira, e às vezes chegam a São Paulo só pra tomar mulher quando se lembram de virar gente, nem esses mesmos quereriam saber de vosmecê, que não tem graça nenhuma, e a gente só sabe que é mulher porque veste saia!

Basília tinha olhos rasos d'água:

— Vosmecê venceu. Tudo o que há de mau em vosmecê fui eu que plantei, pois não lhe dei educação. O castigo... eu mereço.

E Basília foi saindo para a porta, apertando nervosamente o relho de cabo de prata de que agora não se separava. Logo no corredor, dois moleques se empurravam a questionar, ninguém sabia por quê. Violenta, meteu-lhes o chicote, e os meninos se afastaram assombrados, choramingando. Basília tomou o caminho da despensa, onde estava dirigindo — depois da limpeza da casa de São Paulo — o fornecimento para a maior festa daquele ano.

No quarto, Rosália abraçava Cristina:

— Vosmecê me perdoe... é a melhor cunhada do mundo! Nunca poderia ter encontrado um vestido tão bonito quanto este. Tenho a impressão, Cristina, de que com este vestido eu consigo qualquer homem... isto é... um bom marido. Vosmecê não acha?

Naquele dia, houve uma grande surpresa na Fazenda. Parati, acompanhado de alguns escravos, trouxe, num carro puxado a bois, coberto por pesadas mantas, uma geringonça que se não sabia bem o que fosse.

O vozeirão de dom Braz, no pátio, alertava os negros e os índios:

— Ei! Mais cuidado! Mais respeito com o traste! Faz a volta aí com o carro, Parati! Tu não estás vendo o buraco? Cuidado!

Cristina se chegou à janela. Em pé, encostado à parede da casa, Tiago, o chapelão de palha corrido para trás, apreciava a cena. Dom Braz o chamou:

— Vosmecê dê uma demãozinha a esses brutos, senão eles arrasam com a peça.

Cristina, curiosa, saiu para ver o que era aquela famosa almanjarra que povoava de gritos e de ralhos o pátio da Fazenda. Quando chegou diante do carro de boi, Tiago descobria a enormidade que subia de dois metros acima do próprio carro. Era uma cama. A sua cama de casado, que chegava em triunfo à Lagoa Serena. Naquela simplicidade de gente a dizer o que pensa, Tiago mirou o pai, mal a descobriu:

— Vosmecê a fazer tanto caso, nhor pai! Mas esta cama é muito velha!

Dom Braz não pareceu ficar impressionado com a observação do filho:

— É velha, mas já foi, no tempo de meu pai, que Deus haja, a mais importante de São Paulo! Ela pertenceu a um parente de nome Gonçalo, que tinha o meu gênio: quebrava, mas não envergava. Meu parente levou os últimos anos de sua vida a brigar com a Câmara e todas as pessoas importantes, porque lhe tomaram a cama para a hospedagem de um senhor ouvidor que vinha a São Paulo. E ele, Gonçalo, achava que não a devolviam em condições. Chamavam artesões para lustrá-la, poli-la, mas ele sempre via nela algum arranhão. Novamente a lustravam e poliam. Nunca ficava a seu gosto. E ainda dizia que havia bichinhos nela... como se o senhor ouvidor fosse homem de bichinhos... O que ele queria era acabrunhar um sem-fim de tempo os vereadores e oficiais que lhe tomaram a cama à força. E durante dez anos ele o conseguiu, sobejamente, porque ninguém sossegava com os diz que diz, as ofensas, as ameaças e as humilhações que infligiu à Câmara. Seu filho não teve força para continuar uma guerra de tanta honra. E tendo-a, afinal, recebido da Câmara de São Paulo, dela desfrutou por largos anos. O neto ma vendeu, porque a acha muito alta, desde que aprendeu a dormir no mato, e porque ela lhe dá sonhos e ele cai. Oh, que grande negócio eu fiz! Vejam, mandei trocar o cortinado, utilizando para esse fim a minha própria colcha. É uma cama imponente. E uma cama de muita honra, para que nela sejam concebidos varões tão animosos quanto nosso parente Gonçalo, que Deus haja!

Tiago, que subira atrás do carro, a considerava:

— Sim, meu pai, esta é uma honrosa cama que deve conduzir os esposos mais à guerra que ao amor. Em todo caso, consola-me a perspectiva de vir dela algum filho teimoso e duro.

O velho ficou encantado com essa fala, porque disse:

— Em se juntando as qualidades de vosmecê às da cama, não se pode esperar outra coisa. Ah, hoje eu estou tão contente que até já me esqueci dos agravos. Pensando bem, acho que vosmecê ficou meio atordoado na chegada.

Era sempre um óleo de bondade a lhe jorrar do coração, por cima da violência. O velho capitão foi ordenando como deveria ser tirada aquela cama, torneada e escura, com seu alto teto, pesada e rígida, a rememorar um passado de dureza e de brigas.

Cristina baixou os olhos. Saiu sem que ninguém a notasse. Bem podia esperar um leito mais romântico! Havia em tudo um desafio — pior, uma caçoada geral. Nem quis pensar como seria sua vida conjugal nesta lembrança que a cama guardava do terrível Gonçalo — um homem só contra todo um Poder.

Mais tarde, entre berros, volteios, levantar daqui e dali, gemidos dos escravos, suores, brigas e descomposturas, a cama atingiu a nova habitação de Cristina. E ali foi colocada, quase esbarrando no teto, enquanto dom Braz e Mãe Cândida examinavam o trabalho da madeira e a elegância pesada da cobertura.

Eram dois quartos, agora, que iriam caber a Cristina e a Tiago. O quarto maior, de Leonel, quando este era solteiro, e o próprio quarto de Tiago. Haviam sido pintados a cal e dispunham de um luxo incomum: tinham um forro a proteger da friagem, teto feito de trançado leve de bambus. Tudo era branco, tudo era claro, menos a cama dos futuros esposos. Esta ficava ali de encontro à parede alva, com seu perfil pesado e austero, suas colunas torcidas, cheirando ainda a óleo e a pintura com que se houvera coberto seu todo velho e cansado. Mas em sua própria velhice guardava uma firmeza de linha, uma espetacular maneira desassombrada, como se nem fosse cama, e sim pequena fortaleza.

Horas depois Cristina a mirou, já coberta com a bela colcha que trouxera do Reino, a colcha bordada de seus sonhos de casamento. Mas nada adoçava aquela cama, que era a personificação de um passado violento.

A janela recolhia a visão da lagoa, luzente de sol. O céu era puro, profundamente azul, até chegar ao verde-amarelado das plantações de junho. Havia em tudo consolo, limpeza espiritual, como a visão de um mundo enxuto e inocente visto da janela de uma cela de monge. O quarto, simples e claro, também era puro, banhado de calma. Era acolhedor. Só a cama brigava com tudo, contrastando com toda a tranquilidade ambiente, nas suas ásperas colunas torcidas, no seu negror, na sua rijeza, na escuridão do seu conjunto.

Morto Gonçalo, parecia que sua alma ficava ali. E Cristina só fez imaginar: "Ah, se esse homem, ah, se esse Gonçalo que não envergava nunca me concedesse um pouco de sua firmeza! Ah, se esta cama me desse também a força de destruir tudo quanto é moleza de coração, tudo quanto é fraqueza que se aninha dentro de mim!".

Dois dias depois deram madrugada. Às três horas, ainda tudo escuro, as estrelas vivendo com força de seu momento, todos se dispuseram para a caminhada até a Vila de São Paulo. Fazia muito frio. As mulheres tomaram assento nos carros de boi forrados de pano, acolchoados de peles; os homens iam a cavalo, a curta distância delas. Só Isabel, como era seu costume, não compartilhava da convivência da viagem com as donas da Lagoa Serena. Mãe Cândida fizera-lhe a vontade de ir ao lado do tio, pois que dissera preferir ficar em casa.

Ia Cristina no carro, com Mãe Cândida e Margarida. Mãe Cândida puxara docemente seus ombros, fizera inclinar a cabeça no seu próprio colo, dizendo:

— Descanse mais, minha filha, que depois de amanhã vosmecê tem que ser a moça mais bonita de São Paulo. E hoje, e amanhã, nós temos dois dias duros de trabalho.

Margarida falou:

— Não compreendo por que vosmecê não faz casar Cristina e Tiago na Lagoa Serena. A casa lá é mais folgada que a de São Paulo. Também casei na casa da roça. Isso parece fora do costume da terra.

Mãe Cândida respondeu, e então, enquanto falava, Cristina molemente foi sentindo no rosto um bafejo morno de leite quente, da canjica fumegante que ainda morava nas palavras da senhora:

— Saiba vosmecê, Margarida, que isso foi minha política. Vosmecê compreende, eu não sou mulher de política, porém dom Braz cismou que o casamento teria padre do Colégio... e, ainda que isso me corte o coração, não tenho dúvidas: os padres jamais viriam à Lagoa Serena mor daqueles casos que dom Braz teve com eles. E, como eu conheço meu marido, e como sei que ainda que fosse preciso levantar homens em pé de guerra, ele faria o casamento de Tiago com um padre do Colégio, para testar diante da vila a obrigação de assistir dos padres... ele tem as suas disputas, mas se julga muito bom cristão e merecedor das honras da Igreja..., achei eu mesma a saída: nem o padre viria à Lagoa Serena, nem deixaria de dar bênção a Tiago e Cristina, conforme dom Braz queria, com muita justiça. Portanto nem é bom mais vosmecê tocar no assunto, Margarida. Dá muito trabalho, mas não quero mais saber de brigas com esses padres do Colégio.

De tempos em tempos o carro balançava; às vezes nalguma pedra, e era o abalo; às vezes nalgum tufo de ervas mal cortadas, e era então queda mais macia. Deitada no colo de Mãe Cândida, via Cristina desmaiar o céu de sua cor de noite, as estrelas recolherem o brilho, e ouvia o tropel da caminhada.

Durante algum tempo, Tiago cavalgou à frente do carro. Depois tomou distância. Momento após, era Leonel quem ali estava, obrigando-a a sair de seu torpor:

— Mãe Cândida — disse ele —, veja a Galupe como está. Nhora mãe, se levante, venha ver!

Então, parado o carro, as mulheres se levantaram. No mesmo lugar em que, havia tão pouco tempo, Cristina fora convidada para se sentar à mesa do fazendeiro, só habitavam agora a tristeza e os pios da soledade. A casa fechada, as lavouras em abandono, uma carroça sem rodas, o mato na força da terra já a invadir tudo. Como não houvera notado essa desolação quando por ali passara da última vez?

Mãe Cândida empalideceu:

— Valha-nos Deus, que desgraça! Por que abandonam tanta riqueza construída?

Leonel, ainda embuçado na sua manta — a protegê-lo contra o orvalho —, contemplava o abandono com tristeza profunda:

— Veja vosmecê, Mãe Cândida, o trigal que não foi nem ao menos segado! Tudo oferecendo fortuna, e, no entanto, o dono tudo abandonou e se mudou para as minas...

Mãe Cândida se voltou lentamente para o filho. Tiago e dom Braz agora estavam próximos, podiam ouvi-la:

— Os homens vão ao Sertão mor de buscar ouro e deixam outra riqueza aqui a se acabar. O infortúnio desse homem é que ele não tinha mulher, tinha acompanhante, porque mulher não é só para ter filhos e seguir homens, é para dar de comer a eles, para encher a boca do filho e do pai. Homem não pensa nisso. E não há ouro que...

Isabel aparecia junto:

— Que encha o bandulho? Pois, se pensarmos assim, deixaremos este e mais outros a juntar ouro enquanto nós ficamos em casa a cuidar de tachos e panelas.

Mãe Cândida respondeu com suavidade:

— Minha filha, eu estava falando era em serviço de mulher. Vosmecê não entra no rol. Não precisa tomar parte na pendência, mesmo porque os homens não nos querem no Sertão, mas, sim, em casa.

Leonel disse a Margarida:

— Vosmecê se lembra da noite em que viemos a cavalo mor de buscar um xale que ele trouxera de um reinol por minha encomenda?

Margarida aprumou a vista:

— Ali, naquela camarinha, tinha uma prateleira cheia de livros. Mais de vinte livros! João Antunes era um homem tão ilustrado!

Leonel riu, tremendo de frio:

— Quem vê vosmecê falar, Margarida, pensa que ele morreu.

— Viajar é o mesmo que morrer. Com a distância, tanto pode quem viaja estar no fundo do Sertão ou no fundo do Purgatório. Para quem fica é a mesma coisa. Para mim, vendo esta desolação, é o mesmo que ver casas onde moram almas penadas.

Depois da pequena interrupção, continuaram a caminhada. Já era dia quando chegaram a São Paulo.

# XIV

A casa de dom Braz, na Vila de São Paulo, ficava à rua Direita e era assobradada, com balcões no andar superior e uma varanda na entrada lateral.

Cristina apreciou seu luxo. Ao contrário dos demais piratininganos, dom Braz fazia questão de ter a casa em São Paulo sempre bem-posta. Nada se levava dela para a Lagoa Serena. Na sala de entrada, havia macio tapete de lã, coxins de damasco e de palhinha de Angola. Rosália, como um gatinho, se beneficiava daquele luxo. Voltava a ser menina, rolava no tapete, brincava com as almofadas, dizendo que poria água de jasmim nelas, porque perdiam o cheiro bom e ficavam empestadas de umidade. Havia cadeiras de espaldar marchetadas de vistosas tachas. Na parede, um desproporcionado painel da *Ascensão de Nossa Senhora,* feita com pezinhos muito miúdos e mãos compridas, a pairar sobre figuras pequeninas que a olhavam, como a querendo reter. No próprio quarto, Cristina viu um armário marchetado de madrepérola. No Reino não existiam mais aqueles mobiliários enfeitados. Fora obra dos mouros, do tempo de dantes.

A cozinha ficava fora de casa. Basília havia encomendado a uma índia da várzea doces e pitéus que ela fazia como ninguém, mas assim mesmo a cozinha, com seu enorme forno, regurgitava de gente afanosa. De manhã, quando Cristina entrava em casa, chegava-lhe com delícia o cheiro dos alfenins, feitos nos tachos. Genoveva ali deixada por Basília puxava a calda de açúcar ainda quente, castigando as mãos. Ao começo, era como um franjado de cabelos louros; depois clareava; então deliciava o cheiro dos alfenins, feitos nos tachos. Genoveva lhe dava forma. Fazia maravilhosos alfenins: eram pombinhos, sinos, carneirinhos. Mais tarde, Rosália iria colori-los com tintas alegres. No terreiro se aprestavam espetos. Escravos haviam trabalhado o tempo todo fazendo roupas que deveriam vestir no grande dia.

Cristina via toda aquela ligeireza de passos — a escada reta, que conduzia ao andar de cima, estava sempre abalada pelas contínuas subidas e descidas —, o entrar e sair de gente, e dizia de si para si: "A mais humilde dessa festa sou eu mesma".

Rosália, encantada com ela depois que ganhara o vestido roxo, dissera que ainda teria tempo de fazer o pão de segredo — um enorme pão cheio de caramelos que continha certa misteriosa aliança de lata. Falou, quando introduziu a aliança dentro da massa:

— Deixe ver, Genoveva, bem onde é que ela fica. Quem vai achar a aliança sou eu.

Genoveva respondeu:

— Hum-hum.

— Hum-hum o quê, sapa velha?

— Hum-hum. Se a menina mesma esconde, não vale achar.

Cristina sorria.

Leonel, na varanda, tomava das mãos de um escravo seu presente para Tiago, a roupa de noivo. O chapelão de feltro fora o mesmo que ele, Leonel, usara no seu casamento, na Vila de Taubaté. A roupa era toda nova: calções de veludo, gibão amarelo-canário e ainda um mantéu de renda da Bretanha. Dom Braz dera ao filho um adereço de espada e adaga.

Isabel embuçara-se num daqueles mantos que cobriam as mulheres de São Paulo da cabeça aos pés e voltara, pouco depois, com um candelabro de cobre talhado em lavores do

Oriente. Tiago, a essa hora, já havia ido ao quarto nupcial, a chamado de Mãe Cândida. Cristina também era levada ali por Basília, enquanto, aos trambolhões e aos apertões, degringolavam pelas escadas os escravos num atropelo de berros e de impaciências.

— Aí está — disse Mãe Cândida — o presente para meus filhos. — Ela dera a própria cama, com sobrecéu de cetim estampado: — Estou muito velha para ocupá-la.

Tinha uma colcha listrada. Foi sobre ela que dom Braz colocara a espada e a adaga, dizendo a Tiago:

— Meu filho, que vosmecê honre este adereço, como bom paulista. Já a gente de Serra abaixo está a fazer pouco de nós e é preciso pôr um paradeiro a tanta falta de respeito.

Quando estavam nesses dizeres foi que entrou Isabel. O manto a lhe cair pelas costas, o cabelo a esvoaçar na fronte pálida. Trazia o candelabro e o postou sobre a mesa torneada do quarto, dizendo:

— Pra vosmecê, Tiago, aclarar a noite primeira.

Tiago, que estava a experimentar o adereço, o atirou sobre a cama:

— Para que este gasto?

Dom Braz acudiu:

— Isabel é livre de gastar seu lucro como qualquer filho meu.

Isabel, apanhado o manto que resvalara ao chão, disse, dando de ombros:

— Na verdade, este candelabro não me custou muito. Troquei por ele duas ovelhas que iam ser comidas na festa. Foi um bom negócio que fiz na sacristia da igreja da Misericórdia. Por lá há desses candelabros aos montes.

— Se minha mãe e meu pai aturam tão maus modos, eu não tolero a grosseria. Que este candelabro ilumine as vigílias de seu coração maldoso. Vosmecê não tem precisão de me dar presente.

Dizendo isso, foi tomando o candelabro e o apresentando a Isabel. Mas Cristina se interpôs:

— Penso que tenho parte no presente, pois não tenho? Deixe ficar o candelabro aqui, que ele me agrada muito.

Isabel a olhou, talvez aborrecida, porque Cristina estivesse tão serena e tão contente com o presente que lhe dera. Esperava, decerto, outra atitude. Cristina continuou recolocando calmamente o candelabro na mesa.

— Vosmecê não podia ter escolhido presente melhor. Havia falta de uma lâmpada como esta para aclarar a primeira noite.

Depois de dois dias de intensa agitação, afinal a madrugada de vinte de junho. Cristina não dormira a noite toda, acabrunhada, numa ansiedade que não conhecia alívio. Cruzavam-se, na lembrança, as frases de dom Braz e a do padre que a ouvira em confissão: "Vosmecê não é livre de sua vergonha" e "Defendemos o lugar onde mora o nosso ódio". Também, como relâmpagos, atravessavam falas de Tiago: "... Vosmecê me veio como eu encomendei". Parecia doença o seu atormentado peregrinar por aqueles dizeres que ficavam donos do seu pensamento, a subjugá-lo como maníacos escarninhos, enquanto Cristina, os olhos secos, a garganta apertada, estendia a ideia para o irmão distante, numa saudade de aflição e de desamparo. Ainda, quando pensava no irmão, o coração lhe apertava. Fora ele que a mandara. Fora ele — para casar e ser livre de seu apego. Nessa noite, muitas coisas antigas, passadas, reviviam, ganhavam explicação. Cegamente ela confiara em sua bondade.

Pelas ruas, horas mortas, alguém tangia uma viola, onde se mesclavam melodias bárbaras e cantigas velhas do Reino. Houve um tropel de cavaleiros. Galos cantavam numa aflição de marcar as horas que passavam, assanhados de espreitar o Tempo, como juízes de uma condenação que os excitava. Não queria pensar em Tiago. A primeira noite seria dele, e ela sufocaria o ranço de sua tristeza, se ele a soubesse querer, contra seus próprios pensamentos de moça. Se ele a soubesse querer, uma vida teria começo, porque seriam feitos num, e o sagrado matrimônio tomaria império em suas vontades. Na sua angústia palpitava o sentido de uma claridade, como se ela pudesse, dentro do mistério daquela noite, cuidar da madrugada, com sua luz serena a absolver as consciências. Ah, esperança a se magoar e a renascer! Ah, dezoito anos, com seu sentido de amor! Por mais que a cabeça rememorasse as passadas águas turbulentas, a madrugada teimava no corpo jovem da moça que estava no dealbar do dia do casamento. Às quatro horas, ficou adormentada, caiu num daqueles desmaios de sono, que interrompiam a sua lucidez na noite povoada de sons. Ainda estava mergulhada no torpor quando Basília a apalpou docemente:

— Mana, está na hora! Levante-se! Vosmecê já está atrasada!

Rosália, junto, acabava de acender uma candeia, e Genoveva trazia a primeira refeição da noiva: a canjica fumegante, o pote de melado, pãezinhos quentes ainda do forno e o leite rico e espumoso. Cristina recebeu na cama aquela primeira homenagem. Estava sem apetite, o estômago como que fechado. Mas fez um esforço para não desapontar Genoveva, Basília e até mesmo Rosália, que a açulava, dizendo:

— Avie-se, avie-se! Coma bem, mas coma depressa, que vosmecê está muito devagar!

Depois foi um banho de ervas agrestes, na larga tina, também dessa vez ajudada pelas moças e a mucama, num ritual.

A seguir, Genoveva saiu do quarto, voltando com o vestido de noiva, passado e repassado por suas mãos espertas.

Durante muito tempo, Cristina o havia deixado no fundo de uma canastra, sem cuidar dele, até que Genoveva o descobrira e ela mesma o levara a corar ao sol, a perder seu amarelado, e agora o trazia, esplendente, rico de goma, alvo e perfeito em suas pregas e rendas da Bretanha.

Vestiram-na, como era costume, as moças da casa: Basília e Rosália. Cristina notava que elas não se falavam. Rosália se dirigia abundantemente à noiva; Basília a considerava, silenciosa. Ao passar a camisa sobre o corpinho, Rosália achou que Cristina estava magra demais:

— Já passou a moda das mulheres frágeis como caniço. Vosmecê deve entrar mais no angu e na sopa. Se eu houvesse visto vosmecê antes do banho de hoje, lhe teria dado conselho de encher um pouco todas essas formas, que estão a desejar.

Cristina riu sem sabor, uma luz de cansaço a sair dos olhos amolentados:

— Que é que se há de fazer? Foi assim que Deus Nosso Senhor me fez.

Logo depois, presa a pesada anágua, foi lhe passado o vestido. Tinha, a cair do ombro, um manto a beijar de dois palmos o chão. Fitas de cetim e prata adornavam o encontro da renda.

Depois de vestida, assentou-lhe Basília a mantilha de renda leve, que lhe caía no rosto, e sobre ela Rosália ajeitou o pequeno diadema de prata e pedras coloridas do Oriente com franjinhas e pendentes também de prata a lhe enfeitar a fronte.

Cristina experimentou mover-se. Tudo lhe pesava, e o andar lhe parecia incômodo, pois calçara uns chapins de Valença, dados por Margarida, que ainda não estavam domados.

Com Rosália a lhe suster o peso do vestido e Basília a lhe aprumar, mais uma vez, com setas o penteado que ajudava a suster o diadema, a noiva saiu do quarto. Já a esperava, no corredor, dom Braz:

— Diacho que vosmecê está mesmo bonita. Estou muito orgulhoso.

Mãe Cândida se chegava e enrolava no braço de Cristina o rosário de prata que levara no punho no dia em que se casara. Depois foi a descida, um pouco imponente, um pouco ridícula, da escada, com Rosália a levantar a saia para que ela não se vincasse, Basília a corrigir qualquer prega menos certa na manga. Logo Cristina se viu na sala.

— A liteira de dom Guilherme Saltão está lá fora.

— Onde está... Tiago? — perguntou Cristina a dom Braz.

— Depois de vestido por Leonel e alguns amigos, saiu com uma corte de cavaleiros. E, a esta hora, já deve estar chegando à igreja do Colégio.

Cristina, servida pelas mulheres, que sustinham véu e sobras de vestido, tomou assento, sozinha, na liteira de dom Guilherme, toda forrada de couro vistoso e pousada sobre duas mulas arreadas ricamente.

Com as primeiras luzes da manhã, a saída da noiva da casa de dom Braz atraía pequena multidão. Moleques, escravos, agregados das casas vizinhas rodeavam a liteira. Um indiozinho, o nariz a escorrer água, no frio do dia que principiava, disse:

— Igual a Santa Maria xejara.

E, tendo aprendido com os brancos o sinal do beijo dado à Virgem, atirou para ela um beijo de pequenino crente do catecismo. Foi o melhor cumprimento que Cristina recebeu, ao se dirigir para a igreja, atravessando as ruas de casas que se iam abrindo, uma por uma, nessa manhã famosa de sua vida.

A igreja do Colégio estava num de seus grandes dias. Até um tapete fora colocado, para que a noiva o pisasse. Havia guarda de cavaleiros à entrada. Eram moços, filhos de São Paulo, todos vestidos não em couro, na simplicidade de todos os dias, mas em cores vivas, garbosos e alegres. Dentro, a igreja iluminada num desperdício de velas, de luzes, em toda a sua pompa. Cristina teve uma rápida visão das mulheres. Estavam embuçadas em mantilhas enroladas sobre os vestidos, de tal modo que pouco se lhes viam as faces. Ocupavam o centro da igreja. As partes laterais eram reservadas aos homens. Na austeridade da igreja não se aproximavam os homens de suas donas.

Entrou Cristina pelo braço de dom Braz, e todas aquelas mulheres, como graciosos fantasmas, uns alvos e outros negros, se levantaram a apreciar a entrada da noiva. E ela foi viajando entre faces encobertas de mulheres de talhe jovem ou avelhantado, enquanto seu olhar de raspão alcançava as severas figuras dos varões, a espreitar do outro lado. Ocuparam Tiago e Cristina os únicos genuflexórios. Todo povo se ajoelhava no chão em pequenos coxins ali postos. De relance, ela agora espreitava o noivo através de seu véu, o rosto brilhando de vida jovem, a barba escorrendo em ponta, os cabelos lisos descendo da testa em espessa sombra. Brilhava a face de Tiago como porcelana à luz ardente. Toda aquela vida a luzir em sua graça e mocidade era marcada por palidez, que não vinha nem de doença nem mesmo, talvez, da emoção — era como uma graça de Deus, pensava Cristina, a lhe adornar beleza tão severa. Nem o Sertão conseguira roubar aquela finura de príncipe que a noiva recolhia em rápidos entreolhares.

Foi o próprio padre Manuel, como desejara dom Braz, que testemunhou perante Deus o desejo de união de Tiago e Cristina.

Muitos convidados, depois, julgariam que ele fora atrevido em desviar o sermão para pontos diferentes dos costumeiros sermões de casamento. Falou da responsabilidade de Cristina, a tomar parte no lugar onde as mulheres aprendiam trabalhos diferentes. Estaria na grande luta que as mulheres da Lagoa Serena, como as outras de São Paulo de Piratininga, sustentavam para defender a vila e seus habitantes de cair na fome a rondar famílias, fazendas e todos os aglomerados humanos, que iam sendo abandonados pelos varões na ânsia da fortuna.

Cristina teria que aprender a ser uma dessas companheiras pacientes e bondosas que não sabem apenas rezar o terço, mas que substituem os maridos no trabalho duro da roça.

Disse pouco a Tiago. Tinha ele uma filha do Reino dentro de sua casa a lhe dar sua beleza, sua mocidade e uma gentileza que ia toda em sua face e em seus modos. Cuidasse de conhecer-lhe a alma terna e diferente, afeita às delicadezas de uma vida sem as provações e as liberdades deste mundo tão novo. Tivesse ânimo para suprir as desigualdades dessa união, pois que era o mais forte, era a cabeça no corpo que formavam.

Passou depois, em seu sermão, a invocar a grandeza do casamento nas terras a se fundarem. Se o homem tem boa companheira, ele é homem por inteiro, nobre e justo, a pelejar fora de casa por um lar que lhe merece todo o heroísmo. Cada lar é nação pequenina, e é a esposa que torna essa nação merecedora de honra, amor, respeito e servidão. O casamento, nas plagas da Europa, é bem pouco comparado ao matrimônio na terra moça. Cada noivo e cada noiva são príncipes de seus destinos. Marido e mulher se perdem nas multidões das terras de Europa. Marido e mulher governam nas casas e nos espaços de Piratininga.

Terminando, disse:

— Deus vos abençoe, para a luz de vossos destinos e para satisfação de vossos pais.

Foi só essa referência diluída que coube a dom Braz — referência apenas cortês de padre Manuel.

À saída da igreja, Tiago e Cristina se defrontaram com outro cortejo, que se mesclava aos convidados de dom Braz Olinto e punha certa desordem dentro da gravidade do acontecimento. Estouravam foguetes. Uma noiva e um noivo, em grande animação, forçavam a entrada, sem paciência de esperar que os acompanhantes do cortejo nupcial da Lagoa Serena saíssem em calma.

Cristina não pôde deixar de exprimir seu contentamento. Era Joana Antônia, num turbilhão de rendas brancas, toda alvura da cabeça aos pés, que entrava na igreja, num entusiasmo pouco comum entre as tímidas e recatadas jovens casadouras. Então, no atropelo do momento, houve um caso extraordinário. Cristina, a moça de prol, apertava a mão da noiva que vinha entrando e lhe dizia ao ouvido:

— Felicidades!

Dom Braz, a acompanhar os noivos de perto, não gostou da desordem. E murmurou entredentes (ninguém, senão Cristina, o ouviu):

— Padre Manuel me paga. Podia escolher outro dia para casar esta ciganada.

Houve festa longa demais para noivos impacientes, e até mesmo para noivos pacientes, como eram Cristina e Tiago. Houve almoço com mesas enormes arrumadas na varanda. Lá fora, se assavam e volteavam no espeto carneiros e bezerros, leitões e galinhas. Comia-se com uma voracidade simples, a limpar os dedos depois nas pequenas bacias trazidas pelos escravos e recendendo a hortelã. Terrinas de doces transbordavam de calda. Era a comida de meses da vila que se gastava num só dia. Depois, a sesta. As mulheres cochichando nos quartos, os homens a caçoarem e a rirem na sonolência, a se espreguiçarem do bom almoço pelas redes e cadeiras. E por fim, à noite, a grande festa. Acenderam-se fogueiras no pátio, a espantar a friúra da noite de junho. Então, já conhecia Cristina muitos dos convidados de dom Braz. Um deles era Bento Coutinho, com seu passo gingado, cabelos a cair na testa, falante e desenvolto, a contar histórias e enredos às damas. Margarida, linda no seu vestido verde, colorida pela excitação da festa, lhe trouxera o par — dom Carlos Pedroso, o chefe de Taubaté. Ela o considerou, duvidando de que fosse homem de tantas lutas e operosidade: aquela mão pequena estava criando um império. Era desajeitado e, às vezes, como que o pensamento lhe fugia, ficando atordoado, na zoeira.

Justamente quando Cristina conversava com ele, Bento Coutinho apareceu, a trincar um sequilho, o hálito ardente de vinho:

— Dom Carlos — disse —, então como é isso? Estais a perder de importância? Soube, por um chegado de Pindamonhangaba, que a Vila de Taubaté se atrasa e esboroa. Que se passam os habitantes para outras bandas, e já andam a dizer que seu sítio é que é bom, que Taubaté melhor ficaria se se bandeasse toda, pois o lugar não tem serventia.

Aquilo foi dito no desejo de experimentar dom Carlos. Este, picado, saiu do seu natural desatento:

— Que é aquele arraial? — disse ele, dando de ombros.

— Temos um convento, um grande convento, a encher de importância nossa vila; temos capelães a serviço de Deus, e eles têm que comer suas léguas se quiserem viver vida de cristão, pois em seu arraial nenhum conforto possuem! É minha intenção visitar o governador e levar as moedas de ouro de Taubaté. Quem é que pode falar mais forte do que nós? Por isso, moço, vosmecê não pense que me vou esquentar e dar ouvidos a esses que desertaram de nossas bandas e agora se querem fazer de famosos!

Bento Coutinho sorriu. Procurou um velho de barba que conversava numa roda alegre, com traje ainda sujo do pó da caminhada que fizera para a festa, e, batendo-lhe no ombro, disse:

— Grande orgulhoso é aquele dom Carlos Pedroso da Silveira, que se enriquece sem trabalho, para fazer pouco da gente de Pindamonhangaba e falar mal de seu povo!

Os olhos do velho chamejaram. Ele se voltou com ódio para dom Carlos Pedroso, que o fitou de longe, sobranceiro.

— A escória ficou; a gente melhor saiu. Dom Carlos nem com seu ouro é melhor. Sou velho, mas dê ele graças a meu respeito por dom Braz... senão ajustaria contas! Quem fala de Pindamonhangaba bole comigo.

O velho bateu no peito. Houve uma rápida troca de olhares desafiadores entre dom Carlos e o antigo morador de Taubaté, e Bento Coutinho engoliu o resto do sequilho. De súbito, perdeu o gosto na intriga. É que, ajudando a servir o vinho, ali estava a mais bonita moça do lugar, com surpreendente vestido roxo a descobrir-lhe os ombros e a modelar seu talhe. Ela veio a seu encontro e lhe ofereceu um copo de vinho, que ia tirando da bandeja carregada por Genoveva:

— Vosmecê já bebeu à saúde dos noivos?

Ele a olhou muito e foi tirando lentamente o copo de vinho, enquanto saboreava sua figura fresca e redondinha a cantar de cores, de mocidade:

— Teria antes mais gosto em beber à saúde de vosmecê. Não leve a mal. Vosmecê, nesse vestido, já é vinho pedindo brinde.

Rosália não ficou intimidada com este galanteio de face a face:

— Espere, vosmecê — disse —, se me toma por vinho, então beba à saúde numa tambuladeira, que é copo de uma vez só.

E, rápida, alcançou a mesa, de onde veio com uma tambuladeira de cristal — o copo que não dispunha de tempo, não tinha apoio para horas de conversa.

A moça tomou o vaso de vinho da mão de Genoveva, que a olhava com prevenção, entornou-o sobre a tambuladeira e ofereceu a bebida a Bento Coutinho. Este, galante, a elevou em saudação, dizendo:

— Ao vinho que não tem pausa!

E então, rapidamente, esvaziou o conteúdo da taça de cristal. Rosália o observava, divertida. Tomou um copo, bebeu dois goles, fez o gesto do brinde:

— À saúde de vosmecê. Que tenha muito proveito e divertimento nesta passagem na vila.

Bento Coutinho, sem delonga, apertou o cerco:

— Quem foi que disse a vosmecê que eu estou de passagem?

# XV

Quando estava a festa no calor dos brindes, um dos convidados, pequenino, bexiguento e vestido com uma roupa muito antiga, mas muito bem conservada, dessas vestimentas que Cristina conhecia como peças guardadas, já fora de uso no Reino, teve, em meio à alegria geral, uma ideia. Invocou dom Braz, dizendo:

— Dom Braz Olinto, já é tempo de se beber à saúde de El-Rei, de quem somos servos obedientes. Vosmecê, como hospedeiro, faça o brinde. Se lhe coube o *dom,* também lhe cabe a honra de brindar nosso soberano.

Quem conhecesse dom Braz haveria de sentir na mímica de sua face seu famoso "diacho". Todavia, não houve tempo para resposta de dom Braz, porque outro convidado, mancebo magro, seco, louro, de exageradas botas dobradas, se opôs com franqueza e exasperação:

— Que grande falta de respeito por nossa qualidade se vê nesta provocação! Não faz uma semana que recebi carta de Lisboa, onde meu irmão Gabriel de Góis não encontra valia. Ele, que tanto serviu ao Rei nestas bandas, está lá em desespero, e os do Reino, que se levantam da miséria, graças aos quintos que pagamos, não têm com ele nem complacência nem piedade. Chorei ao ler a carta. Meu irmão, homem de prol, de respeito de quantos o conheciam, não é senão um mendigo do Reino, e o tratam como o pior e o mais desprezível dos mendigos! Por que haveremos de levantar brindes e falsear nossa palavra se ela sempre foi limpa e honrada?

Cristina, a essa hora, malgrado a repulsa primeira que o tipo nela despertara, sentiu um ímpeto. Ali, El-Rei lhe pertencia:

— Se a noiva tem lugar na festa, lugar primeiro, como dizem, seja ela, então, quem tenha a honra de levantar o brinde a El-Rei!

E com a voz um pouco trêmula, afoita, mas enérgica para si mesma, pedindo austeridade a seu gesto e graça a sua própria determinação, se levantou da cadeira de espaldar e elevou o copo, dizendo:

— À saúde de El-Rei, Nosso Senhor.

Poucos convidados corresponderam. Entre esses estava, com fidalguia e elegância, dom Guilherme Saltão, que a olhava significativamente. Bento Coutinho fingiu que conversava, animado, com Rosália. Mas dentre essas poucas pessoas que acompanharam Cristina estava Manuel de Borba, um homem curtido de sol, os olhos amarelos, muito mais claros do que a face, a barba negra e uma beleza selvagem no seu todo. Tiago ficou possuído de acabrunhamento e disse por entredentes à noiva:

— Por que te meteste?

O coração batendo violento, Cristina se calou e não lhe quis responder. Mas Basília, o xale novo a cair docemente pelos ombros, se aproximou de Manuel de Borba, dizendo:

— Nunca pensei que vosmecê, que tanto penou, tomasse partido para beber à saúde do Rei. Borba Gato, vosmecê me perdoe se lhe dou esse apelido, mas se há neste mundo que Deus criou quem mais tenha vivido fora da sombra do Rei, esse cristão é vosmecê.

Borba Gato ia saindo com ela, sereno, pisando leve, manso, profundo em seu todo. Chegaram ao canto da varanda, soprada pelo frio da noite:

— É verdade, dona Basília, vivi mais do que ninguém fora da sombra do Rei, mas hoje me acolho a ela, porque dela dependemos. Os paulistas terão contra eles inimigos de assombrar.

Basília sorriu seco:

— Mas vosmecê?... que até fala errado... dizem, com perdão da liberdade... língua de branco, que passou anos e anos só no meio de índios, vosmecê acha mesmo que nós carecemos do Rei nesta distância? E quais seriam os inimigos dos paulistas, pois o que há no Sertão, no mato, até nas lonjuras mais longe senão paulistas?

Borba Gato respondeu com simplicidade:

— Quando o moço Góis falou do desprezo do Reino por um filho de São Paulo, parece que não sabia e ainda não sabe que aqui mesmo, por estes caminhos, há quem despreze a gente paulista.

E, olhando a noite, agora sem estrelas, corrida por uma bruma que avançava a espalhar brancura, disse:

— Dona Basília, não quero mais ficar a possuir, como egoísta, sua conversa. Hoje é um dia muito afanoso para vosmecê. Atenda ao que for necessário e me deixe sozinho a respirar essa fresca e um pouco de solidão. Eu me acostumei à quietura do mato. A zoeira da festa me faz confusão na cabeça. Não tenha cuidado comigo.

Quando Basília saiu, ele ficou de braços cruzados, rente à noite, que o beijava, mandando os arezinhos da mata enorme, que espreitava por todos os lados, a pedir devassa, a chamar gente, a atrair os homens — os homens dessa Vila de São Paulo que agora, lá dentro, se esqueciam do Sertão na grande festa.

Alguém batia no ombro de dom Braz, contando, enfurecido:

— Sabe vosmecê o que aconteceu a Luís de Malva no caminho para as minas? Havia comprado de boca, ainda, uma negra de um reinol, e quando soube, no trato, que ele era paulista, desfez o negócio já assentado, dizendo que não queria saber de raça de caloteiros!

Dom Braz, mesmo na sua forçada severidade de maneiras, não pôde deixar de dizer:

— Diacho, e o homem era louco?

— Não, não era louco, não — respondeu o convidado. — Devia ser um desses tais boavas que estão aparecendo a aproveitar da nossa experiência. Misérias como essa estão acontecendo. E a gente, quando sabe de um caso assim, pensa: se amanhã acontecer comigo coisa igual, estou criminoso e sem culpa.

Já a noite ia adiantada, e agora, na sala, ao som de vinte violas, se iniciava o baile, com a participação dos noivos. Enquanto dom Guilherme Saltão, entre passos e meneios, dizia a Cristina que, se lhe houvessem dado noiva tão bela, não havia ficado solteiro e tão solitário, Tiago, tomando parte, quase sem interesse, naqueles passos, sábios e difíceis, procurava como que adivinhar que estaria a dizer ao irmão, fora da dança, um escravo vindo de fora. Qualquer notícia grave fora transmitida. Via-se pela expressão de Leonel. Rosália, nos vaivéns da dança, brilhava toda em sorrisos e graças para Bento Coutinho. Mas já Leonel diz misteriosamente qualquer coisa a Mãe Cândida, sai à rua e toma o cavalo.

Momentos depois, estaria diante da casa de mestre Davidão a derramar sua gente bulhenta até a rua. Leonel foi entrando, com violência contida. E, ao se achar no pátio, viu quase uma orgia. Na mesa ao fundo, Davidão, Joana Antônia e seus convidados mais íntimos cantavam com voz já enrouquecida pelo vinho canções que a própria noiva ensinava — melodias maliciosas e pecadoras de seu tempo alegre. Ao centro do pátio, mestiços e índios se entregavam a um caterêtê desempenado e enfurecido. No meio desses, estava uma curiosa figura, recendendo a má bebida, que se poderia pensar fosse mulher, se os índios imberbes não parecessem às vezes efeminados. Mas, antes que Leonel chegasse à mesa, onde, entre risadas de abalar ventres satisfeitos, se celebravam as bodas de Joana Antônia e Davidão, outra figura o antecedia. Era um oficial da Câmara que morava em frente ao mestre e que ali viera, com modos pacíficos, a bater no ombro do dono da festa e a dizer:

— Se vosmecê não põe ordem em sua festa, serei obrigado a chamar a guarda. Bem sabe vosmecê que esta dança — e ele mostrou os índios e os mestiços, empenhados no infernal cateretê — é proibida por imoral.

Davidão estranhou:

— E por que não hei de dar animação e alegria a quem quiser se divertir no dia de minhas bodas? Nada vejo de mal. Não se ofendeu ninguém. Os convidados estão a sapatear sozinhos, nem sequer têm damas; e nós aqui estamos a entoar canções alegres. Numa noite como esta, nada mais natural. Queríeis por acaso que cantássemos ladainhas de igreja?

O final fora ditado mais pelo vinho que pelo juízo de mestre Davidão. E o oficial, que vinha com modos tão mansos, declarou:

— Vosmecê se arrependerá de tanta afoiteza. Seu baile vai acabar.

E saiu, colérico, com o fito de reunir homens para pôr fim à festa de mestre Davidão.

Entre o passar e o repassar das figuras do cateretê, Leonel descobriu um bizarro vulto com qualquer coisa de conhecido. A figura, agora, parava de dançar, cortava a animação da desenfreada dança e se disfarçava do outro lado dos dançarinos. Leonel a cercou e a apanhou por fim.

— Isabel — disse, tremendo de ódio —, estás possessa do demônio? Que fazes neste lugar?

E a queria puxar para si, para levá-la. Isabel teve um gesto de menino a dar de ombros e o olhou com expressão canalha:

— Deixe-me em paz. Não estou para morrer de aborrecimento na casa de meu tio. Pelo menos, isto aqui tem mais animação.

Leonel ficou cada vez mais trêmulo e, agarrando-a com violência, disse:

— Tu vais comigo, ainda que precises levar uma surra.

Ela o olhou, esfregou o canto da boca escorrendo bebida, fez um sorriso de mofa:

— Bem... se querem guardar a donzela... Não te aflijas por tão pouco. Também já estava cansada. E agora quero dormir...

Quando Leonel chegou à rua levando a prima, que andava em passos moles, bamboleando de propósito, como se sentisse ufanosa de seu papel e repetindo um dos versos mais cantados por Joana Antônia e seu coro de convidados: "Não me queiras ensinar,/Que te ensino de uma vez...", já vinham chegando os guardas. A festa de Joana Antônia e de Davidão terminava.

Ao entrar com a prima, Leonel a fez seguir para a casa dos fundos do pátio, dizendo:

— Vosmecê já nos envergonhou muito por hoje. É bom que fique aqui, desanuviando os vapores.

E foi procurar Mãe Cândida, já avisada do acontecido.

Dom Braz, nesse mesmo momento, dizia carinhoso para Cristina:

— Vosmecê está livre, pode se retirar.

Cristina, que encompridava, propositadamente, sua noite de festa, sorriu discreta para dom Braz, ainda dizendo:

— Será que não vai ficar mal? Não é muito cedo?

Dom Braz disse, baixo:

— Diacho, este papel de dizer que não é cedo devia ser de dona Cândida, mas como não a vejo aqui... Vosmecê suba e deixe a festa por minha conta.

E foi assim, com essa quase ordem de dom Braz, que Cristina, segurando o vestido, subiu a escada e entrou no seu quarto, correndo o ferrolho. Instantes depois, percebeu que, do outro lado, havia rumores. Devia ser Tiago, que vinha chegando.

Cristina ficou parada, hesitante: afinal, atravessando a peça, abriu a porta que comunicava com o outro aposento.

Tiago entrou. Cristina o encarou, com firmeza:

— Parece disfarce meu, mas é verdade; queria que vosmecê me desse, agora, a fala que nós não tivemos no tempo da promessa.

Tiago pareceu aborrecido:

— Olhe que esta noite não é própria para conversas.

Foi com paixão e sentimento que Cristina retrucou:

— Há tanto tempo que tenho um nó na garganta, uma aflição a desabafar. Parece até que estou num sonho, que quero gritar e não posso.

Tiago se sentava na cama, como se repentinamente se houvesse desinteressado. Houve uma pausa. Depois ele a olhou:

— Eu sou um homem simples, de ideia simples. Vosmecê está fazendo cabedal de um caso que não importa. Ainda é aquela história da janta? Da primeira janta?

Respondeu Cristina, caminhando para a janela, e pedindo à fresca da noite para lhe esfriar o rubor:

— Então não serei, por acaso, um ser humano, e meu casamento se faz sem que eu tenha um agrado, um carinho?

Pela rua passavam rumores estranhos. Ouviu-se um tiro ao longe.

"Que noite a minha!", pensou Cristina.

Tiago continuou sentado:

— Ora — chasqueou ele —, vosmecê me deve explicações e as está a pedir de mim. Como querer carinho e proteção se é tão desenvolta e soberba que se atravessa à palavra de meu pai para beber, por sua própria conta e risco, à saúde do Rei?

Cristina voltou as costas à escuridão:

— Se não há quem o honre nesta terra de costumes arrevesados, estou aqui para honrá-lo e servi-lo com minha lealdade.

Disse Tiago, pondo-se de pé:

— Com tanta arrogância, ainda exiges carinho?

Cristina, de novo à janela, dizia quase soluçando:

— Já não exijo nada, estou confusa, não entendo... — E mais baixo: — Não compreendo por que nos casamos. Diga-me, Tiago, pelo amor de Deus, que se passa? Se por acaso tiver amor por outra, eu aceitarei, com serenidade, que confesse. Prefiro tudo a esta falta de consideração. Eu me sinto envergonhada...

— Mas de quê? — disse Tiago. — Que lhe fiz eu?

Cristina respondeu:

— Eu sinto o desagrado que me cai na figura como um ferrete... Como chuva de lama... É isso que eu não podia exprimir... É lama...

Tiago mostrou a revolta na própria transformação da face. E avançando, com indignação:

— O que foi que lhe disseram? Quem foi que a envenenou? Terá havido alguém que inventasse alguma infâmia?

Cristina também o enfrentava, a face atiçada por igual chama de violência:

— Ninguém me disse nada. Eu sinto a lama, mas ninguém me disse nada. — E, fazendo uma pausa, em que caía em tristeza profunda, em que se afundava numa espécie de capitulação contra o próprio desejo de sua mocidade: — Se vosmecê não me quer bem como parece, não aceito um casamento que fui quase obrigada a fazer. Se era preciso a aparência, para dar gosto a dom Braz, pois bem, a aparência acabou. E a verdade é esta. Não sou mulher tão fraca que me ofereça ao casamento, que faça dom de mim mesma a quem não me aprecie. Não será mais preciso continuar este engano.

Então Tiago teve um riso áspero:

— Ah, a donzela do Reino é muito fina e entendida, mas casamento assim, minha bela, só em lendas dos tempos de dantes. Vosmecê não está à frente de um boneco nem de um cavaleiro de romance passado, feito para acalentar tolos corações de mulheres. Vosmecê diz que sente lama. E nosso primeiro pai não foi feito de lama, não foi feito de barro? Que é que vosmecê espera encontrar em homem senão barro?

Ela não sabia se ele a olhava com seu querer ou com seu ódio.

— O que há de puro no mundo — disse Tiago — fica muito longe. Só no céu há pureza, e a força do homem está na própria lama de que foi feito. Vosmecê não pense que depois de ter casado eu vá me afastar de vosmecê, como se vosmecê fosse proibida para mim. Não foi para isso que o padre nos juntou. — Tiago a olhava, trêmula, a se agarrar à janela: — Vosmecê também, que sente a lama, sabe que nós não podemos nos apartar, porque o barro é que une as pedras mais duras.

Lá de fora, pela janela aberta, um vento gelado soprou. Tiago empurrou o candelabro de Isabel, o candelabro que virou na mesa, com um clarão mais vivo, e depois se dissolveu na escuridão fechada.

Segunda parte

A Madama do Anjo

# I

Isabel ficou deitada num catre velho, no pequeno quarto onde se amontoavam arreios, canastras e baús — os olhos úmidos refletindo como estagnados a luz da vela ali junto. Parecia dormir de olhos abertos. Momentos depois, Mãe Cândida, a evitar com jeito os convidados, entrou discretamente. A moça teve um sobressalto e se sentou. Mas, antes que ela se sentasse, Mãe Cândida houvera, numa chispa, apreendido o contorno de seu corpo em abandono, modelado em apertadas vestes de algodão. Mãe Cândida sentou-se num tamborete e com voz igual disse:

— Não a estou reconhecendo, Isabel. Vosmecê sempre foi diferente, mas nunca envergonhou a família. Que é que se passa, minha filha? Por que é que vosmecê foge de nós num dia de tanta importância para dom Braz? Ele hoje me perguntou muitas vezes por vosmecê, e eu sempre dando respostas.

Isabel balançou os pés, ainda cheios da poeira do terreiro de mestre Davidão:

— Mãe Cândida é sempre generosa, sempre esmagando a gente com sua generosidade! Desde que recolheu este filhote de jaguatirica... Podia me ter afogado, como se faz com os gatinhos sem raça. Quando meu pai e minha mãe morreram de febres, eu também, que era um fiapo de gente e não valia nada, devia ter morrido, como era mais natural. Mas errei desde que vim ao mundo... E venho, ano após ano, recebendo as provas da magnificência do coração de vosmecê!

Havia veneno. Havia aguilhão sob as palavras da moça.

— Nunca me arrependi!... e Dom Braz a estima tanto!... De a ter criado. Agora, penso que vosmecê está indo longe demais em sua independência. Já não é a mesma Isabel. Eu me sinto sua mãe, apesar de saber que vosmecê não me considera assim... e, porque vosmecê é filha muito estudada, noto que se deu mudança triste. Eu não tenho medo da verdade, mas há muito sinal que me apavora. Vosmecê sabe quais são esses sinais. Eu lhe dou um só... desregramento da bebida. Embora haja outro mais sério...

Isabel quis dar de ombros, como sempre fazia, quando estava em dificuldades, mas não pôde. Voltou, subitamente, o rosto, como se estivesse a observar qualquer coisa do outro lado. Mãe Cândida puxou sua face com certa rudeza:

— Vosmecê está chorando.

— Não estou chorando, Mãe Cândida. Isso de choro é fraqueza, que eu não tenho... quando estou no meu natural. Mas acho mesmo que bebi demais... Lágrimas de bebida não contam, eu não tenho nada...

Mãe Cândida teve sua face toda marcada, como se seus traços se firmassem em madeira. Foi inflexível:

— Acho bom vosmecê dizer, porque nós somos muito pequenos para que a verdade caiba dentro da gente. A verdade ninguém fecha. Ela se derrama, sai de nossos próprios bordos, como saíram suas lágrimas agora. Mesmo que vosmecê a queira fechar, ela ganha liberdade.

Isabel ficou quieta. Depois, firmou seus olhos estriados ainda de certa vermelhidão de vinho em Mãe Cândida:

— Mãe Cândida fala como se fosse fácil! Vosmecê, por mais dura que seja a vida que leva, tudo lhe sai certo. Vosmecê fala da verdade porque vosmecê não tem nada a esconder. Só quem tem seu segredo... — e a voz de Isabel baixou de tom — é que conhece a verdade. Mas, se eu lhe dissesse, Mãe Cândida, vosmecê se arrependeria de me ter forçado. — Tomara o domínio de si mesma e investia: — Num grande dia como o de hoje, num dia famoso em São Paulo, só de alegrias, que mau anjo a persegue, Mãe Cândida, para que vosmecê estrague a festa de Tiago? Deixe-me aqui, veja como eu me pareço com tudo que está neste quarto. Tudo que não tem arranjo, nem lá dentro nem com os escravos, veio parar aqui... Como eu, que não sou nem lá de dentro nem dos escravos. Deveria estar reunida a Aimbé, que, como eu, não pertence nem à sala nem à cozinha e até tem o meu sangue.

Mãe Cândida se indignou. Levantou-se:

— Vosmecê, filha do irmão de dom Braz, filha de casamento, se querer comparar a esse mestiço filho do mato!

Isabel disse com tristeza:

— Filho do mato, mas também filho de meu pai. E ele, que vive afastado de todos... conforme vosmecê mesma disse, apesar de ter cara de índio, tem a cor e o ruivo de meu pai. Nem eu mesma saí ruiva, mas vosmecê não considera Aimbé gente. Aimbé nem é gente dentro desse orgulho da família. Se fosse certo o que a soberba da Lagoa Serena ensina, então filho do mato devia ser que nem híbrido, que não se reproduz. Mas é igual a qualquer infante que nasce sob dossel de cetim.

— Vosmecê sempre com suas ideias perigosas. Somos nós, as mulheres, que defendemos os filhos do casamento, porque defendemos assim nosso próprio casamento. Será que vosmecê não entende?...

— Entendo. Entendo muito bem. Fingem misericórdia com a miuçalha que tem o sangue do chefe da casa. Mas é só fingimento, porque querem mais aos bichos.

De repente, Mãe Cândida sentiu que a verdade estava rente àquelas palavras de Isabel, embora não vivesse nelas, e que transbordaria, por fim, de trás da faia da sobrinha:

— Por que estás a defender a miuçalha... os bastardos? Que tens a ver com isso? Que significa este atrasado carinho por Aimbé, a quem nunca deste atenção?

Isabel se calou. Fechava a boca. Desejando falar, ela se continha com medo da enormidade que deveria ser dita. Passou um tempo.

— Se vosmecê me estudou, então sabe o que é. — E voltou novamente o rosto para a parede. Sentiu o rosto arder, o rosto que ela desejaria cobrir como se fora o sexo.

Mãe Cândida ficou uns instantes também sem falar. E depois tomou alento:

— Eu não tenho valor para dizer o que estou pensando.

Ainda de face voltada, Isabel disse baixinho:

— Pois é isso mesmo em que vosmecê está cuidando.

— Não pode ser, Isabel, eu não lhe disse; eu peço perdão a Deus da ideia que formei, quando vi vosmecê deitada, e notei mudança em seu corpo!

— Pra que vosmecê não afogou o filhote, Mãe Cândida? Agora, tem uma fera em casa...

— Não, Isabel, alguma coisa faz com que vosmecê desfaça de si mesma. Mas nem se o que eu pensei fosse verdade...

— Pensou, não. É verdade. Vosmecê vai ver... mais um filho do mato na cozinha da Lagoa Serena.

Dormiram muitos convidados em casa de dom Braz. Por toda a parte se viam redes e catres e tapetes a improvisar de leito. Às oito horas, quando Tiago saiu do quarto e desceu as escadas, deitaram-lhe água fria, entre risos e caçoadas. A noiva teve um despertar mais carinhoso. Descia as escadas sem ver ninguém quando sentiu a lhe molhar a cabeça e o colo uma chuva perfumada. Era Rosália, que com outras moças a aspergiam com água de jasmim.

Ainda houve um grande almoço. Nele se comeram restos do banquete da véspera e se experimentaram novos pratos, numa combinação de gostos d'África, de Europa e da jovem terra. Havia bolos de farinha, à manteiga africana; outros assados em folha de bananeira eram receitas nativas. Ainda se provavam grandes cozidos, ao gosto do Reino. Depois disso, vinham o melado da terra e os alfenins coloridos, descendentes dos mouros. Ficavam os noivos a ser objeto de indagação maliciosa. Ora havia quem achasse Tiago pouco à vontade; as mulheres notavam a palidez e as olheiras de Cristina. E eles permaneciam ali, escravos da festa que continuava e de seus papéis.

Depois do almoço, novamente a sesta. Foi então que dom Braz conversou vagamente com os varões da terra sobre o novo empreendimento, enquanto os mais idosos se estiravam, a fazer o resguardo da comida.

Nessa hora tranquila, uma jovem, a compartilhar com Basília do descanso, um pouco indiferente às consequências mor da bebida com que se regara a última refeição, disse, os braços cruzados sob a cabeça, olhando o teto, com voz inocente e lânguida de sono:

— Parece que sua mana Rosália está bem caída de amores.

Basília engrolou sua resposta:

— Ora, menina, Rosália está brincando e se divertindo como deve.

— Antes assim — respondeu a outra, boiando na delícia daquele sono a ninar o conforto da boa comida.

— Antes assim? E por que me diz isso?

— Ora, dona Basília, se for só divertimento, nem se deve falar nisso.

— Vosmecê sabe alguma coisa de Bento Coutinho? Está querendo informar sobre esse moço?

— Mas, dona Basília, não tem valor minha língua para tanto. Meu irmão, que é mais velho e tem mais juízo do que eu, disse que se fosse irmão de Rosália...

Basília interrompeu:

— Não esqueça, menina, que Rosália os tem também, a seus irmãos, como guardas.

— Ah, isso, dona Basília, depois que um homem se casa nem sempre fica sendo irmão.

E o riso lânguido vibrou na meia-luz do quarto.

— Despache-se — disse Basília —, diga o que veio dizer quando quis repousar comigo. Não tenho paciência para delongas.

— Bem, eu só digo porque vosmecê mesma assegurou que é divertimento. — E continuou, baixo e sibilante: — Meu irmão disse que Bento Coutinho veio fugido do Rio de Janeiro e até ficou muito admirado da sua incrível ousadia quando o viu na festa. Ele disse que Bento tem ordem de prisão nas costas, assinada pelo governador... Parece que andou roubando escravos de fazendas do Rio de Janeiro, incendiando e até matando gente ao fugir. Diz meu irmão que não podia jurar se a acusação que fizeram é verdadeira... Mas foi o que soube.

Basília se levantou:

— Agora que vosmecê coçou a coceira da língua, durma descansada.

Deu-lhe um riso áspero — àquela moça novidadeira que, muito satisfeita, virava para o canto da parede e logo depois caía no mais doce dos sonos. Como estivesse vestida, Basília saiu sem demora do quarto.

Rosália não participava do descanso geral. Bento Coutinho também não repousava. A essa hora numa rede do pátio ensolarado até a metade, pelo sol de junho, limpo e fraco, que lhe tocava de leve a cabeça, Coutinho tangia para ela as cordas de sua viola. Rosália, a seu lado, o ouvia, embevecida, dizendo:

— Toque mais outra moda do Rio de Janeiro! Que modas tão bonitas inventam por lá!

Basília viu de longe o entretenimento da irmã. Procurou dom Braz. Este, agora, discutia, violento, planos alheios, como se fossem planos de guerra. Não foi procurar a mãe, porque sabia que ela se sentira subitamente atacada de enxaqueca.

Mãe Cândida sempre fora uma doente altiva e, nessas ocasiões, nem aos filhos queria perto. Basília subiu ao próprio quarto; enquanto a companheira dormia, ela se estirou, a pensar, a cuidar em Rosália. A seus ouvidos chegavam as vozes varonis em discussão. E quando essas sossegavam, a viola, tocada por Bento Coutinho, mandava seu humor doce, seu humor dengoso, como se música também pudesse ser derretida e dengosa, igual a homens que fazem corte.

Pouco a pouco se foram despedindo os convidados. Cada qual carregando lembranças da festa, restos de banquete, em seus embornais. Os últimos a sair foram dom Carlos Pedroso e Bento Coutinho. O chefe taubateano já estava um pouco irritado com as histórias sopradas por Bento. Margarida acompanhou seu pai até que tomasse a montaria.

Recomendou-lhe mil cuidados, deu-lhe mil recados. O velho chefe observou com meiguice e preocupação:

— Se Deus quiser, quando voltar, ou quando vosmecê for visitar sua mãe, teremos gente nova na família, não é verdade, Margarida?

— Ai, meu pai, acho que sou maninha... — disse ela, querendo gracejar. — Só ponho no mundo meus versos. Só isso... mais nada... fico com vergonha cada vez que me perguntam se estou a esperar filho. Com vosmecê, então, é como se faltasse a um dever.

— Ora, minha filha, eu já a abençoo pela alegria que nos deu em casa, pela sua bondade e até mesmo pela sua poesia, que dizem não assentar em dona; mas em casa toda gente aprova. Vosmecê é o bem-querer de nós todos. Saiba disso, minha filha. Às vezes também o pai tem a necessidade de fazer declaração de seu amor. E o tempo de separação é grande, as viagens são difíceis, e a vida dura tão pouco!

— Meu pai, não diga essas coisas que eu tenho maus pensamentos. Vosmecê não carece de falar em assuntos tão tristes. Basta a separação.

Ele a beijou na fronte. Já montado em seu cavalo, disse aos amigos um adeus vago, sempre distraído, como era seu costume. Bento Coutinho, que apertava a mão de todos, fazia gentilezas antes de se despedir. Pôs muito empenho em visitar a Lagoa Serena. Basília o observava, fria e irônica, e se calava. Ele, no momento de partir, fingiu que tratava Rosália como às demais pessoas. Quando montou a cavalo, Rosália mordeu o lenço e deitou nele o olhar comprido, luminoso, de medo e de ternura. Bento Coutinho esporeou o animal e quis alcançar o velho taubateano, que ia em marcha lenta. Ninguém sabe o que o velho lhe disse porque, de longe, viram Bento afastar-se apressadamente para a esquerda, enquanto ele se desviava para a direita, como se a rápida palavra de dom Carlos o houvesse fustigado.

# II

Triste amor — se é que aquilo pudesse ter um nome assim bendito. Sempre Cristina ouvira falar em almas que se compreendiam quando se desentendiam os corpos. Ali mesmo, naquela terra tão nova, não conhecera já tantos casos em que as mulheres abnegadamente criavam os filhos de seus maridos — os filhos da depravação ou da lonjura dos matos? Esses eram o casamento das almas. E o seu? Haveria então outra história igual à sua? Como se queriam os dois, ela e Tiago! Como eram vorazes seus jovens corpos, e como eram tão diferentes seus espíritos!

Ele houvera dito:

— O barro é que une as pedras mais duras.

O barro os unira. A lama os unira. E era tão triste para ela saber que sua sensualidade disputava com sua alma no seu amor de esposa, nas suas noites de casada; às vezes se sentia como se estivesse pecando. Nem uma ternura nem uma doçura da parte de Tiago, só o desejo, só o apego a seu corpo, como se ele lhe quisesse ignorar todo aquele mundo de carinho que a distância houvera construído dentro dela mesma. Tantas vezes, casados separavam os leitos. Aquela separação era ainda mais triste. Certa feita, das poucas em que ele falou de seu passado, Cristina lhe perguntou se, como faziam outros brancos, ele também tivera algum dia mulher índia pelas matas.

— Sim — respondeu. — Algumas. Mas depois sobrevinha o desgosto. Eram dóceis, estúpidas e nojentas. Cheiravam a sebo e costumavam nos olhar inflexivelmente enquanto nós as acariciávamos, com o olhar parado, como se fossem novilhas ou cães sonolentos. Nunca me agradou esse gênero de amor que os homens, agora, tanto apreciam. Saía de uma dessas experiências como se houvera pecado contra minha própria condição humana. Tenho minhas dúvidas sobre se certos índios são gente como nós.

Cristina pensou, mas não disse: "Também assim me toma meu marido e senhor, para em seguida ter desgosto de mim".

Quantas vezes, depois que os envolvia aquela onda escura e ardente de amor, de amor de carne — somente carne —, ele por fim a deixava, ríspido, e na escuridão abria a janela, mergulhava a cabeça no sereno. Nessas noites de junho, estrelas conhecidas e desconhecidas pareciam descer sobre a Lagoa Serena, que crepitava de luzes breves. Ficava cercada por aquele tênue palpitar de estrelas, talvez pedindo um pouco de purificação, um pouco de serenidade. Ela, então, a longa camisola a resvalar pelo chão, se agarrava a seu braço, perdida em sua fraqueza, humilhada em seu abandono, e o fustigava com raiva:

— Que é que vosmecê procura tanto nas estrelas? Os homens, que são homens, contam menos com o céu e mais com suas mãos. Qual é a sua fraqueza, que é que se esconde nas estrelas?

Tiago não respondia. Ficava ali, um tempo enorme, batido de vento, esquecido de si mesmo, na convivência das cunhãs do céu. Quando seria possível uma aliança entre a Rabudinha e a mulher de seus sentidos? Quando teria ele, nos braços de uma mulher, a plenitude, a comunicação perfeita que experimentava com as estrelas do céu? Largou sua vista pelo caminho ardente de poeira de prata, no Tapirapé — o Caminho da Anta. No céu também se escrevia a viagem, no céu também havia riscado um rumo, como se fosse possível, até mesmo nele, a entrada no Mistério, o varar no escuro do Sertão. No céu o caminho brilhava, pedia, açulava a alma para uma voragem de descobertas e de caminhadas. Desde muito pequeno que ele, lentamente erguendo a cabeça, viajava naquele desdobrar tumultuoso de luzes como numa festa. Talvez o céu, pendendo sobre ele, na sua vida de menino, de homem feito, o tivesse desviado disto que almas ingênuas chamam de Céu na terra: a vida do amor feliz.

Nessa noite, quando se afastou a figura de Cristina, a Via Láctea lembrou imperiosamente a Tiago que se estaria novamente no ponto de uma viagem. Foi pensando nas estradas secas, na ausência de brejos e de lama. Foi imaginando que muito em breve deveriam os homens da Lagoa Serena voltar à grande aventura que haviam iniciado e da qual seu pai guardava segredo, até mesmo de amigos próximos.

Quando tornou ao leito, Cristina chorava, mansamente. Seu braço cortado por uma réstia de claridade tremia, sacudido de soluços. Ele teve piedade daquela carne morena, tão sofrida, a palpitar, medrosa. Quis dizer uma boa palavra, uma palavra de consolo. Quis dizer que, afinal, o mais importante era aquele desejo e aquela febre que os unia como "o barro une as pedras duras". Não achou palavras. Bateu-lhe delicadamente no ombro, com tapinhas de afago, buscou seu canto e se deitou. Cristina, então, chorou com mais força. Tal como as índias, para ele, talvez, ela nem fosse gente.

Isabel se apartou definitivamente dos moradores da casa da Fazenda. Para espanto de dom Braz, Mãe Cândida lhe dissera que Isabel tinha uma perturbação — uma perturbação de ideias tão grave que a deveriam deixar só; ninguém se metesse com ela. Dom Braz a princípio tolerou aquele estado de coisas. Depois, a amizade que sentia pela sobrinha fez com que ele estranhasse a situação. Mãe Cândida, durante muito tempo, inventou desculpas. Ela era depositária de um desgraçado segredo. Mas até quando? Quando a evidência viria, para vergonha de todos?

Enquanto isso, Isabel, cada vez mais desleixada, perambulava, solitária, pelos desvãos, pelos trilhos e meandros da Fazenda, sempre acompanhada pela Morena. Certa vez, descia Tiago de seu cavalo, no pátio, à meia-luz da tarde que já havia acabado na terra, que apenas alumiava de claridade sanguinolenta o céu de inverno, e, ao se apear, pisara na oncinha, que, por instantes, sem um gemido, ficara caída ao chão, enquanto

Isabel, eriçada do vento da tarde, toda em fiapos de cabelo e de roupa rústica, se abaixava, trêmula, sobre o animal, tomando-o aflitamente ao solo, dardejando seu ódio:

— Vosmecê quase a matou. Se vosmecê matasse a Morena...

— Está me ameaçando? Como é que a gente pode evitar este bicho esquisito que não mia, que é sempre silencioso? Depois tem a cor da terra: quando está no mato seco, parece com ele. Qualquer dia desses, alguém mata esse bicho.

Ela então o enfrentou:

— Eu acabo com a raça de quem ferir a Morena. Graças a Deus que ela só ficou tonteada. Mas se ela ficar doente... Tu irás ver se ela ficar doente!

Tiago a olhou, apenas observando o seu vulto áspero:

— Vosmecê está me saindo cada vez mais atrevida.

— É isso mesmo, Tiago. Aqui, quem é mais parecida comigo é a Morena, que tem sobre mim a vantagem de ter sabido calar na solidão. Ela não é muda. Não faz barulho, porque era assim que vivia, pisando de leve, quietinha, sem fazer o menor ruído para pegar a caça. Ela aprendeu a ser silenciosa, mas eu, Tiago, eu ainda não aprendi...

Estava dom Braz a receber um pouco de sol de inverno, na varanda, e a andar de um lado para outro batendo com os pés no chão, pois que os sentia dormentes, e, enquanto se agitava, procurando ativar o sangue, pouco acostumado a esse tempo de ócio que agora desfrutava, viu Isabel passar, entre uma árvore e outra, a jaguatirica ao colo, e entrar no paiol. Dom Braz, então, ainda meio entorpecido, suspendendo os ombros e dando passadas em compasso, que lhe deveriam esquentar o corpo friorento, seguiu a sobrinha e entrou também na casa de depósitos. Isabel estava lá, a arrumar, num canto, o leito de palhas e de panos velhos para a Morena. Dom Braz bateu no ombro da moça.

— Que é que essa sumida está fazendo por aqui?

— Como vosmecê vê, eu estou agasalhando a Morena. Deu para fujona. Acho que é da idade.

O velho forçou seu humor difícil e pouco convincente:

— Quem sai aos seus não degenera.

E Isabel, acariciando o pelo da oncinha:

— É... Mas, se ela se reunir à sua gente, vai estranhar o tratamento agora. A coitada não ficou nem onça nem gato. Se voltar para o mato, não será bem recebida.

Vendo na moça uma disposição natural para conversar, dom Braz suspirou fundo e aliviado. Felizmente, a "perturbação de ideias" de que lhe falara dona Cândida não era de impressionar. Isabel estava, é verdade, com aparência de enferma, desleixada e malvestida, envolta num xale que lhe tornava informe o vulto. Achou o velho capitão que havia chegado o momento para tirar a sobrinha daquela sua incompreensível rebeldia que ele, até certo ponto, aceitava como natural. Cada vez que chegava visita, Isabel desaparecia, mor de ficar mais à vontade e desarrumada, como gostava. Talvez ainda fizesse cerimônia com Cristina, mas tudo haveria de passar. E ele se penitenciava por tê-la deixado, à instância de Mãe Cândida, tanto tempo solitária, àquela sobrinha que queria como a um bravo companheiro do Sertão.

— Isabel — disse ele —, vosmecê tem que largar desses seus modos de borralheira e vir para casa, conversar comigo e seus primos. Tenho uma novidade para vosmecê. Uma novidade que lhe vai dar muito gosto.

Isabel queria bem ao velho. Um bem que era como fraqueza da sua natureza ríspida:

— Ah, meu tio, nunca achei que vosmecê fosse homem de boca adiantada. As novidades que vosmecê traz a gente já está velha de saber. Vosmecê é que nem documento: dá valor à coisa dita. Mas quanto a histórias novas...

— Pois ria como entender — disse o velho tio —, e, se eu tenho boca de documento, venha cá para o sol que eu lhe vou ler um.

Saiu para a tarde límpida e fria. A sobrinha lhe veio em seguida, fechando com cuidado a porta do paiol para que a jaguatirica não escapasse. Lá das funduras do seu bolso, enrolado num pedaço de couro bem amarrado, dom Braz tirou um misterioso papel e, com alguma dificuldade, pausadamente, foi lendo entre orgulhoso e brincalhão para Isabel:

— Faço saber aos que esta minha provisão virem, tendo consideração a me representar dom Braz Olinto, que ele tinha notícia do sítio em que havia grandes jazidas de ouro pela experiência que fez no lugar que chamou Morro Negro, no tempo em que andou ocupado no descobrimento dele, e presentemente se oferece para continuar, à sua custa, a empreitada, levando para esse efeito escravos e mais que se tornar necessário. Atendendo ao muito que convém que se consiga assim para maior aumento destes povos como da real Fazenda, hei por bem encarregar ao dito dom Braz Olinto deste descobrimento. E, tendo ele efeito por sua via e custa, lhe prometo, em nome de S. Majestade, a mercê efetiva do Hábito de Nosso Senhor Jesus Cristo.

"Ordeno a todos os ministros, cabos e oficiais de guerra e justiça e a todas as pessoas de qualquer qualidade e condição que sejam não embaracem nem ponham impedimento algum à diligência, antes deem ao mesmo dom Braz Olinto toda a ajuda e favor de que necessitar, facilitando todos os meios…"

Quando dom Braz chegou ao fim, Isabel sorria:

— Gostaria, meu tio, de vê-lo com o Hábito de Cristo, só para dar raiva aos padres do Colégio. Mas… isso de que o governador lhe favorece a nova empreitada não é novidade, como eu já sabia. O Reino está a precisar sempre de gente como vosmecê… Até penso que o agrado já vem tarde no tempo… ainda promessa de agrado!… pelo serviço que vosmecê já tem prestado.

— Minha filha — disse dom Braz Olinto —, com o amparo do governador, vou começar a juntar homens, que a empreitada, desta vez, vai ser dura.

Houve um atiçamento de interesses nos olhos feridos de luz de Isabel:

— E vosmecê está certo de achar o Morro Negro, como quando por lá estivemos, naquele tempo de escuridão, e chuva, e lama?

— Ah, minha filha, com a graça de Deus, e Tiago nos ajudando com suas cunhãs do céu, não perderemos o rumo. Vosmecê sabe que temos marcas muito boas. — O velho pegou Isabel pelas mãos: — Mas, sem a companhia de vosmecê, tudo perde interesse. Vosmecê tem de se curar depressa. Faça um sacrifício, se é que eu lhe mereço algum bem. Nem que esteja muito cansada... — e ele fez um ruído esquisito com a garganta, como se ela estivesse obstruída — e sem paciência com os assuntos das mulheres, vá fazendo das tripas coração. Procure comer na mesa com a gente, porque assim vosmecê come melhor, até ficar mais forte para nos poder ajudar com seu tino na empreitada.

Isabel pareceu maravilhada por um instante. O rosto, adoçado pela fuga de pensamento, viajava até as lonjuras do Morro Negro. Depois baixou a cabeça. O vento a arrepiou toda. Era uma triste ave friorenta:

— Desta vez, vosmecê, meu tio, vai sem mim. Nem que eu quisesse não podia ir. E não me pergunte mais nada nem me queira animar. Porque é melhor que vosmecê se esqueça de uma vez.

Ela aí havia retomado sua expressão dura e hostil, que usava para com todos:

— Não era mesmo vosmecê, dom Braz, que achava que lugar de mulher é dentro de casa e me passava recados vez por outra? Pois agora eu não quero ir, como também não quero ir para a mesa da Fazenda. Esqueça-se de mim e me deixe com as minhas ideias. Depois que eu curar essa minha maluquice, esse meu embirramento, pode ser que lá um dia tome gosto de novo nessas viagens. Mas, desta vez, nem perca tempo em insistir. Quero mesmo dizer a coisa com muita energia: vá vosmecê com os primos, os homens que conseguir, traga muito ouro, que eu aqui fico a esperar a fortuna, como fazem as donas da Fazenda.

# III

Basília, logo chegada à Lagoa Serena, preveniu à mãe e ao pai sobre o que soubera de Bento Coutinho. A informação não perturbaria o conceito da gente da Fazenda, não fora aquela derradeira visão de dom Carlos Pedroso, a negar companhia a Coutinho. Alguns dias depois, Leonel, numa ida a São Paulo, soubera de tudo. Aquele era um homem de grande desfaçatez e empáfia, a rir-se da Justiça e de suas ordens. Munido dessas informações, que tivera de um recém-chegado do Rio de Janeiro, esclareceu dom Braz sobre Bento Coutinho: já o irmão era um famigerado matador. Se aquele valentão, sem respeito pela condição de dom Braz, a ponto de lhe fazer a corte à filha, viesse à Lagoa Serena como havia dito, teria recepção digna de seu atrevimento. Todas as conversas a respeito de Bento Coutinho eram confabulações. A caçula não deveria ouvi-las. Queriam dar a Rosália a notícia de modo a poupá-la de seu desapontamento. Depois de muita fala, Basília disse:

— Bem, eu dou a ordem de nhor pai para que recuse palavra e cumprimento a esse moço sem pudor. Ela já está habituada a querelar comigo. É mais fácil.

Nessa altura, dom Braz estrondou seu diacho.

— E um pai pra que serve? Vou falar com Rosália. Essa menina anda tomando muito vento. Vou dizer a ela a verdade nua e crua. E proibi-la, uma vez por todas, de trocar palavras com esse diabo.

Enquanto Mãe Cândida procurava retê-lo pelo braço, dizendo: "Espere, deixe Basília...", foi ele à procura de sua caçula. Ela estava na grande cozinha enegrecida a mexer um tacho de marmelada. Basília o precedeu e foi limpando o caminho, dando enérgicas chicotadas nos moleques que enchiam a cozinha, esperando a hora de lamber o fundo do tacho. Expulsos os moleques, Basília se retirou.

O velho capitão ficou um pouco perturbado com o caseiro jeito da filha, tão pacificamente empenhada na sua demão, ajudando às posses da família.

— Nhor pai, que é que traz vosmecê na cozinha? Acho que faz bem... Quantos anos vosmecê não pisa na cozinha?

— Diacho, já me esqueci... Um, dois, três anos, não importa. Lugar de homem não é na cozinha.

— E o que é que deu à cozinha essa grande honra?

— Diacho, vamos conversar lá dentro. Preciso dar uma palavra à senhora.

— Então espere, nhor pai, que a Genoveva saiu. Estou esperando que ela volte mor de continuar a bater o doce.

— O doce que queime, ora essa! Não estou para perder a paciência.

Felizmente, nesse momento, entrava Genoveva, a tomar o lugar da caçula.

— Está vendo, nhor pai, não carece vosmecê se aborrecer por tão pouco.

Saíram para a varanda. Rosália ainda perturbou o pai:

— Depois daquele calorão do fogo, aqui está frio demais.

— Minha filha — disse o velho —, vosmecê vai se esquentar com o que vou dizer.

Houve uma alegre ilusão em Rosália:

— Vosmecê tem nova de alguém... De Bento Coutinho? Ele vem à Lagoa Serena? Por isso vosmecê tem tanta pressa de dizer?

O velho ficou desarmado. Queria ser duro, mas não foi:

— Minha filha, vosmecê tomou gosto... naquele... desconjuntado?

— Nhor pai, eu pensei que vosmecê gostasse muito dele...

— Rosália, eu tenho um pedido.

— Não. Pai não pede! Pai manda.

— Vosmecê não deve mais dar conversa, ou mesmo cumprimento, a esse desgraçado. Soubemos de fonte boa e honesta que ele é ladrão e matador. Tem nas costas sentença e mandado de prisão. Nessa qualidade de bandido, de assaltar fazendas e de roubar escravos, foi que ele fez o conhecimento de seu pai, pois, que sem o saber, o agasalhei na sua fuga, lhe dando conforto e até comprando uns negros que eu agora nem sei mesmo se são meus ou não. Já vi que tem sangue malvado. Matou uma peça sem motivo algum... O negro estava ali mesmo, e ele atirando. Nem sei que olhos são estes meus, que a terra há de comer, tão estúpidos que não possuíram seu jeito de malfeitor... Se ele veio para cá, foi porque no Rio de Janeiro não tem mais guarida. Daqui, talvez, ele se desembrenhe por esses despenhadeiros de mato e se afunde longe da mão da Justiça.

Quando o velho capitão chegou a esse ponto, Rosália havia passado pela transição da alegria, desapontamento e raiva. Esta, tremente, as sobrancelhas unidas, e, na sua pequenez, agora se parecia com o pai, de maneira estranha:

— Então vosmecê precisa ordenar ou pedir para que eu não veja ou não receba cumprimento de homem tão mentiroso? Parece falta de respeito, nhor pai, falar nesse assunto com vosmecê. Mas ele nem parecia homem, parecia dama, quando conversava comigo, no dia do casamento de Tiago, contando as festas do Rio de Janeiro. Tão delicado, tão amável e me envolvendo com tanta cortesia! — Rosália esfregou a boca umedecida: — Raça de cobra! E eu que ia me deixando convencer que aquele era o único homem menos bruto, com perdão de vosmecê, que eu podia arranjar nesta terra! Ah, meu pai, queria que ele viesse aqui, conforme combinou comigo, só para ter o gosto de lhe dar meu desprezo. Veja só vosmecê. Sou capaz até de tomar cavalo e seguida para ter o prazer de ir denunciá-lo à Justiça... E o apanhar de surpresa num encontro antes combinado comigo.

A modificação fora demasiadamente intensa para que dom Braz ficasse convencido:

— Não convém mulher querer se meter em negócio de Justiça. Deixe isso a cuidado de quem compete. Trate de manter sua dignidade e de se pôr de lado. Caso esse bandido venha aqui, eu terei fala com ele.

Rosália, depois da conversa com o pai, ficou mudada. Perdeu seu natural ruidoso e provocador. Parecia sentir-se humilhada com o que soubera de Bento Coutinho e até teve para com Basília um comentário afetuoso:

— Bem vosmecê não queria que eu vestisse o vestido roxo no casamento de Tiago! Um vestido como aquele, bonito, mas atrevido como vosmecê bem achou, só podia ter arranjado galante da espécie dele.

E riu, com tristeza, enquanto a irmã a observava com pena infinita. Deu em ficar cismando, em ter momentos de sobressalto. Certa manhã, disse à mãe que andava muito pesada de ideias e muito cheia de apreensões. Pensava que era falta de missa e de comunhão. Se Mãe Cândida permitisse, ela iria a São Paulo tomar bênção ao padre e contar seus pecados, que eram poucos... E ela concluiu, envergonhada: "Mas chegavam a ter seu peso". Não pôs dúvida Mãe Cândida em que a menina, acompanhada por Genoveva e Aimbé, saísse de madrugada para assistir à missa e confessar-se.

Nessa noite, à hora da ceia, deslizaram muitos vultos escondidos para o pátio. Havia uma estranha cerimônia no meio dos escravos. Índios e negros se deixavam levar pela mesma velha adoração do mundo — a Lua. Não se sabe se foi a mão de Isabel que furtou, na despensa, a bebida que eles tomavam em goles de susto e de medo.

Enquanto os índios invocaram Iaci, Isabel tomava gosto naquela noite de bruxedos no terreiro da Fazenda. Eles ali estavam a pedir pequenas coisas e grandes coisas à senhora Lua. Já deveriam os escravos estar dormindo. Às seis era o silêncio: tocava de recolher o sino da Fazenda. Então Aimbé foi chamar Tiago, denunciando aquelas falas e rogos velados — que pareciam mais uma insubordinação, um queixume geral. Em cima da lagoa, ali estava, rente à água, aquela lua ruiva, cercada por um anel sanguíneo, enorme e desabrochada, riqueza inacreditável dos humildes da senzala que a possuíam, bêbados de uma delícia que não compreendiam bem.

Tiago, ao lhe contar o mestiço sobre o que vira, disse entre sonolento e desabusado:

— Finja que não viu nada... Até os cães ladram à lua. Deixe que eles ladrem à vontade. Eu também compreendo essa atração. — E, abrindo devagarinho a janela: — Hoje a lua é má, é lua de secar o que se planta.

Cristina recolheu as palavras do marido. A lua era de secar o que se plantava. Aimbé, então, procurou dom Braz. Este não aceitou o fato com tanta filosofia. Em sua casa, não permitiria cateretês dos índios nem magias da negrada. Resolveu sair sozinho. Ao passar pela sala, viu a Madama com seu anjo a apertar-lhe os pés, desamparada de luz. Nem uma lamparina lhe haviam acendido. Dom Braz ralhou; e foi andando, enquanto ralhava:

— É isso! Deixam a Madama sozinha e apagada! Por essas e outras que a negrada toma o freio nos dentes e faz suas feitiçarias!

Saiu ele mesmo a tanger os escravos para dentro da senzala. Aimbé se escondeu depois do aviso. Empurrou o capitão seu chicote, mas não chegou a alcançar a pele de nenhum. Fez só muito barulho e gritaria, dizendo "diacho" e se lembrando de nomes feios que há muito jaziam no seu esquecimento. E toda essa torrente violenta se estancou quando ele viu, tendo fugido já o último índio, a trotar de medo, a figura quieta de Isabel.

— Vosmecê? — disse ele. — E aquela sua raiva cresceu a um ponto inimaginável: — Tu, filha da casa, metida com a negragem, fazendo praça a feiticeiros? Acredito porque são os meus olhos que veem.

Isabel cabeceou um pouco e mandou seu hálito cheirando a bebida no vento cortante:

— É isso mesmo. Tanto faz pedir coisas a Deus Nosso Senhor, que ninguém vê, como à Iaci Obaguaçu, que todos veem. Tudo vai para o Céu da mesma forma. E Deus desdenha tanto o que lhe pediram em seu nome quanto o que pedem à Lua.

— Mas tu estás corrompida! — disse ele. — Tu precisas de doutrinação! Por que te larguei tanto tempo nessas viagens? E por que essa insolência, afinal? Que te negou Deus?

— Meu tio, vosmecê tem me provocado muito. Vosmecê está querendo que eu lhe perca o respeito de uma vez.

O velho capitão fechou o punho. Lembrou-se do irmão morrendo, naquela manhã longínqua, da tristeza daquela morte na solidão do mato, e teve pena de Isabel, a quem por um momento desejou esbofetear. Mas alguma coisa havia ficado daquela feitiçaria, daquele malefício de noite embruxada, porque foi a própria Isabel que, atiçada por uma vontade dolorida de ferir a única pessoa a quem amava, disse:

— Já resolvi que não tenho mais nada com a gente da mesa da Lagoa Serena. Já me passei para o lado da senzala. O que eles fazem, eu faço. E olhe que a gente da senzala é até mais divertida.

O velho não conteve mais seu ímpeto. E, erguendo a mão, a golpeou na face inerte, batida de luz fria. Isabel, então, por um instante se crispou toda, sentindo a punição. Mas, ao ver que o tio lhe dava as costas, vacilante e perturbado, procurando, incerto, o rumo da entrada da varanda, ela o puxou com fúria e maldade, fazendo-o voltar:

— Sim! Eu sou da senzala. Eu... vou ter um filho do mato! É bom que vosmecê saiba, que todos saibam de uma vez. Estou cansada de fingir, cansada de me esconder, de me cobrir com esses panos! Olhe aqui, olhe, veja e me diga se eu não sou mesmo da senzala!

O velho chefe a olhou, como se estivesse num momento de pesadelo. A sua querida! — a sua filhinha das viagens, aquela que nem sexo parecia ter... Tão altiva, tão cheia de coragem pura, tão fora das mesquinhezas de outras mulheres! E, no entanto, ele bem a via — deformada, em degradação —, porque, libertando-se do xale, Isabel exibia agora seu corpo, tão diferente do antigo talhe, esbelto e masculino.

Dom Braz não disse nada. Ele a viu bem, assim exposta, e voltou para casa, chorando. Seus filhos, depois, contavam que nunca — senão desta vez — viram dom Braz chorar. E, quando Mãe Cândida se associou a ele, naquela desolação de fim de mundo, ele ainda disse, a enxugar os olhos com seu grande lenço:

— Esse pecado... Esse pecado... é de nós todos. Só Deus sabe o que teremos de passar para purgar essa ofensa. Vosmecê não dava a ela o trato que merecia. E eu... não lhe dei a proteção devida. Eu me esquecia de que ela... era mulher!

Então Mãe Cândida disse, sem uma lágrima:

— Já faz tempo que eu sabia. Todas as manhãs, eu fazia um esforço para contar... e não tinha coragem... Eu sei quem foi o culpado.

— Então tu soubeste e não me disseste, para que eu punisse o infame?

— Isabel disse que... vosmecê havia saído com outros homens e ela foi apanhada de surpresa por Apingorá. Isabel custou muito a me dizer de sua vergonha. Queria manter segredo. Jurava que a culpa fora da bebida. Ela havia tomado demais e não tinha certeza...

Mãe Cândida mal podia dizer a palavra — não tinha certeza de ter sido... forçada.

Dom Braz pensou em Apingorá, aquele índio, aquele filho de chefe, seu escravo, que tivera em sua Fazenda e que aprendera até a ler com os padres, graças à sua benemerência. Desfrutara, depois, da liberdade e até fundara uma aldeia.

— Essa corja não merece mesmo bondade. Deus sabe que punir, agora, é o meu direito.

E a desonra de Isabel foi sendo sabida, entre palavras segredadas, na vida escondida da Lagoa Serena. Toda aquela vergonha não foi sofrida ostensivamente, em qualquer conversa geral, à mesa ou numa reunião em família. Foi um sofrimento recatado, profundo e presente a todos os momentos, que mortificava tanto a altivez de Basília quanto a doçura de Margarida.

Mãe Cândida, que agora nem sorria mais, enquanto todos se sentiam perdidos naquela surpresa atordoante — num mundo em que ao homem se concedia tudo, a mulher branca não tinha a menor desculpa ou concessão —, Mãe Cândida, ela mesma, começou a indagar, a movimentar planos aparentemente esquecidos de dom Braz. Assim, ela conseguiu levar o interesse de toda a família para aquela nova empreitada, que significava a riqueza e talvez a definitiva despreocupação de dinheiro de toda a gente da Lagoa Serena.

Foi procurando levantar os homens em sua ambição que ela fez com que eles esquecessem ou fingissem esquecer, por alguns dias, a desgraça de Isabel. Às vezes, Cristina, atravessando o pátio, a via, já inteiramente perdido o pudor da degradação de sua forma, relaxada ao sol, estirada ao sol, a compartilhar com a Morena as doçuras do tempo. E se Cristina, por acaso, apiedada, quisesse falar com ela, Isabel e a jaguatirica fugiam, desapareciam.

Os escravos e as escravas cochichavam quando ela passava, e alguns sorriam com insolência. Basília, que não era mulher de corar, um dia, ao escutar o que dizia um negro, que não cuidava fosse ouvido, ficou vermelha até a raiz dos cabelos. Porém, a perturbação não impediu sua violência. E, erguendo o chicote, golpeou com fúria, sem saber onde o alcançaria o relho — porque, ainda que desprezasse Isabel, era ela uma parte da dignidade de sua gente.

A vida da Fazenda transcorria em atmosfera morna e morta, apenas cortada por especulações que os homens faziam sobre os planos de dom Braz. Ficavam eles a desenhar mapas, a fazer contas infindavelmente, até quando resolveram que tudo tinha sido previsto, regulado, e que agora só seria necessário reunir mais gente, tomar aliados e entendidos.

Tiago disse que deixassem a ele a tarefa de ir ao padre Pompeu, o homem que havia financiado outras entradas. Mas Leonel não ficou de acordo:

— Meu irmão, vosmecê ainda não tomou gosto da vida de casado e já se vai apartar de sua mulher? Vamos combinar tudo da forma seguinte: eu vou ao padre Pompeu, que já foi avisado da empreitada pelo mensageiro que nhor pai mandou e que, portanto, já deve ter pronto o dinheiro que nos vai emprestar. Eu vou a ele e encontro vosmecês mais tarde na Pedra Grande. Assim está tudo combinado, não é?

Dom Braz, enquanto Tiago insistia para partir na frente, pôs fim à discussão:

— Leonel vai ao padre Pompeu e vosmecê aqui fica para cuidar de tudo que é preciso; não me sobra mais tempo para discussão.

E assim se fez. Leonel, certa madrugada, acompanhado por Aimbé, saiu da Lagoa Serena. Cristina e Tiago seguiram Margarida, que quis viajar um pouco ao lado do marido. E foram até a antiga fazenda Galupe.

Tiago se queixava:

— Que exagero, Margarida! Tantas e tantas vezes Leonel não tem viajado? Por que é que vosmecê, hoje, está tão aflita?

Margarida disse:

— Eu não sei. Cada vez que Leonel vai embora, tenho sempre a impressão de que será o último dia que o vejo. E hoje, então, essa ideia me apavora...

Junto da cerca pendida da fazenda abandonada, disseram adeus os esposos. Tiago e Cristina ficaram a olhar, intimidados, aquela doçura, que não era só amor. Qualquer coisa que participava de uma amizade além da carne, como se os beijos e as carícias que eles trocavam fossem não só de amantes, mas de irmãos, talvez até como se compusessem, os dois, toda a família. Às vezes, Margarida era maternal: passava a mão na testa de Leonel e dizia: "Tome cuidado com a espécie de águas que vosmecês vão beber. E se por acaso, logo que chegarem ao Morro Negro, tiverem qualquer notícia, mesmo que seja de alguma doença ou desastre, despachem mensageiro".

E Leonel, apertando a fina cintura de Margarida:

— Deixe de cuidado comigo. Vosmecê é que precisa pensar em sua saúde. Não venha à casa da Fazenda em hora de sol forte. Olhe bem seu coração e também não dê tratos demais à sua cabecinha. Quero encontrar vosmecê, na volta, bonita e forte. Então, descansaremos muito tempo, como vosmecê quer, na casa de seu pai. Margarida, por favor, não chore! — E ele próprio ria, fazendo força para não chorar: — Vosmecê um dia há de se cansar tanto de mim que é capaz de fazer o que certas mulheres de São Paulo fazem: "Meu marido... tá na hora do mato outra vez!".

Margarida riu, agora já em prantos, e ele a embalou nos braços, movimentando levemente o corpo — os dois se fundindo num —, naquele embalo que era um abraço e que era cantiga de corpo:

— Queria tirar o feitiço que me faz gostar tanto de vosmecê, seu malvado!

Depois, o último beijo — uma despedida correndo, de olhos baixos, a Cristina e a Tiago —, e Leonel lá se foi, trotando, apressado, na estrada poeirenta, acompanhado de Aimbé. Antes de tomar de novo a sua montaria, Margarida, encostada à cerca em ruínas, olhou a Morte de frente, naquela casa habitada só por ventos e poeira, com pássaros a lhe fazer ninhos sob as arcadas da varanda. Ficou fixando aquele quadro de cemitério; apertou os lábios finos. Ia dizer qualquer coisa, não disse nada. Mas, nesse momento, aquela ideia profunda de fim como que se comunicou a Cristina; e, por um amor que não era seu, e por um amor que jamais ousaria ter, ela chorou também.

# IV

Desciam o rio Anhembi, numa piroga, Aimbé e Leonel. No grande rio, ele vogava, enquanto mirava as águas, tendo em si mesmo um desenrolar de paisagens, um teatro de imagens, que aquela mudança de águas e o desfilar de cenas a céu aberto lhe sugeriam à alma. Leonel estava possuído pela ideia firme da vingança. Nem mesmo Margarida o conhecia. Ele era um homem profundo, carregando um mundo submerso por trás da face bondosa e simples.

Leonel fora, entre todos, o que mais sentira a vergonha e a injúria ao nome que levava. Isabel, com quem disputava frequentemente, era sua irmã de criação, e ele não podia perdoar a infâmia nem podia relegá-la a um castigo que viesse com o tempo.

Tudo nele pedia vingança. Vagamente se recordava do tempo, em cujos dias se teria escondido a afronta. Apingorá, que servira com fingida dedicação à gente da Lagoa Serena, estava agora no pequeno arraial constituído por índios, na maioria já meio civilizados, vindos de várias regiões. E foi com disfarçada cortesia que ele hospedou a Bandeira, matando até animais para um banquete comum, para uma festa. No entanto, naqueles dias em que o antigo escravo festejara seu senhor se cumprira a vingança. O antigo servo, apesar de fingir uma afeição de filho ao rever dom Braz, manchara a honra de Isabel e se pagara dos dias em que ele, um filho de cacique, houvera pertencido ao amo branco.

Ainda que dom Braz reconhecesse em Apingorá uma superioridade muito grande sobre os outros índios e o julgasse bom demais e demasiadamente inteligente para servir como qualquer bugre — até lhe proporcionara algum estudo em São Paulo, com seus próprios filhos —, o índio conservara em si mesmo, decerto, a ideia de que ele, em qualquer ocasião, saberia punir por seu tempo de cativeiro.

Ia Leonel pensando nessas coisas enquanto a piroga deslizava pela água: "Vou matar Apingorá com minhas próprias mãos".

Aimbé estava atento ao rumar da canoa, que deslizava, agora, sem auxílio de remo. Leonel criava, dentro de si, cenas que ele, daí a instantes, iria modificar na própria ideia. Via-se à frente da choupana de Apingorá, chamando-o e trespassando-o com a espada. Via-lhe o sangue a descer do peito — e aquela visão incitava ainda mais sua cólera:

"Aquele sangue sujo, aquele sangue de raça suja, ousando macular o meu sangue!" Como seria possível essa monstruosidade — que Isabel concebesse daquele índio, que Isabel tivesse um filho de Apingorá, da mesma maneira que as outras bugras?

Aquele horror o perseguia. Então, já ele mesmo achava que manchar sua mão no sangue de Apingorá seria honra demasiada para o índio.

Todavia, por mais nojo que tivesse em ligar sua pessoa àquela morte, pois bem, ele se encarregaria dela — não seria dom Braz que teria de golpear a garganta imunda com sua própria faca.

Já iam bem adiantados de viagem. De repente, Leonel começou a perceber, do outro lado, as plantações que denunciavam o pequeno arraial de índios, vindos das mais desencontradas paragens e que se reuniam sob o mando de Apingorá, que lhes ensinara os benefícios de sua experiência na agricultura dos brancos e até da sua religião. Era um misto de selvageria e de civilização aquele aglomerado humano.

Enquanto a piroga descia o rio, sons indistintos da cantiga dos bugres chegavam aos ouvidos de Leonel. Cuidou perceber, neles, um hino à Madama do Anjo, muito do gosto de Mãe Cândida — e esta como que parentela longínqua com a Fazenda da Lagoa Serena lhe apertou ainda mais a tensão da raiva. Então os dois foram rumando mais para a margem esquerda do rio e, acima do barranco, puderam ver toda a faina da pequena população — homens, mulheres e até mesmo curumins tomavam parte nas atividades da roça.

A canoa continuou a perseguir o barranco. Houve uma seguida de árvores que encobriam a paisagem. Depois, o cenário limpou: apareceu extenso terreiro desnudo, onde umas dez casinhas miseráveis, redondas e agachadas, pareciam bichos encolhidos a dormitar ao sol.

Enquanto o vento trazia farrapos das canções dolentes dos índios em seu trabalho, Leonel chegava ao que devia representar um pequeno cais. Já então havia formado dentro de si o plano decisivo. Já então, quando ouvira aquela canção querida — de sua mãe, despachada aos ares pelos bugres —, se decidira. Não, ele não iria chamar Apingorá para uma luta de corpo a corpo, uma luta de dois homens iguais. Disse a Aimbé algumas palavras, que este recolheu com interesse e gosto. O infame estava muito abaixo de sua condição.

Amarrando a canoa a um tronco decepado, subiu acima do barranco empunhando, com ódio, a escopeta. À frente da primeira casa, um moço moreno ensinava a um velho como se preparava o couro de boi. Estavam os dois empenhados no serviço quando ouviram o chamado:

— Apingorá!

O índio jovem voltou um rosto alegre, festivo, ao reconhecer a voz de Leonel. Um tiro estrondou. Apingorá caiu, com a fisionomia ainda marcada pela descoberta feliz do seu companheiro branco dos dias antigos. O velho ficou atônito, depois rompeu a praguejar em língua nativa, a dizer uma torrente de imprecações. Nesse momento, Aimbé não estava ao lado do sinhozinho: corria atrás das pequenas casas e, como uma divindade da mata, como saci, se rejubilava no afã de destruir. Aimbé atiçava o fogo, que já ia lambendo as paredes e crescia na coberta de sapé, elevando-se numa labareda

A MURALHA | 173

só. Um facho fumaçando em sua mão, corria por entre as palhoças e sorria, a face rosada de prazer, para a destruição. O velho levantava os braços, gemia e maldizia. Depois rompeu a correr em direção ao campo de plantações. Leonel olhou o corpo de Apingorá. Em torno já se delineava a curva de uma única fogueira. Ele o fitou, caído, conservando a expressão de meio sorriso — e nem assim seu ódio se aplacou. Um minuto depois, Aimbé se reunia a ele, apreciando ainda, orgulhoso, a sua tarefa. E os dois desceram para a canoa.

Aimbé, deslumbrado, não tinha pressa em partir. Extasiava-se, olhando a chama monstruosa e o fumo negro a subir da aldeia, enquanto já se ouviam os gritos e as lamentações dos índios avisados pelo velho.

— Agora, vamos aproveitar o sol para alcançar Parnaíba ainda hoje — disse Leonel, desapertando o gibão. Algo lhe oprimia o peito. Decerto não seria pena.

Depois de ter trazido de volta Margarida e Cristina, acompanhado de Parati, Tiago foi a São Paulo dar os últimos passos na organização da Bandeira. Artífices e ajudantes estavam sendo disputados. O planalto descia às minas com sofreguidão. Em pouco tempo, se operara na vila uma mudança considerável. Entrava o ouro a valer correntemente em compras. As tavernas se enchiam de forasteiros, de habitantes de regiões vizinhas, que vinham a São Paulo fazer trocas e tomar provisões para as viagens.

Tiago teve algumas decepções. Havia muitos dias que despachara mensageiros mandando recados a antigos companheiros de empreitada. E, agora, muitos se negavam a partir. Dentre esses, alguns porque já estavam apalavrados com Amador Bueno da Veiga e se recusavam a tomar parte em tão famosa aventura. Muitos asseguravam, também, que a partida de dom Braz era para lugar ainda misterioso e incerto. No entanto, já havia ouro certo extraído em abundância em tantos lugares! Tiago ficou admirado do desinteresse. Sabia que para a glória da sua empreitada seria preciso levar gente de fibra, mas, naquele dia, parecia que um bom anjo quisera proteger a sorte de dom Braz. Porque, enquanto Amador Bueno até aquele momento não conseguira capelão para acompanhar seus homens na longa viagem, dom Braz, justamente o que despertava tanta animosidade entre os padres da Companhia, tivera em seu destino um oferecimento. Quando Tiago saía da casa de um ferreiro, por lhe ter alugado o ajudante, topou com um padre, ainda muito jovem, que, levando um saco grosseiro pela mão e tendo a barra da batina quase em farrapos, se apresentou, dizendo:

— Vosmecê é gente de dom Braz Olinto, o chefe que vai partir a mando do sr. governador?

— Sim — disse Tiago, sem prestar muita atenção, pois cuidava que ele lhe fosse pedir esmola. — Sou filho de dom Braz.

— E vosmecê, acaso, tem capelão que lhe sirva?

Tiago o olhou desconfiado:

— Até agora ainda não tomamos nenhum.

O moço sacerdote sorriu, meio acanhado:

— Queria que vosmecê pedisse a dom Braz Olinto...

— A que Ordem pertence vosmecê?

E Tiago observava aquele mendigo de batina sem nenhuma simpatia.

— Já estive na Companhia de Jesus, mas agora eu me secularizei. E quero muito fazer a experiência das almas do Sertão. Quero estar a serviço de Deus, por Ele próprio e por mim mesmo.

— Bem — disse Tiago, despedindo-se. — Assente aqui o seu nome e onde posso procurá-lo; na falta de capelão, quem sabe se nhor pai não vai tomar interesse?

E estendeu uma folha de papel, onde o jovem padre, atiladamente, escreveu seu nome. Depois, Tiago continuou sua faina. Indo à Igreja da Misericórdia e conversando com o sacristão, dissera-lhe este que não procurasse mais por sacerdote. Mesmo os que pertenciam a outras ordens se solidarizavam com os jesuítas, porque dom Braz, depois do casamento, fizera aos padres do Colégio uma grande ofensa.

Cancelara a doação de cinco bois que prometera como paga pelos bons serviços na cerimônia, explicando que daria tal pagamento para um casamento fidalgo, e não para aquela promiscuidade com que fora servido, quando expusera seus convidados ao ridículo de cruzar passagem com aquela má companhia de um casamento bufão.

Tiago saiu da igreja bastante desanimado. Entrou numa bodega próxima e ouviu a conversa de dois desconhecidos, barbudos e sujos. Haviam visto coisas tenebrosas: os boavas tomavam impulsos e cortavam as asas aos paulistas. Eles diziam, os boavas: "Quem vai ao vento perde o assento". Já os paulistas fariam melhor se ficassem a cuidar de suas casas e fazendas, que os boavas estavam se assenhorando de todas as descobertas. E um deles, já meio azedo de vinho, afirmava: "Vá quem quiser, que eu cá fico no sossego. Já não há lucro nem garantia. O mato é muito grande, e El-Rei está muito longe. Os boavas fazem o que querem".

Tiago pensou que o tempo correra muito depressa desde que fizera a última viagem com seu pai e que fora tão facilmente reunida a expedição. Mas ouviu do outro desconhecido: "Sei que Amador Bueno está à procura de padre e não consegue. Parece que os padres de cá estão a recear os padres lá das minas, que têm mais parte com o demônio que com Deus. Uns diabos que vestem batina, mas que andam atrás do ouro e só pensam em arrancar a pele do cristão, negociando alimento por um preço absurdo, que nunca se viu".

Tiago, que estava com muita sede, tomou uns goles do vinho que lhe foi servido e saiu novamente à rua, à procura daquele padre esfarrapado. Não deixaria perder-se a oportunidade, agora que sabia que o que lhe parecera excesso, oferecimento que se desdenha, era rara preciosidade.

Aquele pequeno episódio do sacerdote foi decisivo para dom Braz. Logo em seguida, sabedores de que a sua Bandeira dispunha de um capelão, muitos homens de confiança, que se haviam comprometido com Amador Bueno, mandaram, enfim, recado dizendo que acompanhariam dom Braz Olinto. Eles, esses homens acostumados à dureza e à lonjura, receavam a morte sem os sacramentos. Eram pessoas que estavam já habituadas a ser informadas quase que diariamente sobre a morte mais comum: "Morreu no Sertão!". Tanto podia ser morte dada por Deus como apressada pelos semelhantes; morte de febre, devida à falta de alimentação conveniente, ou morte em disputas — essas infindáveis disputas. Vivia Piratininga sob a ideia da morte no Sertão, como o fim mais comum entre todos. Alguém abria uma fazenda, ia terminar sua casa, mas não terminara, porque morrera no Sertão. Outro, homem de prol, tinha uma dívida: mas não a saldara, porque morrera no Sertão. Projetava-se um empreendimento, e ele ficava apenas no começo da sua realização, porque morrera, num fundo de mata escura ou ao lado de um barranco perdido, quem o idealizara. Movia-se uma ação na Justiça, e aquilo que durara anos e anos de repente se dissolvia no ar — monte de papelada inútil, agora, porque quem porfiara pela Justiça morrera no Sertão. Com toda essa ideia de que o fim mais natural era o fim longe de casa, e a morte não no leito cercado de pessoas da família, mas chegada em hora incerta e em lugar incerto, o capelão da Bandeira era um ser indispensável, e na porfia entre dom Braz e Amador Bueno vencera o chefe da Lagoa Serena, porque tivera, por acaso, a seu lado, um pobre padre faminto, desgraçado e cheio de rasgões.

Ativaram-se os últimos preparativos. Mestre Davidão, interessado em negociar com ouro, se associou à empresa. E a Bandeira, reunida, às portas de São Paulo, se iniciara na aventura, com a costumeira missa, depois da bênção do estandarte, que levava a imagem da Madama do Anjo.

Por algum tempo se mesclavam a ela as mulheres, que iam tornando mais longa a despedida dos maridos; crianças e até xerimbabos foram dizer, mais adiante, o adeus, até chegar o dia que ninguém podia saber ao certo.

Dom Braz ia à frente daquele cortejo, formado de homens bem-armados e seus práticos de ouro, alguns vestidos de gibão de pele, com suas novas e grossas alparcatas de couro de veado, feitas especialmente para as caminhadas longas. Uns levavam catanas, outros mosquetes a tiracolo, e todos cuias e garrafas com água; escravos, com facões pesados e compridos à cintura, os acompanhavam, e índios, munidos de arco e flecha, fechavam o séquito. Dom Braz, a mão posta na pistola de fecho de prata, pensava em que esta era a primeira vez que, depois de anos, ele partia sem a sua Isabel. O filho — Tiago — entre o padre e mestre Davidão, ali junto, não lhe dava nem conversa nem esquecimento. As longas horas seriam mais vazias. Sentia uma saudade pior de Isabel, uma saudade mais dolorida do que se a houvera deixado morta.

Tiago, mais do que o pai, estava atento à organização da Bandeira. E talvez experimentasse até um secreto prazer em voltar, de novo, à vida errante e às suas Iacitatá, saindo daquele amor de carne para a aventura maior e mais livre.

Alguém cantava uma alegre canção. Talvez tivesse medo e aquilo fosse para esquentar o próprio peito. Pouco mais adiante, com as recomendações ternas e os abraços de desespero, separaram-se as mulheres de seus maridos. Houve o beijo no filhinho; a mão a afagar o dorso do cão que depois iria procurar, pela casa vazia, o vulto de seu dono. Houve um minuto a mais, houve um atraso nessa partida. Depois silenciosa, despojada de ternura, todo um mundo de ternuras caído para trás, a Bandeira começou sua dura caminhada, que só iria ter fim no Morro Negro — onde o ouro certo esperaria.

Depois que a casa ficou ao mesmo tempo fatigada e saudosa, mas aliviada de tantos trabalhos, com a partida dos homens, Rosália, abraçando Mãe Cândida, disse:

— Mãe, é a primeira vez que nhor pai segue viagem sem que alguém lhe acenda as velas mor de tomar proteção de Nossa Senhora.

— Minha filha, vosmecê mesma alumiou a lamparina da Madama. Eu estou muito cansada; esta noite nem dormi na trabalheira dos últimos preparos da viagem. Nossa Senhora vela por dom Braz, como sempre. Sabe que nem que eu quisesse, hoje, teria forças para ir a São Paulo.

— Mãe Cândida, Deus me livre de querer que vosmecê faça um sacrifício desses. Então eu não sei que vosmecê deve estar morrendo de canseira? Mas eu, que dormi bem, posso cumprir a devoção. Se nós não acendermos as nove velas, minha mãe, a gente sempre vai ficar com remorso. Se alguma coisa acontecer... Se vosmecê me permite, vou com Genoveva e volto hoje mesmo.

Mãe Cândida concordou:

— Como vosmecê está mudada! Quantas vezes, só nestes últimos dias, vosmecê fez o sacrifício de ir à igreja do Colégio! Dá gosto ver tanta religião. Seu pai haveria de ficar contente, sabendo que depois que vosmecê penou tanto na cozinha, mor das provisões que ele levou, ainda teve alento para fazer uma caminhada no mesmo dia!

— A sua bênção, minha mãe!

— Deus a abençoe, minha filha.

Rosália, ao sair da sala, onde estava conversando com a mãe, deu com Basília e a pegou pela cintura, beijando-lhe a testa:

— Adeus, querido mamão-macho. Vou só ficar umas horas longe de vosmecê. Mas pode estar certa de que vou sentir saudade de sua carantonha.

Basília sorriu, encantada. Havia muito tempo que ela não brincava dessa maneira. Dois minutos depois, Rosália, que houvera já mandado preparar os cavalos, estava no pátio, com Genoveva e um escravo, a caminho da igreja do Colégio.

— Genoveva, vai lá na sacristia... Toma aqui este dinheiro e me traz as nove velas, enquanto eu aproveito o sossego pra rezar.

Rosália, mal Genoveva saiu para a sacristia, correu pela porta lateral da igreja. Esperando do lado de fora, estava Bento Coutinho, a cavalo, tendo ao lado outra montaria. Precipitou-se pelos degraus da escada e, quando, descendo do cavalo, o moço perguntou:

— Vosmecê não se vai arrepender?

Ela, subindo na montaria, disse:

— Não vamos perder tempo com conversa.

Houve o galope, eles se distanciaram, e quando Genoveva, ajoelhando-se na passagem, diante do sacrário, chegou ao altar da Virgem, Rosália havia desaparecido. Desaparecido como por encanto. A ama vagou pelo templo, foi e voltou, andou desorientada. Depois, saindo dali com o escravo, rodeou o Colégio. Deu voltas pela vila. Ninguém sabia de nada, ninguém a pudera informar. Mas Genoveva bem que se lembrou daquele moço que sempre estava na igreja quando sua sinhazinha, tão devota nesses últimos tempos, vinha a São Paulo para rezar.

# V

Estavam jantando as mulheres da Lagoa Serena quando gritos no pátio lhes chamaram atenção:

— Valei-me Nosso Senhor Jesus Cristo! Nossa Senhora, Mãe de nós todos...

Basília se levantou primeiro, pálida, pressentindo uma desgraça. Mãe Cândida a acompanhou, as feições calmas, porém intrigada. E Cristina também deixou a mesa. Lá fora, Genoveva, em prantos, saltava do animal, quase caindo, e entre soluços se atirava aos pés da senhora, que, admirada com aquela explosão, não sabia o que pensar:

— Sinhá me mate, sinhá me mate...

E o choro a impedia de continuar. Basília sacudia o braço do escravo:

— Onde está Rosália? O que foi que aconteceu?

E o escravo apontava para Genoveva:

— Ela que fale. Eu não sei de nada.

Basília, então, interpondo-se entre sua mãe e Genoveva, ameaçou:

— Deixe de fingimentos e de gritaria. Conte logo o que aconteceu. Minha mãe é muito boa, mas eu ainda sou capaz de lhe dar uma boa surra.

Genoveva, então, derreada, acabada, um fim de gente caído no chão, ergueu os olhos baços e conseguiu dizer:

— Sinhazinha... me mandou buscar... as velas... Eu voltei, não achei mais ela... Me mate, sinhá, me mate... Eu devia ter avisado, porque, toda vez que sinhazinha ia à reza, tinha lá aquele moço...

— Bento Coutinho?

— Esse mesmo. Mas sinhazinha me ameaçava... "Negra bisbilhoteira, se Mãe Cândida souber que eu vejo esse moço, nunca mais quero saber de ti." E eu, porque... só quero bem a Deus no Céu e à sinhazinha na terra, fechei o bico... Foi como se ela, sinhazinha, me tivesse arrancado a língua.

Basília apertou o punho do chicote. E ia cair de chicotadas em cima de Genoveva quando Mãe Cândida se interpôs:

— O castigo não vai adiantar nada agora.

Basília caiu em si:

— Tem razão, Mãe Cândida. Vou procurar Rosália. Vosmecê me dê permissão, que eu tomo seguida e campeio Rosália até que ela volte para casa.

Na igreja do Colégio, Basília procurou padre Manuel. Este a considerou com uma ironia indisfarçada:

— Que quer de nossa casa a filha de dom Braz Olinto? De nosso amigo dom Braz Olinto?

— Bem sei, padre Manuel, que vosmecê não tem nenhuma simpatia por nossas aflições. Porque meu pai não está em bons termos com vosmecê. Mas... Rosália desapareceu! Vosmecê sabe que a guarda de moça donzela também é guarda de Deus. Por favor, padre Manuel, eu ponho o orgulho de lado. Sei que Rosália esteve aqui muitas vezes. Vosmecê me pode ajudar.

Padre Manuel continuava a olhar com ironia:

— Nada posso fazer, minha filha. Nem me quero pôr nessas intrigas de família. Não é esse o meu papel.

— Padre — disse Basília, violenta —, então qual é o papel de um ministro de Deus?

— Aqui mesmo correram os banhos de Rosália e de Bento Coutinho.

— Como? Será possível que houvessem corrido os banhos do casamento de Rosália, nesta igreja, e que nós não soubéssemos de nada?

Padre Manuel continuava com toda a aparência da imparcialidade de quem apenas informa um fato comum:

— Sim, os banhos correram entre outros trinta ou quarenta da semana atrasada. Não será minha culpa se a gente da Lagoa Serena e seus amigos e conhecidos pensam mais em negócios de ouro do que em vir à igreja. Rosália casou aqui mesmo. Serviram de padrinhos até devotos que aqui estavam na ocasião. Mas, minha filha, tudo foi absolutamente regular, dentro das praxes da Igreja. E, como vê, Rosália agora está entregue a seu esposo, perante Deus e os homens. Não me compete mais tomar partido nessa intriga. Já com ela nada tenho a ver...

Basília ergueu para ele a face inundada de cólera:

— Como vosmecê concilia bem a religião de Deus com sua vingança de homem! Mas eu penso que Deus não pode ser tão pequenino assim quanto vosmecê julga. Eu não queria ter a sua consciência, padre Manuel, nem agora nem na hora da morte...

Cristina, na sua cama, estava, ainda noite fechada, já livre de sono. Houvera uma estranha pausa em sua vida. Decerto sua aflição se perdera na torrente das aflições da casa. Mãe Cândida e Basília pareciam tão acabrunhadas com a fuga de Rosália que nem surgiam mais à mesa à hora das refeições. Ela bem sabia que isso seria por pouco tempo, dois dias no máximo. Aquelas mulheres duras não acalentariam suas dores no travesseiro, como as mulheres do Reino. Margarida, tendo partido Leonel, deixava-se ficar em casa, numa vida estagnada, dizendo que se sentia doente, que lhe faltava o ar, às vezes. À noite, seu coração se precipitava em correrias e então suava forte.

Fechada dentro do enorme leito, Cristina voltava a possuir a ideia de que aquela era uma pequena fortaleza. Talvez um dia ela pudesse gabar-se de imitar o velho Gonçalo — primeiro dono da cama —, um que quebrava, mas não envergava. Sentira uma espécie de alívio de alma, ao se ver despojada daquela aflição de desejo, sempre renovado, que a presença de Tiago no leito lhe incutia. Ela seria capaz de ser muito dura e lavada de maus pensamentos, se ficasse sozinha.

E um demônio malicioso lhe pôs a ideia: "Se acaso não houvesse homem por perto, darias uma boa monja; mas só se não houvesse homem por perto".

Pensava em Isabel, na sua rebaixada condição de vencida na carne. Pensava no tormento de humilhação que sofrera diante daquelas mulheres. E agora, decorridos dias e acontecimentos, eis que ela se sentia a mais inatingida pelas penas da casa. Não sabia se estava ficando má. Porém, se se haviam buscado os amantes, não considerava o desaparecimento de Rosália como uma tragédia. Afinal se haviam unido em matrimônio. Mais certo, assim, que um casamento de encomenda como o dela. A fuga de Rosália talvez fosse a melhor coisa que acontecera na vida da Fazenda.

De madrugada, Bento Coutinho acordou a mulher, que despertou com um ronronar feliz, como um gato, e se aconchegou a ele, dentro do rancho perdido na estrada e frequentado pela gente dos caminhos das minas.

— Querida, temos muito que andar.

Ela se sentou na esteira coberta de mantas e o olhou, os olhos meio fechados ainda de sono, cegos pela luz do candeeiro ali junto.

— Está tão bom aqui, está tão gostoso... Meu Deus, nem acredito que estou livre de tudo! Como me custou ficar boazinha, quietinha, na fazenda, enquanto meu pai e Tiago aprontavam uma viagem que parecia sempre adiada! Ah, se vosmecê fosse embora sem mim, e eu ficasse casada e donzela... Que vida me esperaria! Era pior a situação que a de Basília.

Bento Coutinho a olhava, enternecido:

— Será que vosmecê casou por casar? Ainda me pergunto.

Ela abriu os olhos de uma vez. Bocejou, escancarou os braços; os cabelos soltos varreram os ombros redondos, de longe em longe marcados de sardas:

— Vosmecê tem coragem de perguntar uma coisa destas? Se fosse verdade, eu não dizia que era. Ai, eu sou mesmo louca! Fugindo com um homem fugido!

Bento Coutinho não conservou, até aí, seu ânimo terno:

— Não quero que vosmecê brinque falando dessa maneira. Afinal, qual é o meu crime? De que me acusam? De tomar, à força, escravos alheios? Mas seu pai também não pegou índio, não fez escravidão proibida? E tanto faz tomar gente da casa alheia como de suas próprias casas no mato. Até acho mais cômodo e muito menos arriscado buscar o bugre no mato do que apanhar escravo preto, que vale mais, mas também dá muito mais risco em se obter dos que os compraram. E se sobrevêm tiros e há mortes, tudo é risco neste tempo difícil. Não tenho culpa se me julgam bandido e matador. São maneiras de ver, minha querida. Infelizmente não existe um julgamento só no mundo. O que eu lhe posso garantir é que estou perfeitamente bem com minha consciência.

Rosália olhava o marido a seu lado e pensava: "Bem que fui esperta. Ele vale mesmo algum sacrifício e desconforto. Porque é um homem como eu sempre imaginei que um homem deva ser. Até mesmo essa arrogância lhe fica bem".

Ela disse por dizer, com uma vaga preocupação de um futuro do qual Bento Coutinho parecia ser o legítimo dono e senhor — futuro que não poderia estar entregue a melhores mãos do que as do esposo amado:

— Vosmecê já sabe do que é que nós vamos viver?

— Ah, não será de um trabalho muito duro. Já não mais me vou dedicar aos mesmos empreendimentos. Conto com a proteção de um amigo meu, que agora tem grande poder lá pelas minas. Manuel Nunes Viana vai ser nossa garantia.

Margarida passara a noite numa estranha agonia. Achava que nem mesmo a saudade do marido lhe podia dar aquela descompassada fúria do coração. Ficara muito tempo sem dormir e se enganara a ler velhos versos, do tempo em que Leonel fora seu prometido. Depois se deitara, mas como que afogava numa onda de sangue quente a lhe palpitar na garganta.

Então, sentou-se na cama a pensar num mundo aflito, na desgraça de Isabel, sem remédio, e também na tristeza da fuga de Rosália, também sem remédio. Já imaginava a dor de Leonel com esse acontecimento, que a caçula tão bem havia ideado, a ponto de ter fingimento do qual ninguém a julgaria capaz. Tão menina!

Margarida levantava os travesseiros, sentava-se no leito, e o coração como que lhe invadia a garganta, batendo tão alto que ela o podia ouvir. Ficou muito tempo arfando, com medo de morrer sozinha. Depois pensou: "Tudo isso é de tanto cuidar, é porque tenho ativo demais o pensamento... E também porque estou sem companhia. Mãe Cândida deve saber de qualquer mezinha que me alivie".

E, a essa mesma hora da madrugada, vestiu-se, chamou os escravos e, enrolada em seu longo xale, dirigiu-se à casa da Fazenda, onde esperava que lhe fosse apaziguado aquele tumulto de sangue.

Atravessou o rosal, àquela hora tão perfumado, que o cheiro lhe deu tonteira. Depois, ladearam o córrego, viajaram pelo caminho. Viu, ao longe, na meia claridade, se agitarem uns vultos a correr de um lado para o outro. Perguntou ao escravo:

— Será que o sino já tocou? Como foi que eu não ouvi? Já tem gente na roça!

O escravo respondeu:

— Sinhazinha, o sino não tocou ainda. Vosmecê madrugou muito antes dele.

Margarida, então, ficou preocupada. Olhou na direção de onde tinham vindo os vultos e não viu mais nada.

— Será que eu estou mesmo doente? E estarei até vendo o que não existe?

Aconchegou o xale ao pescoço. O frio lhe entrava nos olhos, que ardiam e choravam. Chegou à Fazenda deserta. Bateu à porta. Depois de esperar um pouco, apoiando a cabeça na madeira fria, Basília veio abrir:

— Que é que vosmecê tem, mana? Que foi que aconteceu?

— Acho que estou doente. Nem sei o que é.

E Margarida, tomando a mão de Basília, pousou-a no peito:

— Veja, mana — e ela riu fracamente —, como meu coração desembestou.

— É cuidado demais. Vosmecê se sente aqui. Vou acordar Mãe Cândida e ela lhe prepara a mezinha que nhor pai toma mor de sossegar o coração dele quando dispara.

Margarida deitou-se no sofá. Depois Mãe Cândida chegou, com um pedaço de seda vermelha, em que havia borrifado água de flor, dizendo:

— Enquanto Basília apronta a tisana, vosmecê vá pondo isso aí. Não há aflição do peito nem disparada de coração que não melhorem com isso. Vosmecê fica boa num instante.

Abriu-lhe a blusa e colocou o pedaço de seda vermelha, com o perfume que, mais uma vez, a enojou e a fez um pouco ansiada. Logo, fechou-lhe a blusa e a recostou novamente. Pouco depois, Basília vinha com a tisana. Margarida a tomou, espaçando os goles. Ficou numa dormência e aos poucos sentiu que a agonia lhe passava. Mãe Cândida, que havia saído de perto, voltou:

— Vosmecê fique repousando. Está na hora da reza, mas não carece sair daí.

Depois do toque do sino, uns poucos escravos iam chegando para a reza matutina. Dom Braz havia levado muitos deles, e na Lagoa Serena só ficara um número reduzido. Quando, junto da Madama do Anjo, Mãe Cândida iniciava a oração, Isabel, que jamais tomava parte nela, veio lá de fora, ofegante, dizendo:

— Parem. Não há tempo para reza. Eu vi uns índios medonhos aí perto. Eles estão tomando chegada para o ataque!

Mãe Cândida ainda disse, como a reprová-la por interromper a reza dessa maneira:

— Ataque de índios? Mas não há mais índios bravos por aqui!

— Não sei se há ou não há índios bravos. Eu sei é que estão vindo para cá e se escondendo. Vi dois ou três riscarem e se esconderem atrás do mourão da porteira. Não sejam loucos! Se fosse gente de paz, não seria assim!

E Isabel, já muito pesada, foi se arrastando até o fim da sala, onde havia umas poucas armas penduradas à parede, ao lado de arreios.

Basília disse, levantando-se:

— Será melhor, então, mandar gente proteger o paiol.

Isabel apanhou uma escopeta, carregou-a:

— Tratem de pôr toda a gente dentro de casa e de fechar a porta. Não há mais tempo para nada!

Mãe Cândida olhou o pátio. Entre pequenos gritos e correrias, os escravos, índios e pretos passavam para o interior da sala. Ela, tendo Isabel a espiar atrás de suas costas, viu um vulto negro, que descia do muro e caía ao chão. Isabel já estava com a arma carregada. Escancarou mais a janela, apontou. O tiro estrondou, porém não pegou o índio, que avançava sempre, horrível de se ver, pintado de urucum e de branco, numa mistura grotesca de farrapos e de penas.

Isabel empurrou Mãe Cândida; enquanto esta saía a buscar outra arma, Basília, ali mesmo, largou outro tiro, que atingiu o índio. Este deu um grito e se rojou ao chão, escabujando, enquanto mais três, saltando o muro, desciam para o pátio e agora já se encaminhavam para a entrada da casa da fazenda, gritando:

— Apingorá! Apingorá!

Escravos corriam, atônitos, para as poucas armas que restavam. Quando um deles tirou da parede um longo machado e se colocou à janela, ao lado da outra, onde estavam Isabel e Basília, Margarida, que se levantara, veio, excitada também, com um machado igual. Sua face esquerda estava vermelha como sangue, a outra era pálida.

Basília atirou mais uma vez, porém o tiro já não os alcançou, foi além dos três índios. O escravo que estava à janela lançou o machado. Ele se cravou com força atrás do ombro de um dos atacantes, que cambaleou e caiu. Então Basília, desesperadamente, abriu a porta. Isabel lhe vinha atrás, também carregada com sua escopeta. Atiraram ambas. Tombou um dos índios, mas o outro já punha a mão no parapeito da varanda. Era um homem horrendo; tinha um enchimento no lábio inferior que lhe dava feição extra-humana. Daquela sua boca deformada partia o grito de guerra:

— Apingorá!

Talvez esse fosse entrar. Seria preciso sustentar luta com ele dentro de casa, porque mais dois índios já vinham chegando, munidos de arco e flecha, enquanto o que entrava na casa brandia na mão direita uma longa faca. Então, Margarida, chorando e rindo excitada, da sua janela atirou o machado, que de maneira miraculosa alcançou o braço do índio a se apoiar no corrimão da varanda, prendendo-o ali. Ele deu um urro medonho. Um tiro estrondou, apanhando-lhe metade da cabeça, que se partiu espirrando sangue, enquanto ele pendeu, preso à madeira pelo gume do machado.

Cristina, a essa hora, ajudada por Mãe Cândida, carregava as armas. E Basília, para poder alcançar os índios, conservava a porta meio aberta, escondendo-se atrás dela, dali fazendo mira para os bugres que vinham chegando. Enquanto Isabel conseguia alcançar um mais distante, que apontava no muro, Basília pegava o que já vinha no meio do pátio e dava um pequeno grito de prazer, grito de homem desabusado. Pela porta que se descerrava, Cristina viu algo ainda mais extraordinário: um daqueles homens terríveis aparecia, vestido com roupa pesada, estranha, que lhe alcançava quase os pés:

— Virgem Santíssima! Mãe Cândida! Há um homem, há um horrível índio, que está com a sua saia! É coisa inacreditável, mas juro que esta é a saia que eu lhe trouxe!

Alguns escravos tinham saído cuidadosamente, saltando as janelas do lado de trás e voltando pelas mesmas janelas, armados com seus arcos e suas flechas, que tinham escondido na senzala, sem permissão de seu senhor. Foi o que decidiu a luta, porque eles se precipitaram também, em gritos ásperos e furiosos, e descarregaram as flechas, depois de terem subido ao alto da casa, com espanto das mulheres, que não contavam com tal auxílio. Mas um deles ficara na sala, e, quando Cristina disse aquela coisa espantosa, a respeito da saia que o índio vestia, Mãe Cândida tomou o arco do escravo, e ela, que se havia adestrado até mesmo nessa arte, disse:

— Então... deste eu tomo conta!

Empurrando Basília, se expôs na porta, retesando o arco. A flecha partiu, e o índio foi alcançado no ventre, caindo de borco, no meio da palavra de guerra:

— Apin...

Basília puxou a mãe para dentro e tornou a ocupar o mesmo posto. Novamente disparou sua escopeta, apanhando o último índio que avançava lá no fim do pátio. Atirou e desviou o rosto, mas foi tarde, porque a flecha pegou sua face de raspão e se encravou na porta. O último índio havia tombado. Mas Basília fora gravemente ferida, e seu rosto agora estava perdido; gotejava sangue. Assim mesmo sangrando, gritou:

— Mãe Cândida, vencemos! Salve a Madama do Anjo! Já não vem mais ninguém! Vencemos!

As mulheres, auxiliadas pelos escravos que disparavam suas flechas do alto da casa, haviam vencido o combate. Talvez um último índio, sabendo que não podia mais se vingar nas pessoas da Fazenda da Lagoa Serena, ou, quem sabe, se até mesmo um pequeno grupo em fuga — ninguém viu —, ateou fogo. Daí a pouco, labaredas subiam do paiol, e pelos campos ardia um começo de incêndio. Não seria possível salvar o algodão e os mantimentos do paiol. Tudo estaria perdido. A casa deveria ser preservada. Basília, ela mesma, rasgou um pano de sua saia, atou o lado do rosto e, com Mãe Cândida, comandou os escravos para que fizessem aceiros em torno.

O trabalho era muito, o tempo curto, mas o vento foi favorável, e a lagoa, ali perto, garantiu um lado da casa. Pouco tempo depois, da janela, Cristina olhou e viu um mar de fogo, um mar de fogo que na secura do inverno se espalhava com rapidez. Pedaços de capim queimado empestavam e enchiam a casa de fuligem negra. O ar aquecido era quase irrespirável. Entre um e outro estrondo, entre as quebras do fogaréu, se ouviam urros. Uns poucos animais iam morrer no campo.

O cavalo de Isabel corria; rente às chamas, relinchando, as crinas eriçadas; ia e vinha, querendo varar a fogueira, mas esta crescia. Depois os urros se tornaram maiores. Veio o crepitar mais manso do fogo. A fumaça invadia tudo.

Milagre da Madama do Anjo! — a casa foi preservada. E, enquanto se ouvia o estalar, ao longe, das árvores e das plantações do campo, Mãe Cândida, caída de cansaço, suja de terra, pediu aos escravos e às filhas que choravam, pensando no trabalho perdido, no esforço que as labaredas consumiam, nos animais sacrificados:

— Vamos continuar a reza.

Neste dia, só neste dia, Isabel tomou parte na reza da Lagoa Serena.

# VI

Depois da reza, caiu uma grande lassidão sobre a casa. Tudo ainda falava da luta. Móveis estavam tombados no chão. Ainda reinavam a confusão e a tristeza. Ficaram as mulheres um pouco atônitas. Margarida retomou seu lugar no sofá e se estirou com pequenos tremores pelo corpo. Seu rosto permanecia naquele colorido desigual: de um lado parecia morta, e a outra face era brilhante de emoção. Cristina abraçou Basília, num entusiasmo quase sem força física para manifestar-se. Foi mais uma vontade de abraçar do que mesmo um abraço. A mão lhe parecia pesada, as pernas estavam bambas e fatigadas. Passou a mão pelo ombro de Basília, dizendo:

— Nenhum homem faria melhor do que a mana. A Lagoa Serena deve tudo a vosmecê.

Ao que respondeu Basília:

— É preciso não esquecer Isabel. Ela foi muito corajosa naquele estado.

Já nesse momento a sobrinha de Mãe Cândida partira lentamente para seu quarto, lá fora. Fora pesquisando os estragos na casa. As paredes, em muitos pontos, estavam lanhadas. O reboco lhes caíra de algumas partes, mas fora pouco estrago, em comparação com o devastado cenário do campo fumegante. Cadáveres dos índios estavam ainda por ali. E, ao sair da varanda, a ríspida Isabel teve um sobressalto. O índio, com a mão segura pela lâmina do machado, pendia molemente, os cabelos entornados, empapados de sangue, saindo da metade da cabeça partida de lado. Era horrível aquele cadáver ali preso, unido à casa, como um espantalho dos campos. Isabel hesitou, recuou um passo e depois tomou o rumo de sua habitação.

Na sala, Cristina continuava na sua carinhosa admiração por Basília, a dizer:

— Vosmecê me deixe que eu lhe curo a ferida.

Basília, o rosto a porejar sangue, manchando o trapo que o protegia, respondeu:

— A tarefa não acabou, mana. Falta agora limpar o pátio.

E, ainda meio estonteada, chamou Genoveva e lhe deu ordens com fala difícil. Os cadáveres seriam enterrados. Tudo teria de ser feito logo. Não se poderia mais protelar o enterramento. Mãe Cândida disse:

— Eu mesma deveria estar fiscalizando estas coisas. Mas, Genoveva, eu lhe faço graça de seu erro se vosmecê souber executar bem o serviço.

Genoveva achava a tarefa importante demais:

— Tem que ter reza de defunto?

— Reze um terço em cima desses diabos. Se não servir para as almas, serve ao menos para limpar a terra de sua maldade.

Mãe Cândida reparou que Basília se encostava à parede. A ferida lhe devia doer demasiado:

— Deixe ver, minha filha.

E, enquanto Genoveva saía para sepultar os mortos, acompanhada pelos outros escravos, Mãe Cândida, com brandura, desatou o pedaço de pano que cobria o rosto de Basília. Ao chegar ao ferimento, já o sangue havia grudado. Foi preciso muito cuidado, porque a dor era terrível, e Basília cerrava a boca com força para não gritar.

— Vamos cuidar disso lá na cozinha, minha filha. Tenha paciência!

Cristina amornou a água e ajudou Mãe Cândida a lavar o rasgão na carne. Era como uma boca mal desenhada a despejar sangue e a lhe retorcer a face num grotesco desumano.

Cristina ficava pasmada com a coragem de Basília, que não dava um ai sequer. E disse, prendendo os cabelos da moça para trás, enquanto Mãe Cândida, com muito jeito e doçura, lavava a ferida:

— Ah, Basília, tenho tanta pena do seu rosto... Como vosmecê se expôs por nossa causa!

Basília não disse nada. Já não podia falar, de dor. Talvez pensasse que seu rosto era nada, que sua aparência de moça já sem vaidade não queria dizer coisa alguma. Quem choraria sua beleza perdida, se nem beleza tinha para perder? Ninguém. Ninguém se importaria. Nunca mais Rosália lhe deveria beijar o "rosto de mamão-macho", agora tão monstruosamente feio, que se a caçula estivesse ali não brincaria, nunca mais, com ela. Depois de ter lavado aquela chaga, Mãe Cândida exclamou:

— Assim vosmecê não vai ficar curada. A ferida não fecha.

Basília tartamudeou qualquer coisa. Quanto mais passava o tempo, tanto mais lhe doía o rosto. Engrolou umas palavras, dizendo qualquer coisa sobre São Paulo. A mãe respondeu:

— Minha filha, vosmecê não suporta ir a São Paulo nem pode esperar tantas horas. Também, se mandarmos buscar quem a cure, será muito demorado. Vosmecê tem confiança em sua mãe?

Basília quis sorrir e não conseguiu. Apenas retorceu mais aquela tremenda face tarjada de vermelho. E, timidamente, pegou a mão da mãe e fez nela um carinho, como a dizer que tinha confiança naquela mão querida. Mãe Cândida pediu a Cristina:

— Faça aí companhia a Basília que eu vou procurar pelo que é preciso.

Basília sentou-se num tamborete, a cabeça encostada na parede da cozinha. Cristina, de tempos em tempos, lhe enxugava com cuidado e de leve a brecha da face. Mãe Cândida veio com um novelo de linha, com o qual se costuravam sacos de trigo. Esfregou sebo no fundo de uma frigideira e, cortando um pedaço de linha, levou-o várias vezes a passar e a repassar pelo fundo da panela, onde se embebeu de gordura suficiente para que pudesse ficar mais macio. Esquentou, depois, uma longa agulha no fogo e disse a Cristina:

— Traga a aguardente.

Cristina trouxe o caneco de aguardente:

— Basília, veja se vosmecê, entortando o rosto com bastante jeito, pode tomar uns goles.

Basília pendeu a cabeça do lado são e, assim, foi, com muita dificuldade, tomando uns goles da bebida. Depois de uns quatro goles, já com voz um pouco mais audível, ela pediu:

— Mãe, amarre... os braços.

Cristina segurou-lhe os braços. E então Mãe Cândida, deitando um pouco de aguardente na ferida aberta, começou o trabalho e enfiou a agulha na carne — uma, duas, muitas vezes, até fechar aquela fenda ensanguentada. As mãos tintas de sangue, o peito coberto de sangue, Mãe Cândida terminou de coser o rosto da filha mais velha. Cristina largou os braços de Basília. Nunca havia feito tanta força na vida. Basília, nos estremeções de sua dor, movia os braços sem querer. Enquanto Mãe Cândida enxugava o sangue em volta da ferida e a envolvia com um pano limpo, Cristina foi buscar um caneco e tomou alguns goles de bebida. A cabeça lhe girou. E só não caiu ao chão porque a vergonha de sua fraqueza, diante daquelas mulheres impávidas, foi grande demais. Quando tudo acabou, Mãe Cândida beijou a testa de Basília:

— Vá descansar, minha filha. Vosmecê fica boa.

E a vida recomeçou, dura, na Lagoa Serena. Tudo estava por se refazer. Os campos queimados, o paiol em cinzas. Só a despensa, junto da casa, garantia o alimento por algum tempo. Seria preciso plantar logo. Mãe Cândida animava seus escravos, agora reduzidos a uma depuração muito pouco lisonjeira para a Fazenda. Os que gostavam mais de trabalhar, os mais hábeis, estes estavam com dom Braz. Na Fazenda ficara o rebotalho.

Mãe Cândida, ela mesma, tomou parte nessa violenta luta para que não sobreviesse a fome. Plantou-se feijão e milho no lugar onde havia aquele belo algodoal. O trigal, consumido pelo fogo, agora seria apenas terreno preparado para novas plantações. Não houve tempo para se repararem os estragos da Fazenda. Seria preciso cuidar de assuntos mais urgentes. Cristina tinha vergonha da terra. Achava que, quando uma mulher se volta para a terra, ela se rebaixa de sua condição, e preferia ficar em casa a fazer todo o serviço, como serva. Deitava-se, o corpo moído de cansaço. Nem Genoveva a ajudava na cozinha. Todos se empenhavam naquela tarefa de recuperação. Até mesmo Isabel, as pernas inchadas, andando com dificuldade, a roupa de pano grosso a flutuar no corpo de forma vaga, até mesmo a pobre Isabel, o rosto manchado das marcas da prenhez, ia ajudar nos trabalhos e, se não podia curvar-se, sabia bem dirigir os escravos, quando Mãe Cândida, para descansar, voltava para casa.

Basília ficou afastada dessas lutas por alguns dias. Ao começo seu rosto inchou monstruosamente. Teve febre. Depois a inflamação foi cedendo, e ela entrou a convalescer. Cobria sempre a face com um lenço branco, e em seu perfil são se destacava, emagrecido, um olho triste e vago. Mais do que de sua deformidade, ela padecia de saudade de Rosália. Como a caçulinha houvesse partido sem juntar bagagem, ela separou tudo quanto fora da irmã, numa grande arca, e até santinhos da moça e brinquedos antigos ali ficaram guardados, como também as pantufas que o pai lhe trouxera e que Rosália certa vez enfiara nos pezinhos, divertindo a mana, com uma dança de ciganos. Basília se trancava e arrumava, muitas vezes, sob pretextos vagos que a si mesma impunha — procurar qualquer coisa como um lenço ou um xale velho —, a arca onde guardava a presença de Rosália. Era um reviver de dias antigos e felizes, quando, donzela, experimentava o gozo de ser um pouco mãe e esfregava o rosto, agora tão repelente, então moço e cheio de vida, na carne gostosa e cheirosa da criancinha, que ela apalpava com delícia. Rosália lhe fugira. A mocidade lhe ia fugindo, seu rosto se acabara para sempre. Toda a beleza para ela, agora, não existia mais. Quando Basília ficou completamente curada, estava mais dura e mais ríspida. Nunca mais a "cara de mamão-macho" se divertiria com alguma coisa, nunca mais Basília tomaria gosto na vida. De agora em diante, começava o deserto.

Isabel ficava horas e horas esquecida a brincar com a Morena, já grandinha. Dizia Genoveva que o animal tinha uma inhaca danada, porém Isabel não cuidava disso. Quando voltava do campo, vagarosamente, as pernas separadas, de veias salientes, havia algo extraordinário. Morena, sorrateiramente, saía de sua sombra, ou do buraco onde se escondia, e ia ao encontro de sua dona, como se fosse um cãozinho afável. Era curiosa aquela identificação. Cristina pensava, reparando nas feições inchadas de Isabel, no seu rosto manchado, nos olhos mais claros do que a face: "Elas até estão ficando parecidas".

Se Basília era sozinha, Isabel não sentia a soledade, porque tinha por Morena uma afeição incomum. Dormia com Morena aconchegada ao pescoço, e não havia ninguém que pudesse tocar no bicho. Morena se reservava, agora, às carícias de sua dona. Estava arisca com todos. Quando Cristina, que nela achava graça, queria apanhá-la, o bicho rosnava de modo raro, parecendo fazer um ruído de fervura. Assanhava-se também, odienta, com qualquer animal que passasse por perto.

Numa noite, Genoveva bateu à porta de Mãe Cândida:

— Está na hora de Isabel...

Mãe Cândida se vestiu às pressas e foi perguntando, enquanto se cobria com o xale:

— Faz muito tempo que ela está sofrendo?

— Faz, Mãe Cândida, ela sofreu muito no quarto, mas não gemia, e eu não podia saber, porque estava dormindo. Até que acordei quando ela não suportou mais as dores e chorou alto. Acho que a criança está para nascer. E, assim mesmo, foi um custo para eu me arrancar de lá, porque Isabel dizia que não precisava, que aquilo eram cólicas, que ela havia tomado vinho azedo e que não carecia de dar um rebate falso.

Mãe Cândida abriu a porta, a noite a envolveu, e Genoveva, com a mão, protegeu a lanterna. Entraram no quarto de Isabel. Tudo silencioso; a cama estava vazia! Genoveva ergueu a lanterna, admirada. Nas últimas dores, Isabel se atirara da cama: a criança dera o seu primeiro vagido no chão de terra pisada. E agora ali estavam os dois, Isabel extenuada e seu filhinho, ainda unido pelo cordão.

— Valei-me Nossa Senhora — disse Mãe Cândida. — Minha filha, por que não me chamaste?

E Mãe Cândida mandou Genoveva buscar aguardente canforada. Sem tocar em Isabel, que permanecia deitada e sem forças no chão inundado, apanhou a criança e lhe cortou o cordão do umbigo logo que a escrava lhe trouxe a tesoura e a aguardente. Mãe Cândida deitou o menino, que agora chorava manso, um choro de quem quer forçar a atenção, um pedido de misericórdia, mas sem irritação nem espavento.

— Vai lá em cima, Genoveva, e traze uma camisa velha, mas bem limpinha, que é pra não magoar a pele da criança. E um xale.

Mãe Cândida disse a Isabel:

— Deite-se, minha filha.

A criança, na cama de Genoveva, movia os bracinhos livres. Mãe Cândida ergueu a lanterna, bem rente, e o viu, com sua face de velhinho, a caretear e a implorar socorro, os bracinhos escancarados:

— Isabel, o menino é branco!

Então Isabel não disse nada. Soluçou. Só parou de soluçar quando Mãe Cândida exclamou:

— O sangue da família é mais forte. Nem mestiçagem pega nele!

A mãe volveu de seu canto, os olhos pouco interessados, àquela coisa nova e envelhecida, rugosa e vermelha, que era o seu filhinho. E disse:

— Vosmecê lhe dê o nome.

Mãe Cândida considerou a criança:

— Acho Afonso um nome bonito. Está de acordo?

— Coitadinho — disse Isabel. — Já que não tem nome do pai, seu primeiro nome deve ser bem escolhido. Vosmecê tem bom gosto. Eu lhe entrego a criança. Se a mestiçagem não pegou... Ele pode ir lá pra dentro. — E já com um pouco de febre a lhe corar a face: — Mãe Cândida, por favor, não deixe a Morena sem almoço. Ela está presa na despensa.

Logo mais, trazida a bacia com água morna, foi o primeiro banho. Genoveva, volteando a criança, que então despertou o peito em choro mais violento, exclamou, pasmada:

— Veja, Mãe Cândida, que raça danada de forte é essa da Lagoa Serena! Nem mancha o menino tem!

Mãe Cândida virou a criança de bruços e examinou. Naquela desonra de Isabel, pelo menos o fruto tinha o sabor de orgulho, de firmeza da Casa. A gente da Lagoa Serena estava toda na criança, e o índio infame não conseguira enodoar o ser humano com a sua presença. O menino — benza-o Deus! — podia ser da sala, não estava marcado para a cozinha. Mãe Cândida, ainda que a garganta se lhe fechasse de pena de Isabel, não pôde deixar de comentar com as filhas:

— O menino é branquinho, branquinho! Vosmecês vejam que bom sangue é este nosso! A criança não tem marca nenhuma, é igualzinha a meus filhos quando eram pequeninos. Graças a Deus, puxou só à raça da mãe!

O recém-chegado trouxe uma profunda mudança à vida das mulheres da Fazenda. Era uma mudança mais interior do que propriamente ostensiva. Afonso era uma criancinha boa e, mal se saciava da mama, voltava ao sono. Em Genoveva se cumpria novamente a vocação de servir. A última criança que a Lagoa Serena tivera, criança de verdade, criança branca — que as outras eram fartura que não despertava nela nenhuma dedicação —, fora Rosália, e isso acontecera havia mais de quinze anos. A escrava se perdia de admiração. Na humilhação do seu nascimento, Afonso se marcava já como sinhozinho. A dedicação da ama era espontânea.

Deitou farinha em seu banho, para que ele não padecesse de assaduras. E, como a cicatriz do umbigo sangrasse, quis usar um seu medicamento, aplicado sempre nas criancinhas da senzala: a teia de aranha em cima, para estancar o sangue. No entanto, Isabel não mostrava à criança a menor ternura. Às vezes, seus seios escorriam leite, o filho ao lado chorava de fome, e ela preguiçava, morna e odienta, sem apanhá-lo na sua gaveta, onde Cristina improvisara um berço forrado de algodão.

Nenhuma roupinha fora posta à espera do bastardozinho. Todavia, não se poderia mais ignorar sua presença. Se as donas da Lagoa Serena não se interessavam ou fingiam não curar da chegada da criança, agora se preocupavam com aquele menino que não tinha nem uma camisa para vestir. Mãe Cândida se lembrou de que ainda existiam duas camisinhas, uma touca de flanela e a manta do batizado de Rosália, mas Basília não quis dar à criança o que fora da caçula e disse à mãe, revoltada:

— Ainda se fosse filho de casamento... Mas acho que devemos respeitar as coisas. Se um dia Cristina tiver criança, ou Margarida, este agrado será delas. — E não querendo discutir mais com Mãe Cândida: — Com um lençol velho se fazem muitas camisinhas e mantas... Além do que... eu perdi a chave da arca de Rosália.

Margarida e Cristina vieram ver o recém-nascido. Depois que teve o filho a seu lado, Isabel experimentou uma antipatia estranha por ele. Já não podia mais dizer que desejava ficar sozinha. Ela não o chamara em seu corpo, ela não o esperara, e o menino ali estava, pedaço vermelho de sua carne, esfomeado e chorão.

Margarida e Cristina, quando o viram, já ele estava banhado e enrolado no xale. Genoveva, que não arredava pé dali, fez questão de repetir o que Mãe Cândida afirmara:

— É limpinho, branquinho de fazer gosto...

Margarida cobriu a face esquerda com a mão. Sentia que ela pegava fogo:

— É estranho. Ele não tem... marca? Aquela sombra, que dizem...

Genoveva tomou a criança em seu colo:

— Nada... Este não é filho de urubu, que só é branco quando é pequenino. Este é branco mesmo... Puxou à mãe!

Margarida ia apanhá-lo ao colo, mas se conteve. Seu sorriso se fechou a meio. Cristina descobriu a mãozinha, que se agarrou a seu dedo e se fechou, naufragando naquela incerteza de quem chega a um mundo triste e aflito vindo do paraíso que é o ventre da mãe. A criancinha procurava o seu dedo. Cristina ria:

— Como andam as crianças agora! Como são espertas! Veja, Isabel, seu filhinho agarrando meu dedo! E segura com força!

Isabel moveu a face com lentidão:

— Ora — disse —, uma criança é lerda e nojenta. Um potrinho novo ou um bezerro são muito mais bonitos. Pode ser que daqui a uns meses ele seja mais bonitinho. Por enquanto é um anãozinho velho.

— Tu não o amas? — perguntou Cristina, esquecida do tratamento. — Será possível que tu não o ames? Que vai ser dele, então, se não tiver tua meiguice?

Isabel passou uns instantes sem responder. Depois olhou Cristina e Margarida com azedume e provocação:

— A bênção do padre não lhe fez o ventre mais fértil, não é, Margarida? E também parece que a vosmecê, Cristina, a reza e a aliança não lhe chamaram filho, senão... Vosmecê estaria menos disposta de saúde. Infelizmente, não são os votos e os sacramentos que põem crianças no mundo. Este veio de intrometido. Pois que consiga melhor trato do que eu. Será que não vai dispor da benevolência e do coração das tias?

Cristina fingiu não sentir a ironia:

— Quanto a mim, Isabel, fica descansada. Quero desde já a teu pequeno, que bem merece um pouco mais de carinho de tua parte.

Isabel riu e perguntou:

— Teria vosmecê coragem de criar um bastardo? As mulheres daqui... as casadas... São todas hábeis nesse mister.

Elas criam os filhos dos maridos com as negras e as índias. Não seria este um trabalho igual, mas sempre vosmecê poderia praticar. Quando acontecesse a Tiago isso, que acontece aos homens: um filho do mato...

Margarida disse, a voz tremendo:

— Vosmecê está abusando... Porque está de resguardo e sabe que nós devemos respeitar seu estado.

Isabel voltou-lhe as costas, os cabelos embaraçados caindo pela camisola de algodão. Disse baixo:

— Vosmecês querem tapar o sol com a peneira. Sou capaz de jurar que vosmecê, Margarida, também não é diferente das outras mulheres. Vosmecê se escandalizou comigo. Mas é bem capaz de criar os filhos de Leonel... se ele... um dia trouxer filho do mato, como todo homem que é homem, e não santo.

— Vamos embora — disse Margarida a Cristina. — Isabel não sabe o que diz.

# VII

— Venha a meu quarto — pediu Cristina a Margarida. — Vosmecê está tão abatida! Descanse em minha cama.

— Só estou pálida deste lado... Veja, eu sinto o corado no rosto! É como ferro em brasa. Antigamente, isto só me acontecia por qualquer motivo muito sério. E agora... Agora estou sempre assim. Por qualquer razão sem importância...

Entravam em casa e tomavam a direção do quarto de Cristina.

Margarida sentou-se na cama. Respirava um pouco alto.

— Outra coisa que me está acontecendo: o ar me foge... Basta ficar contrariada... Já devia estar acostumada com Isabel.

Cristina olhava a lagoa, cheia do azul do céu, desdenhado da tristura da terra pelada pelo incêndio:

— Todas nós ficamos sentidas. Depois do combate, ainda tivemos de suportar dias terríveis. Eu trabalhei como nunca...

Margarida continuou:

— Mas eu pouco fiz. O córrego protegeu a minha casa e o calor crestou apenas umas três roseiras. Penso que aquele combate ainda continua dentro de mim. De noite, fecho os olhos e vejo os índios pulando. No fim de algum tempo, faço uma confusão. Ora são índios, ora são demônios. Na outra noite, sonhei e me vi morta, sendo enterrada por Genoveva com os cadáveres dos índios. E sabe o que vosmecê dizia? "Olha a saia dela, Mãe Cândida! Ela está com sua saia!" Então eu via, embora nada pudesse fazer, morta como estava...

eu estava vestida com a saia que vosmecê trouxe para Mãe Cândida e que o índio vestiu... Que confusão! Mas isso tudo é sonho! E por isso não vou ficar pensando em tais coisas medonhas... Mas, Cristina, vosmecê não levou um susto quando viu o filho de Isabel?

— Por que o menino é branco? Minha mana, isso é tão comum, as crianças saírem a um lado só! Deus foi misericordioso e reparou a ofensa na própria criança.

Margarida, que se havia estirado, sentou-se e abanou o rosto:

— Nunca pensei que vosmecê fosse tão ingênua. Será que o orgulho da família pegou em vosmecê também? O menino é filho de branco... E meu pensamento vai até a esse ponto... não quer ir mais adiante. Oh, eu não posso, eu vou morrer se continuar a pensar... porque eu não quero pensar.

Cristina disse com brusquidão:

— Que pecado! Vosmecê, tão boa, desconfia de Leonel.

Margarida pendeu a cabeça, passou a mão pelas têmporas como se sentisse uma dor:

— Eu não posso governar minha ideia. O menino é branco, não é filho de índio. Só existem duas pessoas que poderiam ser o pai da criança. Mas nós bem sabemos que Tiago tem horror a Isabel! Nunca foram amigos, desde pequenos. E Leonel sempre foi seu companheiro.

Cristina queria partilhar daquela dor, daquele desconforto de Margarida, mas não tinha nenhuma dúvida. Achava que talvez fosse falta de amor no coração que a impedisse de ter ciúme assim:

— Minha mana — disse ela com doçura —, vosmecê fala como se esta família fosse a família de Adão e Eva, onde só houvesse dois irmãos... Vosmecê se lembre que Isabel tem conhecido muito homem branco que nós nem conhecemos. E tenho uma desconfiança... Se não foi índio, eu acho que sei quem é. Não carece mergulhar no desespero. Lembre-se do incêndio, do combate. É claro que foi vingança! Os índios, como bem disse Mãe Cândida, eram de muitas tribos e vieram punir por Apingorá. Ninguém sabe se daqui mandaram expedição a vingar Isabel. Ninguém sabe qual dos brancos da Lagoa Serena puniu pela honra da família. Mas se algum deles, Tiago ou Leonel, fosse culpado, tomaria vingança?

— Não sei... — disse Margarida. — Meu coração anda doente, cada vez pior, e eu não o governo mais. Ontem, senti as pernas bambearem quando Mãe Cândida repetia aquilo que a faz ficar até gloriosa: "Igualzinho a meus filhos, quando eles nasceram".

Cristina sentia que nada podia fazer contra aquela tempestade de ciúme que se abatera sobre Margarida.

A lagoa, vista da janela, era um mundo pacífico e azul, tão doce, contradizendo a profundeza daquela dúvida, ali dentro. E Margarida prosseguiu:

— Só a vosmecê eu conto. Não tenho com quem me abrir. Estou me sentindo muito doente, e não é só de ciúme. Eu morro de inveja de ter um filho. É tão injusto que Deus dê uma criança a essa desgraçada, a essa mulher má que nos ofende a todas, e me negue um filho...

Cristina se ocupava em fazer o jantar. Mãe Cândida e Basília estavam longe com os escravos, dedicadas aos trabalhos da Fazenda. Então, pareceu-lhes ouvir um "Ô de casa!". Fez tenção, apurou o ouvido. E a voz máscula, lá fora, estrondou:

— Não há nenhum cristão que me atenda?

Cristina esfregou a mão no avental, chegou ao pátio: dom Guilherme Saltão, descido da sua liteira, esperava, o rosto franzido, enquanto dois escravos corriam em torno da casa, a ver se não aparecia gente. Ele a saudou com alegria:

— Louvado seja Nosso Senhor Cristo! Nada vos aconteceu! Tive notícia, em São Paulo, de que os índios atacaram a Fazenda e vim aqui prestar minha ajuda, se ela ainda for necessária.

Cristina o fez entrar, enleada por seu aspecto de serva. Alisou o cabelo, recompôs o corpete aberto e desatou o avental. Dom Guilherme Saltão deu-lhe passagem:

— Onde está dona Cândida?

— Mãe Cândida está na roça. Como sabeis, os homens... estão longe, e os índios queimaram tudo isso por aqui. Foram dias bem duros.

Dom Guilherme sentou-se no sofá. Cristina o considerou: era, positivamente, suntuoso e diferente. Com dom Guilherme entrava um luxo perdido do Reino, sua dignidade e a lembrança do ócio distante. Ele, cofiando a juba loura, entrou, mais decididamente, no assunto:

— Não é próprio visitar uma dona cujo marido esteja ausente. Sou homem de comedimento. Não compartilho dos novos sistemas da terra, onde se confunde liberdade com promiscuidade. Sou um homem à moda antiga; jamais viria ver-vos se não me pungisse a aflição. Um meu escravo soube da desgraça, nem sei como, e eu vim despachado, mal ele me contou. Se precisais qualquer coisa, dinheiro ou outro auxílio... quem sabe, escravos para ajudar na lavoura, não sou apenas amigo dos bons tempos, quero ser provado em todas as ocasiões.

— Obrigada! Graças, dom Guilherme, por vossa dedicação. Não tenho qualidade para responder pela Fazenda, porém posso falar por mim mesma. Não careço de coisa alguma.

— Estais mesmo certa? — perguntou dom Guilherme, considerando seu traje rústico, a sua saia de grosseiro algodão, e olhando as mãos gretadas de trabalho caseiro; mãos que ele conhecera e beijara, tão finas e doces.

Repentinamente, diante daquele homem que vinha exibir sua fidalguia, seu bom trato e sua fortuna dentro da Fazenda queimada e humilhada, Cristina sentiu não simpatia, mas irritação surda. Aquilo que até agora tinha forma vaga, dentro de seu espírito, se corporificou: aquele homem era um fingido. Lembrava-se da sua dissipação, de sua libertinagem, ainda hoje com asco. Era o mesmo dom Guilherme Saltão que dormia com as índias e as castigava porque tinham a blusa aberta. Ele aqui deveria vir não por querer ajudar a um punhado de mulheres solitárias, mas talvez porque quisesse vê-la — a ela, Cristina — em sua degradação de serva e na aspereza dos dias difíceis. Porque ele, ele não era igual aos outros homens, que lutavam, que se embrenhavam nos matos. Era um preguiçoso, cínico e comodista, dando prazer ao paladar e dando gosto à carne já nos calores do fim da maturidade.

Cristina resolveu roubar da oportunidade aquele momento único:

— Então viestes para provar vossa dedicação e amizade?

— Sim — disse dom Guilherme Saltão. — É um preito de amizade esta visita.

Cristina se levantou, andou agitada pela sala. Passou a mão pela porta, que conservava o vestígio da luta. Voltou o rosto altivo:

— Já não sou mais a jovem cheia de ilusões. Sou mulher, dom Guilherme, e, como tal, vou tratar de assunto melindroso, mas do qual não me posso mais descurar.

— Vosso tom de cerimônia me aflige. De que se trata? Meu amigo Tiago não teria correspondido às vossas esperanças?

— Trata-se de Isabel.

— Dona Isabel foi ferida? Aconteceu-lhe algo?

Cristina o observou com firmeza e disse, espaçando as sílabas:

— Deveis saber, dom Guilherme. Lembro-me de que dissestes palavras significativas sobre Isabel, assim como... "Dizei-lhe que a sua rápida visita adoçou minha vida de velho solitário" e também me recordo de que até em vossa canção preferida havia referência...

— Como? — perguntou dom Guilherme, e sua testa se enrugava. Depois, batendo na cabeça e se lembrando. — Ah! Aquela moda... "De Marias, de Carlotas, d'Isabelas são meus ais"... É isso mesmo! Como é que eu não havia pensado... Mas, explicai-me, senhora, que tem essa modinha? E o meu recado para dona Isabel? Uma gentileza, uma coincidência... Sobre isso, há distância entre mim e a sobrinha de dom Braz Olinto. O que há, afinal?

A prevenção de Cristina tomava aspecto mais violento. Chegava quase a odiar esse visitante cerimonioso tão serenamente plantado dentro de si mesmo e fingindo ignorar a gravidade oculta nas suas palavras.

— Dom Guilherme, o que aconteceu com Isabel não pode ser relegado ao esquecimento. Estou tentando fazê-lo compreender... E agora me foge a decisão diante de vossa fingida indiferença.

Dom Guilherme assustou-se, ou fingiu que se assustava:

— Vim aqui mor de indagar sobre a gente da Lagoa Serena. Mas não tenho nenhuma intenção de entrar em segredos de família. De meu modo antigo também este é um traço que guardo.

— Dom Guilherme, juntam-se em mim umas três ou quatro fortes razões que me levam a acreditar terdes sido vós... — E Cristina baixou de tom: — ... que desgraçastes Isabel. — E ela levantou a mão, quando ele abria a boca, fazendo-o esperar: — ... Se bem que minha prima nunca tenha querido acusá-lo. O que vos digo é meu, não dela, fique bem entendido.

— Ah!... — E dom Guilherme começou a rir e a espichar os pés, como se aquilo não fosse trágico: — Então é assim que a menina, a quem acolhi com tanta vontade de agradar, se volta contra este velho, escolhendo-me para sedutor?

— Não vos quero a fingir de inocente. Naquela noite, em vossa casa, surpreendi uma cena que até hoje me faz corar de vergonha.

Dom Guilherme ficou sisudo:

— Pois se sabeis que vivo bem servido, como ando, por que me acusais de roubar a flor de donzela branca e de família amiga? Não vivo tão falto de mulher que me dedique à caça difícil.

Nesse momento, Cristina se sentiu perdida. Ela provava a humilhação ao ouvir dom Guilherme falar daquela maneira. Nunca deveria ter penetrado no assunto. Eram coisas a serem entregues à confidência de Mãe Cândida, que as saberia resolver. Deixara-se levar pela paixão, pelo momento, e recebia, como bofetada, o sarcasmo do homem.

— Isabel teve um filho — disse ela. — Um filho branco... — Afundava cada vez mais na vereda obscura em que se perdia.

— Ah! Então ela teve um filho!... Aí está uma novidade para mim. Com franqueza, julgava dona Isabel até um homem vestido de saias e, se me referi a ela, justamente, foi porque nunca a tive como dama, a correr perigo de amores. De uma coisa me tem livrado Deus Nosso Senhor... das mulheres casadouras. E com sua ajuda quero continuar livre de preocupações.

— Então, negais? Negais que o filho de Isabel seja vosso?

— Minha rica senhora, se eu tivesse que fazer filho em mulher branca, dona Isabel não seria escolhida como mãe... — E fez um gesto largo. — Ainda que me merecesse a melhor consideração como amigo.

Já no auge de sua tensão, Cristina, envergonhada e incerta, achando que o visitante fazia mofa, crispou os lábios. E dom Guilherme viu seus olhos se encherem de lágrimas e seu colo se cobrir de uma onda sanguínea. Era a emoção. Mas com esforço prendeu desesperadamente o pranto. Dom Guilherme sorriu para ela, como se quisesse ser paternal, e as chamas de suas barbas crepitaram, num tremor que estava também dentro dele:

— Se pensais que algum dia desejei moça branca, apenas fizeste erro em escolher a prima. Houve uma, uma só que me poderia demover, se quisesse, da minha vida de celibato. Mas essa... eu já a conheci prometida.

Cristina compreendeu. Mais e mais se aprofundava numa nuvem espessa de tremendas emoções contraditórias. Quis mudar de assunto:

— Infelizmente, Mãe Cândida ainda deve demorar. Se me dais licença, vou à cozinha preparar qualquer coisa para que não volteis sem alimento. Servirei vosso jantar logo...

— Não vos inquieteis por minha causa. Vim a distrair-me com uma deliciosa galinha, cozida no vinho, que mastiguei aos bocadinhos até aqui, graças ao apetite que me despertou a viagem. Eu não podia saber, nunca, que me aguardava tal recepção. Não quero ver-vos a fugir de mim. Peço-vos bastante franqueza: então, o menino é branco, hein?

— É verdade. Se ele não é vosso filho, claro como água, só pode ser filho de outro branco.

Cristina pensou em Margarida com um nó na garganta. Dom Guilherme ficou fechado em si mesmo. Talvez pressentisse os pensamentos que se acumulavam na mente de Cristina e disse, súbito, pondo fim à visita e tentando puxar a mão morena que se retraía, rígida:

— Se fazeis muita questão, quero servir-vos. Já em minha conta são postas maldades, ladroeiras e negócios desonestos. Sou um pobre de Cristo que não faz mal a ninguém, mas que tem fama bem desagradável. Então, quanto a isto de mulheres, se fazeis questão... pois bem: para vos ser agradável... só por isso... — e ele riu, numa antipatia que desesperou Cristina —, ficarei sendo pai da criança. Não o pai de registro na Igreja, mas, digamos, um padrinho que, como bem sabeis, quer dizer "paizinho" e representa o protetor. Para acudir-vos, lembrai-vos, aqui estou.

— Não quero nada — disse Cristina. — Vossa ironia que é suficiente... vinda como estímulo em horas tão amargas. Só quero agradecer-vos por isso. Quanto à Mãe Cândida, vou dizer que aqui viestes com oferecimentos. E se ela achar que precisa de alguma coisa, mandará um escravo. Não vos quero mais prender...

Margarida ficava em casa a balançar-se na rede, a respirar aquele ar falto de suavidade, na varanda, que lhe não saciava a aflição. Tirado o Louro do poleiro, esse lhe subia ao braço, beliscando-lhe, após, amorosamente o rosto e seguindo seus passos. Quando vinha Cristina, ao abraçar Margarida, era sempre preciso prender o papagaio, porque ele avançava, abrindo as asas e ameaçando, furioso, em gritos selvagens. Ficava a vigiar a dona. Era triste e doloroso vê-la mover os passos arrastados pela casa, o Louro a bambolear-se no chão, fascinado e amoroso. Margarida o apanhava, ele subia a seu ombro, e ela conversava com voz cansada e quebrada:

— Louro, vosmecê é a saudade do bom tempo que ainda está morando comigo!

O Louro se tornara a saudade de uma era em que a mata apenas escondia Leonel de seu amor, mas quando não havia aquela sombra amarga entre eles.

Mãe Cândida resolvera que Margarida iria a São Paulo procurar medicação para seus males, já que as mezinhas que agora preparava não lhe adiantavam. Margarida esperava descansar um pouco mais daquela aflição por que passara, no combate aos índios e naquele susto ainda pior — o filho branco de Isabel —, para então poder fazer a viagem. Cristina, ocupada em seu trabalho, vinha vê-la de quando em quando. Ela se queixava muito, mas não sabia definir o que tinha. Às vezes, o braço lhe ficava dormente. Queria levantá-lo e não podia. Em outras ocasiões, sentia um calor como de queimadura, na altura do coração. E, de manhã, seu rosto estava inchado. No entanto, quase não chorava.

No dia seguinte à visita de dom Guilherme Saltão, contou-lhe Cristina, por alto, a conversa, dizendo da ironia e do sarcasmo daquele homem que agora odiava. Margarida ouvia, ávida, os olhos arregalados, bebendo as poucas informações e pedindo mais. Queria saber de tudo. Quando Cristina acabou de esclarecer, disse, a mão crispada sobre o peito:

— Vosmecê está em engano com dom Guilherme. Pelo que vosmecê conta, esse homem diz a verdade. Sarcasmo também é defesa. Agora, não tenho mais dúvidas. Sei que o filho é mesmo de Leonel!

E Margarida andava aflitamente, respirando fundo, respirando entre cada uma de suas palavras, que lhe roubavam o alento:

— Não sei como vou viver, vendo o filho de Leonel... Se ao menos fosse com uma índia ou com uma negra... A gente sabe que não é a mesma coisa... Não é amor... é força da natureza, distância; ainda se pode perdoar. Acho que nunca seria capaz de criar os filhos do marido como faz toda mulher por aqui. Até Mãe Cândida...

Com essa revelação, Cristina estremeceu:

— Vosmecê quer dizer que dom Braz...

— Mana, eu não estou contando nada. Dom Braz não é diferente dos outros homens! Eu podia também esperar que Leonel não fosse diferente... Uma índia possuída no mato, uma escrava que é do seu senhor, que pertence ao senhor no seu corpo... Ah! o mundo sempre foi e continua a ser dos homens, foi feito para eles... Mas o meu amor... Não, o meu amor eu não divido com ninguém! Ainda que perdoasse a fraqueza da carne, eu não perdoaria a traição do amor.

Cristina perguntou, querendo animá-la, com uma desconfiança que não sentia:

— E por que é que eu não cuido de Tiago? Vosmecê mesma disse que podia ser ou um... ou outro.

— Tiago... Andavam os dois, Isabel e ele, como cão e gato!

Cristina já ia sair, mas atrasou-se. Alguma coisa lhe dizia que Margarida precisava da sua companhia e que ela podia deixar a desordem invadir a casa da Fazenda, diante da necessidade de amparo à doce companheira da Lagoa Serena.

Nessa tarde, Cristina se desvelou. Ajudou Margarida a despir-se, fê-la deitar-se, preparou-lhe uma bebida de água de flor. Deixara, agora, Margarida tranquila, dizendo:

— Vosmecê tem razão. Contra essa desconfiança... eu tenho tantos anos de felicidade a meu favor...

Cristina, vendo-a melhorada, saiu de casa. Agora não se poderia dar ao luxo de voltar de cadeira. Iria a pé.

# VIII

Ia ela chegando ao córrego quando ouviu um grito. Um grito agudo que cortou o ar. Seria o Louro? Esperou um instante. Então ouviu o seu próprio nome gritado em desespero. Voltou correndo, entrou em casa de Margarida e a encontrou sentada na cama, mas o corpo caído no travesseiro, crispada em dor terrível.

— Cristina, não posso mais! Que dor!

Tomou a mão descorada. Estava gelada.

— Espere, mana. Vou chamar os escravos... Vou chamar Mãe Cândida! Eu vou correndo à roça e volto logo! Tenha paciência que eu volto logo! Mãe Cândida trata dessa dor.

Margarida levantou-se um pouco, segurou-lhe a cintura:

— Pelo amor de Deus, não me deixe sozinha!

E, desatando os braços, apertou o peito. Depois, caiu sobre o travesseiro, a face branca, o nariz afilado, o lábio sem cor. Por um segundo, Cristina viu nela a sombra terrível. Depois, a vida lhe veio, seu rosto se iluminou, e ela tateou o vestido de Cristina, dizendo de olhos fechados:

— Melhorou um pouco... Mas não vá...

Cristina puxava a sua mão, acariciava-a e dizia:

— Veja, mana, eu estou rezando para vosmecê ficar boa. Eu sei de uma jaculatória... Mana, abra os olhos, diga comigo: Sangue precioso de Nosso Senhor Jesus Cristo...

Margarida abriu os olhos:

— Sangue precioso...

E deu um novo grito. Um grito que parecia a própria dor falando, aquela dor monstruosa que varava tudo, que enchia a tarde com o desesperado sofrimento humano:

— Leonel!

Cristina se ajoelhou junto da cama, porque ela tombara, inerte novamente. Bateu-lhe no rosto, pegou nos punhos:

— Dor forte passa mais depressa, mana! Vosmecê vai ficar boa!

Então começou a ver com assombro que a respiração de Margarida era diferente. O sopro encurtava e zumbia, violento, no esforço do corpo para vencer aquela luta. Cristina ficou desamparada. A janela mostrava um pouco da paisagem. Talvez... se largasse Margarida e fosse correndo pedir socorro...

De repente, a aflição cessou. E Margarida, que estava hirta, a cabeça levantada a meio, naquela respiração forte e curta pendeu a face e tudo parou. Tudo parou. Nem o Louro riscou o silêncio com o som de seu palavreado. O cheiro das rosas invadiu tudo, cresceu mais violento no quarto, como se as rosas devessem estar junto do corpo de Margarida no último enfeite, na derradeira vaidade.

Cristina passou a mão tremendo tanto, que ela mal a podia governar, no rosto, nos ombros, nos braços de Margarida. Esta não se moveu. Estava gelada e serena, os cabelos louros pendendo no rosto afilado.

Passada a violência da luta, Margarida dormia, e só Cristina, agora, sentia em si a sombra daquela dor que havia povoado, por um instante, as distâncias com seu grito.

Na estrada deserta, cortada de quando em quando por um raspão nos galhos, ou pelo grito de um pássaro no campo, Leonel cavalgava com Aimbé. Ao chegar a Parnaíba, tivera uma decepção: padre Guilherme Pompeu lá não estava e só deveria chegar dentro de alguns dias. Acompanhado de escravos, tinha ido cobrar anuidades em atraso da Confraria de São Francisco Xavier. Ele mesmo, zeloso, não quisera confiar o encargo a empregados seus. Deixara ordens expressas para que o filho de dom Braz Olinto fosse recebido com a costumeira fidalguia que mostrava para com todos os seus

214 | DINAH SILVEIRA DE QUEIROZ

hóspedes. E Leonel esteve vários dias a vagar pelo seu casarão enorme, numa ânsia que não podia bem precisar.

Não se sentia devedor em sua consciência, para com Deus. Às vezes, qualquer coisa, a visão de qualquer labareda, imediatamente lhe revivia no pensamento a morte de Apingorá, o incêndio das cabanas indígenas. Era uma volta como num estribilho em música repetida. Não sentia a menor sombra de acusação da consciência: Apingorá merecera. Índios inocentes haviam tombado — quantas vezes! — na luta com o senhor branco. E aquele ingrato e canalha Apingorá deveria ter, então, melhor sorte do que esses?

Depois de uma espera que lhe pareceu infindável, mas que, na verdade, foi apenas de uns poucos dias, padre Pompeu voltou. Com uma grande presteza fez a Leonel o empréstimo, já antes assegurado em carta a dom Braz. Instou, ainda, para que Leonel ficasse. O padre era de uma largueza e de uma generosidade de príncipe, mas Leonel só pensava em partir.

Agora, na estrada, Aimbé se lembrava com pena de que haviam deixado aquele paraíso de riqueza e de conforto dentro de Parnaíba:

— Meu sinhozinho estava lá com mais vantagem do que nunca teve em casa. Padre Pompeu, decerto, quando morrer, vai bem depressa para o Céu. Mas, como custa ainda, padre Pompeu já tem as gostosuras do Céu em casa. Conheço gente... já ouvi falar de muita gente!... que sonha, até, vir a Parnaíba e passar só um dia na casa do padre Pompeu. Oh, fartura, oh, boniteza! Oh, riqueza! Eu acho que o padre Pompeu é o homem mais rico do mundo!

Leonel não correspondia a essa explosão. Ali junto, uma rolinha teimava:

— Fogo-apagou!

O cavalo movia seus passos, parece, na mesma cadência da avezinha; ela formava um fundo sonoro para a ideia melancólica que não tinha contorno dentro de Leonel.

— Fogo-apagou!

Fogo, fogo, fogo. Maldita rolinha com essa repetição. Por que tudo lhe fazia recordar aquele incêndio se ele não experimentara a menor piedade pelo que acontecera? Até, pensando bem, Apingorá tivera morte doce demais para sua maldade. Ele nem tivera tempo de saber que estava morrendo. A rolinha continuava:

— Fogo-apagou!

Mas esse pequeno incêndio, que devorara umas cabanas de índios, prosseguia dentro dele. E então aquela obscura onda que o maltratava tomou forma, e as palavras jorraram de seus lábios:

— Aimbé, eu lhe vou dar confiança de branco para branco.

Aimbé ficou emocionado:

— Meu sinhozinho está me fazendo ficar cada vez mais branco!

— Eu volto para a Fazenda. Daqui até lá, há muito pouco caminho para andar e é apenas uma volta. Aimbé levará o dinheiro a meu pai na Pedra Grande. Eles já estão esperando lá há alguns dias. Tome bastante cuidado, não dê trela a ninguém e se lembre que quem faz um mandado desses é gente de família e deve saber merecer a confiança.

Aimbé ficou iluminado por uma súbita vaidade:

— Se meu sinhozinho quiser, eu desço no chão pra ele pisar em cima, se não quiser molhar os pés. Tudo que meu sinhozinho quer eu faço. Eu sei que isso é ainda mais importante do que ir buscar dona Cristina. Aimbé está cada vez mais branco e quer beijar a mão do sinhozinho.

Recebida a sua demonstração de entusiasmo, Leonel, entregando a sacola de dinheiro a Aimbé, disse mais:

— Se eu demorar, não esperem por mim; já fiz um contratempo a meu pai com essa demora em Parnaíba. Siga o caminho, sempre. Eu sei muito bem achar o Morro Negro, pois eu mesmo marquei os sinais com meu pai. Adeus, Aimbé.

*

À noitinha, Leonel entrava na Lagoa Serena. Com as sombras a encherem o vazio dos campos devastados pelo incêndio, não sentiu, ao chegar, que estava numa fazenda arruinada e queimada. Percebia que havia uma diferença, certa tristeza acabrunhante, que avançava das sombras das cercanias e se apossava dele.

Desceu no pátio e então, rente à casa, começou a perceber as modificações na parede. E foi sentindo o poder de uma desgraça caminhando sobre sua pessoa. Ele seria tragado por qualquer acontecimento medonho e imprevisto. Tendo ouvido o tropel, Basília apareceu já com uma candeia a alumiar o caminho.

Da outra casa, os molequinhos vieram a espiar o recém-chegado e se postaram perto, como a esperar, com grande interesse, o que iria acontecer. Leonel perguntou:

— Que é que se passou aqui, minha mana?

Ela não quis responder logo:

— Vosmecê, por que voltou? — E, cautelosa: — Soube de alguma coisa?

— Não, não soube de nada. Mas estou estranhando...

Basília iluminou, inflexível, a face do irmão. Trazia um lenço caído no rosto:

— Tu te vingaste de Apingorá! Os índios estiveram aqui. A Fazenda está arrasada.

— E Margarida...? — perguntou Leonel.

Basília não quis responder. Baixou os olhos, puxou mais o lenço. Então Leonel reparou que um dos molequinhos o olhava aterrorizado e o outro virava o rosto. O que é que essas crianças estariam esperando dele?

Basília riscou o ar com seu chicotinho:

— Vão para casa — disse ela, violenta, para os meninos. — Meu mano, vamos conversar lá dentro...

— Margarida ficou ferida...? Margarida está doente?

Basília disse:

— Espere, mano, vosmecê se deve preparar...

Leonel não quis ouvir mais nada. Montou o cavalo e disparou pelos campos. Ao aproximar-se da paisagem, encontrou-se no próprio território da Morte. A soledade e a ruína lambiam a Lagoa Serena, e ele varava aquele mundo de mau sonho com uma repetição esquisita de sons dentro dele. Aquela rolinha diabólica não podia estar cantando a estas horas. Mas, dentro dele, ela cantava ainda. E foi indo, foi atravessando aquela triste paisagem lambida de silêncio e de treva — um cenário de Juízo Final. Lembrava-se de que, havia tão poucos dias, saíra da Lagoa Serena com a visão querida de sua beleza guardada na mente. E agora era aquela devastação.

Passado, porém, o córrego, as roseiras estavam lá, enchendo a noite de perfume. E a sua casa, meio iluminada, abria as janelas, igualzinha ao que sempre fora. Louvado seja Nosso Senhor Jesus Cristo! Sua casa fora preservada!

Apeou, já com uma esperança querendo apontar no coração. A porta estava aberta. Sua casa estava cheia de escravos da Fazenda. Ouviu como que uma música. Não, não era música — era um choro. No meio da sala — a mesa, Margarida deitada, as velas acesas, o pranto de todos embalando-a com doçura. O choro que ninava a morte de Margarida.

Leonel não se queixou e não rompeu a chorar, como todos esperavam. Examinava Margarida, olhava-a com carinho, uma atenção sem fim, e dizia:

— Graças a Deus, vosmecês estão enganados! Ela não morreu como vosmecês estão pensando. Veja, Mãe Cândida, a cor de Margarida. Não é de gente morta. Gente morta é diferente.

E se debruçava, e queria escutar o coração.

Perguntava mil coisas; se lhe haviam dado o remédio que o pai tomava; se lhe haviam dado o escalda-pés; queria, ele mesmo, dar ordens, dizendo que aquilo era um desmaio, que era só fraqueza de coração. Paravam as lágrimas nos olhos de Mãe Cândida e de Cristina. Aquela ilusão de amor ganhava a todos em sua querença. Àquele instante, Cristina teve uma tonteira que lhe adoçava de engano a própria tristeza. Ela a vira morrer e queria ter fé em Leonel, na sua crença sobre-humana.

Mas, em breve, foi preciso que o agarrassem e o fechassem no quarto, porque, enquanto os outros, doloridos, o olhavam, nele crescia uma selvagem aspereza, e perguntava:

— Mas será possível que estejam todos loucos? Minha mãe, nem vosmecê me quer ajudar? Nem Genoveva me quer esquentar a água? Vejam só! Às vezes, num momento como este... um cristão morre! Ela ainda não morreu, mas pode morrer. Ela pode morrer... — e continuava dizendo.

Foi aí que Mãe Cândida, ajudada por escravos, o conteve e o levou para o quarto. Como ele reagisse, como quisesse subjugá-la e voltar, ela alteou a voz, com firmeza, e disse:

— Foi cumprida a vontade de Deus, meu filho. Espero que vosmecê seja um homem. Não me faça vergonha diante dos escravos!

Aquele ralho da mãe o fustigou. Fora preciso um abalo assim para que ele acordasse do seu desvario. E só então, deitado na cama de casal, na cama onde durante anos e anos ele conhecera aquela chama de amor que era Margarida, com toda a pureza e o ímpeto de uma paixão que nunca se extinguia, só então, sentindo ainda o perfume dela nos travesseiros do leito, Leonel, roçando a barba naquela última presença querida, rompeu a chorar como se nunca houvesse chorado na vida e pela primeira vez tivesse pranto nos olhos. As lágrimas lhe vinham aos borbotões. O choro era ele mesmo, todo ele, de protesto contra a injustiça monstruosa que era a morte de Margarida. A mãe acariciou-lhe os cabelos. Ela havia visto tantas coisas nesses últimos dias! Mais do que nunca, Mãe Cândida parecia forte, acima daquele sofrimento que merecia toda a sua piedade, mas no qual ela jamais naufragaria.

— Meu filho — disse —, nunca ninguém foi tão feliz quanto vosmecê. Lembre-se disso, lembre-se de que o seu amor era um orgulho de nós todos. Vosmecê mereceu isso de Deus. Não se acabrunhe agora que Deus a chamou e se recorde de que nem todos podem ser tão felizes quanto vosmecê foi.

Leonel passou a mão na boca molhada de lágrimas. Pela primeira vez na vida experimentava o gosto amargo das lágrimas. Nem em criança ele o conhecera, porque fora sempre um menino cioso e fechado em seu sentimento.

Houve uma pausa. Através da porta fechada chegava a cantilena dolorida dos escravos. Rezavam uma ladainha. Leonel perguntou à mãe, e nessa pergunta ele ficou pequenino, ainda na descoberta de um mundo cheio de grandeza e incompreensões, e guiado por Mãe Cândida:

— Não compreendo, mãe, por que Deus me tenha punido desta forma. Se Deus sabe castigar, se Ele também põe a vingança no nosso coração, que é a sombra de Sua Justiça, por que Deus me tirou Margarida... porque eu matei Apingorá? Será Deus tão cego, minha mãe, tão diferente da ideia que fazemos d'Ele, que ponha na mesma balança as vidas de Apingorá e de Margarida? — O choro lhe voltou, violento: — Como pode Deus punir com a morte uma alma tão pura e tão boa como a de Margarida, só porque um bruto, um cão infeliz como Apingorá foi morto por estas mãos? Por que não me feriu, em mim mesmo, então? Não me cobriu de chagas, não me tirou a visão de meus olhos, não me fez morrer sem perdão e sem amigo num canto perdido de qualquer barranco?

Mãe Cândida continuava a alisar-lhe a cabeça. Para ela, era ele sempre o mesmo filho pequenino que carecia de embalo. Embalava aquele homem com a ternura e a misericórdia que nos inspira a fraqueza das criancinhas. E lhe dizia:

— Meu filho, a vida é uma pergunta. A resposta... ninguém a dá neste mundo. Só Margarida, agora, decerto, lhe poderá responder.

Sobre aquela dor violenta de Leonel, pouco a pouco foi caindo uma sorte de resignação. Pediu à mãe:

— Não quero que a enterrem na igreja, como vosmecê disse. Quero que ela fique descansando junto desta casa, que tanto amou, tão parecida com ela... Vosmecê não acha, minha mãe? Vosmecê não acha? Se é verdade que depois da morte fica alguma coisa de nós mesmos, essa sombra de Margarida não deserta mais daqui. Mande enterrá-la no meio das roseiras, mas eu não quero mais ver coisa alguma. Eu quero me esquecer de que vi aquele quadro horrível: Margarida morta em cima da mesa, as velas acesas e o choro em torno... Quero me lembrar dela bem viva, quero me lembrar de Margarida recitando seus versos, andando pela casa com o Louro atrás, ou quando eu chegava de viagem, aparecendo com o seu rosto manchado de vermelho... justamente o lugar que eu guardava para o meu beijo.

O enterro foi de madrugada, ali mesmo junto da casa, como Leonel queria. Antes do sol despontar, já o padre, que viera encomendar o corpo, voltava para São Paulo, acompanhado por escravos.

Cristina dormiu algumas horas na casa da Fazenda. Despertou, com o sol alto e o sino tangendo com violência. Procurou Basília:

— Que é que está acontecendo?

— Não sei, mana. Mãe Cândida e Leonel ficaram lá e agora estão chamando os escravos. Deve ser mor de fazer qualquer partilha... Pra que é que Leonel, agora, quer aquela casa com tanta coisa guardada?

Genoveva, que fora a única que havia ficado, se aproximou:

— Tenho muita pena do que aconteceu, mas acho que, hoje mesmo, é bom vosmecê, sinhazinha — e era com Basília que ela estava falando —, vosmecê trazer muita coisa para guardar aqui. A louça convém vir logo. Os vestidos e as joias também não devem ficar na casa aberta, não.

Cristina perguntou:

— Vosmecê tem coragem de usar a roupa de Margarida?

— Que é que se há de fazer, mana? Aqui nós não temos o luxo das negaças. Quem herda roupa de defunto é como quem herda outro bem qualquer. Por mim, não tenho vaidade, mas, com essa desgraça que aconteceu na Fazenda, se nós ficarmos com os vestidos, a louça, com os trens, enfim, de Margarida, isso significa poupança, e de muitos anos, minha cara. Até vosmecê mesma se vai beneficiar. Tenho reparado que vosmecê é de boa fibra, nem parece mais a mesma que chegou, tão faceira. E como, mor do acontecimento com os índios, tudo aqui se arruinou, se vosmecê não aproveitar os vestidos de Margarida, só daqui a muito tempo poderá ter outros novos.

Cristina ficou pensativa. Acendera-se, em sua mente, assim como um longe de desejo de vestir um daqueles bonitos vestidos, menos por vaidade do que por bem-querer. Era como se Margarida se dividisse, dando a cada uma um pouco de sua pessoa.

O sino havia parado. No pátio, vinham chegando os moleques. Eram muitos. Gritavam:

— Tia Genoveva!

Genoveva foi ter com eles. Depois, voltou para junto de Cristina e Basília. Mal podia falar. A muito custo, a mão no peito, por fim exclamou:

— Pronto. Acabou tudo. Acabou tudo.

— Que aconteceu, Genoveva? — perguntou Basília.

— Nhor Leonel está chamando negro e mandando o negro fechar a casa!

Cristina não entendeu:

— Não compreendo. Mãe Cândida não está com ele? É preciso tanta gente pra fechar uma casa?

Genoveva estava tão assombrada como se houvesse visto fantasma:

— Nhor Leonel está mandando pregar janela e porta, mandando negro botar trave e pregar tudo, tudo pregado, pra nunca mais ninguém no mundo entrar na casa dele... E não deixou ninguém bulir em nada, nem em coisas velhas... Disse que queria que a casa ficasse que nem a dona deixou... E que matava quem bulisse em qualquer caramujo da sinhazinha. O único que escapou foi o Louro. Os moleques me disseram que ele andou querendo fechar o Louro também... Mas o Louro fugiu...

Basília ficou aterrada:

— Mas minha mãe, minha mãe não podia consentir... Nessa miséria em que nós estamos... Tudo tem uma razão de ser... Nesta terra — e ela coçava a cicatriz do rosto —... não há muito tempo para chorar os mortos. Não me posso conformar... Vou ter um entendimento com Mãe Cândida.

O último escravo havia partido da casa de Leonel. Ele ficara ali com Mãe Cândida — a tarde descambava — a certificar-se de que sua casa se tornara inviolável. Na verdade, Margarida não ficara sepultada naquele terreirozinho juncado de rosas. Sua casa, sim, era seu verdadeiro sepulcro, e, agora, o lar que conhecera tantas alegrias estava selado — como um segredo guardado pela Morte.

Na tarde que invadia a terra mais depressa do que as alturas, só naquele canto — porque o resto do firmamento estava escuro e parecia indicar chuva —, como que a casinha de Margarida crescera, imponente, toda eriçada de vigas de madeira, na carapaça que lhe haviam posto. Mãe Cândida puxou Leonel pelo braço:

— Venha, meu filho, está ficando tarde.

Ele ficou ali, com teimosia desesperada. Começaram a chegar não só as saudades, como a pena de Margarida ficar tão abandonada. Logo, o mato, na violência da terra jovem, cresceria por todos os lados. A terra se acumularia em todos os vãos da casa. Por fora, talvez, ninguém — daí a meses — que não tivesse conhecido a casa de Margarida, no tempo em que ela era toda alegria, perguntasse o que viria a ser aquela confusão de madeira, terra e mato. Algumas roseiras talvez sobrevivessem, mas tudo seria tão diferente e tão desleal à vida que ali habitara! Margarida, a limpinha, a doce, a cheirosa, estaria dormindo sob o lodo. Como poderia ele a deixar nesta viagem? Parecia-lhe sentir, ainda, aquele embalo do corpo de Margarida preso ao seu, na despedida. Talvez fosse ela mesma quem o puxasse para junto, quem o prendesse de tal maneira que ele não mais pudesse arredar-se dali. Mãe Cândida insistiu:

— Meu filho, vamos para casa.

Leonel moveu para ela um rosto desconhecido, como se até os laços que o uniam à mãe se houvessem desfeito:

— Pra que casa? — perguntou. — Eu não tenho mais casa.

A mãe não se ofendeu. Havia muitos anos que ela estava acostumada a beirar dores e desvarios, sempre sabendo conduzir-se:

— Vosmecê vai para casa de sua mãe. Casa de pai e de mãe não é casa de amor e de felicidade, mas serve como refúgio até passar o mau tempo.

Então ele disse:

— Mãe, eu quero que vosmecê me perdoe. Faça de conta que eu estou enterrado aqui, com Margarida. Esqueça que tem um filho. O que sobrou de mim, mãe, já não vale nada.

Ela pegou a sua mão forte e áspera e nela passou o rosto:

— O que vosmecê diz não abre ferida em mim, porque não é vosmecê quem está falando, é a sua dor.

Nesse momento, as plantas buliram ali perto, e Isabel apareceu com a criança ao colo:

— Eu vim dizer adeus...

Leonel ficou distraído; depois concentrou a vista na criança, cuja face branquinha se destacava, quase luminosa, do vestido sombrio da mãe. Encheu-se de cólera, uma cólera que o distanciou do seu abatimento e que o excitou até a fúria:

— Imunda! Perra imunda! Saia daqui! Saia para bem longe! Imunda!

Isabel baixou o rosto, toda encolhida, sobre a criança. Dir-se-ia que ia fraquejar com aquela agressão, mas levantou os olhos, altivamente, depois, para Mãe Cândida:

— Será proibido, até mesmo a uma cadela, se despedir de quem gosta? Será preciso ser enxotada, mesmo quando não incomoda ninguém?

Mas Leonel insistiu:

— Tu és a ruína desta casa. Sai depressa, porque senão...

Mãe Cândida o conteve. E Isabel, aconchegando o filho, voltou com passo lerdo, como se ele houvesse aumentado de peso.

Quando ela desapareceu, Leonel falou:

— Mãe, nos primeiros tempos, quero um escravo aqui, defendendo a casa. Assim mesmo como está, pode ter muita gente cobiçosa que queira vir bulir nela.

— Sua vontade será feita, meu filho. Mas vosmecê vai ficar uns dias descansando na Fazenda até estar em condições de se encontrar com dom Braz.

Leonel, agora, parecia calmo. Passada a violência da raiva de Isabel, mudava de atitude com Mãe Cândida.

— Vamos andando, minha mãe. Eu deixei meu cavalo ali adiante. Vamos até lá.

Mãe Cândida sentiu o coração apertado:

— Mas vosmecê não vai embora hoje.

— Vou, sim — disse Leonel. — Vou embora. Não leve a mal, mas não quero ver mais ninguém de casa... Nada que me fale de Margarida... Vosmecê tenha paciência... Tem Tiago, tem Basília, tem meu pai. Eu... eu não sou mais ninguém... Eu vou me embora para qualquer fim de mundo, onde não tenha ninguém que me faça lembrar...

Mãe Cândida, aí, sentiu uma espécie de pânico. Fê-lo parar, puxou-o pelos ombros. E, máscula e agressiva, lhe perguntou:

— Vosmecê está pensando em se matar? Vosmecê terá tão pouca fibra... Está querendo acabar com a vida de tão fraco? Mas então vosmecê não é meu filho e eu não estou reconhecendo meu sangue!...

— Não, minha mãe, eu não me vou matar. Se juramento vale alguma coisa, eu lhe juro, pela memória de Margarida, que não me mato... com a minha vontade. Ainda que agradeça a Deus se Ele me abreviar os dias... Não pense que eu estou enganando. Na incerteza de que temos uma alma, e talvez outro dia depois da morte, não vou perder Margarida no encontro do dia seguinte... Esta é a última... esta é... uma esperança desmaiada. Mas, por ela, mãe, eu não quero morrer.

Mãe Cândida quis prendê-lo ainda uma derradeira vez. Na noite que esfriava rapidamente e que caminhava para eles, parecia escondida uma torrente distante. Bem longe, a massa enorme de um trovão reboou, varrendo a terra com seu peso sonoro.

— Vem tempestade. Vosmecê devia, ao menos, esperar o tempo melhorar.

Já, então, Leonel puxava o braço da mãe. O cavalo estava ali junto:

— Pois eu vou mesmo com chuva ou com o que for. Adeus, minha mãe.

Quando Mãe Cândida chegou à varanda da casa da Fazenda, os primeiros pingos grossos de chuva caíram. Uma luz bem no alto do céu fendeu o mar de trevas. A torrente se despejava. Mãe Cândida ficou a pensar no seu filho, naquele corpo que ela criara com tanto amor. Fora-lhe acompanhando o crescimento e o vira, já de homem feito, exposto à ruindade do tempo. Pensou no corpo de Leonel como Leonel pensava, agora, no pobre corpo de Margarida.

# IX

Passada a chuva, o arraial, aberto ao sol, regurgitava de gente. A luz clara fazia contraste com a sordidez de homens barbudos, que circulavam. Havia uma mistura extraordinária de tipos e de raças; homens vestidos de couro, com botas altas, eram acompanhados de escravos negros, seminus. Vultos esquálidos, cansados, cobertos de lama das estradas sentavam-se pelos desvãos ou se acocoravam à sombra das árvores, sem ter pouso certo, comendo com sofreguidão os bocados de bolacha velha ou de pão seco. Havia, ainda, um ou outro mineiro acompanhado pela mulher. A companheira também variava de tipo e de condição. Algumas vinham de colo e braços a descoberto, ostentando joias que o ouro fácil lhes punha a brilhar no pescoço e nas orelhas. Mulheres mestiças e brancas andavam com desenvoltura, exibindo, no povoado ainda em começo, um luxo que as paulistas não conheciam. Nenhuma delas andava embuçada em longos mantos, a figurar fantasma; porém algumas semelhavam companheiros dos maridos, em trajes quase masculinos. Elas haviam seguido os homens às minas gerais e sabiam fazer ofício rude.

Na pequena praça do povoado, chegou, entre exclamações e a fazer sensação em toda a parte, um grupo de cavaleiros. Um deles, que parecia o chefe, desceu. Era Manuel de Borba, que ia fazer, nesse arraial dos Caités, pesar a mão de El-Rei. O meirinho, a seu lado, lia agora uma proclamação, que ele mandara pôr na própria parede da igreja — um templo tosco e pintado de cal ainda fresca.

Nesse momento, desembocava na praça algo que de longe poderia parecer uma carruagem, mas que era um simples carro de bois enfeitado com o maior capricho. Tinha toldo de seda estampada a fazer sombra rosada sobre a mulher muito jovem, pintadinha de sardas ruivas, que em seu interior se reclinava sobre coxins.

Rosália via com prazer, à sua frente, dançarem no pescoço dos animais guizos e fitas, que ela mesma houvera pendurado, mas essa sombra de faceirice não espantava nenhum olhar. Nesse arraial das minas gerais, reduto de Manuel Nunes Viana, não havia curiosidade nem para forasteiros nem para extravagâncias. À frente de uma casa improvisada, mais rancho do que casa, pesava-se o ouro sob as vistas emocionadas. Rosália, ao ver seguir para junto da igreja uma pequena multidão, perguntou ao negro que tangia os bois com uma longa vara:

— Ei, sabe o que é que estão fazendo aqueles homens acolá?

O escravo foi saber e voltou com a resposta:

— É Manuel de Borba dando intimidação à gente da terra. Eu não sei bem, sinhazinha, mas acho que é sempre a mesma coisa. É sempre esta pendenga da estrada proibida da Bahia... e o tal imposto que querem cobrar.

— Faz a volta com o carro. Se tem tanta gente na frente da igreja, eu não quero passar por lá. Voltamos para casa.

Rosália, na verdade, fugia de um encontro com Manuel de Borba, amigo de seu pai. Chegada havia poucos dias a Caités, conhecera uma vida diferente. Rapidamente, Bento Coutinho se fizera o indispensável ajudante de Nunes Viana, homem a dispor de mando e de prestígio.

Fazendo volta ao carro, passou novamente Rosália pela casa onde pesavam o ouro e viu, então, um homem gordo, de sacola de couro às costas, que a fitou, primeiro com interesse, depois com assombro. Reconheceu mestre Davidão. Não queria, porém, ter encontros com gente de São Paulo: estava feliz e afastaria qualquer nuvem importuna. Devia proteger o próprio coração. De nada valeria estimular saudades e tristezas.

Ao contrário, melhor seria não querer saber notícias daquela terra de Piratininga.

Mestre Davidão, enlameado e cansado, foi sacudido por aquele encontro com Rosália. A filha de dom Braz, do capitão que deixara havia dias na Pedra Grande, ali, e com aqueles ares de princesa do lugar! Tentou aproximar-se. Rosália disse ao negro:

— Preste atenção, não deixe ninguém chegar perto do carro. Seu senhor não quer que falem comigo!

Mestre Davidão foi estocado levemente no peito, ao se aproximar do carro, pela vara pontuda empunhada pelo escravo:

— Passa de lado! Arreda!

Ficou parado enquanto o carro, com suas sedas trementes, se afastava no caminho desigual, afundando aqui numa poça d'água, subindo ali numa pedra. Quando os escravos ajudavam a sinhazinha a descer do carro para entrar no copiar da casa nova e fresca, mestre Davidão, saindo do torpor em que ficara, perguntou a um dos homens que haviam acabado de pesar o ouro:

— Poderá um cristão encontrar hospedagem aqui? — E, rindo de um só lado, sem vontade: — Não faço questão de pagar o que me pedirem...

O homem, franzindo a testa ao sol, o encarou:

— Donde vens?

Davidão respondeu:

— Sou nascido no Reino. Sou filho do Reino.

— Mas... donde chegas tu?

O mesmo riso sem vontade da parte de Davidão:

— De São Paulo.

Então, o outro fez um sinal a dois companheiros que apreciavam a pesagem do ouro, ao lado:

— Vejam só o pretensioso! Está querendo pousada. Diz que paga bem. Mas tem duas desvantagens! É judeu... e paulista ao mesmo tempo, o que forma toda uma preciosa combinação. Vejam só, o pretensioso!

\*

Na igreja, Borba Gato, havendo assegurado pessoalmente a leitura do edital, se retirava. Era mais uma advertência a pessoas que, entrando pela estrada proibida da Bahia, para as minas gerais, faziam nela desviar a parte de ouro devida a El-Rei. E, com o seu punhado de homens sobranceiros, Manuel de Borba se retirou, desassombradamente, enquanto era seguido por alguns olhares de ódio sufocado. Logo que ele se foi, outro grupo se aproximou da igreja.

Um moço apeou-se com empáfia e deu uma gargalhada estrondosa depois de ler, com um muxoxo irônico, a proclamação:

— Mas dizei-me vós, neste arraial de nosso chefe, Manuel Nunes Viana, procurador da legítima proprietária destas terras, dona Isabel Guedes, que valor tem este papelucho, aí pregado... por um ministro que só é ministro para si mesmo e para a corja de paulistas que o acompanham, mas não aqui para nós? Pois eu, Bento Coutinho, com estes olhos que a terra há de comer, hei de ver esta terra limpa dos homens que se esquecem do dito "Quem vai ao vento perde o assento"... Os paulistas vêm, vão... e querem que o ouro que Deus pôs na terra fique à espera deles, como amante fiel!

Um homem, vestindo o hábito de São Francisco, com ares pacholas, bateu-lhe no ombro:

— É assim que se fala, mano Bento! Sabeis todos que este papel não tem valor algum, porque esta terra não pertence aos paulistas obedientes e execráveis. E quem o mandou pregar na parede nem tem qualidade para isso. Durante muito tempo andou a se esconder no Sertão e a fugir da Justiça por crime que todos conhecem!

Bento Coutinho o interrompeu:

— Se ele agora passou de diabo a ermitão, deveria, antes, cuidar dos desmandos dos paulistas! Ainda esta mesma noite eles saquearam um curral de ovelhas e o incendiaram.

E o frade, piedosamente, interferiu:

— E só não morreu uma família inteira porque era devota do Divino Espírito Santo, que a protegeu!

Novamente, diante da multidão que ia tomando ânimo e partilhava em exclamações raivosas do interesse da conversa, falou Bento:

— Os paulistas estão a enxotar-nos por donde passam, como se, na partilha do mundo, nascer paulista já fosse ter vantagens e direitos que ninguém mais poderá contestar. Querem-se mais poderosos que El-Rei!

E, enquanto o público se contentava em dar exclamações ou abanar lentamente a cabeça, uma voz partiu de um homenzinho pequeno, amarelo, de rosto chupado e olhar humilde:

— Uai... me disseram que vosmecê tem dona paulista!

Bento Coutinho o enfrentou, ameaçador:

— Pequenino como és, tens bastante empáfia na língua... Só mesmo decerto um paulista e covarde como tu mete nome de dona e senhora em meio a conversa d'homem!

— Ei, eu só queria mesmo saber se era verdade o que disseram. Vosmecê não precisa se arreliar tão depressa. Mas... quer dizer então que vosmecê está falando mal de sua dona! Não precisa se zangar, não!

Ao ouvir essas palavras, Bento Coutinho não ficou mais em si e, pegando o pobre-diabo pela roupa, o encostou à parede:

— Paulista aguado, de mau sangue, tu hás de rasgar este edital para mostrares, diante de nossos homens do Reino e dos baienses, nossos bons amigos, que reconheces: és um estúpido de língua solta. Rasga já o edital!

O homenzinho ficou menor e ainda mais amarelo. Baixou a vista e a levantou em seguida, respondendo com duas palavras:

— Rasgue... vosmecê!

Bento Coutinho, como um louco, agarrando-o pelo pescoço, bateu estrondosamente com a cabeça do pequenino na parede da igreja. E perguntou novamente:

— Rasgas ou não?

O pobre estava bambeando, descorado e mole. Todos pensavam que aquele trapo humano se teria tornado dócil com esta pancada tão violenta. Balbuciou qualquer coisa que ninguém entendeu. Bento Coutinho disse:

— Fala, filhote de lobisomem! Rasgas ou não?

Aí o pequenino, esgueirando-se da mão que se afrouxava, aproximou-se, esticou-se na parede. A lição teria convertido o homenzinho que se atrevia a desafiar a Bento. Esperavam que ele rasgasse o edital, sem mais delongas. Mas, tendo diante de si aquela face ameaçadora de Coutinho, o amarelo não receou a morte. Cuspiu, dizendo:

— Boava!

Bento Coutinho foi atacado de fúria e, apertando as mãos em torno do pescoço do pobre, bateu com a cabeça do paulista no próprio edital repetidas vezes e com onda de raiva que parecia não se estancar. Só desapertou o laço férreo quando o frade lhe bateu no ombro:

— Não estás vendo que sujas a Casa de Deus com sangue podre? Larga este demônio!

Com gesto altivo, Bento Coutinho tirou da parede e rasgou, ostensivamente, diante dos homens boquiabertos, o edital feito em nome de El-Rei.

Rosália, nesse dia, encontrou, no pequeno cercado de sua casa, dezenas de ovelhas, que ali apareceram como por encanto. Espantada com aquela visão, e se deliciando em levantar ao colo uma ovelhinha, cujo focinho esfregava no rosto quente de sol, indagou de quem seria tão faustoso presente. Soube, então, que fora Manuel Nunes Viana que mandara aquelas ovelhas para agradar à dona de seu amigo muito do coração. Rosália contou: eram trinta. Teria de alargar o chiqueiro, para que coubessem, mas também teria demais ali no cercado. Por uma casualidade, na véspera os paulistas haviam roubado trinta ovelhas na casa de certa família da Bahia, que vivia no arraial de Caités...

Mais tarde, quando o guisado de carneiro já estava secando demais no fogão, na longa espera do dono da casa, Bento

Coutinho apareceu, terrivelmente amuado. Disse-lhe Rosália que almoçasse sem tardança, do contrário não encontraria sabor algum na comida. Mas Bento Coutinho a puxou para si, amorosamente, na longa rede posta no copiar da casa.

— Deixe-me ficar aqui um pouco, junto de minha querida, para ver se me acalmo de tanta tribulação.

Ela ficou a brincar um instante com o seu cabelo grosso e crespo, que se enrolava no dedo:

— Posso saber o que é que está preocupando meu esposo e senhor?

Bento ficou uns instantes fechado em si mesmo. Ela riu. Na testa daquele homem de expressão raivosa pendurava-se agora a madeixa de um menino. Ele não respondeu logo. Depois perguntou:

— Sabe a minha querida o único defeito que tem?

— Gostar demais do meu marido, ao contrário do que manda o costume das famílias, que é casar com quem os pais acertam? É querer estar sempre junto de meu senhor?

E ela frisou o senhor, enquanto, graciosamente, fazia com que o cacho se espichasse até a sobrancelha, para encolher-se em seguida, no alto da cabeça.

— Rosália — disse ele, alisando os cabelos para trás. — Tu... vosmecê parece não saber de nada... Não viu o que andou fazendo por aqui o seu patrício Manuel de Borba?

— Sim, eu soube que ele esteve aqui, mas de gente lá de São Paulo quero lonjura. Querido... ainda vosmecê não me disse... Qual é o meu defeito?

E se debruçou, gordinha, copiosa de cheiro, medalhas a lhe penderem do pescoço, sobre o rosto de Bento Coutinho. Depois, languidamente, esfregou os lábios na barba do marido:

— Vosmecê já descobriu algum defeito mesmo?

Ele a empurrou, com doçura:

— Vosmecê não tem culpa. Nós iremos ter algumas tribulações.

— Vamos almoçar, e depois me conte o que é que tem na mente. Vosmecê se sacia de raiva, de qualquer raiva que caçou por aí, como todo homem faz. Mas mulher não come raiva, e eu estou sentindo dor na boca do estômago de tanta fome...

Por fim, ele riu.

— Tens razão. É melhor não pensarmos em penas futuras quando somos tão felizes.

E naquela dificuldade que lhe vinha agora... Lá fora corria a fala do Reino. Cá dentro, a língua de Piratininga:

— Vosmecê sabe que estão a nos querer longe daqui?

Com muita segurança, no bem-estar de sua condição de dona contente, puxando o marido para a mesa já servida, perguntou:

— Mas vosmecê não sustenta que estas terras estão no mando legítimo de Nunes mor de proteger dona Isabel Guedes, que o fez administrador de sua propriedade?

Já instalado em seu banco, na grande mesa, Bento Coutinho, a princípio desencorajado e agora estimulado pela delícia da carne em que dava dentadas profundas, enquanto segurava o osso lambuzado de gordura rica, disse estouvadamente:

— Sustento e sustentarei, mesmo que, pessoalmente, não creia nessa história. Estão bem longe de nós as terras de dona Isabel... Mas, como tudo aqui é aventura, e até o ouro é de quem o vê e o apanha em primeiro lugar, antes que surjam outros donos... diz Manuel Nunes Viana e agora dizemos nós... esta banda de cá rica de ouro é toda nossa.

Uma súbita tristeza caiu sobre Rosália:

— Queria saber onde está meu pai!

O osso estava limpo na mão de Bento Coutinho. Ele o atirou para debaixo da mesa, como costumava fazer:

— Menina e dona minha!... bem se vê que o comer alevanta o espírito. Já me sinto outro homem, livre das ganas que me deu aquele paulista amarelo!

Rosália, diante do prato, tendo comido pouco, perdera todo o apetite. Uma sombra de tristeza lhe obscurecia o olhar doce. Afastou a comida, enquanto dizia ao marido:

— Eu não quero mais saber de gente de São Paulo. Mas... se fizerem algum mal aos meus... não te quero esconder meu coração... nunca mais me verás!

— Ora — disse Bento Coutinho, animoso —, dom Braz só quer saber de buscar seu bom ouro e seus escravos! Ele não se mete em brigas pequeninas, como estes paulistas que andam nas minas a arengar até sobre o preço da carne e a pôr nos ombros de nosso protetor toda a culpa. Eles só querem tirar vantagens e nos obrigar a ser servos... Servos de seus caprichos de homens sem lei nem rei!

Rosália, obstinadamente, olhava o prato de louça fina — também presente de Nunes Viana a seus amigos:

— Vosmecê casou comigo, me tem inteirinha. Para mim, abaixo de Deus, vosmecê. Mas eu tenho um defeito, não esse que vosmecê diz. Aquilo que eu digo, eu sustento. Se acontecer qualquer coisa... destas que estão acontecendo por aí... com a gente da Lagoa Serena, vosmecê nunca mais põe os olhos em cima de mim. Eu sei que o que vosmecê diz é verdade, que tem havido muito abuso, que nosso protetor merece seu devotamento completo. Mas gente da Lagoa Serena fica em cima disso tudo. Estamos entendidos?

— Naturalmente, querida, nem precisas dizer tal coisa. Sei que tua família não me tem em grande consideração... tanto que nosso casamento foi um grande desaforo que decerto fizeste à tua gente. Mas basta ser ela o bando que pôs no mundo uma riqueza como tu... não se fala mais em diferenças. A Lagoa Serena tem que formar uma ilha à parte em São Paulo, porque foi lá que nasceu... que vosmecê nasceu!

Estava findo o almoço. Veio um escravo com a bacia de água com ervas cheirosas. Bento lavou as mãos, enxugou-as.

Rosália se levantava e chegava perto do marido:

— Por que este ódio súbito aos paulistas? Há tão pouco tempo vosmecê não se dava tão bem em São Paulo?

— Minha filha, vosmecê não entende dessas coisas... Comecei a odiá-los por obrigação, já que estava a serviço de nosso benfeitor Nunes Viana... E agora os odeio de coração, pelo muito que tenho visto aqui... Mas não te preocupes! Ainda que lá, um dia, um ou outro demônio murmure que tomei dona paulista, não desmereces de mim por isso. Se tivesse que escolher dona novamente, novamente serias tu.

Ela o beijou na boca oleosa, enxugando depois os lábios, enquanto Bento sorria. Ele levantou-se da mesa, segurando-a pela cintura. Da janela em frente se via um canto da praça. Arrastavam um fardo no chão. Rosália não perdeu tempo em procurar distinguir o que seria aquela cena no arraial batido de sol. Era o corpo do paulista, que alguém tirava de junto da igreja, em cujo muro ele havia deixado uma linha de sangue.

As primeiras chuvas alcançaram a Bandeira antes que chegasse à Pedra Grande — pequeno povoado de seis ou oito casas de brancos e índios. Tiveram que ficar lá por uns dias à espera de Leonel, que viria com dinheiro. Enquanto esperavam, os homens faziam provisões, levando milho, feijão e tratando de refazer forças para a caminhada.

Aimbé chegou só e orgulhosamente se defrontou com seu senhor, chamando-o para lugar mais próprio.

— Meu sinhozinho Leonel me mandou entregar este dinheiro. Meu sinhozinho foi a São Paulo mor de ver as donas da Lagoa Serena. Disse: "Vá andando, não olhe para trás. Capaz que eu chegue lá, capaz que eu não chegue. Meu pai, vá andando com os outros e não espere".

Mais tarde, dom Braz se desabafava com Tiago:

— Que sorte a minha! Estou ficando velho, e meus filhos quase não me ajudam. Feliz é dom Carlos Pedroso, que tem genro a lhe fazer descobertas e a aumentar o cabedal de sua fortuna. Quanto a mim, o Céu me reservou um filho que vive agarrado à quentura e à saudade da mulher e outro de cabeça virada mor de tanto olhar para as estrelas...

Tiago não dizia nada. E o velho, como se lhe acendessem bruscamente no coração a saudade de sua dona e de sua fazenda, perguntou:

— Agora que a chuva parou, nesta noite vosmecê já viu a Rabuda?

— Não, meu pai, ela está embuçada. Desde que saímos de lá, que eu não tenho visto a Rabudinha.

O velho friccionava o joelho, cansado da caminhada e de tantos anos sofridos.

— Então vosmecê acha que as coisas por lá... não andam boas?

— De acordo com a Rabudinha, não estão muito bem.

— E Tiago chamou: — Aimbé! — O mestiço veio. — Com licença de nhor pai, é bom voltar à Lagoa Serena. As donas estão muito desprotegidas. Quando Leonel sair de lá, vão ficar muito sozinhas. Meu pai está de acordo?

— Pra que pergunta? Vosmecê já não deu ordem? Estou de acordo.

Aimbé, obstinadamente, dizia:

— Meu senhor, eu trouxe dinheiro, estou ficando branco, me deixe ir a seu lado, com os homens brancos. Não quero ficar com as donas e os negros.

Dom Braz lhe bateu no ombro:

— Volta, Aimbé, lá há mais precisão do que nas minas. Temos gente de sobra.

Aimbé se afastou, tristíssimo. E o velho capitão, diante da choupana que se esfumava ao fundo, na tarde já a tocar as linhas da noite, perguntou, ao perceber a primeira e indecisa cintilação de uma estrela de luz branca e espessa na fímbria do céu:

— Vosmecê também tem estudado o Caminho da Anta? Nosso caminho, esta nossa entrada... que diz ele?

— Também não vejo muito claro nosso caminho, nhor pai. Vai haver questão.

O velho estrondou o seu "diacho" e disse:

— Nem sei por que estou assuntando essas coisas com vosmecê. Não acredito em nada dessas suas crendices.

Tiago se distanciou. Mais e mais a sombra invadia a cena. Em vários pontos do céu se esfacelavam luzes brancas e sem relevo. A Rabudinha ainda esta noite estaria oculta. No momento ele sentiu, na cama escura e coberta — puxados os lençóis —, o corpo cálido de Cristina. Mistério da noite. Piavam as aves. Ao longe, acendiam uma fogueira. Cantavam vozes, violas repinicavam alegremente. Num rincão do céu, certa nuvem espessa protegia a estrela. Uma angústia o assoberbou. Voltou para junto do pai, que entrava na cabana.

— Nhor pai, vamos embora amanhã mesmo! Não vamos demorar mais. As chuvas podem arruinar nossa viagem.

— Uai, eu só estava mesmo esperando o dinheiro! Não se fica mais por aqui. Mas vosmecê não está de mau agouro? Para que essa pressa?

Aimbé, no dia seguinte, caminhava em sentido oposto à Bandeira e se afundava em direção à Serra distante. Levava carta de dom Braz a Mãe Cândida: "Senhora e dona minha. Até aqui passam os dias sem novidade. Estamos esperançosos e de boa saúde. Contamos cruzar o Embaú daqui a dois dias. Logo que puder, mandarei notícias das minas...".

# X

Passada foi a garganta do Embaú. Agora, a paisagem mudava, vinham as cabeceiras do rio Verde. Mais adiante, com algumas jornadas, cruzava-se o rio Grande, e, tantos dias depois, entrava a Bandeira no cenário maravilhoso da Boa Vista — um mundo de delícias oculto na vastidão daquelas terras. Campos de desmaiado verde se deparavam, com pequenos bosques de sombra amena, onde a Bandeira descansava em agradáveis pausas, a tirarem seus homens das árvores um mel rico de paladar. Até onde a vista abrangia, se alcançavam pequenas colinas arredondadas. Nessa região, ficaram a procurar palmito, do qual levavam provisões: não se estragava muito depressa no clima doce. Alguns, entre os homens, o trincavam cru. Outros, mais exigentes, o cozinhavam com tempero. Ao longe, espreitava um grande monte. Dali partiria o caminho, marcado por dom Braz, e que iria atingir o Morro Negro.

Pouco a pouco a cena se transformava: sobre a terra que se ia desnudando, pousavam pedras, semelhando barcos encalhados na vastidão da planície.

Dom Braz exultava. No lugar de uma pedra muito especial, com uma carapaça branca, onde lhe brotava rala vegetação, Tiago indicou:

— Aqui está a marca, meu pai.

Era a primeira. Daí por diante, reconheceram facilmente os sinais que haviam posto. Era aquela mesma planície, e agora a cortavam de viés, pois teriam que passar à esquerda de um grande monte.

Horas depois, eles cruzaram com seu tope de vegetações tofudas a encimar o dorso de pedra. E continuaram a longa caminhada.

Cuidavam não progredir na planura mergulhada em ar tão limpo e fino, que parecia não acabar mais, desvendada a distância enorme. Depois foi mais difícil divisar a senda. Assim mesmo, houve poucas interrupções. Em certa altura, porém, o padre mostrou-se mais esperto que muitos:

— Tem andado gente por estes lugares.

Ponderaram que aquilo deveria ser rasto de animal selvagem. E um componente da expedição, com acentuado traço nativo, se agachou junto dos sinais difíceis de serem estudados, porque muitos se perdiam entre ervas partidas e matinhos ralos. Riu, um riso de dentes limados em ponta, e declarou:

— Isto está me parecendo de animal selvagem mesmo. Talvez sejam as botas dos boavas. Ninguém, entre nós, usa essa espécie de botas.

Aquilo não desencorajou os homens. A maioria, a começar por dom Braz, não acreditava fossem pisadas humanas aquelas largas marcas que se viam.

Vadearam um rio transparente, com um fundo de pedras brilhantes. Correram mais três dias. Se apertassem o passo, poderiam chegar ao Morro Negro naquela mesma noite. Porém dom Braz preferiu atingi-lo de manhã, para ter um começo mais favorável e alegre.

Fizeram fogo ali mesmo. A noite, agora, estava límpida. Sobre a terra, pendiam, como descidas, as estrelas. A Bandeira estava atingindo o fim de seu caminho. Os homens pareciam animosos. Faziam planos, pensavam nos lucros que em breve levariam para suas casas. Dom Braz era o chefe respeitado. Quando os trouxera de São Paulo, apenas lhes fizera ver amostras de ouro do Morro Negro, que não pudera explorar, porque dispunha de poucos homens e estava falto de meios para levar avante a iniciativa. Mas, agora, como em outras partes das minas gerais, lhe seria assegurada, de direito, e em nome do governador, uma riqueza. Fortuna que deslumbrava a Europa e que parecia jorrar de todos os cantos encobertos desses sertões. Os paulistas desdenhavam de plantar agora. Porque havia colheita que a terra lhes oferecia, mais fácil e mais lucrativa.

Aimbé, entristecido, varou dias de caminhada, sóis e chuvas e voltou à Lagoa Serena. E então caiu numa profunda surpresa. Quem teria feito aquela limpeza nos campos? Quem teria ateado fogo para plantar tudo novamente? Já a terra mostrava seu novo aspecto. O feijão e o milho cresciam por toda a parte, mas o paiol havia desaparecido de seu lugar, e se via, a meio levantado, um depósito feito de tábuas toscas.

Esfregou os olhos miúdos. Nunca pensou que, durante aqueles tempos de ausência, acontecessem essas modificações. Mas não havia desgosto algum no quadro. Na roça, um punhado de escravos cantava. Aimbé foi chegando, entrando no pátio. Vinda de outro lado, apeava-se depois dele Isabel. Montava cavalo diferente. Já não estava em seu pampa. O animal carregava caixões de cada lado. Um vinha com frutas silvestres e o outro abrigava uma criancinha.

Aimbé chegou-se, fascinado, para a criança. Seus olhos quase desapareceram num traço ao espreitar atentamente o menino.

— Tem cabelos cor de Aimbé.

Isabel não se impressionou com aquilo:

— Ajude-me a tirar o menino. — Ela segurou a criança, e ele desatrelou os dois caixões, pondo-os no chão. Isabel pediu: — Ponha esse caixão ali naquela sombra!

Dentro havia um caixãozinho de palhas. Aimbé fez o que Isabel pediu. E esta reclinou o menino, novamente, no caixão, perto da varanda. Aimbé esteve a brincar um instante com a criancinha, que já ria e engrolava palavras de mistério. Quando o mestiço agitou a mão, estalou os lábios e fez uma careta, o menino riu, um riso estrepitoso de susto.

Aimbé disse a Isabel:

— Preciso ver Mãe Cândida... Dom Braz mandou carta...

— Carta de meu tio? Então tu estiveste com ele?

Entraram em casa. Basília, que ia passando, recebeu a carta, chamou a mãe e fez leitura para ela e para Isabel. Aimbé se encostava junto da janela. Ia perguntar o que eram aqueles sinais, mas, raspando sua vista no canto além da varanda, divisou uma cena que o assustou tanto que ele, rapidamente, correu para fora. A jaguatirica, já próxima do berço improvisado, as orelhas puxadas para trás, o andar disfarçado, sorrateiro, tomava chegada. A criancinha cheirando a leite, alegre com a festa de um reflexo de sol nos dedos, se agitava na alegria de viver. A jaguatirica estacou perto. Dir-se-ia que ela soubesse o que estava fazendo. Aimbé ainda a quis apanhar antes do bote. Mas não foi possível. Morena já caía sobre sua presa, enquanto Aimbé a puxava e tentava tirá-la de cima do menino, que, felizmente, não fora atingido senão nas roupas, mas que chorava assustado. Aimbé puxou a oncinha, por fim. Ela se voltou contra ele, enrolando-se em seu braço e mordendo-o até escorrer sangue. Ouvindo o choro do menino e os gritos de Aimbé, correram as mulheres. Ele agitou o braço, mas não se desvencilhava da jaguatirica. Com custo, com a mão esquerda, puxou da faca e, enquanto a mão direita gotejava sangue, elevou-a junto da parede, cravando a faca em Morena.

Num momento, parecia que ela não desapertaria os dentes. Por fim, tombou, ensanguentada, já morrendo. Isabel atirou-se para junto dela. Mãe Cândida elevou o menino nos braços. A roupa estava rasgada, mas ele apenas sofrera um arranhão. A senhora embalou a criança, que sossegava aos poucos. Isabel se debruçou sobre a sua oncinha. A faca... ela teria coragem de tirar? Experimentou. Conseguiu. Mas a oncinha estremeceu e acabou de morrer. Isabel caiu sobre ela, num choro alto e sentido. Depois levantou os olhos magoados, cheios de água, para Aimbé, a quem Basília acudia, examinando a ferida:

— Desgraçado — disse. — Bastardo do inferno. Nunca te perdoarei!

Mãe Cândida não pôde deixar de estremecer ante tanta injustiça:

— Isabel — disse ela. — Aimbé acaba de salvar teu filho! Por pouco não mordeu a criança...

Mas Isabel continuava a fitá-lo com ódio profundo:

— Mestiço sujo! Tiraste minha única alegria! Antes morresses! E agora... como vou viver sem a minha Moreninha?

Baixou-se novamente sobre o cadaverzinho ensanguentado. Com as mãos piedosas o recolheu em seu colo:

— Como vou viver sem a minha querida do coração?

A Bandeira ondulava, já no grande entusiasmo e na antevisão da conquista. Lá atrás, alguém entoava uma alegre cantiga, a mesma que subira ao céu na manhã da partida de São Paulo. Havia ainda o orvalho da madrugada no chão fofo e doce de se pisar. Pelo céu, com longes rosados, cruzava uma nuvem bulhenta de periquitos, a voar e a revoar na indecisão do rumo e depois a fugir. À esquerda, o Morro Negro, cujo vulto cortava um canto do horizonte. Não havia dúvidas agora. Junto de um córrego se viam pisadas de botas grosseiras. Apanharam os homens uma bacia com um caneco de cobre. E, no turbilhão de um novo voo de pássaros alegres, se perdeu o eco da fala de dom Braz, mandando que todos ficassem ali:

— Temos que concertar nossa chegada.

Tiago disse ao pai:

— Bem que me avisaram as minhas conselheiras. Vai haver questão.

O capitão deu ordem para que a Bandeira se fosse chegando em cautela, grupo após grupo, indo pela sombra das árvores, a fim de surpreender os aventureiros. Dom Braz, enquanto corria a avalancha súbita do descontentamento no seio de sua tropa, tirou do peito um papel enrolado em tira de couro:

— Mas eu tenho direito! Eu não trouxe vosmecês, aqui, por louco ou criminoso. Aqui está a ordem do governador! O lugar é nosso, e, se houver gente lá dentro, pior para quem não quiser desocupar o morro!

Tiago pediu ao pai:

— Meu pai, me deixe ir com uns companheiros. Quero subir atrás do morro. Subimos pela pedra, no sítio mais difícil, e de lá veremos o que se faz. Vosmecê dirija a tropa para chegar, acompanhando meu papel. Se os boavas estiverem lá dentro, pior para eles. Se for qualquer vagabundo que se perdeu no caminho e veio dar com os ossos nestas lonjuras, melhor para nós, que tomaremos posse com mais vantagem.

Dom Braz não disse seu "diacho". Metade de seu rosto, fora do chapéu, estava crestado do sol e avermelhado, mas aquele couro rude teve um estremeção sensível:

— Deus te proteja, meu filho, e a Madama do Anjo te acompanhe. Nós, aqui, dividiremos a tropa de modo a não fazer escarcéu. — Sua fala era mansa e doce. Mas, de súbito, se alteou, gritada: — Corto um pedaço do desgraçado que não cumprir minhas ordens! O Sertão está cheio de boavas. Quem tiver medo deles que volte e se esconda debaixo da saia de sua mulher. É voltar ou me acompanhar de bom grado. Não pedi favor a ninguém!

Escolheu Tiago os seus homens. Seriam apenas cinco, pois não convinha alertar os emboabas — caso ali estivessem — com muito barulho. Cinco homens já provados em outras expedições.

Tiago não era como seu pai, um ardente descobridor. Porém, se no dia comum estava sempre pouco encorajado, e às vezes distante de tudo, os acontecimentos importantes tinham o dom de o excitar. Calado, ensimesmado, ganhava, então, outro espírito. Tornava-se mais ágil e providenciava o que fosse preciso. Leonel sempre parecera o provável continuador de dom Braz — o futuro chefe. Tiago, entretanto, era homem das ocasiões, do expediente e das decisões rápidas.

Conduziu seus companheiros, tomando tempo primeiro na sombra e guiado pelos arbustos em sua rota. Cortou assim, a planície, lentamente, num cuidado meticuloso. Agora o morro já estava de perfil; eles o iam contornando. Um pouco de terra punha-lhe na base certa ilha de vegetação —

bosquezinho fechado. Tiago ali ficou, concertando o plano: subiriam um a um; ele iria à frente: sabia, como ninguém, escalar montanhas; desde pequeno adquirira essa habilidade. Depois se reuniriam todos próximo ao tope. Lá em cima — divisavam bem — havia uma espécie de plataforma, que contornava, de forma desigual, o Morro Negro. Esse piso de pedra escura levaria à outra face. Alguns poderiam ir pela frente; ele — ainda não sabia bem — talvez conseguisse subir até o pico, caindo, escorregando de lá, para a saliência do outro lado, o que valeria pelo imprevisto.

E assim se fez. O sol queimava no céu aberto, depois de superado o pequeno bosque. Grimpavam até a platibanda aqueles homens hábeis. Quando se reuniram todos, na pequena faixa que circundava o morro, Tiago franziu o rosto, elevou o olhar. A distância, lá de baixo, parecia bem menor entre esse ponto e o tope. Agora ele percebia que era, realmente, uma escalada muito mais perigosa do que as que costumava fazer — porque a pedra não apresentava desigualdades nas quais conseguisse apoio ou galhos onde pudesse lançar cordas. Uma vegetação espessa e enegrecida invadia tristemente o lugar, onde o vento zunia com ímpeto lúgubre — uma vegetação que Tiago explorou: em certos pontos era muito mais forte do que parecia e se agregava à pedra profundamente. Ela não suportaria o peso de seu corpo, mas pelo menos cobriria a aspereza da pedra e o ajudaria a firmar-se.

Um dos homens — escravos da Fazenda — quis também subir com Tiago. Era hábil como um macaco nesses empreendimentos. Estava, na planície, sempre carrancudo, desinteressado. E, quando a Bandeira atingia os montes, ficava contente: era o serviço de que mais gostava.

Tiago aceitou:

— Esperem! — disse aos quatro companheiros. — Quando me virem lá em cima, passem depressa ao outro lado.

Tiago, seguido do negro da Lagoa Serena, foi subindo com grande dificuldade. Muitas vezes fechava os olhos — sentia a altura pelo vento que assoviava, fino, doendo nos ouvidos. Então, fazia uma pausa e descansava os braços alargados, apertando a pedra, tateando aquela erva dura e áspera. E ia, assim, sentindo a vertigem do despenhadeiro, procurando olhar para cima e não olhando nunca para o fim daquele abismo. Às vezes o negro, lá embaixo, dizia qualquer coisa que se dilacerava na voragem do vento.

Tiago ia subindo. Mais além, estaria a estabilidade. Próximo do tope, distinguia uma pequena grota, onde poderiam descansar — na pedra batida de sol. Ele não houvera reparado. Foi assim, o sangue a lhe bater com violência na garganta, que Tiago subiu até esse pequeno refúgio. Lá embaixo, os homens percebiam seus progressos com ansiedade. Um deles cuspiu, e a saliva lhe veio de encontro ao rosto, devolvida pelo vento endemoninhado:

— Vai ser engraçado se do outro lado não tiver ninguém.

Ao que um companheiro respondeu:

— Vai ser mais engraçado se tiver.

Já, agora, Tiago alcançava a grota. O negro vinha rente. Distanciava um pouco a cabeça da pedra e careteava ou sorria, nervosamente, para o sinhozinho que o aguardava, a salvo. Mas, já na última arrancada, como tudo estivesse ficando fácil, o preto, sempre olhando Tiago, segurou com excessiva confiança numa touceira daquelas ervas escuras, perto da grota. Estavam apodrecidas da umidade. Procurou firmar- -se no outro braço, que era o esquerdo, quando sentiu que se esfarelava na mão a garantia; também do lado esquerdo lhe faltou o apoio, e o negro, dando um grito medonho, despencou pelo abismo, a figura se tornando pequenina, como um chamusco de papel que brilha e se apaga.

O berro o acompanhou. E, lá embaixo, os homens não contiveram as exclamações de horror.

Tiago escondeu o rosto nas mãos sofridas até o sangue. Por um instante ficou privado de pensamento, submerso num medo que não estudava toda aquela situação e que assumia, para ele, o aspecto de um gênio ameaçador, cuja única linguagem fosse o assovio estrídulo, que lhe magoava o ouvido.

Um caboclo, lá na platibanda, persignou-se:

— Ele não caiu. Vosmecê veja! Ele foi arrancado! Prestem atenção... é o Saci que está assoviando! É o Saci!

Tiago, por um instante saindo de seu torpor, rezou à Madama do Anjo. E nessa prece pela sobrevivência quase sentiu, em sua barba, a face lisa e quente de Cristina, como se fosse a vida e só agora pudesse saber.

No tope, Tiago perguntou a si mesmo se não subira por milagre da Madama do Anjo. Ali estava, e a terra ondulava para ele, como que o chamando e o puxando docemente, na embriaguez do desmaio da sedução. Pendeu ligeiramente a cabeça e então viu: havia uma grota profunda um pouco acima do meio do morro. Na sua abertura se agitavam pessoas. Na terra pousada pelo vento, durante séculos e séculos, em sua louca peregrinação, fora criado um pequeno oásis muito limitado, com dois coqueiros vergados e tristes. Estudou-os bem. Achou que um deles, apesar de franzino, lhe suportaria o encargo. Então fez sinal para os companheiros, amarrou a corda, encomendou a alma a Deus e deslizou até a abertura, onde caiu com estrépito sobre o magote de homens ali enfurnados.

Dom Braz, a essa altura, já estava próximo do morro. Já não se cobriam mais os homens com sombras das árvores nem se esgueiravam. Corriam em direção do morro e alguns gritavam palavras nativas, com furioso ímpeto. Lá do alto começavam a rolar pedras, caíam flechadas e zuniam alguns tiros. Tiago e seus companheiros lutavam a faca. Os emboabas, tendo sido alertados sobre a vinda de dom Braz, ali estavam escondidos. Poupavam as armas de fogo. Contavam impedir a escalada com as pedras que faziam rolar daquela altura. Era uma luta áspera e informe, aquela — Tiago procurava suster o ataque em seu próprio bojo. Quando dois homens rolavam uma grossa pedra, um dos acompanhantes de Tiago se interpôs, procurando contê-la, mas foi derrubado por ela e levado até a borda, despenhando lá de cima.

Dom Braz sabia que não poderia usar arma de fogo, porque sacrificaria o próprio filho. Teria que ter coragem e habilidade e aguardar que Deus, do lado deles — pois que estavam dentro da lei de Deus e dos homens —, também os ajudasse, dando valor a Tiago e a seus companheiros.

Foi o que aconteceu, ele pensou depois. Quando Tiago conseguiu atingir com sua faca aquele que era, aparentemente, o chefe do grupo, os outros se aterrorizaram: sabiam que os paulistas estavam em número superior. Eles já haviam perdido o Morro Negro. Talvez conservassem suas vidas se não insistissem no combate.

Tiago, um lado da face a escorrer sangue, disse:

— Terão vida poupada e liberdade garantida os que se entregarem.

Apenas um deles, de rosto febril e de olhos fundos — justamente o que parecia mais fraco e doente e que não tomara parte na luta —, se aproveitou do momento em que todos esperavam, trêmulos e cansados, no desnorteamento que se seguiu à palavra do filho de dom Braz. O homem que se encostara num úmido canto escuro dali deu um bote de fera sobre as costas de Tiago, apertando-o pela garganta. Mas Tiago foi auxiliado por um dos seus, que golpeou o atacante nas costas. Os braços se desapertaram, aquela agonia de morte cedeu, e Tiago teve o corpo livre, enquanto o emboaba arquejava no chão, ensanguentado.

Os forasteiros olhavam, pasmados, subir a onda maciça de paulistas, que gritavam, entusiasmadamente, entre ditos, risadas nervosas e expressões dos índios.

Tiago, ofegante, limpando salpicos de sangue no rosto, perguntou:

— Cedem ou não? Do contrário serão todos mortos. Meu pai traz a posse do Morro Negro assinada pelo governador!

Ficaram cabisbaixos, recuaram para um canto, onde foram sendo desarmados pelos homens de dom Braz, enquanto já bem próximos estalavam os passos na pedra e estrugiam os gritos na escalada do monte. Tiago deu as costas, sobranceiramente, ao grupo emboaba, guardado, unicamente, por seus três companheiros. Riu e acenou com os braços.

Podia gritar: "A casa é vossa, nhor pai!".

Aqueles homens estavam transidos e apavorados. Ouviam dizer, de companheiros, coisas horrendas dos paulistas, se vencedores. Mutilavam com o maior requinte os que lhes caíam às mãos. Daquele grupo, tocado de pavor, um homem se projetou gritando, numa loucura, de encontro aos que subiam, para ser apanhado no ventre por Parati, que o esfaqueou, julgando-o armado e em agressão. Lá dentro, agora, os poucos reinóis esperavam apenas a clemência do vencedor.

Dom Braz, depois de acostumado à meia claridade do ambiente, examinou as faces: um homem de barba preta e cabeça grisalha escondeu o rosto com a mão escurecida pelos trabalhos da mineração.

— Não adianta fugir — disse dom Braz. — Eu te conheço! És o Barba Preta, que tomei a meu serviço, morto de fome. Tinhas todos os teus haveres às costas; havias acabado de chegar do Reino. Bem te ensinei o caminho, hein?

Dom Braz se dirigiu aos mais:

— Se quiserem salvar a pele, corram depressa! Quando me der na cabeça que já passou o tempo da descida e descobrir um boava... vou ficar apurando a vista daqui... mando um tiro! Garanto que minha pontaria não falha, apesar da idade!

Destroçados e infelizes, desceram os reinóis. Exultaram os homens de dom Braz. Muitos caçoavam e os apupavam, chamando: "Boavas! Boavas!". Depois, trêmulos, se sentaram a esperar que o grupo de homens maltrapilhos e fatigados desaparecesse na distância da vista.

Depois que se afastaram os homens, dom Braz mandou enterrar os mortos. Na luta, havia perdido seis componentes da Bandeira. O capelão se pôs a encomendá-los todos juntos. Fez uma oração diferente, desconhecida, entremeada de frases misteriosas. O capitão, a cabeça descoberta, ajoelhado como os outros homens, falou comovido, apertando o braço do padre:

— Espere! Quero que apronte um por um. Não misture meus homens com os boavas. Desculpe interromper, mas nem na morte eu gosto de confusão!

Os dez mortos pela posse daquele Morro Negro foram sendo encomendados. Havia a emoção a apertar a garganta dos homens sombrios, cansados e sujos, a dilatarem seus corações diante da ideia da Morte.

Um por um foram bentos os defuntos. E ali ficaram sepultados, à sombra do pequeno bosque, que marcara de um lado a subida do morro.

No entardecer melancólico, na despedida aos que jamais voltariam do Sertão, houve uma nota doce. Tuiú, enquanto os homens rezavam, se distanciara a investigar os campos. E, tendo tido seu ataque costumeiro, entrou a piar, chamando sobre si grande nuvem de pássaros, que desceram sobre o bosque e piavam, doloridos. Era a festa mortuária que o índio, sem saber, havia comandado. Sob o lastimoso canto da passarada, baixaram os corpos à terra longínqua e mal conhecida pela qual haviam morrido.

Houve breve comentário de dom Braz:

— Meu filho, vosmecê não acha esse padre muito cheio de novidades? Nunca vi nenhum encomendar corpo como ele fez.

— Na verdade, meu pai, eu também estranhei. Mas não faz mal, vamos deixar que ele diga lá as suas rezas. Tem provado ser bom homem. Há cinco dias... vosmecê não viu?... padre Sebastião salvou um de nossos homens sugando-lhe o braço mordido por uma cobra. E lá na Pedra Grande meteu-se de permeio a dois que brigavam, mor da aguardente, que lhes bulia com o ânimo. Por pouco não levou uma facada, mas conseguiu apaziguar os briguentos. Ele nos tem prestado bom serviço.

— Eu sei — disse dom Braz. — Tenho notado que há certos nomes pouco agradáveis de se ouvir... meus homens abusavam de quando em quando... que não saem mais na conversa. O padre é tão bom que eu engulo até meu "diacho" na frente dele! Ele só tem mesmo esse defeito de fazer tudo diferente dos outros. Deve ser capricho de fazer melhor!

Pela manhã que se seguiu à ocupação do Morro Negro, fez dom Braz uma arenga a seus homens. Alguns, dentre eles, queriam que a terra fosse dividida e diziam: "Bastam-nos terras. Ficaremos por aqui. O clima é bom, o lugar é fácil; já se viu que há muito peixe no rio. Mas estamos a perceber que isto, que se pensava fosse ouro, não é. É um engano!".

Enquanto esses falavam, muitos baixavam a cabeça, acabrunhados. Dom Braz reuniu seus oitenta homens e, tendo Tiago a seu lado, fez com que este abrisse, um por um, os pequenos sacos com ouro que havia encontrado escondidos atrás de uma pedra, na gruta do morro, quando tivera que tirar de cima o cadáver de um reinol.

Dom Braz fez troar sua voz:

— Não é de hoje que me embrenho no Sertão. Nem é a primeira vez que ando às voltas com descobrimentos d'ouro. Conheço muito a velha cantilena: "Não há ouro, não há ouro nenhum", o que quer dizer: dê-nos as costas, velho ambicioso, que então nós o acharemos, só para nós mesmos. Nem todos, dentre vós, seriam capazes de pretender enganar-me. Cinquenta porque são de bem. E vinte porque sabem que enganar a um matreiro como eu não é arte tão fácil; é, antes, muito perigosa. Restam dez. Pobre mistura de ingênuos e de enganosos!... Pois eu lhes digo, a esses — e sua voz avassalou a planície —, que, antes que repitam suas histórias, serei bem capaz de fazer com eles aquilo que contam os emboabas dos paulistas. Nem me importo de que corra a minha fama. E aqui está — ele levantou a sacola com o ouro — ouro da melhor qualidade, a faiscar como já vi não só nos córregos, mas na própria terra que cerca o morro. Vamos trabalhar. Que Deus nos abençoe e me ajude a punir os tratantes!

Correu um grande silêncio depois das palavras do chefe. Por fim, os homens vieram em ordem examinar o ouro.

Alguns riam como crianças; outros ficavam tão perturbados que nem podiam rir ou falar. E havia, também, os que o viam como se fosse alguma nudez proibida. Punham-lhe olhos turvos e ávidos.

Passado aquele momento, a Bandeira se desfez. Antes que começassem os homens a cavar e se tornassem normais os trabalhos de mineração, teriam, para acalmar esperanças, de levantar pedras e pedras na teimosia de encontrar o tesouro oculto que os boavas — pensavam — não haviam tido tempo de carregar.

# XI

Caíra a Lagoa Serena, outra vez, na monotonia dos dias iguais. Diminuíram as fainas da roça, passada a estação. Cristina descansava mais em casa. Genoveva cuidava da cozinha, e havia ainda longas horas em que não se sabia bem como empregar o tempo.

Durante o dia, as ocupações bastavam, mas, depois do jantar, aquela casa, sem homens, era sombria e desconversada. Basília, o rosto sempre a meio embuçado, pouco dizia, imersa ainda na dor da falta de Rosália. Mãe Cândida pensaria talvez em Leonel, mais do que no próprio dom Braz, que lhe mandara notícias por meio de um amigo de Manuel de Borba. A Lagoa Serena soubera da ocupação das minas, do combate, das mortes e também do manancial de ouro que estaria agora em poder de dom Braz e de seus homens.

Faltava a Cristina a companhia de Margarida. Era ela, depois de Mãe Cândida, quem mais se desvelava com Afonsinho — o filho de Isabel. Repetia a Basília, que não tinha dele a mesma piedade:

— Até quando ri parece que está pedindo socorro. Nunca vi uma criancinha tão terna, tão boa, tão paciente. Não posso compreender por que Isabel não lhe quer bem. Deve ser mesmo um pouco doente da cabeça para não gostar de um menino tão bom e doce quanto Afonso!

Após a morte de Morena, algo surpreendera as mulheres da Fazenda. Foi Basília a primeira que notou. E disse à mãe, levando-a à janela, quebrando seu habitual silêncio:

— Olhe só como aquela criatura está ficando parecida com a Morena.

Mãe Cândida não quis admitir, mas acabou concordando, pelo menos dentro dela própria. No modo de andar, em seu todo, nos seus movimentos lentos, naquela espécie de mistério que a rodeava, Isabel lembrava a jaguatirica. Então, agora, quando seu ódio contra tudo crescera, depois da morte da oncinha, como que se poderia até sentir o rancor ferver dentro dela — uma ferocidade que parecia a reencarnação de Morena. Nessa natureza estranha e infeliz, ocorrera a última perda de fé, com o sacrifício da ferazinha que ela trouxera do Sertão, criara na mamadeira e que durante tanto tempo fora sua companheira de abandono.

Depois da morte da jaguatirica, mostrava uma aversão incontida pela criança, tal se seu filhinho fosse responsável por ela. Mas era contra Aimbé que sua fúria crescera, ainda com mais violência.

Muitos dias depois, Isabel o provocava e o desafiava, dizendo que ele teria enfezado a pobre e teria tido gosto em matá-la. Ela era o bicho mais manso e melhor do mundo, incapaz de fazer qualquer mal, e Aimbé sufocava seu desejo de vingança. Passava a mão sobre o braço, cuja ferida ainda cicatrizava, possuído por ideias amargas e violentas.

Tiago, seu sinhozinho, o despachara de volta, para essa humilhante vida da Fazenda, em vez de querê-lo junto. E Isabel ainda o maltratava e perseguia, quando ele se havia sacrificado para salvar a criança. Mastigava em silêncio seu ressentimento. Por vezes, chegou a desobedecer a Mãe Cândida. Dentro da alma do mestiço se instalava e crescia a revolta surda.

Cristina agora, depois do jantar, não podia ficar em casa nem que quisesse. Pesava-lhe a impressão dolorosa de aperto no casarão habitado por lembranças tristes. Saía a passear por perto e a rememorar aqueles poucos dias de sua vida de casada, em que conhecera o sentimento diferente de apego dos sentidos, que era esquecido durante o dia trabalhoso, mas que a apanhava desde que suas ideias flutuassem a esmo. Mil vezes atentava, em si mesma, para aquele mistério.

"Mas eu não quero, não são estas as lembranças do amor — eu o cobiço!... Deus meu, como os homens sem coração devem cobiçar a presença das mulheres que os perturbam em sua carne!"

Numa dessas desoladas peregrinações, chegou ao córrego, e lhe deu uma saudade machucada de Margarida. Nunca mais tivera coragem de voltar ali. Mãe Cândida, durante os primeiros tempos, pusera um guarda na casa. Agora estava tudo abandonado. Ninguém mais se atrevera a chegar perto, porque o escravo tinha tido ordem até de atirar em quem se aproximasse.

Nessa tarde, junto do córrego, Cristina sentiu que as pancadas do seu coração se multiplicavam sonoramente. Até ela, chegavam as palavras misteriosas do Louro, a comandar um mundo obscuro com seu palavrório torrencial. Parou, arfando. Naquela região da Morte, o Louro vivia, sabe Deus por que milagre, a repetir as mesmas falas que faziam sorrir Margarida. Cristina andou mais. Tudo era mato. Muitas roseiras haviam morrido, mas na confusa escuridão das folhagens, enredadas de ervas daninhas, aparecia uma grande rosa, a balançar, clara e doce, toda embalada em seu cheiro. Aquela rosa, ali oculta, também falou a Cristina de Margarida. E na casa, coberta de traves e embuçada de folhagens, ela cuidou: estaria a própria Margarida, a bulir em sua rede, tão feliz, tão alegre, como quando a conhecera e mostrara seus domínios cheia de orgulho.

Sentiu pavor. Não era dos mortos, era pavor da vida, que arrebatava a tudo e a todos, para onde quisesse levar.

O Louro novamente espalhou sua voz, do alto de um mamoeiro, dando ordens a um exército de fantasmas. Cristina voltou depressa.

Se bem que as notícias, chegadas nessa manhã, fossem boas, sentiu que caminhava para angústias e pesadelos. Ao mesmo tempo contradizia sua aflição, enquanto a sombra da voz do Louro — um eco perdido e destroçado — lhe falava da morte de Margarida. "Que mal poderá ainda nos acontecer? Como se poderá ser ainda mais infeliz e mais triste?" E era nessa dolorosa meditação que ela queria consolar sua melancolia. Antigas palavras de Margarida lhe voltavam à mente. Foi entrando no pátio. Do quarto de Isabel, saía o pranto doce, mas com um longe de consolo e de bondade, de uma criancinha talvez esquecida pela mãe à hora de tomar a mama. Cristina foi correndo para lá. Naquelas ruínas de vida, florescia o choro do menino, como a rosa aberta na solidão da casa de Margarida.

Mãe Cândida ouvia Basília ler alto a carta que havia escrito para dom Braz em resposta da que ele lhe mandara sobre a ocupação do Morro Negro. Basília procurava, em frases simples e nuas, contar tudo que havia acontecido. Numa carta só se reuniam tantas desgraças! Desde a fuga de Rosália, que ela pôs em primeiro lugar — pois para ela era a infelicidade maior —; o ataque dos índios; a morte de Margarida e o se atirar pelo mundo de Leonel, episódio descrito com três palavras: "Leonel sumiu no Sertão". Depois, relatava muitas coisas sobre a Fazenda, que se havia recuperado e já dera lucro; o feijão estava escasso em São Paulo, e a Lagoa Serena dera muito feijão. O remate de tudo isso era a frase: "Esqueci-me de dizer que Isabel teve um filho. É um menino branco e forte".

Mãe Cândida ouviu tudo em silêncio. Depois disse:

— Vosmecê assentou o que se passou direitinho. Mas não carece de alarmar seu pai. Ele não pode fazer nada naquela lonjura. De tudo isso, acho que só temos obrigação mesmo de contar sobre a morte de Margarida. Nem o filho de Isabel deve entrar na carta, porque dom Braz vai ficar desenterrando paixão velha. Os homens não têm que tomar conhecimento dessas tristezas que aconteceram por aqui. Nós ainda estamos muito melhor do que eles. Veja se dá uma palavrinha de Cristina a Tiago. Vosmecê não quer, Cristina?

Cristina se chegou à mesa:

— Diga-lhe que estou bem, com boa saúde, e lhe desejo o mesmo.

E, mais uma vez, ela saiu, pensando nessa espécie de prisão que era a Lagoa Serena. Nada deveria transparecer dali. Mãe Cândida concedia dar a notícia da morte de Margarida, como se o mais não tivesse importância. E Basília aceitava. Que é que Basília pensava da vida? Que seria preciso sofrê-la sempre, como se a Fazenda fosse lugar permanente de expiação de crimes?

Naquele mesmo dia chegou um homem, muito contente, montado numa bestinha cardã bem arreada; era pessoa muito falante e cheia de histórias. Queria ter assunto com a dona da Fazenda. Era de muita importância.

Antes que ela chegasse, contou coisas incríveis a respeito dos emboabas, e Cristina e Basília ouviram, da sua língua solta, a declaração:

— Contam que tem um lá que já fez muito paulista... — e esfregava a mão na boca, meio embaraçado — deixar de ser homem... quer dizer... mutilou eles... É um tal de Bento Coutinho, que é a alma danada de Manuel Nunes Viana, o chefe dos emboabas... Dizem que ele está querendo ser igual ao Rei ou coisa que o valha.

Basília puxou mais o lenço, não se sabe se para esconder a deformação ou qualquer lágrima mal-avisada. E Cristina forçou a amabilidade, também emocionada pela terrível notícia sobre o que corria a respeito do marido de Rosália:

— Vosmecê viajou tanto! Deve estar com fome. Eu vou encomendar qualquer coisa lá na cozinha.

— Aceito, sim. Mesmo porque eu só vim aqui no interesse da dona de dom Braz.

Nesse momento, Isabel, com a criança no braço, se sentava à varanda, num tamborete. Ali estava, do outro lado da parede, sem pensar em tomar parte na conversa. Mas fazia tenção e apurava o ouvido quando o visitante mencionou o nome de dom Braz Olinto.

Minutos depois, chegava à sala Mãe Cândida. O homenzinho estabanado foi dizendo:

— Eu tenho uma novidade para vosmecê. Soube no Rio de Janeiro, na última viagem que fiz, que dom Braz foi miseravelmente enganado... O padre que ele levou, o capelão da Bandeira, é tão padre quanto eu sou ou a senhora! Quem me disse isso foi pessoa muito bem informada. Ele andou querendo estudar pra padre, no Reino, mas alguma coisa um senhor seu Bispo viu dentro da cabeça dele e achou que não podia ser ordenado. Ele, então, veio aqui para São Paulo do Campo e, como não desse um jeito na situação, se ofereceu para capelão de dom Braz. Vejam só como andam ousados os finórios deste mundo!

Mãe Cândida não pôde silenciar o reparo:

— É... aquele padre estava fácil demais... num tempo de crise de capelães para as bandeiras...

O visitante foi muito farto de minúcias. Perguntavam-lhe:

— Como soube da história? Por quem a soube?

Tudo foi rigorosamente explicado. Ninguém mais poderia ter dúvidas. Dom Braz fora vítima de um intrujão.

Mãe Cândida suportou o golpe com a costumeira dignidade. Fingiu que não dava tanta importância àquilo. Escreveria a dom Braz, e ele mandaria embora o falso padre.

Cristina trouxe pão, bolachas, melado, queijo, e a visita foi servida numa alva toalha, na grande mesa, com toda a polidez. No meio da refeição, Mãe Cândida perguntou:

— Ninguém mais sabe disso? Só vosmecê?

— Ainda não sabem — respondeu o homem. — Mas... — acrescentava de boca cheia de queijo e a escorrer gordura rica pelos cantos — ... vai ser um atropelo quando eu contar em São Paulo!... Vosmecê já pensou... nas donas de lá, quando souberem que os maridos estão desamparados do serviço de Deus? Já que eu soube, tenho que contar. Elas também podem mandar notícia... tomar qualquer decisão...

Mãe Cândida era impenetrável:

— Vosmecê faz bem; está no seu papel.

O visitante se serviu da farta mesa sem nenhuma pressa. Era um homem informado a respeito de tudo o que estava acontecendo. Colhera notícias sobre o que ia sucedendo nas minas e dizia, muito risonho e esperto:

— Aquilo por lá, dona, está ruim para nós... Está mesmo muito ruim... Dizem que, se os paulistas não tomarem uma providência, o governador não faz nada. Ele parece que está até com medo dos dois lados. Dizem que ele não é homem de pulso para acabar com a questão...

Não se sabia o que Basília pensava, o que Mãe Cândida sentia. Estavam ali, atentas em bem servir o homem que lhes trouxera a nova perturbadora. E até pareciam animadas com a conversa. A própria Basília tinha algumas palavras a mais para com o homem — ela que era tão avara habitualmente de seus dizeres.

Depois que o visitante terminou de comer, pediu licença, desapertou a cinta de couro e arrotou alto para dar mostras de satisfação e ser gentil às damas. Disse que estava na hora de ir embora:

— A conversa aqui é tão agradável que eu me esqueci do tempo. A besta vai ter que trotar mais depressa para que eu chegue a São Paulo no claro. Sou pessoa de viajar só em dia claro, porque conheço muito sobre emboscadas e assaltos. Eu não sei o que é, se é do tempo, se são esses casos com os boavas, ou se está no ar. Mas o homem corre perigo desde que põe o pé fora de casa!

Basília, o lenço caído junto do nariz, disse, amável:

— Mas vosmecê não precisa ter cuidado. O sol ainda está de fora; vai chegar em paz.

Galantemente, o homem se despediu das senhoras:

— Comi tanto que a besta vai gemer...

Saiu alegremente, montou e se foi despedindo da gente da Fazenda, dando com a mão. Todas entraram. Cristina deixou passar Mãe Cândida e Basília. Instantes depois, ouviu estrondar um tiro e estremeceu, perguntando:

— Vosmecês ouviram? Que será que aconteceu?

Saiu correndo para fora do pátio. Logo depois da porteira, o homem tombara ao chão, o animal fugira. Cristina ainda mexeu no corpo, mas recuou horrorizada: havia uma brecha sangrenta nas costas. Aimbé vinha chegando.

— Assassino! — gritou ela. — Que foi que fizeste? Querias roubar este homem?

— Sinhazinha... não briga! Aimbé não é assassino. Sinhazinha está dizendo mentira. Branco também não tem licença de dizer mentira!

Vinham chegando Basília e Mãe Cândida. Esta olhou o cadáver:

— Felizmente, para ele, não deve ter sofrido.

Cristina, enraivecida e tremente, fitou a sogra:

— Vosmecê se está apiedando... mas como se esse homem houvesse morrido de uma queda de cavalo! Ele foi assassinado em sua Fazenda!

Mãe Cândida apanhou Cristina pelo braço, com firmeza de mão:

— Eu preciso falar com vosmecê.

E voltando-se para Basília:

— Faça o que é necessário.

Cristina foi entrando em casa na impressão de que tudo era absurdo, de que fazia parte de uma história estúpida e mal contada: um homem fora morto por Aimbé, ali junto da porteira da Fazenda, mas tinha a impressão de que nem Mãe Cândida nem Basília se revoltavam.

Mãe Cândida pediu que se sentasse:

— Minha filha... Eu não sei se Aimbé matou aquele homem. Mas não se pode fazer barulho em torno do caso. A Madama do Anjo me assiste neste momento. Foi a Providência que armou a mão que deu o tiro. Vosmecê já pensou como dom Braz ia ficar desmoralizado se esse homem contasse por aí? Vosmecê também já pensou no sofrimento das mulheres que perderam seus maridos na luta do Morro Negro... cuidando que todos eles foram para o Inferno porque não tiveram bênção de padre e esse que encomendou os corpos estava mais preparado para levá-los ao Diabo do que a Deus? Vosmecê já pensou em tanta desesperação, em tanto mal que esse desgraçado cabeça de vento ia fazer?

Cristina sentiu um turbilhão crescer dentro dela:

— Desde que vim para cá, tenho sido humilde diante de um mundo de injustiças, mas, agora, não me calarei. Será preciso que eu vá à Justiça contar sobre o que vi nesta casa. Se vosmecê pensa que coragem só têm as mulheres que nasceram aqui, está muito enganada! — Baixou o tom de voz, completamente desarvorada. — E eu, que admirava tanto vosmecê!...

— Se tu pensas que fui eu quem mandei atirar nesse pobre-diabo de língua desenrolada, estás enganada. Mas não admito que dês parte à Justiça. Se saíres desta casa para esse fim, nunca mais voltarás. Eu não te receberei aqui!

Cristina era levada pelas próprias palavras, que jorravam num ímpeto irrefreável:

— E vosmecê pensa então, Mãe Cândida, que isso é castigo? Será que vosmecê é tão cega de orgulho que julga que esta Fazenda é o Paraíso? Ah, se eu não estivesse tão revoltada, daria uma boa risada! Pois fique sabendo que, para mim, essa famosa Lagoa Serena, que lhe dá tanta vaidade, tem sido um castigo. Devo ser muito pouco querida por Deus, que me fez chegar a este degredo, onde só tenho conhecido solidão, tristeza e desamparo.

Mãe Cândida estava possuída da mesma violência. Mas se continha. A carne de seu rosto tremia, toda ela:

— Vosmecê, então, é nossa inimiga? Vosmecê quer chamar a vergonha sobre dom Braz, sobre seu marido e sobre todas nós... e o ódio das famílias dos mortos da luta contra os boavas? Eu não esperava isso de vosmecê... Apesar de que, nos tempos que correm, cada reinol que vem a esta terra parece que já chega com ódio de quem nasceu aqui.

Mãe Cândida desceu um tom ao terminar a frase. Ela dissera muito mais do que queria dizer, levada pelo excesso de paixão. A que estava sempre acima de todas as aflições era alcançada também pelo desespero. A senhora impávida não suportava a ideia de uma vergonha tão grande. Pior do que acontecera a Isabel, fora esse escândalo que ameaçava solapar todo o prestígio de dom Braz. Morrer no Sertão, sem ser à mão de Deus Padre, era o pior que poderia acontecer a qualquer paulista. E não seria seu marido que haveria de ser arrastado pelos amigos e pelos inimigos na mesma acusação cruel. Talvez dissessem até que sabia que o homem não era padre, mas que fora conivente na intrujice para reunir seus homens e levar avante a empreitada.

Cristina não podia sentir a mesma adesão, não podia defender, até de sua própria consciência, a honra da Bandeira. E, sufocada por uma explosão violenta, continuava a ameaçar:

— Pois, Mãe Cândida, se vosmecê não cumprir com o seu dever e não entregar Aimbé à Justiça, vou-me embora de uma vez para o Reino. — E com uma ironia que a castigava também: — Vou-me embora para sempre. Quem sabe se não foi a Providência, como vosmecê disse, que armou a mão desse homem para que eu volte para junto de meu irmão e possa viver tranquila?

A essa altura, Aimbé veio entrando. Trazia Isabel aos empurrões. Ele perdera sua humildade. Estava também possuído de fúria cega:

— Mãe Cândida, vosmecê não pode deixar Aimbé ser castigado. Esta mulher... a cunhã... matou! A cunhã ruim matou o homem! Aimbé não tem nada a ver com isso!

Isabel, que lutara com ele, agora se desenlaçava de seus braços e fitava Cristina com empáfia:

— Fui eu, sim! Então tu pensas que mulher não pode matar? Nesta casa de gente que me despreza, só meu tio me queria bem! Eu não me importo! Se tu me quiseres levar à Justiça... eu não me importo... se me quiseres ver pendurada numa forca. O que eu fiz, faria de novo para preservar meu tio. Tu és ou muito ignorante ou muito estúpida. Não sabes que há coisas muito mais importantes do que a Vida?... Pois, vamos! Vem comigo a São Paulo que eu mesma me apresento.

Tu não queres desgraçar toda a gente? E ainda as mulheres que nunca mais terão sossego, por saber que seus maridos estão queimando no Inferno? Tu não tens cabeça, és mais bronca que este pobre estúpido, que me arrastou para cá.

Aimbé estava mais vermelho do que nunca:

— Aimbé ainda tem muito que contar. Acho bom Isabel fechar a boca.

# XII

O sino da igrejinha nova badalava tão furiosamente que uma enxurrada sonora parecia rolar, corporificada, sobre a cabeça de Rosália.

Sem ter coragem para vestir-se, ainda com sua anágua engomada, baixava a cabeça sobre os braços cruzados, pousados na mesinha, encimada por um espelho. Ali estava, sentindo-se acuada pela alegria que reinava em torno. Nem que quisesse, não se solidarizava com a festa, na qual o marido tinha parte tão importante.

Estava derreada, os olhos pesados, não suportando a claridade nua, rebatida na própria parede caiada do quarto. Continuava na mesma posição quando Bento Coutinho entrou:

— Mas ainda estás assim? Se não te apressares, não terás tempo de assistir à sagração de Nunes Viana!

— Desde cedo sinto uma ponta de febre. Deve ser esta doença que está dando nos mineiros e já tem matado tanta gente.

Bento Coutinho estava vestido com apuro. Olhou-se ao espelho, consertou o penteado e apreciou, voltando-se ligeiramente de lado, a queda elegante da sua capa de veludo vermelho:

— Minha querida, podias fazer um esforço. Tu bem sabes — e já penteava a barba, com o pente apanhado sobre a mesa — que não te perdoarão as donas de nossos amigos. Bem sabes — e ele fingia desinteresse — que andam dizendo por aí que até me tolhes em meu serviço a meu leal amigo. Grande injustiça feita à minha mulherzinha, que me acompanha por toda a parte. Dizem que estás sempre me pedindo para que deixe os paulistas de banda... como se isso fosse possível.

Rosália tinha os olhos avermelhados. Dir-se-ia que falasse a verdade, que estivesse, mesmo, com febre:

— Pois, querido, vá sem mim à sagração de Nunes Viana. Desde que estamos aqui sozinhos entre estas quatro paredes... vou confiar a vosmecê um segredo... É bom não insistir, porque sou capaz de fazer lá uma vilania... Quando penso nisto tudo... palavra!... em meio a tanta desgraça, tenho vontade de rir...

— Rosália — disse Bento Coutinho, franzindo a testa —, eu te tenho mimado demais. Mas esta não é hora própria para fazer tuas brincadeiras. Avia-te, estás atrasada, e eu te ordeno!

Quando Bento Coutinho disse "eu te ordeno!", Rosália se impacientou:

— Não tinha ganas de ir, de ver todas aquelas mulheres do Reino a me fazer reparos em voz baixa, a dar muxoxos e a aparentar grandeza! Não vou estragar a festa. A sagração de Nunes Viana não depende de mim mesma. Vosmecê, que acredita nessa história, esteja lá. Porque eu... eu me lembro do tempo em que Leonel e Basília brincavam de rei e rainha. Fazíamos uma coroa de lata, e eu era a filha deles e também tinha a minha coroazinha... A diferença é que estamos em meio de lutas e violências, e ninguém gosta de pensar em assuntos engraçados. Mas que é engraçado, é mesmo... e vosmecê não pode me obrigar a ir, porque serei bem capaz de ter um frouxo de riso.

Bento Coutinho cerrou os lábios, mas fingiu que não estava zangado:

— A sagração de Nunes Viana não tem nada que desperte mofa. Levantei mil homens em pé de guerra, e em breve teremos mais dois mil em luta contra os paulistas. Esta sagração será para reforçar os direitos de Nunes sobre estas terras e acabar com a sem-razão desses editais do falso tenente e ministro das minas: Manuel de Borba! Nunes não a queria; foram os homens perseguidos pela gente de São Paulo que o persuadiram. Por favor, Rosália, não brinques mais comigo, sabes que eu te adoro, mas este instante é muito sério para que tu me pregues esta peça.

Como estivesse novamente curva sobre os alvos braços, ele lhe viu a descida escorregadia dos ombros, pintadinhos de sardas. E, apesar de magoado, não pôde deixar de depositar um beijo:

— Avia-te, meu amor. Já se ouvem os vivas, e os sinos já deixaram de tocar! Vê a multidão que está chegando!...

Rosália se decidiu.

— Bem, eu vou. Mas, se tiver vontade de rir, saio da igreja. E também se as mulheres me aborrecerem... volto, sem me importar com o que me aconteça. Não suporto o olho pesado e o murmúrio dessas donas sem bondade.

Rosália passou o vestido, ajudada por Bento Coutinho. Dentro de instantes estariam na igrejinha da Cachoeira, onde Manuel Nunes Viana, durante a missa cantada, seria ungido e sagrado ditador das minas gerais, recebendo, então, a espada de generalíssimo.

Tiago, do alto do barranco do pequeno rio, fiscalizava os trabalhos. Ali junto do Morro Negro, na profundidade da terra lambida pelo riacho, haviam descoberto, os da tropa de dom Braz, ouro generoso e fácil.

Dom Braz Olinto tivera uma ideia: seria preciso desviar o riacho. Então seus homens trabalhariam na própria densidade do ouro. O trabalho maior viria em benefício do trabalho menor.

Quando o pai propusera a Tiago a mudança do leito do pequeno rio, este cuidara que haveria dificuldades, mas os companheiros da aventura estavam entusiasmados com o enriquecimento mais rápido, e o milagre se fez. Serviram-se de troncos, de pedras; foi levantada a tosca barragem. Aquela água, que corria havia milhares de anos sempre na mesma volta, em torno de um seio de terra, morena e arredondada, tomara outro destino; o rio se desviara, correndo para o terreno cavado com o fim de canalizá-lo.

Quando tudo ficou pronto, houve o delírio. Os da tropa não queriam acreditar no que viam; agora, o que fora mistério estava exposto, o tesouro escondido vinha à mostra, e o ouro era extraído numa dissipação de alegria.

Dom Braz, logo que chegou, mandou construir ranchos. Também ajudado por Tiago, determinou que se plantassem o feijão e o milho. Docilmente lhe obedeceram os homens, mas, à medida que a extração do ouro vinha mais fácil, já não queriam perder tempo com a lavoura.

Dom Braz mandou emissários a Borba Gato a fim de levar e trazer notícias da Lagoa Serena; também determinou fosse trocado algum ouro por mantimentos. Quando o mensageiro voltou, houve a grita e o escândalo. Por muito ouro, viera compra tão pouca. Os alimentos estavam escassos no arraial de Borba Gato, no rio das Velhas. Os paulistas, além de perseguidos pelos emboabas, se queixavam de ladroeiras; comerciantes ligados a Nunes Viana enriqueciam com o estanco dos açougues. Depois de muitos meses, comparados na única troca que os mineiros de dom Braz haviam feito, como que o ouro ficara pobre, nessas minas gerais, onde cada dia menos se plantava e se criava, na ânsia de extrair o metal que despovoava um reino e trazia a multidão de aventureiros prontos para maltratar a terra, mas jamais decididos a cuidá-la.

Dom Braz sentiu que o fantasma da fome para sua expedição se tornaria, breve, em realidade. De nada lhe valeria mandar pequenos comboios a arraiais próximos, porque em toda a parte escasseava o necessário à alimentação do povo.

Tiago e dom Braz tiveram alguns contratempos nessa ocasião. Os homens se negavam a dedicar-se aos trabalhos do campo. Alguns tinham gosto em pescar. Organizavam pescarias, mas o peixe não dava, só ele, para o sustento do bando. Planejaram caçadas, porém era caça miúda o que havia nas redondezas, e também ela se tornara escassa com o correr dos meses. Houvera calculado para mais tempo, o chefe bandeirante, a estada nas minas do Morro Negro. Talvez, se continuasse aquela dificuldade com os mineiros, um dia amanhecessem sem ter o que comer. A alegria dos primeiros tempos foi toldada. Dom Braz se tornou áspero, "diacho" voltou, mesmo na presença do padre.

Naquela manhã, Tiago, em cima do barranco do riacho, ordenava a alguns homens que consertassem a barragem, calçando-a de pedras mais fortes, quando franziu o rosto. Lá longe via agitar-se um minúsculo vulto:

— Vem cá, Parati, tu que tens olho de varar mundo... o que é aquela pequena sombra lá longe?

— É branco, meu sinhozinho.

Tiago riu:

— Desta lonjura, tu sabes... que é um branco?

O índio disse, ingênuo:

— Uai, Parati vê figura toda vestida; só quem anda todo vestido é branco.

Um grupo de mineiros se formou. Seria preciso ter cuidado. Bem que poderia ser um boava, a se fingir de desgarrado, para espreitar o terreno, reunir gente depois e preparar os golpes costumeiros.

Tiago tirou o chapéu que lhe sombreava a vista e disse:

— Acho que ele vem muito a descoberto demais para ser um boava. E deve estar ferido, porque anda muito devagarinho.

O vulto aumentava lentamente na distância. Em torno dele, daquele ponto negro que vinha crescendo, o ar faiscava em cobrinhas de luz. Por toda a parte jorrava a luminosidade que não vinha só do céu, mas riscava das pedras para o alto, das águas e até do lustroso da folhagem. Tudo era luz recebida e devolvida em agressão, numa demasia que irritava e ofuscava.

O homenzinho veio vindo, andando molemente, e seu vulto, agora, já tinha um contorno perfeito. Era uma figura gordalhona, que se movimentava com lentidão. Tiago, acompanhado de Parati, deixou o trabalho e caminhou para ele: e ainda a certa distância observou que o recém-chegado lhe acenava, dificilmente, com um lenço ou um pedaço de pano. Apressou o passo e viu. O homem caía em cima de uma pedra, em canseira profunda. Só quando chegou perto foi que o reconheceu: era mestre Davidão, que abria os braços, sentado como estava, e se lamuriava:

— Pensei que já estivesse morto... Graças a Deus não estou. Ainda falta muito, Tiago?...

O outro se acercou, jovialmente:

— Vosmecê já chegou, já está com a gente...

Davidão continuava a se lamuriar, relaxado e feliz, num frouxo de descanso geral e de gostosura de corpo largado, depois do esforço necessário.

— Creio em Deus Padre Todo-Poderoso, creio também em Nosso Senhor Jesus Cristo... É sempre bom a gente acreditar em Nosso Senhor Jesus Cristo... Eu acho que o tal de Nosso Senhor Jesus Cristo foi quem me carregou nas costas quando, com o perdão de Deus, minha bestinha me foi roubada.

Tiago riu:

— Vosmecê não se arrepende da nova crença e faz bem, porque já está entre amigos.

Davidão mostrava as pernas, apiedando-se de si mesmo:

— Como é que eu vou andar? Como é que eu posso chegar? Minha força deu a conta certa até esta pedra. Daqui por diante não vou, não.

O filho de dom Braz respondeu, batendo-lhe no ombro, animado:

— Parati vai buscar um cavalo, e nós iremos até o rancho de meu pai, onde vosmecê descansará.

Lá no rancho, cercado por alguns homens, Davidão contou sua odisseia depois de ter descansado um pouco e de se ter alimentado.

Começou falando com voz fraca. Suspirava, ficava muito tempo absorto, dizia que sua ambição fora culpada de tudo. Que ele podia estar muito feliz com a mulher; que talvez nunca mais pudesse andar, porque suas pernas, tão fracas, não se recuperariam.

Ao que dom Braz respondeu:

— Pernas, por estas bandas, meu amigo, não têm vergonha de correr nem se arrependem da canseira. São como as mulheres que, depois do parto, se lamentam e dizem "nunca mais". Daí a pouco tempo estão prontas, novamente, para sofrer. As suas pernas não estão quebradas nem doentes. Vosmecê vai ver como eu tenho razão... quando fizerem uma caminhada talvez maior do que esta... se for preciso.

Davidão contou muita coisa sobre aquela guerra que começara em disputas daqui e dali e agora estava a fogo e a sangue. Contou o que acontecera em Sabará, quando paulistas, vindos das minas, se reuniam numa noite tranquila a cantar na viola modinhas de São Paulo e assar na brasa o milho e algumas postas de carne. Naquela hora tranquila os surpreenderam os reinóis. Nesse momento de desocupação, incendiaram o arraial. Até o céu ficara coberto de fumo, e as ondas de fogo subiram além das casas. O Cristo, seu amigo de pouco tempo, mas muito seu amigo, o preservara. Ele, Davidão, estava próximo de Sabará, num rancho à beira da estrada; só naquela noite dormira ali, porque costumava pernoitar no próprio arraial.

Depois disso, houve o desforço dos paulistas. Davidão falava cansado, atiçado pelo seu público ávido e impaciente:

— Veio, mais tarde, a batalha na Cachoeira do Campo, bem diante das minas. Foi aí que a nossa gente se preparou para o desforço. Vosmecê não sabe o que foi que os paulistas fizeram quando souberam dos mortos de Sabará. Fecharam os caminhos, derrubando os matos; levantaram trincheiras. Tiago, meu amigo! Nós vimos como existe baiense bom neste mundo. Vosmecê imagine que aquela peste de Bento Coutinho e de uns frades que andam às voltas com ele fizeram uma intriga tremenda entre baienses e paulistas. Mas esses próprios baienses conheceram, de perto, quem estava com a razão. E se aliaram a nós.

"Foi uma grande vitória. Depois de algumas horas, os boavas que estavam muito bem sortidos d'armas não resistiram à sanha da vingança, e eu soube de boa boca, pois lá estive nessa ocasião... Ao saírem destroçados os boavas, estrondava a vaia, que os acompanhava até longe... Mas esta história não acaba nunca; quando os nossos já estavam de novo donos de sua honra e de sua paz, arremeteram novamente os reinóis..."

E Tiago perguntava:

— Davidão, vosmecê não nasceu no Reino?

E ele respondeu com simpatia:

— ... Nasci outra vez em São Paulo do Campo de Piratininga. — O recém-chegado continuou sua história: — Traiçoeiramente, quando os paulistas dormiam junto com seus escravos, um frade que se havia dito amigo nosso, de nome Francisco de Meneses, ele mesmo insuflou o golpe. Muitos dos nossos foram mortos quando estavam dormindo. Nem chegaram a apanhar as armas. Matança de arrasar...

Durante algumas horas, foi narrando Davidão, minúcia por minúcia, o seu calvário. Trouxera mercadorias para vender nas minas, mas o comércio estava na mão de tratantes, que dispunham de vantagens. Era incrível a ousadia de Manuel Nunes Viana. Contaram-lhe que lhe fizeram uma sagração, como se fora rei a receber os santos óleos. Continuava a acreditar no Cristo, que preservara a sua vida. Mas quantos inimigos tinha o Cristo no meio dos frades que adulavam Nunes Viana!

— Ah, El-Rei está muito longe! Dizem que o governador vem às minas... E, logo no dia seguinte, que não vem mais... Dá ele apoio de palavra a paulistas. Mas não põe soldados bastantes a serviço da lei, como devia. Eles são poucos, e Manuel de Borba é um louco de coragem a desafiar o poderoso Nunes Viana e a lhe pôr editais em que é desautorizado no nariz! São ordens que punem com expulsão até os que se puserem a seu serviço. Vão muito mal os nossos homens de São Paulo. Eles, que abriram por cá o negócio, estão sendo postos para fora... Tomam-lhes armas, e casas, e petrechos, como se fossem criminosos escorraçados!

Tiago olhava, agora, assombrado. Cuidava que eram exageradas as notícias que vinham sobre lutas entre reinóis e paulistas. Mas agora sabia que tudo era verdade.

Dom Braz mandou seus homens saírem de perto. Davidão precisava dormir, dormir muito para se refazer daquela caminhada solitária, além das possibilidades do esforço humano.

Quando os homens saíram, Tiago olhou o vulto de Davidão, largado em cima das palhas que formavam o leito.

— Contudo... com tanto sofrimento, vosmecê não perdeu o seu ventre...

Davidão abriu os olhos, que rodaram incertos, numa canseira que se espalhava dele pelo ambiente. Havia falado demais. Meu Deus, como pudera falar tanto nesse estado! Fora obrigado a isso, estava quase morrendo.

Davidão disse, lentamente:

— Tiago, meu ventre... eu o perdi, acho que para sempre, ai de mim!...

Mas naquele desânimo de fim se espalhou o clarão de uma risada, lenta, preguiçosa:

— Arranjei outro: aqui está. Venha ver como se deve proteger dos boavas um bom paulista... — Foi abrindo o gibão de couro, a camisa por dentro. Junto da pele tinha uma espécie de pequeno colchão de recheio no corpete. Sorriu, mais molenga: — Meu ventre, agora, é todo de ouro fino.

Andaram os homens, vagarosamente, sob o céu alto, cortado de cintilações, como um tremulejar de asas de prata. Em toda aquela alegria e naquele desperdício de luz, fluíam tristes, lentas e escuras as ideias.

Dom Braz, à sombra de uma árvore, lia uma carta entregue a Davidão por Manuel de Borba: "Se não receber mais ajuda do senhor governador, serei obrigado a deixar meu cargo. Não posso fazer cumprir a Lei. A anarquia impera; pela estrada proibida da Bahia continua a chegar gente. Se damos senhas para entrada nas minas aos nossos, em breve os que arribam às escondidas já a sabem de bocas traidoras ou mal fechadas. Meu amigo dom Braz, a sangueira tem sido grande, e, se não se puser cobro a tantos desmandos dos aventureiros, El-Rei perderá estes seus domínios, e nós todos também perderemos nossas vidas. Em muitos lugares, soldados de Nunes Viana desarmam e expulsam os paulistas. Bento Coutinho, o homem negro de coração, anda a acuar paulistas como se fossem feras. Contam até que, em havendo paulistas a seu alcance, ele lhes faz cortar suas vergonhas d'homem...".

A carta era um longo desabafo de amizade: "Praza aos céus que ela lhe chegue às mãos, já que a aventura de David a procurar por seu amigo, num sítio onde ele jamais esteve, me parece mui incerta. De qualquer forma tem ele ordem de rasgar a carta se se encontrar em apuros...".

Os homens conversavam baixo, numa cantilena que lançava sobre as almas dos que ouviam uma tristeza pesada e acabrunhante. Dom Braz, vagarosamente, terminava a leitura. Lia e relia certos trechos, e um vento seco de ódio lhe crestava o coração. Como que todas as coisas contadas e não vividas lhe vinham como histórias absorventes. Era um sentimento incerto e obscuro, não sabia a quem odiava. O boava era um ser vago, que ele conhecia vagamente, mesmo depois da posse do Morro Negro, mas que agora projetava um horror que nem o próprio demônio conseguiria aparentar. Quis dizer uma palavra, uma palavra que exprimisse tudo: a humilhação, atirada à gente nascida na terra, que afinal se sacrificara em tantos lugares, para que arrivistas lhes tomassem o fruto de seu trabalho. Pensava nos que haviam abandonado suas lavouras e — pior do que tudo isso — nos que deixavam a carne de sua carne, seus filhos, as companheiras, e vinham agora morrer, estupidamente, nessa guerra sem honra. Talvez os paulistas estivessem sendo traídos pelos que consideravam amigos. Quantos como ele, dom Braz, amparados por documentos do governador, quantos, decerto, que só queriam, afinal, trabalhar, ajuntando também riqueza para El-Rei, não estavam sendo relegados, corridos ou mortos, às mãos desses emboabas, revoltados contra o governo e punidos tão fracamente, apesar do horror de seus crimes e de suas perversidades?

Falavam os homens de dom Braz. Um dentre eles — taubateano — coçou a cabeça e disse, largando a ideia no ar:

— É melhor a gente ir embora. Temos que voltar depressa, antes que venha a fome aqui para nós todos. As provisões estão se acabando; se formos plantar, nosso estômago não esperará até a colheita.

Já outro, este habitante de São Paulo, fechou o punho:

— Se dom Braz for o homem que penso, não ficará aqui muito tempo. Temos que acudir nossos companheiros, que estão sendo mortos por aí. Então para que é que serve este mundo de armas que nós trouxemos? Olhe que se gastou bem pouca munição na tomada do morro!

Mas certo homenzinho, desdentado, o rosto muito corado e manchado de sol, disse, olhando o taubateano:

— Eu só entro em guerra que não tiver gente de Taubaté. Porque não esqueço do que esses homens fizeram com o pessoal de meu lugar: Pindamonhangaba.

Tiago se chegava nessa ocasião.

— Vosmecês vão ter que esquecer essas quizílias, porque ninguém fala em espetada de alfinete diante de espada desembainhada.

Os dois se entreolharam — os moradores de Taubaté e os de Pindamonhangaba — com certa perplexidade. Eles viviam dentro da Bandeira a questionar um com o outro. A palavra de Tiago alcançara, fundamente, seus ânimos.

# XIII

Cristina se escondeu em sua cama, perdida e desamparada, possuída pelo mesmo sentimento de irreparável perda de estima pela Lagoa Serena, por sua gente.

Depois da revelação de Aimbé, em que Isabel apareceu como matadora do homem mais feliz que vira desde que chegara a Piratininga, seu sentimento não se modificara. Ela não sabia se tinha mais desprezo por Isabel ou mais ressentimento por Mãe Cândida. Esta lhe fora sempre uma tábua de salvação, a confiança e a compreensão postas a seu alcance a qualquer momento. Enquanto Cristina se abraçava a uma das colunas de madeira do seu leito, numa tensão física que acompanhava a crispação dos nervos, ouvia continuar a discussão entre Isabel e Aimbé.

Às vezes, a voz enérgica de Mãe Cândida cortava a fala aguda de Isabel. E daí a pouco ouviam-se berros de Aimbé, que, inteiramente desesperado, não respeitava mais a presença da senhora.

Depois, caiu o silêncio. Silêncio doce, tal um suspiro de alívio. Cristina roçou a cabeça na coluna de madeira com uma doçura pisada e triste, como a melancolia de bichos que esfregam o pelo numa árvore para esquecer a surra que levaram. Abrangia a vista uma parte da lagoa, a essa hora tão plácida, a espalhar a natureza, que não era mais senão repetição de tudo que a cercava. A cena ganhava em profundidade, o céu se prolongava nela, as árvores tinham outras árvores irmãs. A lagoa dilatava o cenário de tal maneira que a vista, pousando nela, alcançava libertação fingida.

Cristina pensou como seria bom se ela se esquecesse de tudo por que havia passado; se voltasse para o Reino e tudo lhe parecesse um sonho vagamente lembrado. Passou a mão pela cama, estremeceu nas recordações de suas noites de casada. Era só o que tinha pena de deixar, mas talvez, se Tiago voltasse, nem mais a quisesse, fisicamente. A lembrança de que era só isso, essas memórias de amor de carne que a apegavam à Lagoa Serena, fê-la sentir-se rebaixada, tão vil quanto amante agarrada a lembranças de vergonha.

Acariciava a cama e então passou a rememorar aquele momento em que a viu chegar sob o estrondo da palavra de dom Braz, como troféu, à Fazenda. E as palavras do capitão lhe vieram à mente. Através delas possuiu a imagem de um Gonçalo de beiço derrubado a lutar contra a gente mais importante do tempo, só por esta cama, afinal um nada, uma coisa insignificante. Desde que viera do Reino que ela, Cristina, fora uma passiva criatura incapaz de orientar seus próprios passos, mas talvez a própria cama, com a alma daquele homem a rondar e a defendê-la, infundisse, afinal, em sua fraqueza, o ânimo necessário.

Os pensamentos eram rasgões de pensamentos, sombras que se corporificavam e se tornavam gigantes. Entrou a pensar que não tinha medo, que enfrentaria Mãe Cândida e entregaria Isabel à Justiça. Entregando Isabel, ela se vingaria também de todas as suas decepções, ela se vingaria da própria Lagoa Serena, fechada em seu orgulho, miserável, mas obstinada, como um castelo saqueado cheio de empáfia e de vaidade descabidas! "Terei coragem e irei ao fim de meu dever. Que bem me importa qualquer crítica a dom Braz, que tenho eu a ver com o desgosto das mulheres que imaginam seus maridos queimando no Inferno, só porque tiveram um falso padre em seus momentos derradeiros? A elas compete o choro, a mim, dizer a verdade."

Quando Cristina firmou sua convicção de que não poderia deixar de denunciar Isabel pelo crime que praticara, imaginou, com uma espécie de desafio, a fúria que isso iria desencadear em Mãe Cândida, em Basília. No turbilhão da ilusão do pensamento, ela se viu até baleada, como fora o homem contente que denunciara o padre, e se debruçou sobre seu corpo ensanguentado com um triunfo perverso: morreria contra a Lagoa Serena e morreria satisfeita.

Ah, cama do amigo Gonçalo, que quebrava, mas não envergava! Não fora à toa que ali rolara tantas noites o corpo, na vigília, entre as quatro colunas escuras que fechavam o seu território severo. Cristina sentia que a sua determinação lhe dava certa altivez, que a segurança que sempre havia almejado lhe chegara, enfim, ao coração. Como aprendera a ser alguém dentro da Lagoa Serena!

No instante em que ela saiu da nuvem incerta de dúvidas para a tranquilidade e a clareza da deliberação tomada, Aimbé apareceu com a fisionomia completamente modificada: parecia que seus olhos se abriam num espanto, como se fossem falar. Ele se chegou, pôs-se em frente à cama, fez um gesto meio pateta, meio ridículo, escancarando os braços e gaguejando sem poder articular o que tencionara dizer. Cristina, muito senhora de si, agora, falou pausadamente:

— Calma, Aimbé. Eu não vou fazer nada contra ti. Eu já sei e não farei nada que te possa prejudicar.

Aimbé conseguiu dizer o que queria:

— Sinhazinha precisa castigar cunhã ruim. Ela foi má pra Aimbé, que protegeu o filho dela. Ela é capaz de querer até matar Aimbé. Sinhazinha não acredita?

— Ora, por que ela havia de te matar?

— Isabel estava lá na sala dizendo: "Aimbé fecha o bico, senão eu mato Aimbé". Mas eu não me importo. Eu quero que ela morra de raiva, quero que ela doa por dentro de tanta raiva. Aimbé bom pra ela, Aimbé tem sangue misturado, mas também tem sangue dela. Ela me trata pior do que cão tinhoso, por isso eu conto o segredo dela. Faz muito tempo que Aimbé tem esse segredo, que sobe e desce na garganta, que nem comida de vaca, depois que a vaca engole. O segredo desce e sobe na garganta, não sai nunca. Aimbé tem visto muita coisa, muita coisa errada, e fica quieto. E o segredo engolido desce e sobe, sobe e desce, mas Aimbé quer vomitar o segredo, senão ele fica podre e doente. Quando nhor Leonel carregou Aimbé mor de acabar com Apingorá, bem que o segredo quase saiu...

Com ferocidade, Aimbé batia na própria fronte e olhava, enlouquecido, para Cristina. Esta o enfrentou, com altivez:

— Se tu queres ser gente, fala como gente. Dize logo o que tens a dizer.

O mestiço fez um esforço, deu alguns passos pelo quarto. Então começou a falar em voz baixa. Seus olhos se anularam, quase desapareceram. As palavras fluíam submissas e infantis:

— Isabel é culpada de tudo de ruim. Mulher má, ela queria casar com sinhozinho Tiago.

Cristina estremeceu:

— Mas ela sempre detestou Tiago... todos diziam!

— Quando Tiago tratou casamento com vosmecê, ela se mordia de raiva: Aimbé viu Isabel se morder de raiva, de rasgar roupa. Depois, fingiu que estava contente. E uma noite... a gente estava nas terras de Apingorá... Eu vi Isabel com o sinhozinho. Toda a gente estava longe, e eles estavam no escuro, bem juntos...

Cristina crispava a mão, apertando a madeira da cama. Estava branca. Sua testa lampejava de suor.

— Não dizes a verdade. Tens ódio de Isabel e te deixas levar por um desejo de vingança. Como sabias disso se te encontrei à minha espera quando cheguei a São Vicente?

— Sinhozinho devia ir também. E no outro dia... Ele me veio procurar e falou: "Aimbé vai buscar Cristina. Meu pai precisa de mim. Não posso voltar ainda...". Por isso nasceu menino branco. Mas Aimbé fechou a boca, com o bolo bem junto da garganta.

Cristina pôs a mão, agora tremente, no ombro de Aimbé:

— Tu querias que eu levasse Isabel à Justiça. Mas eu não quero mais levá-la. Eu tenho tal horror a tudo isto aqui, sabes?

Tu me vais acompanhar de volta. Tu me vais acompanhar, porque eu volto, sem querer nem saber mais o que foi feito com Isabel ou com qualquer pessoa deste lugar. Tu não conheces, pobre Aimbé, um sentimento que é mais fino, que vai além do ódio, mas é ele que eu experimento agora. Faça de conta, Aimbé, que tu me ajudaste a fechar a porta sobre a Lagoa Serena. O que vai acontecer aqui já não me interessa.

Pobre Aimbé! Como poderia conhecer o segredo de um coração civilizado! Até o ponto em que Cristina estava, antes de conhecer a verdade, havia o desejo de luta. Mas agora aquilo lhe viera esclarecer a obscura suspeita de que ela não pertenceria jamais àquela terra. Fora colocada por um Deus pouco misericordioso dentro de um enredo e, agora, nem tinha mais interesse pelo seu desenrolar.

Seu instinto a guiara bem. Quando sentia estar pecando, quando sentia o lodo, não era por uma fantasia de alma, era porque o lodo e o pecado estavam junto dela. Tiago, aquele que iria ser o seu prêmio, aquele por quem deixara o mundo da segurança, viajando para terra de costumes outros, áspera e má — enquanto ela sonhava seus sonhos de moça. Já comprometido se envolvia com a prima na imunda traição à palavra empenhada. Mas esse lamaçal não a teria mais em seu bojo. Não seria uma dessas mulheres resignadas a criar na cozinha os filhos do marido com as outras. Margarida morrera por essa traição. Leonel, o tão bom, também fora alcançado por ela e se tornara um miserável abandonado de Deus e de si mesmo, purgando o crime de ter matado um inocente. Ela pensava no drama de Leonel. Teria ele, no instante em que vira o filho de Isabel, compreendido que matara um inocente? Todas as desgraças vieram daquele segredo de pecado. Como não pensara Cristina na possibilidade de que a criança fosse filha de Tiago? Ela mordia os punhos, atenta à torrente de imagens que se precipitavam, às verdades que se puxavam, umas às outras, em fila interminável e lúgubre.

Quando carregava o pequeno em seu colo, muitas vezes gostava de descobrir traços da família. Se, por acaso, achava a ponta do nariz, assim afilada, como a do marido, ria com brandura para o menino mestiço, onde o sangue branco tivera mais força. Refletia sobre isso. Sobre o orgulho ingênuo de Mãe Cândida: "O sangue branco da Lagoa Serena tinha mais força". Que grande, que completa ironia dentro da tolice de um orgulho desmedido! Ninguém se lembrava de perguntar: "Por que nos moleques da cozinha o sangue dos brancos da Lagoa Serena também não aparecia como mais forte?".

Depois de muito pensar, ela foi compreendendo Tiago, compreendendo-o tal se fora um estranho. Seu comportamento... Aquele olhar canalha quando estava bêbado... Era sua noiva, e ele a iludia. Tinha-lhe desprezo. Em todo caso, como homem decerto não queria perder a oportunidade: mais uma mulher para provar, depois do conhecimento das índias, depois de Isabel. Mas uma mulher, talvez diferente, mais cuidada, cheirando bem... E nenhum apreço ao sentimento da criatura, nenhum afeto ou respeito ao sagrado matrimônio. Aquelas conversas sobre estrelas... Mas ele dizia quase claramente: tinha nojo de si próprio! Ele talvez nunca houvesse amado na vida e, por isso, por ser feito só de carne, tomava nojo de si mesmo. Agora Cristina não pensaria mais nos momentos de delícia, do amor do corpo. Tinha tido a certeza de que não houvera desentendimento. Ela fora miseravelmente enganada. Talvez mais do que a própria Isabel, a prima — a irmã de criação que Tiago levara à desonra.

Isabel — a pobre — não se estimava a si própria, porém ela conhecera todas as normas da dignidade humana e se prezava bastante para ter uma piedade infinita de seu papel de tola donzela enganada, incapaz de compreender o que se passava em torno.

Alguém sofrera, porém, mais do que ela: fora Margarida. A morte de Margarida a libertara de qualquer possível afeição pela terra.

Todos os dias lhe chegavam notícias da guerra. Os boavas... os paulistas... E ela obscuramente, em sua tenção de mulher, desejava que os boavas punissem por suas desilusões, pelas mortes que sua alma sofrera, até se transformar numa ressequida animação do corpo moço e cansado de tudo.

Os boavas teriam à sua frente inimigos do porte de Tiago, prontos para enganar e ferir os que competissem com eles. Pois que a terra toda ardesse numa labareda só e houvesse nela um inferno para arrasar esses pecados. Dom Braz... Ele também, naquela fingida amizade à sua dona, não tinha tido outras aventuras e, menos que aventuras, encontros, meros encontros de corpo com bugras? Depois dava o próprio couro, no couro de seus filhos, para que Basília o fustigasse com seu relho de solteirona impaciente.

Cristina esteve longamente na janela após a saída de Aimbé. Sentia sua raiva estender-se pela Fazenda, como uma bandeira desfraldada a flamejar no vento de ódio e de desejo de ruína. Seu sentimento alastrava-se, e ela podia quase vê-lo a derramar-se e a cobrir, pegajosamente, as coisas que a cercavam. Lembrou-se das palavras do capitão-mor; bem havia ele tentado alertá-la. E foi pensando em Rosália como na única que tivera espírito para se desvencilhar daquela fonte de ruínas e de solidões que se ocultava no fundo da lagoa da Fazenda.

Saboreou a força de ser sozinha. Num canto escuro do quarto, a velha cama era uma fera agachada e negra. Cristina passou por ela e foi direto ao quarto de Mãe Cândida.

Agora, Mãe Cândida estava só. Mexia em pacotes de pomada que havia fabricado para as feridas, que neste ano se alastravam pelos escravos:

— Mãe Cândida... Dona Cândida... Quero ter conversa com vosmecê.

Mãe Cândida pareceu não ficar ofendida com o tratamento:

— Sente-se, minha filha. — E a olhando bem nos olhos:

— Eu retiro as más palavras que disse no aceso da discussão.

Cristina não quis sentar-se:

— Suas palavras não me fazem mal... agora, depois que coisa muito grave aconteceu.

Mãe Cândida uniu as negras sobrancelhas. Estava à espera da resposta:

— Então Aimbé contou?

— Contou, sim — disse Cristina, aparentando calma.

— E fez muito bem em contar. Eu era apenas uma parte do engano. Acabado o engano, volto para minha terra. A verdadeira mulher de seu filho é Isabel... — E ajuntou, com fala dolorida: — ... que até lhe deu um neto, o que Margarida e eu não lhe demos. Volto para o Reino e peço que não me dificulte essa volta. Espero que o orgulho da Lagoa Serena continue a habitar em sua maneira de ser. Na verdade eu detesto, cada vez com mais violência, tudo o que me cerca. E não posso ficar aqui, porque eu me sinto como uma inimiga.

Mãe Cândida, gravemente, perguntou:

— Vosmecê me faz a injúria de pensar que eu acocorava esse engano?

Cristina falou, sem erguer os olhos:

— Acho que vosmecê não sabia, porque seu orgulho era forte demais; ele não queria ver. E eu, porque fosse de outra terra e ainda não conhecesse certas coisas, também não tive olhos para ver... Quero que vosmecê me empreste o dinheiro para a viagem. Mandarei pagar pelo primeiro mensageiro que puder conseguir. Palavra de honra como faço questão de pagar e não ficar a dever-lhe coisa alguma!

Mãe Cândida não quis responder. Andou pelo quarto. Parecia que procurava alguma coisa e disfarçava a emoção. Removeu um baú, a um canto, deslocou a pedra no chão. Levantou um pequeno saco de couro:

— É seu. Vosmecê não deve nada a ninguém. Leonel só salvou de sua casa estas moedas de ouro de Margarida e me pediu para que eu as desse a vosmecê, em caso de precisão. Que vosmecê aceitasse por ter sido o último amparo de Margarida. Ele não podia esquecer sua bondade.

Margarida voltava. Voltava, permitindo que sua saída do quarto em que fora tão humilhada pudesse ser de cabeça erguida.

Mãe Cândida ajuntou:

— Não se preocupe com nossa vida. Temos dinheiro suficiente. Dom Braz... Sei que dom Braz já deve ter mandado algum ouro para nos auxiliar. O que temos em casa dá de sobra para as necessidades da Fazenda, as minhas e as de Basília, que pouco ou nada quer. Não peço a vosmecê que fique. Vosmecê não é da mesma massa. Vosmecê nasceu e viveu no conforto e na facilidade. Pensa que o amor é feito para prêmio, é gala da vida. Nós sabemos que ele é uma triste razão da vida, que é razão e não é perfeição. Acho mesmo bom vosmecê ir embora.

Cristina ia saindo. Mãe Cândida a chamou:

— Se vosmecê quiser denunciar Isabel, pode acusar, porque eu não peço que vosmecê seja melhor e mais compreensiva do que pode e deve ser.

Cristina voltou-se, admirada com tão brusca mudança. Ela não pensava que Mãe Cândida também pudesse ser dissimulada — tão dissimulada quanto Tiago.

A senhora da Lagoa Serena riu nervosamente. Pela primeira vez ela perdia aquela força que a punha como preservada e inatingível:

— Vosmecê fica bem com sua consciência... e denuncia Isabel. Mas espere mais cinco ou seis dias, tempo que ela levará para se distanciar de São Paulo. Sei de uma Bandeira que parte para o sul. Isabel sempre foi mulher com alma de homem, a querer horizontes novos. Aconselhei que ela fosse para lá... onde ninguém a conhece.

Cristina não pôde deixar de perguntar; sua saliva estava tão quente que parecia lhe queimar a língua:

— E o menino? Ela leva Afonso?

— Para dizer a verdade, eu me havia esquecido dele. Quando entrei no quarto de Isabel, ele estava lá, quietinho, brincando com umas espigas de milho, tão inocente, tão abandonado, motivo de tanta pendência... tão desampara-do! Isabel me disse: "Vosmecê fica com ele. Eu não sou mãe de vontade, sou por acaso".

Cristina respirou fundo:

— Vosmecê faça como lhe ditar a razão. Desde que me decidi a partir, não penso mais no que ocorreu. E até me sin-to aliviada por não ser parte de quizílias e de crimes.

Mãe Cândida só fez dizer:

— Vosmecê pensa que se livra do engano e cai noutro. Ninguém pode desprezar a vida que viveu. Se vosmecê não contar o que se passou aqui, nem por isso deixa de parte os dias que viveu. Acho muito difícil vosmecê nascer de novo. Quem vem da terra velha para a nova faz isso. Mas é sabido que quem vai da nova para a velha não conserta mais.

Cristina apertou os olhos e a viu — a Mãe Cândida — como a uma velha incapaz de disfarçar o despeito.

— Por mais que vosmecê me queira envenenar, eu me reservo a minha vida futura. Se Deus bem quiser, só a mim ela pertencerá, e a mais ninguém. E, no momento em que eu embarcar, largarei esta vida como quem despe roupa nojen-ta, como vou despir esta roupa desbotada e triste.

# XIV

A noite envolvia de suavidade um tumultuar de pensamentos, que caminhavam diversamente nos homens do serviço de dom Braz. A fala de Davidão lhes alcançara o ânimo. Para uns, chegava o momento em que deveriam punir pelas afrontas feitas ao brio paulista; outros estavam presos àquele caudal de ouro, que lhes parecia um tesouro abandonado estupidamente e posto ao alcance da ambição de forasteiros já, decerto, ao corrente dessas riquezas, pelos homens que haviam expulsado do Morro Negro.

Enquanto lassos dos trabalhos do dia, os corpos se relaxavam sobre a palha, as esteiras ou as redes, vigiavam os espectros construídos na insônia. Uns já se empenhavam na luta contra os emboabas; eles reconheciam suas facas postas no empenho de furar o peito dos inimigos de sua gente; outros se debruçavam sobre o mar de pepitas de ouro, que cintilavam e pediam que ficassem. Levariam ouro para passar o resto da vida deitados e servidos como príncipes. Lembravam-se do que o ouro proporcionaria às famílias. Um se avisava de dar joias à mulher, que nunca as tivera; outros, de ter sua casa florida de tudo que precisasse para si e para os amigos. Alguns fantasiavam cenas alegres. Eram o centro de atração de tavernas ruidosas. Pagavam bebidas a todos os que chegassem e contavam histórias fabulosas a respeito do Morro Negro. Espalhariam que ele era guardado pelo Saci: os assovios do duende moravam em suas alturas: fora preciso vencer muita pena e também o Saci, que despenhara gente de cima do morro, sempre guardado por ele. Havia os religiosos. Pagariam as missas que lhes assegurariam a fácil entrada no Paraíso. Mandariam rezá-las por um tempo fabuloso, até a época dos seus tataranetos. O ouro também serviria para abrir a porta do Céu. E, ainda que tivessem que fazer um estágio demorado no Purgatório, tanta reza encomendada lhes proporcionaria a benevolência divina.

Uma canção do sentido da vida flutuava sobre a gente de dom Braz Olinto. Em torno, ruídos obscuros acompanhavam seus estribilhos. Palpitavam seres nas sombras, latejava a terra também, na espera da decisão do dia seguinte.

Tiago estava no rancho, com dom Braz, que pigarreava no escuro. A porta aberta mandava o ar embebido de umidade dos campos orvalhados, do bafejo do rio. O céu, que ele podia entrever, era pouco, escuro e limpo de vida, abismo de escuridão.

— Meu pai, vosmecê está dormindo?

— Não estava dormindo, não. Estava só de olhos fechados. Fiquei pensando como vou falar com meus homens. Ah, se Leonel estivesse aqui... Ele sempre teve muito jeito para influenciar nossos homens. Tiago, nós temos que ir embora. Nós estamos encolhidos aqui, na vida fácil, e os paulistas estão morrendo, sem que lhes venha socorro.

— Meu pai, vosmecê acha que é fácil unir gente que tenha a mesma ambição? Cada paulista que vem às minas vem pensando, decerto, mais em si mesmo do que em honra de São Paulo.

— Tiago, foi assim até agora, mas já vai ser diferente. Vosmecê vai ver, meu filho. Quando eu me lembro que até há pouco tempo estava em rivalidade mor de juntar gente para a expedição... Agora decerto vou ter que socorrer a quem tomava de mim os ajudantes que eu queria! Não tenha dúvida, meu filho, o negócio para os paulistas agora não é tirar ouro, mas garantir nossa vida aqui nas minas gerais. Vosmecê não viu que o tal de Nunes Viana está desarmando e expulsando os paulistas que Bento Coutinho não matou? À falta de melhor ajuda do governo à gente de São Paulo, que tirou do segredo estas minas gerais, os boavas tomam muito vento. Nós temos dois caminhos, meu filho. Ou ficaremos aqui, capinando o nosso ourinho, até que a fome nos bata à porta, e então teremos que voltar de perna bamba, desmaiando e morrendo pelos caminhos, ou então teremos que resolver já sobre nossa partida. Temos ouro bastante para nos sustentar por algum tempo. Se formos mais depressa, também teremos forças para enfrentar qualquer boava e com muito mais energia. Se ficarmos alguns dias mais, poderemos, antes que nos falte comida, ser cercados e dominados pelos boavas. Há milhares deles pelas minas. Davidão... vosmecê não ouviu?... disse que eles parecem formigas a brotar de um formigueiro escondido. Eles se multiplicam, aparecem de todas as bandas. Têm soldados, munição e dinheiro. Meu filho, vosmecê já dormiu com minha conversa comprida?

Tiago sentiu a respiração voltar em onda quente sobre o rosto bafejado de frio noturno:

— Nhor pai, eu não tenho a mesma sustância de Leonel em minha palavra. Mas vou procurar convencer os homens de que deveremos partir logo.

O velho capitão teve um grunhido satisfeito:

— Vosmecê, meu filho, é sempre mais homem do que se espera. Vosmecê é manso e escondido, mas nunca deu bote errado.

De madrugada, a trombeta de chifre de boi reuniu os homens. Então Tiago lhes disse:

— Meu pai, quando justou com vosmecês esta empreitada, não contava com o que está acontecendo. O ouro está aí, há um mundo de ouro, mas nós temos que ir embora, porque depois, talvez, nem possamos voltar com o algum que temos alcançado. Os boavas estão se alastrando, têm forças já superiores às dos paulistas, têm seu governo e seus ministros; a guerra rebenta de arraial em arraial nestas minas gerais. Agora não somos mais um interesse contra o interesse de outro paulista. Nós nos devemos unir porque os boavas estão contra nós, e em breve até o Morro Negro será invadido por essa gente, cada dia mais poderosa. Vamos voltar e ajudar nossos irmãos de São Paulo. Quem tiver medo que se separe e faça caminho à parte.

Os homens de Taubaté e de Pindamonhangaba, que viviam em briguinhas, por acaso estavam juntos, a ouvir a fala de Tiago. Ele apontou para os dois mineiros:

— Não cabem mais agora quizílias e ressentimentos passados. São Paulo é uma família só que está sendo perseguida e escorraçada pela cobiça e pelo atrevimento dos reinóis.

Nesse momento, Tiago fazia um esforço físico muito grande. Ele não sabia falar bonito, mas sentia que era preciso dominar-se e dar de si todas as forças, porque dom Braz — ah, este, então, só seria capaz de dar uns três ou quatro ralhos e explodir "diachos".

Tiago teve uma ideia ao ver o taubateano e o moço de Pindamonhangaba lado a lado. Pegou com rudeza nas mãos calosas de um e de outro. Uniu-as e disse bem alto:

— Agora é punir por São Paulo! Agora nós só somos paulistas, e Deus nos abençoe, pois vamos limpar a terra que nós mesmos devassamos da imundície e do atrevimento dos boavas.

Houve um silêncio. Alguns se entreolharam. E depois moveram, lentamente, a vista para o rio mudado de curso, que nesse alvorecer espelhava de luz ainda embaciada. O olhar fugia, depois, para o terreno revolvido que fora o fundo do rio. O ouro, um mar de ouro! Teria alguém coragem de deixá-lo?

O silêncio se prolongava de maneira emocionante. Os primeiros pássaros cantavam nas árvores próximas: correu um sussurro no meio dos mineiros de dom Braz, e um deles, mais velho, o que parecia abismado e quebrantado depois de ouvir Tiago, com voz gaguejante de emoção gritou:

— Viva São Paulo do Campo de Piratininga!

E o rapazinho que levava com unção a bandeira, através de tão longos caminhos, a desdobrou, junto de Tiago, e sua voz jovem cortou a campina, como grito de um galo novo e valente:

— Viva a Madama do Anjo! Que ela nos ajude a vencer os boavas!

Ansiosamente, começaram os homens de dom Braz os preparativos para a volta. Tomariam outro caminho, que iria dar diretamente no Distrito do rio das Velhas, onde estava Borba Gato. Tencionava dom Braz apresentar ao amigo as forças de que dispunha. Teriam cuidado em separar o ouro, confiado a Davidão e vigiado por alguns outros homens. Houve ainda uma feroz e sedenta busca de ouro, como se esses últimos dias fossem de jogo e se tornasse necessário aproveitar até o fim aqueles derradeiros momentos.

Quando a Bandeira se pôs de volta, iam lerdos e atulhados os animais, sob o peso do tesouro. Davidão ficava a vigiar a carga, no alto da mula pachorrenta, mor do peso que carregava, constituído pelo corpo do mestre e mais seu recheio.

Tiago caçoou.

— Estás entre amigos. Por que não carregas o ouro como todos nós?

Ele respondeu:

— Já estou acostumado. Isto faz parte de meu corpo. Além do mais, ninguém sabe o que nos vai acontecer.

Moveram-se os homens com uma agonia de impaciência por um Sertão a princípio despovoado. Cruzaram florestas espessas, onde qualquer um que não fosse bem orientado se poderia perder. Transpuseram torrentes, subiram e desceram colinas.

Tiago era consultado sobre as suas estrelas. Corria na Bandeira que ele conhecia a magia e era capaz de ler a sorte olhando o céu. E lhe faziam mil perguntas, a que respondia com um sorriso de lado e um abanar de cabeça:

— Vosmecês estão pensando que eu sou adivinho? Eu só sei a regra que elas nos dão pelo muito que olhei o céu. Quanto o mais, o que elas dizem... isso é mais uma espécie de faro da alma da gente. Ninguém me ensinou nada, nem padre nem feiticeiro.

Quando ele falou em padre e em feiticeiro, o capelão lhe veio perguntar se poderia ficar com os homens de dom Braz que entrassem na luta:

— Vosmecê falou em padre e em feiticeiro no mesmo pé de igualdade. A religião não nos ensina o dia de amanhã, que sempre a Deus pertence. Mas meu coração me diz coisas pavorosas. Esta noite sonhei que estava num açougue e que via, penduradas, postas de vitelo!... Há tanto tempo não saboreio cozido de vitelo! Enchia-se-me de água a boca. Eu escolhia uma bela manta, ainda sangrenta, mas, quando a ia receber, certa mulher velada dizia baixo: "Não compres, não! Manuel Nunes Viana, com os seus comerciantes de carne, está vendendo também carne de paulista. Não compres".

Todos ficaram horrorizados com aquele sonho do padre. Era noite, uma noite limpa, cheirosa de plantas, com um perfume que vinha também dos frutos verdes, dos araçás e das goiabeiras. Muitos ficaram dentro da bondade da noite a meditar no pavoroso sonho do padre. E eles, agora, os homens de dom Braz, justamente porque tinham medo, ansiavam pela luta.

Na manhã seguinte houve o caso que consternou dom Braz. Parati foi golpeado na perna por uma lasca de pedra quando saltava um barranco. O sangue lhe jorrou aos borbotões. Sentiu uma dor tão aguda que não pôde mais, sequer, mover a perna.

Padre Sebastião veio em seu socorro. A carne estava lanhada, e a pequena lasca se introduzira em seu interior. O padre, com a ponta de uma faca passada em aguardente, tirou o fragmento e enrolou a perna. Depois, derramou sobre ela cozimento de plantas. Mas Parati não se podia firmar.

Dom Braz, desolado, achou que o índio deveria ficar com mestre Davidão, porque poderia dispor de um animal e não precisaria caminhar com os demais. Parati soluçou de pena:

— Parati pula feito Saci, mas não deixa meu senhor. Meu senhor vai precisar de Parati.

Então padre Sebastião disse com brandura:

— Aqui entre vosmecês eu tenho sido o mais preguiçoso de todos. Pouco serviço tenho prestado. Dom Braz, vosmecê permite que eu ampare Parati; ele se encosta a mim, na caminhada, até que fique bom; se houver passagem mais difícil, eu o ajudarei.

Parati desabrochou o sorriso gostoso. Já lhe doía menos a dor agora. Dom Braz concordou:

— Padre Sebastião, o Céu pertence a vosmecê. Se quiser passar mal na terra, esteja à vontade... Sempre terá sua recompensa mais tarde...

Nesse mesmo dia, padre Sebastião carregou às costas o índio Parati, que não podia atravessar um pequeno atoleiro.

O padre, pelo caminhar afora, fez esforços inacreditáveis para seu corpo fraco de aparência.

Parati era limpo de sangue. Três dias depois, já punha o pé no chão e, cinco dias mais tarde, subiu numa goiabeira e veio todo contente, carregado de frutos, depositar a oferenda nas mãos de dom Braz. O padre olhou de longe e sorriu. Parati nem se lembrava dele. Seu dono era dom Braz.

Com mais alguns dias de caminhadas, topou bandeira com fugitivos paulistas, que se largavam pelas estradas e pelos matos, no horror da guerra sem tréguas imposta pelos emboabas.

O primeiro foi um velho com seu escravo, um pretinho que o guiava. O velho perdera os fracos dentes da frente nas várias quedas que sofrera. Seu escravo errara o rumo; já estavam à míngua quando encontraram a expedição de dom Braz. O velho chorava e ria; suas mãos batiam no rosto do capitão, como a certificar-se daquela presença miraculosa. E dizia, expelindo cuspo pela brecha da boca, que silvava de vez em quando:

— Sem que lhe falte o respeito... Vosmecê é mesmo o famoso dom Braz Olinto, meu patrício?

Contou, entre assovios que não podia reprimir — enquanto dom Braz passava o lenço pelo rosto —, que tinha uma pequena propriedade. Os filhos, fortes e aprumados, estavam nas minas; ele vivia quieto a cuidar de suas poucas cabeças de gado e do mais que lhe pertencia. Tomaram-lhe tudo, os boavas. Encontraram em sua casa uma faca velha de cozinha e o chamaram de malfeitor, de matador. Tangeram o gado e o expulsaram com seu escravo para fora de casa, onde instalaram donas que ralhavam e brigavam com eles, com desaforos de achar a casa muito suja e muito pobre para elas.

O velho contava, dando sempre os seus assovios estridentes, que um soldado de Nunes Viana havia posto a ponta da espada em seu traseiro, dizendo: "Corre, paulista velho, queremos ver uma bela corrida de um velho como tu. Estou aqui apostando com os outros que ainda és capaz de correr tanto que ninguém mais hoje mesmo te ponha os olhos na corcunda nestas redondezas! Só não te faço o serviço que agrada a nosso chefe Bento Coutinho porque não careces mais de amansar... Já passaste ao outro lado... até falas fino... Corre, diabo!".

Ele correu acompanhado do negrinho e se perdeu. Queria procurar o caminho de São Paulo, não encontrava mais. Cada vez mais se afundava no Sertão. Felizmente tinham encontrado frutos que lhes saciaram um pouco a fome.

— Vosmecê, dom Braz, terá umas bolachas e um gole de aguardente para que eu possa, ao menos, lhe informar desta guerra do diabo?

Serviram-lhe a bebida e as bolachas. O velho e o negrinho mastigavam sofregamente. O velho batia as gengivas com tal ímpeto sobre as bolachas que, embora duras e velhas, rapidamente as tragou. Juntou-se um troço de homens em torno deles:

— Já não veem muito bem meus olhos feridos... por fora, com a luz que tanto cega quem anda nestes sítios, e, por dentro, com a paixão que me está arruinando a saúde, pior que doença... Dom Braz Olinto — e um silvo levando o cheiro de aguardente passou pela face do capitão —, ah, que coisas tremendas se passam por aqui! Um filho meu assistiu ao combate às portas de Ouro Preto. A gente de Nunes Viana querendo à viva força romper o cerco que lhe fizera Borba Gato. Eles queriam... os boavas... se apoderar do gado que esperavam, pois já estavam famintos. Porém Borba Gato foi duro. Homem de fôlego, aquele! Não devia se chamar Borbagato, mas Setegato! Agora eu já nem sei com quem está Ouro Preto! Se está com a gente que montou o governo da revolução ou se está com a nossa gente. Nestes mataréus onde fugimos que nem preás, vou ouvindo dizer... ora que Nunes Viana é o governador e o chefe de todas as minas, ora que sua gente está sendo expulsa. Vosmecê, dom Braz, já ouviu falar num tal de Frazão de Brito? Homem bom! Já me disseram que ele tem poderes que ninguém alcança. Anda acompanhado por uns negrões taludos, que a gente olha de baixo para cima, uns negrões que urram, pulam, que nem bichos, e carregam umas trapalhadas de armas que nunca ninguém viu... Os boavas queriam alcançar um arraial, onde tinham seus aliados e segurança. Mas os paulistas abriam vistas por todos os lados. Os reinóis, que se quiseram fazer de muito espertos e sabidos em vez de darem luta franca a Frazão de Brito ou a outro troço de paulistas que esperava no fim do arraial, que é que os finórios fizeram? Combina daqui, combina dali, e, precavidos, resolvem entrar na floresta, escapando de Frazão e dos outros. Devem ter andado, ao começo, muito satisfeitos... — E esse final derrubou um resto de bolacha na barba de Tiago. — Oh, gostosura! Oh, quietura! Oh, liberdade! A mata era bem fria, dava arrepios, ninguém via o sol nela. Lá fora era dia claro. Aqui dentro fazia noite... Eles estavam desafogados. Imaginem quanto mofavam dos paulistas... Diziam-se muito inteligentes: "Essa cruza de bugre com homem não pode ter cabeça igual à nossa, que é de gente fina da Europa. Aqui ficamos bem escondidos e depois... quando eles estiverem cansados de esperar... já acuados pelos nossos, que devem chegar em breve, sairemos... descansados e gostosos...". É, mas cabeça de boava é dura que nem o couro das botas deles...

O velho deu uma risada de louco e novamente espirrou sua saliva:

— Eles se esconderam tão bem escondidinhos, mas tão bem escondidinhos, que se afundaram na mata e não puderam mais voltar. Quando os paulistas se retiraram, a gente do arraial chegou perto. Ouviram gritos, gemidos, pedidos de socorro cada vez mais longe, mais longe... Uns reinóis, que tinham parentes na floresta, se embrenharam um pouco nas árvores. Vendo que corriam o risco de serem também enganados na confusão, voltaram logo. Algum tempo depois já se ouviam os gemidos só na volta do vento. Os moradores do arraial batiam o queixo e perguntavam: "Será gente... será alma?". Desde esse dia..., vosmecê andou fora um tempão, não soube..., o lugar ficou batizado de Floresta dos Boavas. Por mim, que passei por apertos, querendo achar o caminho e não achava mais, posso saber que fim triste tiveram esses reinóis excomungados. Triste, mas bem merecido.

Dom Braz espocou o seu "diacho":

— Diacho! Por esta história a gente vê bem claro que Deus está da banda de cá! Vosmecês todos não estão vendo? Dos dois lados a nossa gente... e Deus tocaiando na floresta.

Fugitivos se iam chegando e se punham sob a proteção de dom Braz. Alguns vinham animosos e tagarelavam sobre o que estaria reservado a esses reinóis do inferno. Outros vinham cansados, cobertos de poeira, tristes e desesperançosos. Também chegaram mulheres; uma delas trazendo criança ao colo. Ela não sabia o que fora feito do marido. No massacre de Cachoeira se pusera a salvo com seu filhinho e depois não o vira mais. Campeara no meio dos mortos, perguntara aflitamente — ela mal podia contar —, e dizia que o Inferno devia ser assim: a gente querer saber uma coisa e não ter resposta. Vagueou muito tempo, comeu de esmolas, sofreu o atrevimento de homens de Nunes Viana, mas Deus lhe conservara a vida e a de seu menino, que carregava nos braços. Queria voltar para São Paulo.

Dom Braz, à medida que lhe reuniam fugitivos, ficava atordoado com a missão que o destino lhe reservara. Ele havia separado o seu ouro e protegera a liberdade de seus homens dispostos a lutar! Agora aqueles pobres-diabos, que comiam sofregamente as provisões de sua gente, tolhiam os passos a choramingar e a maldizer a cobiça que os houvera tirado de seus lares. Faziam involuntariamente com que a marcha diminuísse, mas ele, embora engrolasse seus "diachos", ia aceitando esse rebotalho humano como um peso morto que deveria carregar. Dentre esses pobres-diabos, apareciam alguns que haviam sido despojados de suas armas, mas que nada queriam senão vingar a afronta feita à gente da terra. Um desses, rasgado, a boca a espumar de raiva, os olhos incertos com um furo de onça que se reprime para dar o bote no momento justo, disse a dom Braz:

— Está por aí correndo notícia de que Valentim Pedroso de Barros reúne gente para enfrentar os boavas. Vosmecê, dom Braz, não tem mais a fazer senão encontrar Pedroso de Barros e dar sua demão. Eu sou homem para lhe levar a ele e dar o primeiro tiro, se vosmecê me der uma arma para isso.

Dom Braz olhava os míseros sem forças, que nada mais queriam senão repousar. Eram judeus errantes dentro de sua própria terra.

— Vosmecê, que é tão bem-falante, vai me dizer o que é que se faz com essa gentalha. Eu não contava com esses pobres de Cristo.

O homem derrubou o beiço, olhando a pequena multidão de fugitivos:

— Deixa pra trás.

Dom Braz coçou a barba:

— Meu filho Tiago, que é que vosmecê diz a isso?

— Tem que deixar, meu pai. Quem é que vai lutar com esses pobres nas costas? Na guerra, gente mole assim não entra em combate.

Dom Braz silenciou um instante. Depois considerou aqueles desgraçados com seu olho pendurado, comprido.

— Esta guerra não tem as regras do Reino. Vosmecê têm razão, mas eu levo essa gente. Eu deixo pra trás, mas levo.

Caía a tarde. Era dolorosa aquela desigualdade; uns — a gente de dom Braz — de olhos acesos pelo ímpeto de lutar. Outros, trêmulos e inseguros, perdidos. A estes dom Braz deu uns três homens, que os guiavam a certa distância.

Ao anoitecer, um bando armado se juntou à expedição. Havia nele soldados e uns pretos de Frazão de Brito, que farejavam o ar. Vinham carregando excêntricas armas: atiradeiras, flechas diferentes. Mal falavam. Respondiam com resmungos, tinham o faro ainda mais aguçado que os índios de dom Braz. Um deles deu uma volta sobre si, empinou a cabeça, teve um tique de incontido nervoso, tal um cavalo negro a estremecer à borda do precipício:

— Boavas — disse.

# XV

Seguia o bando de dom Braz pela estrada. Já agora se preocupava mais o chefe em procurar seu amigo Borba Gato. No momento, segundo lhe diziam os que chegavam a ele, se esperava uma batalha que iria decidir da sorte dos reinóis. Já se murmurava que o próprio e feroz Bento Coutinho escrevera ao governador suplicando, dizendo palavras ternas e afirmando inocência de cordeiro. Passavam a adular Borba Gato, a quem Nunes Viana enviara missiva bem diferente da sua audácia, ao tempo em que mandava rasgar os editais pregados por ele, em que o expulsava das minas e ameaçava de degredo a todos os que a seu serviço se pusessem.

Tudo viajava para o quadro da luta. O vento até estava a favor dos paulistas; impelia folhas que lhes batiam na nuca, como em tenção de os levar a seu fim. Passaram soldados de Valentim Pedroso de Barros. Estavam entusiasmados e diziam que o dia seria deles, que chegara, enfim, a hora da vingança. Próximo à Ponta do Morro, Valentim Pedroso, com seu irmão Fernando, estava distribuindo armas e reunira exército considerável. De todas as partes lhes chegava gente decidida a varrer da terra a infâmia emboaba. Os negrões cheiravam o ar.

Tiago, na noite anterior, ouvira perguntas dos homens da expedição do Morro Negro:

— Vosmecê... que é que viu no céu?

Tiago não queria responder e acabou respondendo forçado por todos:

— As estrelas dão passagem... mas estão tristes.

— Como podia ser isso? — perguntavam. Ele ficava aborrecido. Sentia-se envergonhado de falar de seus assuntos do céu com essa corja de gente bruta. Talvez até se acreditasse um aproveitador de mulheres, a bazofiar sobre intimidades dos leitos.

Havia muito sol, um sol de fevereiro, ardente, que punha mormaço na sombra. À medida que a marcha da expedição prosseguia, vinha descendo uma brisa mais fresca. Agora, subiam os morros arredondados e iguais, com funduras de sombra e rasgões no dorso, feitos pelos que vinham buscar ouro nas minas e delas desertavam, com a guerra impiedosa. Havia a mistura de beleza nova e alegre das ervas de Deus, a vestirem de verde-claro toda a ondulação de montes, aplainando suas quedas em campinas aveludadas, macias à vista.

Quando dom Braz se aproximou da Ponta do Morro, fez um gesto largo para seus homens. Esperassem: e então o vento lhes levou, como vozes em latidos, tiros e alvoroços. Já porfiava na luta, que se havia iniciado há algumas horas, a gente de Valentim. O capitão podia ver o núcleo de casinhas brancas emergir do corte do monte, como um traço alegre. Próximo daquele pequeno povoado rebentavam os tiros, e o vozeiro parecia ainda maior que o estrondo das escopetas.

Tuiú pôs as mãos nos ouvidos. Tremia e disse:

— Tuiú, alma de passarinho, não gosta desse estrondo.

Parati, sempre tão doce e seguindo de perto seu senhor, ralhou com ele. Mas bem que precisava conter seus nervos diante do estrondar. Não tinha medo da morte, porém, como os outros índios, tinha horror àquele barulho. Todavia, sua voz se destinou aos do bando:

— Gente que tem medo de barulho... não é gente. Barulho não é nada. Só dói ouvido.

Dom Braz ordenou aos fugitivos que ficassem esperando ali. E, reunindo seus homens mais valentes, com Tiago a seu lado, avançou para a cena, que despejava o tumultuar de vozes e o espocar de tiros. O arraial da Ponta de Morro se aproximava. A subida era forte. Mais e mais perto se ouviam os gritos. Os homens de Valentim Pedroso tiravam, de uma casa maior, assobradada, um magote de soldados ali entrincheirados. Os reinóis de Ambrósio Caldeira Brant desciam, já em atropelo, em três colunas separadas, uma parte da colina, e se entrincheiravam mais embaixo. A luta se aproximava do fim, mas chegava à sua parte mais difícil, porque, vendo-se perdidos, os emboabas davam todo o seu ímpeto.

O combate foi corpo a corpo. Os comandados por Pedroso vinham das casas, agora gritando e espumando em fúria selvagem. Muitos diziam palavras em tupi; outros invocavam seus santos e se encomendavam a Deus, enquanto desembainhavam a espada; alguns, com facões e machadinhas, chamavam pelo demônio e diziam insultos aos reinóis; nomes que poderiam tingir do sangue da vergonha as paredes da capela erigida no morro.

Dom Braz e seus homens, arquejando, alcançaram os reinóis, a se debaterem entre as duas forças. Foi um combate confuso, mas rápido. Folhas de espada, de facões e de machados cintilavam no ar. Rasgava-se o couro da roupa e a pele sangrava. Os negros se precipitavam com urros que começavam grossos e terminavam finos, tão perfurantes quanto o zunir dos gumes que se abatiam sobre os reinóis. Eles, antes de se terem atirado à luta, largaram de suas atiradeiras as pedras afiadas, em chuva maciça.

Nesse instante, os soldados de dom Braz se uniram a um contingente de forças paulistas, comandadas por Gabriel de Góis. Espezinhado no Reino, era ele agora um feroz caçador de forasteiros.

Tiago desembainhava a espada que dom Braz lhe dera no dia do casamento, para que a honrasse como ele a havia honrado. Ao mesmo tempo, ajudava o pai e o protegia, de tal forma que dom Braz se julgava mais triunfador do que de fato era.

Um reinol, que surgira da terra, avançava para dom Braz, brandindo uma faca. Tiago, num golpe de espada, lhe decepou os dedos, que voaram em pedaços, num espirrar de sangue derramado no gesto.

Durou pouco tempo ainda a batalha. Os homens de Caldeira Brant se retiraram às pressas. Ele os protegeu como pôde, mas os paulistas eram em maior número, e a intervenção de dom Braz apressou a vitória.

Depois que tudo se aquietou, confraternizaram os grupos. Valentim Pedroso abraçou dom Braz. Correu pelos paulistas uma bebedeira de orgulho satisfeito. Podiam ver debandarem ao longe os reinóis batidos e humilhados. Valentim Pedroso, um homem baixo, de queixo forte e proeminente, apertou a mão de dom Braz; sua roupa de couro estava rasgada, um fio de sangue se mesclava à barba castanha. À exclamação de dom Braz, sobre seu triunfo, respondeu:

— Eu estou de peito lavado. Vosmecê não imagina quanto eu apreciei a ajuda. Na luta de perto é que valem os homens.

Ao que dom Braz redarguiu:

— Tenho também água fresca no meu coração.

O rapazinho que levara a bandeira a segurava ainda. A sua franja estava tinta de sangue, que jorrara de uma brecha aberta num reinol por um dos negros de Frazão.

Dom Braz beijou o estandarte:

— Não fui eu quem o ajudou, foi a Madama.

O povoado, janelas fechadas, era todo feito de olhos cegos para a luz do sol de verão e para aquela gloriosa excitação que iluminava, como um relâmpago, a gente de Piratininga. Tiago, de cima da colina, olhava a vastidão da cena que continha o caminho da volta:

— Nhor pai — disse ele —, agora que nós tomamos vingança, podemos voltar.

Dom Braz sentiu, então, que as pernas tinham mais idade do que seu peito animoso. Elas lhe bambearam. Ainda teve tempo de se sentar com honra numa pedra cortada da beira da ladeira.

— Meu filho, hoje mesmo estaremos de volta para São Paulo.

Rosália, solitária e hostilizada pelas mulheres dos reinóis, seguia o marido por onde ele andasse. Estava agora num pequeno rancho à beira do campo, guardado por dois escravos armados. Bento Coutinho havia recebido um mensageiro de Caldeira Brant. Reunira mil homens em pé de guerra, onde se misturavam, desde os bons soldados até os que se metiam na peleja por mercenários e odientos ao tributo de El-Rei.

Estavam com ele baienses airosos e desempenados que, tanto quanto os paulistas, se largavam de suas terras e entravam, mato adentro, no desbravar do Sertão. Havia, porém, grande número de espertalhões, de foragidos da lei, de contrabandistas sem escrúpulos. Era uma tropa assanhada e impetuosa.

Bento Coutinho esperava que ela desse a última vitória; que se plantassem os reinóis, tão sobranceiros, nas minas gerais, que até mesmo El-Rei reconhecesse o governo de Nunes Viana.

Rosália ouviu um seu escravo praguejar e insultar alguém. Depois ele se chegou:

— Sinhá, aí tem um homem vendendo uma cabra de leite. Eu disse que sinhá não precisava de nada. Mas o diabo do homem insiste em falar com sinhá.

Rosália respondeu com tristeza:

— Diga-lhe que vá embora.

Ia o escravo saindo quando ela apurou o ouvido e reconheceu um quê familiar na instância do homem da cabra. Embora só, lá fora, continuava a reclamar. Então disse ao escravo:

— Mudei de ideia. Mande entrar o homem. Não tenho tomado leite de cabra há muito tempo. E estou me sentindo fraca.

A mudança tão repentina fez com que o escravo abrisse a boca, paralisado. Mas Rosália insistiu:

— Ande, diga ao homem que entre.

Depois de tanto tempo, Rosália só agora sentia saudade de sua gente. Pouco fruía da companhia do marido.

Vivia num isolamento tristonho, motivado não só pelo cuidado de sua segurança, quanto pelos ciúmes de Bento Coutinho. Ao reconhecer o timbre apaulistado na voz que repercutia até o fundo desse rancho, onde ela ficava sentada a relembrar cenas gostosas e passadas, a pensar em Basília, em Genoveva, em Mãe Cândida, sentia como que um chamado da terra distante. No meio de reinóis ela sempre era a estranha, a que merecia desconfiança, a que jamais conseguia fazer amizade, embora respeitassem nela a mulher de Bento Coutinho e não lhe fizessem crítica abertamente. Muitas vezes, mal Rosália chegava a um lugar de conversa e animação, a uma roda de mulheres portuguesas, vinha o frio, o gelo. Caía o silêncio. Apareciam os sorrisos contrafeitos. Rosália pensava com amargura.

— Até parece que estou excomungada.

Quando o vendedor de cabra entrou no rancho, teve vontade de dizer-lhe: "Ora, comporte-se diante de uma senhora. Tire esse chapelão da cabeça".

Porém o homem que entrava à frente do escravo fazia-lhe, com os lábios, uma mímica tão especial que ela entendeu: queria dizer qualquer coisa, um segredo. O vendedor alteou a voz:

— Veja a senhora a bela cabrinha leiteira que lhe quero vender por um quase nada. Sou um pobre a quem os paulistas tomaram tudo e por isso me larguei da Ponta do Morro, onde eles expulsaram os reinóis.

— Vá lá fora e monte guarda à porta, que eu quero examinar bem a cabra — ordenou Rosália ao escravo.

— Sinhá... — murmurou este, apreensivo. — Meu senhor não quer que sinhá fique sozinha.

Rosália foi enérgica:

— Monte guarda à porta. Isso é que é preciso.

O escravo saiu com relutância, olhando para trás. Mas ele, segundos depois, fechava a porta e se colocava do lado de fora, vigiando. Logo que o negro saiu, o homem tirou o grande chapéu que lhe sombreava a face. Rosália espantou-se:

— Mestre Davidão! Que faz vosmecê aqui por estas bandas?

— Bem via a menina lá em Caités... Mas naquele dia... Vosmecê não quis saber de mim.

— Depressa, mestre, fale, que é que quer?

— Custou-me achá-la. Mas tenho um dever comigo... Dona Rosália, vosmecê precisa saber que dom Braz e Tiago estão aqui... Que hoje mesmo se bateram com os reinóis na Ponta do Morro. Vosmecê podia querer saber disso... podia ser que não soubesse... agora estão falando por aí que Bento Coutinho vai caçar os paulistas com mil homens e que já tem pronto o ataque... Eu pensei que...

Nessa altura, outro escravo entrava. Ao ver a senhora, pálida e aflita, olhando o desconhecido, se fez de valentão:

— Sinhá, esse infeliz disse alguma coisa de mal?

— Não disse, não. Eu é que estou me sentindo hoje um pouco doente... Até o leite da cabra me vai fazer bem. Prenda a cabrinha lá atrás. — Dirigiu-se a Davidão: — Tome este dinheiro. É justo o que quer por ela.

Ajudada por Genoveva, Cristina fechava a sua arca. Devia seguir para São Paulo. Pedira a Mãe Cândida que lhe deixasse ficar um tempo na casa da vila, até que chegasse o momento de tomar o navio que a levaria de volta a seu irmão e à sua terra. Já mandara saber por escravos: o barco só estaria no porto daí a dois meses. Parecia-lhe um tempo enorme. E se lembrava como o tempo na terra, nesta nova terra, era diferente.

— Depressa, minha filha! São duas luas, pelo menos.

Duas luas, agora — tempo breve para a gente da Lagoa Serena e estirado para ela própria —, deveriam passar. Mas ela preferia aturar o tempo da vila a ficar parada, vencida pelo seu desgosto, espreitada ali pelo olho malvado da lagoa — posto de banda, a espiá-la de través, enquanto ela apertava o rosto nas mãos, sentada em sua cama tão rígida.

Mãe Cândida não opôs nenhuma resistência. Agora, com a saída de Isabel, ela estava sempre com o menino ao colo. Parecia concentrar nele seu desejo de calma, sua vontade de ser sempre a mesma criatura equilibrada e tranquila.

Foi depois do almoço sombrio que Cristina se despediu de Mãe Cândida. Basília e Aimbé a acompanharam. Aimbé iria ajudá-la em certas compras para a viagem; Basília esperava um envio do ouro de dom Braz, com o qual faria trocas para a Fazenda.

Ninguém falava em despedida. Mãe Cândida fez o sinal da cruz, depois rezou. Cristina buliu no prato, fingiu que comia, mas na verdade não tinha forças para engolir.

Pesava no ar o céu da lagoa, o céu que cheio d'água parecia atraído por esta, com os vapores do mês de fevereiro. O ar era espesso e tão pesado que se abatia sobre as pessoas, dando-lhes um cansaço opressivo.

Cristina se movia vagarosamente, e, no entanto, sua alma se agitava rápida. Atravessaria uma nuvem e, depois, estaria lépida e fresca, longe daquele torvelinho de lembranças e de dores. De relance, olhou os lugares vazios. Viu dom Braz, ouviu-lhe estourar o "diacho". Viu Leonel rindo com a boca e com os olhos para Margarida, pensativa e doce; viu Tiago indiferente; viu Rosália, maliciosa, contendo um frouxo de riso, rindo por uma tolice qualquer.

Ela deixaria seus fantasmas, a morta e os vivos, e se libertaria do mundo de recordações que aquela sala e aquela mesa lhe inspiravam.

Momentos depois, cavalgava ao lado de Aimbé e de Basília, esta envolta num longo xale passado sobre a cabeça, ocultando o lado deformado do rosto. Ao vê-la, tão impressionante, magra, o vulto misterioso, teve a sombra de um sorriso melancólico:

— Mas este fantasma... este ainda vai comigo.

Lá da janela, Mãe Cândida, um pouco menos ereta, aparecia com seus cabelos de prata a brilhar ao longe. Afonso, aprumadozinho e seguro por ela, olhava, incerto e levemente curioso, para o movimento do pátio. Um escravo abriu a porteira. Os três passaram do lado de fora. O baque surdo da madeira repercutiu com um susto estranho em Cristina. E de repente a estrada para São Paulo se apresentou.

— Foi tão fácil — Cristina sentiu.

E os animais aligeiraram, embora não chicoteados, seus próprios passos. Havia um estímulo, um apressar no tempo, que prometia chuva.

Gabriel de Góis falou a dom Braz, ainda no lugarejo, visado pelo clarão do sol:

— Hoje foi o melhor dia da minha vida. Aprendi no Reino a pertencer a esta terra de corpo e alma. Lá me trataram pior do que a um cão sem dono e me correram de todos os lugares. Que gosto me deu este desafogo com os reinóis, que nos intimam como se nós não tivéssemos o direito de merecer o Sertão que descobrimos! Minha alma volta contente e meu corpo vai tão fagueiro, que até me esqueço do ferimento que tenho na coxa. Penso que faríamos bem se juntássemos toda a gente e partíssemos de uma vez.

Dom Braz fez uma careta cômica:

— Gabriel de Góis, vosmecê terá que ir na frente. Eu não posso me juntar a vosmecê e à sua guarda preciosa, porque estou com um bando de empalamados, de gente desgraçada, que não quer senão voltar a São Paulo e que se pendurou a mim. Primeiro, tenho que procurar esses infelizes que estão esperando aí perto, e depois nós nos juntaremos mais adiante.

Gabriel de Góis riu:

— Eu também vou em atraso, levando meus empalamados. Valentim Pedroso, como vosmecê sabe, já mandou seu irmão Fernando na frente. Penso que por ora ele quer ir a São Paulo, mas só para buscar gente e provisões. Está mais metido na guerra do que eu.

Nessa mesma tarde de verão, longa, pesada, os paulistas deixaram a Ponta do Morro. Quando já estavam lá longe, as janelas se abriram, e a vida se aninhou de novo no povoado. Pessoas assustadas retomaram seus lares. O crepúsculo demorado e sanguinolento era, contudo, suave com um suspiro de alívio.

Os paulistas voltavam à sua terra. Já pela gente que os antecedera fora mandada parte do ouro duramente acumulado. Mas estes que agora ali estavam na estrada, se bem que não fossem — todos eles — os mais ativos dentre os soldados que porfiavam por São Paulo de Piratininga, sentiam a vaidade enorme, vaidade que lhes dava até força em pisar a terra donde haviam enxotado os emboabas.

Podiam voltar e queriam voltar. Já a pobre mulher nem sentia o cansaço da caminhada, carregando o filhinho nos braços. O velho sem dentes cantava uma canção que se esfacelava no túnel da boca e se perdia nos arezinhos mais frescos da noite que se anunciava.

Tiago de vez em quando inclinava a cabeça, olhava o céu: depois de vermelho, em longas pinceladas, desmaiava de cor com a bênção de uma penumbra, protetora e aconchegada, que corria a terra. Tudo mostrava confiança. As sombras dos vales entre os morros pareciam muito maiores, mas a estrada para São Paulo, vista de muito longe, era uma faixa segura e clara, um trilho certo na movimentada natureza e se alastrava, reta, aberta e fácil aos olhos de todos. Como era bom voltar e rever de novo as esposas, e filhas, e irmãs, mesmo com muito menos ouro do que se havia projetado!

Tiago, de repente, ficou parado, enquanto os outros lhe passavam à frente. Fascinado, procurava, na sombra que envolvia o céu, alguma coisa. No crepúsculo do verão — logo em seguida —, a Rabudinha aparecia. Era a primeira luzinha que se acendia. Às vezes até inútil presença, ainda na claridade da tarde. Mas... estranha era a sua estrela; naquele momento, ela ainda não surgira. Uma estrela não é um ser humano, não pode ter caprichos. Ela teria que estar ali. Talvez ele estivesse desorientado. Sua cabeça rodava, à procura do lampejo de sua estrelinha. Depois, seu orgulho de homem varreu o desejo vão. Pensou que era estúpido querer estrelas no momento em que Deus lhe havia proporcionado o prazer da vitória.

306 | DINAH SILVEIRA DE QUEIROZ

Chegou-se a dom Braz:

— Nhor pai, vosmecê sabe que temos pouca munição?

Dom Braz cuspiu de lado:

— Não pense mais em guerra, meu filho. Nós estamos vingados e vamos sossegar em nossas casas.

Nesse instante, porém, Gabriel de Góis se chegou. Vinha acompanhado de um homem idoso de feições nobres e cabelos brancos, seu tio. João Antunes quisera também voltar com seu vizinho dom Braz Olinto; viajariam juntos até a Galupe. Disse Gabriel:

— Tenho que é melhor nós tomarmos pelo mato em vez de seguirmos pela estrada. Com toda essa gente mole que está aqui conosco, não convém abusar...

Dom Braz largou um "diacho":

— Que ideia é esta! Então nós vamos como quem venceu ou como escravo fugido?

Tiago, já o coração crepitando, por um pressentimento que crescia de instante a instante, depois que ele perdera a estrela no céu:

— Nhor pai, não custa nada a gente tomar cautela. Esgotamos quase a munição, e essa cambada que está presa a nós não terá fibra para aguentar um ataque desleal.

Saíram da estrada, embrenharam-se no capão de mato perto do rio esburacado nos barrancos, aqui e ali, pela procura do ouro. E durante algum tempo se ouviu apenas o pisar manso nas folhas do chão.

# XVI

A campina lisa e prateada, na claridade cinzenta do fim do dia, foi sendo pouco a pouco invadida por um ruído surdo que parecia onda maciça a caminhar no interior da terra. Esse ruído avançava lentamente e depois tomava forma. Era um tropel possante de pisar de cavalos e de gente apeada, um todo que marchava calma e compassadamente.

Lá no horizonte, palpitaram as primeiras figuras, e então pelo vale se derramou a massa enorme que fazia a terra estremecer, como um poder de guerra, impossível de resistir. Marchava Bento Coutinho à frente de seus mil homens, a vingar a derrota da Ponta do Morro. Pessoas do arraial do rio das Mortes, encolhido com suas casas alvejantes e árvores redondas, fugiam espavoridas ou corriam à espera dos reinóis — se forasteiros — a esperar também a hora da vingança.

Ao chegar próximo à estrada, Bento Coutinho olhou, levantando-se um pouco da sela, e disse ao companheiro:

— Parece que os desgraçados já se foram. Não há nenhum sinal deles. Teremos que seguir a estrada até mais adiante.

Moradores do arraial concordaram. Os paulistas haviam passado havia bastante tempo. A essas horas, deveriam estar longe na estrada.

Já encostados às árvores, guerreiros paulistas e pobres refugiados se relaxavam no cansaço da noite. Com os possuídos que traziam às costas, improvisaram, dentro do arvoredo, seu pouso. Espichavam-se sobre a grama, bendizendo aquele descanso que lhes daria o ânimo para o madrugar. Estavam ali protegidos pelas árvores contra tocaias e surpresas. Muitos, deitados de borco, meio mortos de fadiga, não conseguiam descansar, com tanta alegria que lhes punha a alma em ativa andança.

Os dois grupos de Gabriel de Góis e de dom Braz faziam agora um único amontoado humano, ali encoberto entre as árvores. Conversavam, alguns, mas em voz baixa. Seria preciso cautela, porque, com aqueles pobres fugitivos, não teriam defesa, caso fossem pilhados.

João Antunes, relaxado de nervos, contava a Tiago como fora solto por Nunes Viana, podendo acolher-se junto do sobrinho Gabriel:

— O chefe dos boavas, quando soube que eu era homem de livros, me fez graça. Até conversamos sobre leituras. Ele não é mau homem. Está é cercado por uma corja...

Gabriel de Góis fez, com um sinal, calar-se o tio. De repente Parati, junto de dom Braz, disse bem baixinho:

— Meu sinhô não está ouvindo?

— Ouvindo o quê, Parati?

Tiago também prestou atenção. Estava perto do pai:

— Isso deve ser chuva que vai cair... Mas não será aqui. A ameaça está longe. Também, neste tempo de verão...

Parati ficou de pé e procurou divisar qualquer coisa, espiando entre as frestas das árvores.

— Não é trovão do céu.

Correu um sussurro entre os homens todos. Tudo ficou mais silencioso ainda. Alguns perceberam a cadência gigantesca dos passos poderosos, mas não quiseram dizer logo. E, no meio daquela respiração contida, e do silêncio fechado, a criancinha no colo da mãe derramou seu choro como medrosa da massa espessa, toda feita de almas em expectativa. Apertou-a a mãe ao seio. O mocinho da bandeira teve um estremecimento. E, antes que alguém dissesse, ele falou:

— São os boavas! Eu juro...

Muitos protestaram debilmente, aterrados. João Antunes procurou sossegar os que o rodeavam:

— Não há tempo ainda; eles não poderiam ter reunido tanta gente...

E o velho sem dentes escarneceu, como alguém que treme diante de um fantasma, mas procura vencer o medo:

— Os boavas estão liquidados.

Lá ao longe, aquela força que parecia brotar da própria natureza, um barulho que participava do rugido de uma torrente que se entornasse sobre o campo, foi ficando mais e mais distinto. Podiam discernir os paulistas, agora, a composição daquela enorme nuvem, eriçada de gumes, de flechas, de armas de toda espécie e que varejava o campo fendido pela claridade da tarde. No centro, vinham Bento Coutinho e seus homens de confiança, montando cavalos fortes e bem tratados. Em volta, marchavam soldados de farda, unidos a tipos rasgados e sujos.

Entre as árvores, acendiam-se os olhos a reter o quadro ameaçador. Diziam uns que os boavas não eram tantos; já outros se persignavam e faziam cálculos aterradores: vinham eles aos milhares! Tiago espreitou, o coração batendo na falta de segurança da estrela protetora. E, pegando nervosamente no braço de dom Braz, disse:

— São os mil homens que Bento Coutinho andou reunindo. Falaram disso, mas eu não pensava que ele os reunisse tão depressa!

A face de dom Braz tremeu:

— Meu filho, nós somos homens e ainda temos armas.

João Antunes disse ao sobrinho:

— Quando eles chegarem aqui perto, já estará tão escuro que não nos poderão ver.

Gabriel de Góis quase sorriu ao observar que, agora, a massa formada pelos soldados de Nunes Viana se imobilizava, desnorteada, na planura:

— É bem capaz que os diabos sumam pela estrada, procurando quem está junto deles...

Dom Braz dizia à mulher cujo filho chorara havia pouco:

— Entope a boca de teu filho que nós temos, como arma, primeiro a sombra das árvores, depois a quietura... bem antes dos poucos tiros que nos sobraram.

Os olhos só pareciam ter vida naquela região coberta pela sombra espessa das árvores. Olhos que brilhavam numa ansiedade assustada. E eles foram amortecendo, invadidos pouco a pouco por um sossego aliviado. Bento Coutinho e seus homens iam tomando, lentamente, a estrada. Olhavam pelas distâncias do caminho a pesquisar os paulistas, que eles contavam agarrar, bem cedo.

Quando o último soldado passou, aquela tensão se transformou num desafogo feliz. Espicharam-se pernas, braços se cruzaram atrás das cabeças. Já a confiança dava um bater sereno aos corações.

Foi então que apareceu uma coruja para Tuiú. Tuiú, arredado de todos, sentava-se sobre uma pequena arca, indiferente à tensão de nervos que os paulistas haviam experimentado.

Quando estava no meio da natureza, era como uma criança no ventre de sua mãe, gostoso e confortável. Não tinha, como os outros índios, medo da noite. Quando Tuiú já bocejava e ia cair no sono, naquele silêncio impressionante dentro do capão de mato, uma coruja, arrepiada e gorda, riscou molemente sobre a árvore de folhas cinzentas e largas, a sobressair dentre a escuridão das outras. A coruja, meio bêbada e incerta, ali se firmou, junto dele, os olhos lembrando os de um gato sonolento a cochilar à beira do fogo.

Da árvore mais clara para o tronco partido, a coruja viajou duas vezes, passando por cima da cabeça de Tuiú, como indecisa a tomar pouso numa ou noutro. Na mente de Tuiú se infiltrou uma ideia toda particular, que não participava de nenhuma das tenções do grupo: "Será que coruja também compreende Tuiú?".

Enquanto pensava isso, gorgulhou um som no fundo da garganta. A coruja abriu um olho, fechou o outro. Seus olhos eram focos luminosos na obscuridade. Tuiú, de costas para os companheiros, ensaiou nova conversa, um pouco mais alto. A coruja abriu as asas, bateu violentamente com elas, enérgica e aborrecida. Então Tuiú não teve dúvidas. Jamais lhe haviam deixado sem resposta os pássaros da mata. Alteou a fala, fazendo um gargarejo violento.

Padre Sebastião, próximo dele, olhou a coruja. E pensou: "Ainda bem que essa maldosa não chamou atenção para este lado quando os reinóis estavam passando". Ele não imaginava que fosse Tuiú.

Dom Braz, lá de seu canto, ouviu os sons, mas, ainda que Tuiú sempre lhe inspirasse desconfiança, desta feita não cuidou dele. A coruja, lentamente, desceu da árvore e pousou no galho, bem rente ao índio. E, então, ela mesma soltou como que um desabafo, uma canseira e protesto de ser coruja triste — estranha comunicação que Tuiú recebeu, ufano. Imediatamente redarguiu, engrolando sua língua, num crepitar de sons misteriosos.

Nas últimas filas dos soldados de Coutinho, um baiense alertou o companheiro:

— Tu não ouves?... Parece que há gente à caça lá no capão. Ouvi ainda agora um pio... mas eu, que sou velho em escutar pios, já sei que é do caçador e não da caça.

— Bem especial, bem especial me parece que se cace a estas horas...

Apuraram o ouvido, parando de caminhar. Os sons subiam do arvoredo. O baiense disse ao amigo:

— Acho bom avisar sobre isso... Capaz de ter algum paulista escondido por lá e querendo chamar outro. Esses paulistas têm tudo de índio... até o modo de mandar seus recados de longe.

O baiense rompeu a correr por dentro da tropa. E pediu que o deixassem chegar a Bento Coutinho. Já estava convencido de que se ocultara alguém ali no capão. Disse rapidamente a Bento:

— Tem pio de gente mandando aviso lá no capão.

Bento Coutinho apurou o ouvido. Não conseguiu ouvir nada, mas mandou que esperassem por ele os da tropa e, com uns poucos homens, volveu pelo caminho até se postar à frente do capão. Então disse aos seus:

— Se tem coelho na toca, vamos desentocar já...

Momentos depois, as balas cegas vararam em vários pontos o capão. E abriram, no verde-negro, um florescer de breves nuvens brancas, quase paralisadas, à hora em que a brisa caiu.

Tiago sussurrou, violento:

— Não respondam! Eles estão atirando na incerteza!

O rapazinho que carregava a bandeira não se conteve ao sentir varejar na folhagem, junto dele, os tiros dos emboabas. Nervoso e trêmulo, carregou sua arma. O padre o quis impedir; ele o empurrou com fúria, e um tiro estrondou, marcando a posição dos paulistas.

Da volta do caminho retrocederam, violentos, os homens de Nunes Viana. No meio deles, agora, Bento Coutinho afirmava:

— Atirei no que vi, matei o que não vi. Não será um paulista perdido a querer buscar auxílio com outro que esteja pelas bandas. São *os paulistas!* Eles não foram pela estrada e estão metidos aí! Não temos mais que fazer, senão esperar que rompa a madrugada. Quando quiserem continuar a viagem...

Lá dentro do bosque, de novo caiu o silêncio. O velho desdentado queria apertar a garganta do rapazinho que denunciara os paulistas. O padre libertou o jovem, que se abraçou a ele, envergonhado. Dom Braz o quis castigar, mas Tiago não deixou.

— Não há nada a fazer — disse ele — senão ficarmos quietos. Nem sequer devemos andar na mata.

Ninguém dormiu nessa noite, apesar da fadiga. Gabriel de Góis espalhou ordens que passavam num sussurrar:

— De madrugada, iremos, em pequenos grupos, a ver quem tem sorte por si mesmo. Não há defesa contra tantos homens.

Antes que o sol raiasse, disposta toda em meia-lua, a gente de Bento Coutinho se espalhou e fez carga pesada sobre o trecho do capão de mato donde partira o tiro. Lá do fim da mata alguém fugia — um vulto pequenino a pretender projetar-se no rio quando uma bala certeira o alcançou e o corpo pendeu no barranco, deslizando para a escuridão da água. Foram, então, obrigados a lutar, os paulistas. Todos os homens válidos que tinham armas subiram às árvores e descarregaram seus últimos tiros, na defesa dos que poderiam escapar, pretendendo garantir a saída pelo rio. Mas os homens de Bento Coutinho deixavam que os fugitivos se julgassem livres e corressem, deslumbrados, para depois lhes mandar torrentes de tiros ou flechadas, que os colhiam já em plena delícia da salvação.

Depois de alguns minutos, viram os paulistas que seria inútil. Ninguém poderia escapar daquele modo. Choravam os mais fracos, os que estavam cansados demais, os que não tinham ódio e que apenas sentiam o desejo enorme de voltar à terra. A mulher apertava o braço de Tiago e dizia:

— Não atire mais, não atire... Quem sabe se eles param...

Tombara um homem de dom Braz ali junto.

Rodeado dos seus, Bento Coutinho derrubava o lábio:

— Nem precisamos gastar mais munição. Vê-se, pela resposta dessa corja, que os paulistas estão nas últimas. Há alguma coisa melhor do que o prejuízo e o gasto d'armas. Vamos aguentar aqui esses desgraçados, e só quem passar no rio leva fogo.

Novamente o silêncio, o dia amanhecendo, a brancura do arraial, lá longe, divisado como um ninho de pombas. A tranquilidade das casas cobertas, que falavam de fogões acesos, do cheiro da comida e da cantiga das mulheres. Havia, já, sede. Tão perto ali do rio, não haviam carregado água os paulistas. Desde que se lembraram disso — a sede apareceu mais depressa do que deveria aparecer. Estavam também faltos de alimentos.

A manhã, afinal, rompeu, quente e gloriosa de luzes. Lá de longe chegavam-lhes gritos dos reinóis.

— Venham para fora, macacos do demo! Bugios — diziam eles —, se ficam nas árvores é porque são mesmo uns bugios... Não homens!

Quando essas provocações espocavam lá fora, sempre havia dentro do mato um tique de boca, um desejo incontido da mão, que procurava disparar a clavina, mas que se arrependia depois.

Dom Braz, agora, confiava em que aparecessem reforços. Borba Gato seria avisado da situação desesperada de seus conterrâneos. Confiava num milagre, na proteção da Madama do Anjo, e olhava bem para longe, através das frestas, à espera de que, por trás de forças de Bento Coutinho, aparecesse o socorro para os paulistas.

O dia crescia, porém, em força e luminosidade. Os paulistas podiam ver pingos de sol lhes marcarem as faces e as mãos. Já do outro lado, o rio luzia, como uma tentação de frescura e de repouso.

A criancinha principiou a chorar. A mãe lhe deu o seio, mas a criança o recusava, excitada, parece, por uma apreensão animal que a fazia retorcer e gritar.

— Para com esta choradeira! — disse o velho sem dentes à mulher. — Olha que arranco o menino dos teus braços e o farei calar!

A mulher se debruçou sobre o menino, envolvendo-o com a sua proteção:

— Fica bem quieto!

E chorava sobre o filho. Sentia um calor na boca do estômago. A língua estava tão seca que, daí a pouco, foi preciso mastigar folhas para enganar a sede.

O tempo ia correndo. À beira da estrada, galhofavam os reinóis, cantavam até, procurando atiçar os paulistas com ditos jocosos: "É assim que se festeja a vitória da Ponta do Morro? Olhem, aí vai um foguete!".

E o tiro estrondava para o ar, acompanhado de uma gargalhada.

Viam os paulistas cenas que os desnorteavam. Faziam questão os reinóis de trazer para mais perto garrafões d'água, que entornavam bem do alto, caindo-lhes a água pelo rosto.

Mais tarde, os ânimos cada vez mais tensos entre os paulistas continuaram ainda a provar o suplício dos desafios. Caldeirões, trazidos do arraial, continham o feijão fumegante; eles, os soldados de Nunes Viana, se serviam em gordas conchas. Lá de dentro do mato, os paulistas viam o oferecimento jocoso: cheiravam os reinóis o feijão e mastigavam com a boca aberta, fazendo a mímica da delícia.

Todos olhavam por entre a folhagem à procura da misericórdia de uma salvação de Deus. Mas nada. Até à tarde, só viam plantados, diante deles, os emboabas a lhes fazerem fosquinhas e atrevimentos.

João Antunes conversou com seu sobrinho Gabriel de Góis:

— Não temos outra saída senão nos entregarmos. Lembra-te que eu aqui estou, vivo e bem-disposto, porque Nunes Viana, ele mesmo, me libertou. Não devemos insistir numa esperança sem fundamento. Ficaremos aqui até morrermos de sede e de fome?

Dom Braz percebeu qualquer coisa. E então alteou a voz, esquecendo de tudo:

— Diacho, que é que vosmecês estão tramando aí?

João Antunes respondeu serenamente:

— Não somos loucos. Temos a responsabilidade destas vidas — e mostrou em torno —, ninguém suporta mais. Ninguém!

— Raça de pamonhas — disse dom Braz. — Por que é que eu posso aguentar e essa gentalhada não pode?

Padre Sebastião, que via em todos o sofrimento da sede e se sentia — ele mesmo — no inferno da angústia, olhando a faixa d'água tentadora a se oferecer como promessa, pediu a dom Braz:

— Meu amigo, seja misericordioso! Já não é mais a hora da valentia, mas a da resignação. Não há outra saída!

Caía a tarde, e os próprios reinóis já davam mostras de cansaço, quando do bosque se projetou, firme e severa, a figura de João Antunes. Acenava com um trapo branco, sua cabeça brilhava na claridade. Um baiense, ao ver João Antunes, enquanto exultava Coutinho, fez um reparo:

— Aquele velho é dom Braz Olinto, não é? Foi ele quem ajudou Valentim Pedroso?

— Estás enganado! — resmungou Bento Coutinho. — Esse velho é o tio de Gabriel de Góis.

Fez com a mão um largo gesto, mandando que todos esperassem o mediador dos paulistas. E depois perguntou ao baiense:

— Mas então... Dom Braz... estará aqui?

— Decerto, se ele lutou com a gente de Gabriel de Góis!...

Ao ouvir isso, Coutinho experimentou mudança intensa. Dir-se-ia, agora, que estivesse profundamente comovido ao se defrontar com João Antunes.

Com voz bem clara lhe disse o velho, naquela tristeza e na vergonha da entrega, que pareciam formar um bojo para que as palavras levassem até longe, aumentada, a humilhação dos que se rendiam:

— Bento Coutinho, entregaremos nossas armas. Qual é a garantia que nos dá?

Bento Coutinho respondeu:

— Se assim fizerdes, prometo respeitar vossas vidas. Nada deveis temer.

E ele mesmo sentiu o abismo, o perigo que o espreitava. Se matasse dom Braz, ignorante de que estivesse entre os paulistas, perderia sua Rosália para sempre. Havia o dedo de Deus nessa providencial rendição dos paulistas. Ele os perdoaria; seria magnânimo e teria oportunidade de mostrar a Rosália todo o seu bem-querer. Além de tudo, que mal poderiam fazer esses pobres depois de desarmados — como ele iria desarmá-los, um a um?

À beira daquilo que considerava como uma ameaça a seu casamento, um engano que poderia vir a ser terrível e que lhe haveria de roubar a mulher para sempre, recebeu o velho João Antunes com emoção de criança, que seus próprios homens não compreendiam, tão exagerada lhes pareceu ela. Depois de abraçá-lo, com os olhos cheios d'água, disse:

— Podeis dizer aos paulistas que ouvistes Bento Coutinho jurar pela Santíssima Trindade: se eles entregarem as armas, terão suas vidas poupadas!

João Antunes voltou, confiante. Não fora ele já uma vez poupado por Nunes Viana? Quando voltou ao bosque, uma única pessoa não quis aceitar a rendição: dom Braz. O próprio Tiago lhe dizia:

— Nhor pai, sua vida nos faz muita falta. Contenha-se, nhor pai!

Saíram todos, lentamente, para fora do bosque.

Lá no fim do vale veio vindo alguém em solitário galope. Os paulistas puseram vista comprida naquele vulto. Talvez atrás dele se precipitassem outros na salvação esperada. Mas qual! O viajante buscou as fileiras dos reinóis. Era um escravo de Bento Coutinho:

— Preciso falar com meu sinhô. É assunto de desespero e da dona dele.

Quando o preto disse isso, imediatamente o levaram à presença de Bento Coutinho. Os paulistas vinham, ainda rentes do bosque. O preto falou, olhando em torno. Era um negrão troncudo de cabeça redonda e pequenina. Vinha seminu, e o corpo estava inundado de suor; arfava:

— Meu sinhô, tenho fala de segredo!

Bento Coutinho o puxou para um lado e perguntou, numa aflição que o fazia pressentir — ele lhe trazia a desgraça:

— Fizeram algum mal... Aconteceu alguma coisa a dona Rosália?

O negro beijou a mão de Bento Coutinho, olhou com os olhos brancos e medrosos para seu amo e implorou:

— Perdão, meu sinhô! Ela tomou cavalo e foi embora! Ninguém sabe para onde... Não sei por quê... Não aconteceu nada! Eu juro que não aconteceu nada... Mas a sinhá, que estava muito nervosa, mandou selar o cavalo e, quando eu quis ir atrás dela, me meteu o relho na cara, tanto que quase me fura a vista...

Os paulistas vinham chegando. Alguns, humildemente, curvos, tristonhos, a cabeça pendida, os olhos baixos; outros atrevidos, o peito aprumado, pálidos de raiva, a segurarem as armas que teriam de entregar. Bento Coutinho deu ordem: seriam todos revistados, um a um. E assim eles passaram — um por um. Durante a entrega das armas, Coutinho mandou que lhe tomassem o posto. Estava sentindo qualquer coisa na cabeça, precisava tomar uma bebida para aprumar-se.

Retirou-se, encostou-se a uma árvore e viu de longe a cena de entrega. Ainda havia bastante luz, e, ao olhar para os paulistas, enquanto tomava uns goles de aguardente, pensou que iria perder a razão. Sentia até dor física — sentia-se ferido de morte. Um ódio enorme o inundou com tal fúria que ele via os desgraçados que entregavam suas facas toscas, suas clavinas, suas escopetas, como se todos aqueles homens fossem os culpados da fuga de Rosália! Obscureciam-lhe a mente as ideias aflitas: como poderia ele, sem desonra, largar seus homens e galopar em busca da mulher amada? Estava preso também nessa infame batalha, que talvez já tivesse perdido — mais do que se perdesse nela a vida. Foi pensando nas palavras de Rosália: "Aquilo que eu digo — eu sustento. Se acontecer qualquer coisa com a gente da Lagoa Serena... vosmecê nunca mais põe os olhos em mim...".

Ele havia perdoado os infames. Mas os paulistas, ali mesmo dentro do mato, roubavam sua Rosália. Emborcou a garrafa de aguardente, tomando cinco ou seis goles; jogou a garrafa para longe, para os vultos pendidos dos paulistas, e esfregou a vista: borrifos vermelhos salpicavam a paisagem toda. A campina, os homens, até o rio, tudo era poluído por nódoas sangrentas que se espalhavam em torno. Olhou o céu; parecia que jorrava um vermelho brilhante como lacre. "Meu Deus", pensou, comprimindo a testa, "eu não suportarei mais este sofrimento!".

Recordou-se que havia empenhado sua palavra, que havia jurado pela Santíssima Trindade — Padre, Filho e Espírito Santo! — Deus o havia traído, Deus o havia abandonado. E, se o Pai não sustenta o filho que lhe honra o nome num juramento, por que haveria ele de se prender ao juramento?

Bento Coutinho veio andando para a borda da fileira, onde já os últimos paulistas depunham as armas. Tremia da cabeça aos pés e se agitava todo em repuxar de nervos. Deu ordem, bem alto.

— Vigiem os homens!

Os reinóis, caçoando e vaiando os paulistas, formaram um espesso cerco. Contavam levá-los como prisioneiros. Quando o cerco se fechou por sobre os míseros, Bento Coutinho, ele mesmo, desembainhou a espada e gritou para a sua gente:

— Agora é acabar com esta raça maldita! Que não fique um!...

Um baiense, que estava próximo, escancarou para ele a sua face horrorizada, apresentando a própria espada:

— Não sou homem de matar infelizes desarmados como estes! Antes disso, recebe tu minha espada!

E um reinol ficou pálido diante da emoção que se transmitia aos paulistas.

Abraçava-se a mulher a seu filho e gritava:

— Meu anjo da guarda! Venha em meu socorro, meu anjo da guarda!

O reinol, ao ouvir o grito da mulher, voltou as costas e barafustou, gritando, pelo meio dos soldados. Muitos abandonavam Bento Coutinho, que, enfurecido com os seus, principiou, ele próprio, a matança, dizendo:

— É assim que se faz com cachorros doidos!

Houve alguma debandada entre os reinóis. Mas o sangue derramado incitou a inconsciência dos demais. Foi um selvagem e encarniçado procurar de gozo, um repasto que fazia estremecer os matadores em espasmos de prazer.

As facas, os machados, as espadas furavam, cortavam, dilaceravam, enquanto salpicos de sangue borrifavam o corpo e o rosto dos matadores. Os paulistas estavam tão pasmados diante da traição que muitos foram dóceis às mãos de seus algozes. Só dom Braz atiçava os reinóis, deitando imprecações. Dizia, enquanto Tiago, que furtara uma espada na confusão, procurava defendê-lo:

— Melhor assim, cambada de sem-vergonhas, de tratantes, de bandidos! Melhor morrer em suas mãos do que ter clemência de boava! — E cuspia a torto e a direito.

Tiago lutava de todas as maneiras — a empurrar o pai que avançara, louco de fúria, para Bento Coutinho e a defendê-lo das armas dos reinóis. A espada, ele a sustinha com força. Parecia que sua mão também se havia tornado de ferro, que ele jamais abandonaria a espada, mesmo depois de morto. Era uma força viva e veloz. Tomou, depois, de um escravo de Bento Coutinho, uma faca. Teve o gozo de vingar o jovem que morrera trespassado, abraçado à bandeira. Sentia que tudo estava perdido, mas era dono da eternidade daquele instante. Naquele instante ele poderia, já que sua vida não contava mais, matar, matar e matar, na mesma loucura dos emboabas. Se conseguiu, durante algum tempo, graças à ligeireza com que movia as duas armas, se defender dos homens de Bento Coutinho, não pôde, por mais tempo, impedir a passagem de dom Braz, que o empurrou e foi, espumando de fúria, para perto de Bento Coutinho. Este acabava de apunhalar a mulher e, vendo que a criancinha chorava, estridente, no chão, num protesto que era como a imprecação da própria carne ferida, deu um pontapé naquele todo pequenino, que escabujava, gritando, na terra. Seria preciso que ela calasse. Acabou pisando a criatura e esmagando-lhe a cabeça. Até mesmo naquele gozo geral de carne satisfeita e repastada na violência da morte e do sangue, houve um ligeiro recuo. Olhos esgazeados miraram o pequeno corpo esmagado.

Dom Braz, liberto do cerco do próprio filho, se precipitou. Bento Coutinho, como que saindo de um mau sonho, olhava a plasta sangrenta. Fora ele que fizera aquilo?

Não podia acreditar. Clareava já seu espírito, e clareava para um quadro que o enchia de estupor.

Dom Braz Olinto agora estava rente dele, a camisa aberta, manchada de sangue, as barbas trementes:

— Mata-me, desgraçado! Quero ver a última baixeza de um boava! Mata-me! Tu, que eu acolhi em minha casa! Vamos, estás com medo? Tens medo de homem desarmado como eu?

Bento Coutinho o viu, plantado à sua frente, naquele desafio e naquele sarcasmo. Empalideceu e baixou os olhos. O fantasma de Rosália se interpunha entre eles. Mas um escravo de Coutinho, vindo de relance, abateu dom Braz com um profundo golpe de machado.

Tiago, agora, estava envolvido por todos os lados. E, na fúria da luta, lhe derrubavam as armas, e ele rolava pelo chão e caía num pequeno valado.

Alguém conseguira, em agilidade espantosa, furar a espessa cadeia humana e tentava alcançar o rio. Fora Tuiú. Um reinol se divertiu com aquela esperteza de macaco e, quando ele chegou à beira, lhe despachou o tiro. Tuiú se dobrou como um bicho dolorido e, perdendo as forças, desapareceu na água tarjada, agora, de borbotões sangrentos.

A matança continuou. Trezentos paulistas, naquele dia, à beira do rio das Mortes, foram passados a espada e a faca. Em breve tempo não quedaram mais, no campo, senão agonizantes e mortos. A mulher tombara ao lado do padre; vira seu filhinho esmagado. Estava quase paralisada, mas ainda tinha a vida e ansiava pelo perdão de Deus. Tomou a mão do padre que estertorava, já na inconsciência do seu fim. E, com um lento esforço, um desesperado esforço, apanhou aquela mão sagrada que a poderia libertar do Inferno — pensava. Fez com ela uma cruz na testa.

Havia a confusão dos corpos despedaçados. Na intensidade daquele frenesi, eram rasgadas as roupas, decepadas as vergonhas, furados os olhos esbugalhados dos mortos, voltados para um céu que talvez punisse por eles.

Saciaram-se de horror os homens de Bento Coutinho. Depois de algum tempo, quando não havia mais o menor vestígio de vida entre aqueles corpos mutilados, veio a ordem para que se retirassem.

Estavam vitoriosos, mas, assim mesmo vitoriosos como estavam, fugiram de seu crime. Daí a momentos a sombra invadia o céu; o vento rondou os mortos e lhes lambeu o fim humilhado, na misericórdia de um afago de Deus. Entre aquelas postas sangrentas, alguma coisa cobrava vida e palpitava, querendo desprender-se dali. A mão de um jovem prendia no chão a ponta da bandeira ensanguentada, e a Madama do Anjo se levantava, em meio do horror e da desesperança da Morte.

Terceira parte

# Canção de Margarida

Rosália galopava no caminho velho, aproveitando um pouco da claridade da lua minguante, enfeixando a trilha aberta entre as montanhas. Não receava cair ou ser assaltada. Fugia de Bento Coutinho. O instinto, em Rosália, era a maior força. Assim como se decidira a partir de São Paulo, agora queria voltar. Tinha pressa em alcançar o grupo de paulistas, chefiados por Fernando Pedroso, para se pôr a salvo. Ela sabia que Bento Coutinho vinha em seu encalço.

Dominava-a uma espécie de asco profundo. O marido a enganara e, enquanto a acariciava, fazia guerra aos seus. E se algum deles — Leonel, Tiago, quem sabe mesmo se seu pai — houvesse morrido nessas lutas que se tornavam cada dia mais sangrentas? Sempre lhe fizera ela a pergunta:

— Vosmecê nada soube de meu pai?

Invariavelmente, respondia Bento Coutinho:

— Teu pai cava ouro à parte; não se mete com ninguém. É o mais ladino de todos.

Principalmente, Rosália fugia de si mesma, daquele amor em que se atirara, numa fusão misteriosa de corpo e de espírito. Se ela ficasse um dia só, talvez o marido inventasse uma boa desculpa, e então naufragaria na vergonha da fraqueza.

Ao transpor pequena ponte, sobre um riacho, ouviu um rumor que lhe pareceu a interrupção da torrente d'água batendo nas pedras: era ritmado e igual. Rápidas nuvens toldavam o céu, a escuridão principiava e se fechava. Ela procurava adivinhar, entre os morros, o caminho, num aflitivo comparar de sombras mais densas e menos espessas. Então, respirando fundo, os cabelos a lhe fustigarem o rosto gelado, esperou uns instantes, enquanto o cavalo sacudia as crinas, a desentorpecer-se da corrida sem tréguas.

Ia Rosália apear-se quando percebeu que, na estrada, pausadamente, vinha um cavaleiro. Não deveria ser alguém a persegui-la, como receou, a princípio. Seria um retardatário dos paulistas ou um caboclo fazendo sua calma viagem. Uma única dúvida a assaltava — a de encontrar os paulistas. Perdera algum tempo viajando em caminho errado.

Quando o cavaleiro chegou perto, ela já pôde ver melhor. O vento dissipara a nuvem fugaz. A lua minguante clareava soturnamente aquele corte de morro. Rosália esporeou seu animal, que relutava, agora, em continuar, depois da promessa de descanso. Havia divisado um vulto que lhe parecera o de Bento Coutinho. Quando pôde, afinal, ativando perdidamente o cavalo, fazer com que continuasse o galope, já o homem estava perto e a ela se atirava, querendo caçá-la da sua montaria e puxá-la para si.

Rosália resistia, desvencilhava-se, e o cavalo disparava, assustado, descendo um barranco, deslizando e caindo, por fim, em mansa queda. Ela se precipitou ao chão, rolou. Bento Coutinho venceu com atrevimento e segurança o barranco; com grande agilidade fez com que o animal se baixasse e segurou a mulher, quando esta queria levantar-se, trazendo-a a si. Estava, apesar do frio noturno, cheirando a suor, e seus cabelos roçaram, pegajosos, na face de Rosália, enquanto o hálito se estendeu quente sobre o rosto frio:

— Meu amor, eu não deixo que fujas!... Eu não sabia...

Ela, ainda, os olhos muito grandes, olhos que se destacaram, indagadores, na brancura leitosa, que lhe dava a noite, perguntou:

— Então... nada aconteceu... a eles?

Houve um silêncio. Rosália, por um breve tempo, teve a esperança de se sentir menina e envergonhada de seus atos. Seu marido mereceria sua confiança e queria mostrar seu amor, buscando-a, de maneira apaixonada e impetuosa.

Ela insistiu, o coração batendo com tanta força, que Bento Coutinho estremeceu com o palpitar doido:

— Diz-me que não aconteceu nada...

Bento Coutinho relaxou, levemente, o braço com que cingia a mulher. E apenas murmurou:

— Eu não fui o culpado...

Ela compreendeu. Alguma coisa terrível sucedera. Dia a dia lhe chegavam aos ouvidos histórias hediondas sobre os paulistas. Para seu marido, sua família pertencia à gente amaldiçoada. Alguma coisa tenebrosa houvera acontecido. Bem mestre Davidão avisara. Rosália, com o pranto já a lhe tremer na voz, ainda perguntou:

— Vosmecê sabe de meu pai?

Mais uma pausa. E Bento Coutinho forçou sua fala desempenada, que soava diferente:

— Voltemos, e então tudo será explicado! Foi para isso que te vim buscar e que mandei gente à tua procura no caminho velho.

— Não — disse ela, repentinamente furiosa. — Tiveste combate com os meus. Não quero mais saber de ti. Deixa-me!

Bento Coutinho sentiu ódio daquele orgulho, a brigar com tanta doçura. Apertou-a, novamente, com força. Ela procurou desvencilhar-se. Estava em desespero, naquela solidão, e reagia com o ímpeto de um animal acuado. Só sabia que deveria sair dali. Inconscientemente, recebia a ordem: foge deste homem!

Seu cavalo havia desaparecido após a queda. Desalentada, Rosália mirou o marido face a face, no pouco lume da lua. E então ele representou um riso forçado, tão forçado, tão diferente dele, que foi um simples arreganho de dentes. Imediatamente, ela se lembrou de histórias antigas que Genoveva lhe contava. Da lenda do lobisomem que assaltara a moça. A pobre — que no dia seguinte à noite de assombramento, em que fora perseguida pela fera misteriosa — vira os fios de baeta de sua própria saia aparecerem entre os dentes do marido, quando este, num arreganho de sorriso fácil e fingido, procurou adulá-la e acariciá-la. Era ele o monstro que ela não conhecia — era bem ele! E, como Rosália se debatesse, querendo fugir à figura tenebrosa, à face que de repente ganhava mistério e horror, Coutinho, apertando com as pernas o animal, subiu novamente o barranco.

Rosália sentiu-se empolgada na viagem de volta. Com alguns momentos, já certo de que a possuiria e a guardaria para sempre, Bento Coutinho beijava-lhe o pescoço. Um tempo breve. Ele foi relaxando a mão, enquanto a outra sacudia as rédeas do animal. Sabia que Rosália havia de conformar-se. Haviam sido feitos um para o outro; não existia para ele mulher que não fosse Rosália. Saberia guardá-la e defendê-la contra si mesma. Contaria uma história bem contada: "Quando chegara ao capão do mato, já uns poucos tiros haviam pegado os paulistas escondidos... Como podia saber que dom Braz e Tiago estavam ali? Sim, houvera o extermínio dos paulistas depois... mas eles já haviam sido mortos. Fora a fatalidade".

Enquanto Bento Coutinho preparava, com nitidez de imagens, a cena de sua reconciliação com Rosália, foi deixando que ela recuperasse, pouco a pouco, a liberdade de movimentos.

Já um pouco mais adiante, Rosália, que se baixara sobre o pescoço do animal, como a sentir dor súbita no peito, voltou-se para Coutinho com uma pequena faca; lutou rápida e tenazmente, até que o golpeou no braço. Ele a deixou. Sua mão direita comprimia o lado ferido; Rosália deu-lhe um empurrão, fazendo-o cair num grito. Apanhou as rédeas com violência e olhou para trás: Deus do Céu, ele não morrera... ele...

Bento Coutinho queria aprumar-se, queria levantar-se, mas continuava a apertar o braço dolorido. Rosália, as lágrimas a se misturarem à própria saliva, num choro de criança, de medo, de desespero, de horror e também de remorso, continuou sua fuga. Às vezes parava, o ouvido aguçado, a descobrir ruídos na noite. Então punha a mão no coração, porque ele batia mais alto e impedia que escutasse melhor.

Mais adiante, topou com o troço de paulistas acampados. Mísera, esgotada, também ferida na luta, chegou junto dos primeiros homens. Estavam em repouso. Um deles, levantando suspeitoso a lanterna, perguntou:

— Quem vem lá?

Ela respondeu, atirando-se sem mais cuidado:

— É uma paulista que quer a guarda de vosmecês... Quer voltar com vosmecês para São Paulo...

Pela manhã, moradores do arraial chegavam, medrosos, às proximidades do capão de mato. À noite ainda ouviram gemidos, uns débeis gemidos, mas agora se via — estavam todos mortos! Mulheres se abraçavam aos maridos e tinham crises violentas de choro. Um habitante teve tanta emoção que saiu a correr, endoidecido, ao ver aquele amontoado da monstruosa matança. Viram-no rir, agudamente, e chorar ao mesmo tempo, com olhares rápidos a cruzarem o campo coberto de sangue e de postas de carne humana. Depois, fugiu, rasgando-se todo, num ódio fervente, num ódio feroz de ser animal humano e capaz de matar por matar. E, flechando a corrida na direção do bosque, lá se perdeu. Dias mais e se escutariam vozes, risos, murmúrios. Diriam que era o capão do mato que estava assombrado. Mentira, não eram os mortos que vinham fazer assombramento; era um vivo que ali vivia assombrado.

Quando os moradores viram o quadro, houve a debandada. Os corpos mutilados ficaram insepultos mais algumas horas. Ninguém tinha coragem de volver.

Mestre Davidão, que se havia atrasado e que iria encontrar dom Braz na estrada, ali chegou. Houvera deixado o ouro da Bandeira entregue a seus homens de confiança e sob a guarda de Fernando Pedroso quando compreendera que talvez, falando com Rosália, pudesse evitar uma desgraça — sabedor que era de que os reinóis haviam organizado exército de tão grandes proporções. Ao chegar à beira da estrada, viu a cena mais tremenda que olhos humanos já contemplaram. Nunca batalha alguma houvera feito morte em tal degradação. Era o sacrifício de trezentos homens retalhados como animais de corte. Davidão, desesperado, falando sozinho na vastidão do campo, dizendo palavras desconexas, procurava identificar os corpos mutilados. Conhecera, havia anos, João Antunes. Fizera vários negócios com ele, quando o tio de Gabriel de Góis deixara sua fazenda, a Galupe, rumo às minas. Foi com um grito de medo que lhe viu a face de cera a sair dos cabelos brancos, que ainda eram uma glória de beleza, assim imaculados, no meio do sangue já enegrecido, e caídos no verde da campina. Reconheceu dom Braz: de borco, um lanho de carne a lhe sair das costas. Antes reparara naquela roupa que lhe lembrara dom Braz Olinto. E, voltando o corpo, vira a face nobre de seu amigo, os olhos abertos. Olhos que mesmo depois de mortos não eram serenos, mas, assim arregalados, pareciam furiosos e inflexíveis.

Davidão chorava, batia na própria cabeça, horrorizado. Pensava que ia enlouquecer. Um índio que tinha o ventre cortado, a despejar as vísceras, estava caído para trás, o braço tocando os pés do capitão da Bandeira. Era Parati, que ainda depois de morto não largava seu amo. Saindo do amontoado dos corpos dilacerados ouviu gemidos. Tapou os ouvidos. Receava ficar louco — e já estava ficando! Deu alguns passos. Então viu: um negrinho adolescente procurava, arrastando-se, sair de pequeno valado. Tinha uma perna esmagada. Gemia e falava fraquinho.

Davidão chegou perto. A morte se mesclara de tal maneira a tudo ali que ele sentiu medo e repugnância em vez de dó. O negrinho se arrastou e se agarrou às botas de Davidão.

— Eu gritei... mas ficaram com medo, foram embora...

Davidão queria mover os pés. O ferido se abraçava às suas pernas, como um náufrago que empolga o primeiro pedaço de madeira:

— Tem mais um... — tartamudeou. E depois: — Caiu lá dentro.

Davidão, afinal, desvencilhou-se do pretinho. Chegando à borda do valadão, viu Tiago lá embaixo. Uma brecha na cabeça inundara de sangue parte do rosto. Ele o reconheceu pela roupa de couro, pelo seu todo que lhe era familiar. Mas deveria estar morto, como os outros. O negrinho estava delirando.

Davidão puxou-o para fora, e o corpo veio inerte e bambo à luz do dia. Houve uma onda de sangue quente a repontar do gelo de morte que Davidão sentia sobre si e o contaminava, parece, até, repulsivamente. Da brecha corria, ainda, um tênue fio de sangue, bem vivo e brilhante! Agachou-se, pôs o ouvido no peito de Tiago. Então, de um salto, ficou de pé, erguendo os braços para cima, para o alto, para o azul onde se escondia a proteção, onde estava a Justiça, onde morava a misericórdia para os homens:

— Cristo, bom Cristo...

A guerra nas minas gerais havia determinado mudança completa nos hábitos da vila. Chegavam mensageiros com notícias, muitas vezes contraditórias. Tangiam os sinos pelos mortos, e o ouro disputado chegava a Piratininga transformado em troca de sangue. Nos adros das igrejas, nas esquinas, diante da casa da Câmara, por toda a parte havia comentários febris sobre o curso que a guerra tomava.

De boca em boca corriam as notícias. O viajante chegado nessa manhã dissera que, quando saíra das minas, os paulistas estavam vencendo e deitavam cartada para pôr fim ao abuso e à injustiça. Um combate se dera no arraial da Ponta do Morro. Ele assistira de longe, e os de São Paulo haviam levado a melhor. Ferviam os ânimos. A luta ocorrera havia dias, mas a notícia era incompleta; não se sabia bem o desfecho. Então, se haviam vencido os paulistas, Nunes Viana e seus reinóis teriam sido expulsos e arrancados de lá?

Ah, distância enorme, ah, angústia de se saber de criaturas queridas, empenhadas na disputa de vida e de morte!

Passava Cristina pelos grupos; ia direto e não parava, como faziam as donas mais recatadas e respeitadas. Seus ouvidos estavam cheios daqueles gritos furiosos e daquela enredada conversa em que não se sabia onde acabava a verdade e onde principiava a mentira, porque o menor reparo, já no momento seguinte, passava a certeza e corria pelas bocas. "Tempo de guerra..."

Sentia-se à parte dentro da comoção da vila. Secretamente, experimentava uma espécie de calma compreensão daquele castigo que se abatera sobre Piratininga. Subia o ouro ao planalto; havia já o luxo, continuamente, tangiam os sinos pelos mortos de São Paulo. As igrejas estavam sempre plenas de mulheres embuçadas tristemente em seus véus, a rezarem por irmãos, pais ou maridos. Às vezes, sabedoras de suas mortes — às vezes postas ali porque haviam sonhado, à noite, que eles pereciam esfaqueados, ou então de tiro, no meio do mato. Pior que a certeza era a incerteza trágica desses dias. Já não havia o mesmo resguardo, a mesma separação entre homens e mulheres naquela habitual e austera cerimônia. As paulistas não ficavam mais fechadas em casa; iam à rua como os homens, no desespero de saber notícias, de indagar. A vila vivia como uma única família.

Cristina, vendo aquela aflição, pensava, pondo o coração à larga. A vila, construída nessa altura, já trazia o sinal do orgulho que nela ia crescer. Nessa babel das nuvens se escondia a vaidade: "Esta gente está sendo castigada de seu pecado".

E tudo isso era Tiago. Tiago estava sendo castigado, cada vez que o sino batia por um morto, cada vez que um desconhecido na rua falava, indignado, das atrocidades dos reinóis e do desamparo em que estavam os da terra. Eles se permitiam tudo, pensava Cristina; queriam-se poderosos e cuidavam que não haveria força capaz de dobrá-los.

Tudo era Tiago, tudo era a Lagoa Serena expiando sua monstruosa pretensão. O homem, que fora morto para poupar a vergonha sobre dom Braz, estava sendo punido por todos esses acontecimentos. Morriam os paulistas, no auge de seu orgulho de campear toda a riqueza da terra. Pensava que talvez agora nem interessasse à Justiça saber do crime da Lagoa Serena. Os crimes eram tamanhos e tão repetidos, nesses dias, que talvez a Justiça de El-Rei nem se movesse para porfiar pela punição de quem matara um pobre desconhecido. Paulistas estavam morrendo, ou perdendo seus bens, ou sendo expulsos das minas gerais pelos forasteiros.

"A história do crime da Lagoa Serena seria gota d'água dentro do mar?", perguntou a si mesma.

Basília, ao chegar a São Paulo, ficara estranhamente excitada com os acontecimentos. Ela, que não falava quase, permanecia horas e horas a conversar, a ouvir informações, a pesquisar sobre o que estaria acontecendo nas minas gerais. O ouro que deveria ter sido enviado por dom Braz ainda não havia chegado, mas deveria chegar a qualquer momento.

Certa manhã, tomou o xale, foi à igreja e voltou transtornada. Fingia que Cristina não estava para partir; não tocava no assunto da partida e lhe transmitia aquilo que sabia sobre a guerra, na ânsia de se comunicar com alguém. Nessa manhã, quando Cristina vinha de volta das compras que fizera para presentear seu irmão e sua cunhada, ao entrar em casa deu com Basília, que também vinha voltando, o xale caído para trás, a mostrar a cicatriz:

— Estão dizendo por aí que chegaram pessoas com Fernando Pedroso a contar sobre horrível mortandade. Parece que foi a maior que já houve. Estou tão aflita! Sei que meu pai está no Morro Negro, mas não sei por que essa notícia me abala tanto, como se ela dissesse também de minha gente.

Cristina não guardava de Basília nenhum ressentimento. Bateu-lhe no ombro e disse:

— Vamos entrar e esperar um pouco. Desde que cheguei aqui, tenho ouvido a mentira correr e atiçar aflições. No dia seguinte, sabemos que foi mentira. Se ontem de manhã veio a nova de que os paulistas haviam acabado com a guerra, que a haviam ganho definitivamente dos forasteiros... não é estranho que hoje mesmo se diga coisa tão monstruosamente contrária?

— Sim — disse Basília —, vosmecê tem razão. Nunca ouvi tanta mentira em minha vida quanto agora. Para cada um que conta uma verdade, há pelo menos quatro ou cinco que sopram suas mentiras. Mas de qualquer maneira a pouca verdade sabida já chega para que fiquemos sempre de coração alerta.

Vagarosa, Basília entrou e se sentou, cansada pela emoção, nesse conflito em acreditar e desprezar tão terrível notícia.

E, de súbito, começaram a estrondar, lugubremente, todos os sinos da vila. Sinos que atiravam, sobre as casas, uma lamentação pesada, grave e inexorável.

Basília curvou-se, pôs a mão no queixo. Cristina a viu inteiramente esquecida de sua cicatriz.

— Estou com medo... Não é mentira... desta vez!... — murmurou a filha de dom Braz. — Veja vosmecê, os sinos já estão chorando pelos paulistas...

Cristina veio à janela. A multidão já agora corria pelas ruas. Gritavam-se angustiosos recados de uns para outros. Era como um incêndio de angústias a devorar todos de uma vez. E, no formigueiro que se agitava, desencontrado, uma figura de mulher, coberta por um manto roto e sujo — fazendo seu caminho à força e contrariamente à direção dos que se iam à casa da Câmara, onde se reuniam sempre —, bateu aflita, com as duas mãos, à porta de dom Braz.

Da janela, Cristina observava: quem seria? Aimbé abriu a porta. Ouviu-se um grito. Aimbé gritava, estranhamente. Seriam notícias? Basília correu, tremendo, para saber. Então a mulher emagrecida, suja e rasgada caminhou para ela, enquanto, por um segundo, Basília a via, sem conhecer, porque seu pensamento não podia aceitar que fosse verdade tanta alegria em vez da desgraça que esperava: aquela era Rosália, que se adiantava, pálida e emocionada, e se fundia com ela num longo abraço que não acabava mais.

Aimbé esfregava os olhos, emocionado com a surpresa.

Por um instante, enquanto a Morte pairava pesadamente na percussão dos sinos e no ambiente tristíssimo da vila, houve o clarão da alegria perfeita para Basília. Ela agora possuía em seus braços o melhor bem. Cristina chegou perto. Já estava tão desprendida da família que nem teve coragem de se juntar àquele abraço das irmãs.

Choravam e riam as duas, enquanto Aimbé também enxugava uma lágrima. No meio da consternação de todos houvera a volta miraculosa, como breve aparecer do sol, entreluzindo na sombra de uma tempestade prestes a desabar.

# II

Depois das primeiras horas em que Basília se saciou da maravilhosa presença da irmã, depois que lhe bebeu a confidência feita em um tom um pouco distante e fechado sobre a sua vida, Cristina percebeu, ao ver o silêncio embaraçoso da caçulinha, que ela era ainda depositária de um segredo impiedoso e que não tivera coragem de o revelar.

Logo que Basília soubera que Rosália morava longe e não vira o pai, não indagara mais. Compreendia bem que, estando separados em dois campos opostos, vivendo dom Braz em distância tão grande, não seria possível obter de Rosália qualquer informação. Compreendeu também que seria magoar Rosália insistir sobre o ponto de que ela, nas minas gerais, não teria procurado saber o que acontecera a dom Braz e a Tiago, mostrando ser filha e irmã pouco amante. Corajosa e forte, a caçulinha viera para colocar-se ao lado de sua gente no momento em que os paulistas eram esbulhados, enxotados, perseguidos.

A grandeza do gesto de Rosália a absolveria da culpa que pudesse ter nesse amor de mocinha incauta que a havia desviado para longe.

Cristina deu a Rosália um vestido seu para trocar. Quando estavam sozinhas, Rosália lhe disse:

— Vosmecê me ajude, mana. Devo dar uma notícia pavorosa a Basília, mas não tenho coragem.

Cristina a observou. Era agora tão diferente daquela menina turbulenta, cheia de vida, redondinha e cheirosa como maçã! Parecia mais velha. Os olhos cavados, com olheiras fundas, a face abatida por um emagrecimento demasiado rápido, e a expressão adulta e grave que fazia lembrar a própria Basília quando Cristina a conhecera.

— Vosmecê me ajude... por favor! Pobre Basília! Já sofreu tanto por minha causa! Está tão feia, tão infeliz... E ainda tenho que lhe dar um golpe tremendo! Mas é preciso. Vosmecê me ajude... Quando voltava para cá, com Fernando Pedroso, fomos alcançados por um mensageiro que vinha a toda pressa, da parte de seu irmão Valentim, contar que houvera... a morte de trezentos paulistas, numa luta junto do rio... Dos trezentos... ninguém ficou. Soube... que vosmecê quer ir embora... Vai embora... E é por isso que lhe digo... já que para vosmecê essas mortes não representam tanto quanto para nós. Meu pai e Tiago estavam entre esses homens...

Cristina submergiu numa onda de espanto. Todo aquele ódio, tudo aquilo que experimentava de peito aberto e desafogado mudava de repente. Tiago estava morto... Ela não podia odiar um morto. Mesmo assim, sua força em se contrariar a si mesma, na dureza a que se havia proposto, a venceu. E respondeu de olhos baixos:

— Se vosmecê sabe que me vou, por estar farta do que me fez Tiago e do que me fez a vida na Lagoa Serena, não deve esperar de mim nem doçura nem bom jeito para dar a notícia a Basília. Dê vosmecê a ela! Já a vi de rosto cortado e cosida a agulha por Mãe Cândida. Pode estar certa de que ela resiste a tudo!

Rosália estava tão ferida que não se revoltou:

— É bom então que a mana saiba por minha boca. Porque qualquer um, na rua, lhe pode contar! Vou dizer-lhe e me vou embora para Lagoa Serena. O que mais quero, neste momento, é estar junto de minha mãe!

Cristina deixou Rosália e foi para o quarto, onde chegou num tumulto de furiosas impressões. Era fraca, era culpada? Seu marido morrera enquanto ela o maldizia com todas as suas forças. Experimentava uma estranha sensação. A guerra, o sofrimento, tudo aquilo parecia ter sido fabricado por ela — um castigo seu, pedido por sua alma a um Deus vingativo, que

336 | DINAH SILVEIRA DE QUEIROZ

punira por suas penas. Seu desejo de vingança arrasara Tiago. Bem, ela estava livre, era moça e voltava à sua terra.

A mão tocou um objeto ao colocar-se junto da janela. Era o candelabro dado por Isabel. A traição de Tiago ali estava corporificada. Não choraria por ninguém, nem mesmo por dom Braz, que a fizera casar por uma obstinação de sua cabeça fechada a tudo que não fosse de seu interesse. Mas era tão terrível, era tão monstruosamente inacreditável o acontecimento! Bento Coutinho estivera metido nele? Fora por isso que Rosália voltava, já tão tarde, já depois de que tantos paulistas houvessem perecido?

Na rua, aumentava a excitação. A vila estava toda em revolta. Então, ela percebeu que as mulheres pareciam mais atiçadas e furiosas do que os homens. Elas corriam, de rosto descoberto, as faces duras de ódio, numa confusão. Muitas falavam alto, coléricas.

Cristina pôs a mão na cabeça. Aquilo parecia um fim do mundo: aquela tragédia horrorosa, que despertava essa reação na vila.

Saiu do quarto. Estava na hora de jantar; deveria descer. Ouviu um resto de discussão entre Rosália e Basília. Era absurdo. Depois daquela emoção, daquele patético reencontro, elas discutiam com violência. E era Rosália quem alteava a voz, dolorida e ligeiramente estridente:

— Não podia evitar a desgraça. Fiz o que pude, vim logo que soube que eles estavam em luta; mas a guerra era uma guerra sem misericórdia! Eles morreram... e eu também quase morri, quando soube, da dor de ter vivido junto de quem os combatia. Mas quero que saibas, Basília, uma vez por todas: ele é o meu marido! Não permito que fales mal de Bento Coutinho. Eu estou aqui — e a voz tremia, desesperada —, eu o feri com esta mão enquanto ele me acariciava e me apertava num abraço. Parece que ainda estou vendo seu vulto caído na estrada, no abandono da noite. Eu o feri, derramei seu sangue, é verdade! Mas eu te proíbo que fales mal dele... diante de mim. Deves respeitar em mim meu próprio marido. E esse homem que nos fez o maior mal... foi o melhor dos maridos para mim. Foi o melhor companheiro. Escuta bem! Se tornares a derramar tua cólera contra ele, repetindo o que já disseste inda agora, eu te deixarei, a ti e a minha mãe, e voltarei para junto dele porque não suporto...

Rosália era quem estava mais perturbada. Chorava convulsivamente. Basília deixou cair sua fúria quando a viu nesse naufrágio de forças e nessa dor desesperada.

— Mana — disse ela —, vosmecê vai a Lagoa Serena. Fique quieta em casa, esqueça esse martírio. Bem sei que o golpe, para minha mãe, vai ser enorme, porém Mãe Cândida é sempre, e em tudo, a mais animosa de nós todas, e ela cuidará de vosmecê, como é preciso.

Afagou-lhe a cabeça. Rosália soluçava. Cristina não compreendia aquele amor que resistia a tudo. Soube que era possível mágoa e amor viverem juntos; soube que era possível o desprezo, o ódio e a continuação do amor... Mas só naquelas mulheres, feitas de outra massa, vivendo num outro mundo.

À hora do jantar, o clamor do povo já enchia as ruas de São Paulo. Passavam bandos com tochas acesas.

Basília comeu em silêncio. Já estava aparentemente desligada daquele gozo da volta da irmãzinha. Seus olhos cresciam, a cicatriz repuxava quando os gritos de ódio e as lamentações da vila atravessavam, num eco, as paredes da casa e reboavam em seu interior. Basília estava atenta a esse grande momento de desabafo que vivia São Paulo do Campo de Piratininga. Quando terminaram de jantar, disse à irmãzinha e a Cristina:

— Vou sair, não me esperem. Vou à casa de Fernando Pedroso.

Disse adeus a Rosália. Nem sequer teve coragem de olhar o rosto muito amado em que morava a sombra de Bento Coutinho. Seu pai morrera. E naquela mesa, onde se sentiam as presenças queridas, Rosália pensava no matador, no traidor. Ela viera, mas estava marcada para sempre como um animal que recebeu o sinal incandescente em seu pelo.

Sai Basília pela rua, a dar encontrões e a vencer obstáculos, no percurso até a casa de Fernando Pedroso. Ela é outra Basília; nasceu de novo. Nem mesmo a adoça a coragem comovedora de Rosália, a sua irmãzinha do coração. Pensa que não há mais um homem para vingar a desgraça na família. Seu pai e seu irmão haviam morrido da infâmia e da traição, despojados de suas armas.

O ódio a excitava, tornava-a cheia de ânimo. Agora, sua família estava reduzida a Mãe Cândida e a ela própria, já que Leonel era um meio-morto, um desamparado, largado de si mesmo e de Deus, solto no mundo e esquecido de sua gente.

Lembrava-se das palavras de Borba Gato: "Os paulistas terão contra eles inimigos de assombrar". Havia chegado o momento mais terrível e, nessa hora de vingança, a desgraça surpreendia a Lagoa Serena com duas mulheres a pensar em seus mortos e uma a tentar esquecer o vivo.

O ódio a abrasava de tal maneira que ela estava transfigurada pela força interior. Passavam por Basília matronas e varões da vila. Ela não via ninguém, senão o quadro infame — o montão de paulistas esquartejados.

Deveria estar correndo um sangue superposto naquela férvida atmosfera. Havia ferro em brasa sobre as consciências. Piratininga se abismava em sua dor. A filha de dom Braz caminhava dura, a cabeça levantada, tão áspera de porte, impregnada de masculinidade. Dir-se-ia que era um soldado a caminhar para a luta.

Basília não reparou, ao passar por uma pequena casa, o que havia de cômico na tristeza daquela noite. Um braço de mulher empurrava um homem para a rua, a porta se fechava, e ele, emagrecido, pálido, com velha e suja roupa, gritava do lado de fora:

— Cascavel! Deixa-me ao menos trocar de roupa!

Aquilo atraíra os passantes. Havia gente a rir do pobre homem, que já mudava de tom:

— Deixa-me explicar! Eu quero minha roupa!

Formava-se o círculo de curiosos. O marido, torcendo os passos daqui e dali, se perdia na multidão. Mas, lá longe, três ou quatro pessoas o cercariam, e uma furiosa mulher o apanharia pelo ombro, dizendo:

— Que nojo! Como se atreve vosmecê a aparecer diante de sua mulher com essa carantonha de covarde?

Havia a brutal reação contra os que voltavam à terra depois do morticínio. As donas de São Paulo não compreendiam a volta de seus maridos após aquela vergonha. Por que não foram às minas vingar os trezentos mortos? Como poderiam entrar de novo em São Paulo do Campo de Piratininga se estavam desonrados com a morte de seus companheiros? De boca para boca se despejavam as expressões de escândalo, de humilhação e de vergonha. Não queriam saber de mais razões. Os que haviam voltado eram renegados. A caçoada trágica rebentava num e noutro canto das ladeiras da vila.

— Some-te daqui, sem-vergonha! Queres que te dê minha saia?

Formava-se, pouco a pouco, a lenda injusta: eles poderiam ter socorrido os seus trezentos conterrâneos, porém tiveram medo das forças de Bento Coutinho, dos seus mil homens, e assim voltavam, rebaixados e aviltados, a São Paulo. Ocorreram cenas extraordinárias naquela noite de emoções ardentes e desencontradas. Perseguiam-se os "traidores". Estes subiam por telhados, saltavam muros. Havia sempre gente em seu encalço. Eram tratados no castigo infamante da surra de lenho, empurrados e achincalhados por frases em que a dor punha um ressaibo de humorismo melancólico:

— Aprende a correr melhor, infeliz! Corre mais desta vez!

E se precipitavam as mulheres sobre os homens, que, ainda cheios de cansaço da viagem, chegavam à sua terra, com esperança de um teto e apaziguamento.

Basília parecia cega e surda a tudo. Queria conversar com Fernando Pedroso, saber notícias de dom Braz e de Tiago. Como teriam morrido? Desde quando estavam lutando? Ao chegar à casa, viu que estava silenciosa, às escuras. Bateu algum tempo com violência à pesada porta. Esperou. Nada. Tudo era silêncio. Já ia retirar-se quando, medrosamente, um escravo velho a abriu. Levantou o candeeiro e iluminou a face de Basília. Estremeceu ao ver aquele sinal:

— Vosmecê... quem é?

— Tu não me estás reconhecendo mor desta marca. — E ela cobriu a face com a mão. — Mas sou a filha mais velha de dom Braz Olinto e quero falar com Fernando Pedroso.

O escravo arregalou os olhos:

— Não tem ninguém aqui na casa. Meu senhor foi embora mor dessas tropelias, desses vagabundos e dessas loucas da rua, que não sabem o que se passou e fazem injustiça com quem lutou nas minas gerais.

Basília teve um suspiro profundo. Tentou aliviar-se da dor que a apertava cada vez com mais força:

— Eu pensei que meu pai houvesse despachado alguma... carta para nós, por Fernando Pedroso. Ele escreveu à minha mãe dizendo até que mandaria uma encomenda por seu senhor.

— Carta não tem, nhora, não. Mas a encomenda está aí.

O escravo pediu a Basília que o seguisse. Deixando a sala, entraram num quarto onde havia quantidade de sacos, de arreios, de canastras e baús:

— Meu senhor me fez jurar que entregava esta encomenda só à filha ou à própria dona de dom Braz Olinto... Aí está...

Era uma pequena arca de madeira posta a um canto. Basília quis puxá-la. Era tão pesada que ela nem sequer a pôde mover. Compreendeu. Era ouro! O ouro ali deixado sob a guarda daquele escravo velho e sem forças.

Basília tomou a chave que ele lhe estendia e procurou a entrada do fundo bolso de sua saia, de onde extraiu uma moeda:

— Vai à rua trazer alguém de confiança. Vamos levar esta encomenda. Eu preciso que me ajudem.

Saiu o escravo. Porém, antes, relutou:

— Não sei se vou encontrar. Está toda a gente a banzar por aí. A estas horas, decerto, não encontrarei ajuda.

— Vai — disse Basília. — Deixa de delongas; lembra-te que teu senhor desejaria que me servissem bem.

Mais tarde, enquanto Basília vigiava, tornou o escravo trazendo um estranho companheiro. Um latagão de olho vazado, corpulento e seminu. Era imundo e se coçava todo enquanto falava, olhando suspeitoso para a arca:

— Por tão pouco não levo anjo. Histórias de se guardar são minha especialidade... Mas, porque sou de confiança, e muito raro em meu ofício, cobro mais.

Basília o enfrentou e disse:

— Este trabalho nada tem de mistério. É carreira para bem perto: a casa da Câmara. Todavia, toma mais algum, pois quanto ao peso concordo que é mesmo bem grande. — E explicou com voz bem clara: — São ladrilhos chegados do Reino para as paredes da Câmara.

O homenzarrão, desempenadamente, alçou a arca ao ombro. Era bastante estúpido para não suspeitar de seu conteúdo.

Basília pediu ao escravo de Fernando Pedroso que a acompanhasse. E então caminhou para a casa da Câmara, onde havia grande concentração de povo. As donas mais ilustres de São Paulo tomavam palavra e, entre soluços, lágrimas e imprecações, tratavam de dizer a sua revolta. Basília, ao chegar, viu falar uma já bem adiantada em anos. Toda a face lhe tremia sob o império da emoção:

— Perdi meus dois filhos. Um morreu em Cachoeira e o outro diante desse capão de mato, que há de ficar lembrado para sempre. Não tenho mais em casa outro filho que puna por meus mortos, mas juro que, se eu o tivesse, e se ele houvesse voltado quando deveria estar lá, eu o castigaria com minhas próprias mãos. Nunca bati num escravo. Fui sempre considerada de coração fraco demais. Pois bem — dizia a dona, enfraquecendo a voz, como receando a própria violência —, eu juro que mataria um filho meu, ou o meu marido, se, em vez de correr a ajudar os que haviam caído às mãos de Bento Coutinho, voltasse a se esconder, junto de mim!

As lágrimas lhe caíam aos borbotões:

— Então esta terra não tem mais homens? Então não há quem puna por nossos mortos?

E já mais outra falava, criticando os vereadores, porque não informavam o povo de São Paulo. Eles sabiam muito bem do curso da guerra, mas não cuidavam de seu mister. Era preciso juntar o lucro que lhes dava a cidade e despachar com ele um exército para apagar a afronta que São Paulo recebera!

E essa paulista exclamava, mostrando um vereador que se escondia no meio da multidão:

— Vejam vosmecês! Gordo e bem-tratado! Só cuida da sua vidinha! Está a serviço da República, mas por ela nada faz! Nós não temos homens, não há varões em São Paulo! Se os houvesse, não aconteceria tal mortandade... Tinha lá um meu parente, um tio... o padrinho que me criou. Nem sei como morreu... Deve ter sido retalhado, como todos os outros, pelos seus matadores. Mal posso falar, já não tenho mais voz, com tanta indignação. Mas esses senhores da casa da Câmara nada pensam, nada cuidam pela vila. Deveríamos entrar lá dentro e rasgar esse papelório inútil que nos custa tanto dinheiro. Esse monte de palavras ocas de nada nos serve...

Houve um começo de motim. Mulheres enfurecidas arrombavam a porta da casa da Câmara e se lançavam a móveis e a livros, numa fúria de vingança. Intervieram guardas. Foram expulsas com dificuldade, mas continuaram a imprecar do lado de fora. Era a dor que assim tomava forma. A mão fora ferida pela brasa. Elas gritavam em desespero e se vingavam cegamente da afronta. Um vereador tentou acalmar. Falou na Justiça de Deus, na proteção que São Paulo merecia do Céu, mas seu discurso foi recebido entre risos e chacotas. Uma lhe gritava, às ventas:

— *Ajuda-te que o Céu te ajudará!* Não há Céu para os parvos e os covardes.

Basília viu que era chegado o seu momento. Auxiliada pelo homenzarrão e pelo escravo de Fernando Pedroso, varou dificultosamente a multidão. Já terminara o infeliz discurso o vereador. Ela tomara o seu lugar e, com estrépito, abria a arca, dizendo:

— Um morto envia a ajuda que os vivos não estão prestando. Dom Braz Olinto, que foi traído, manda ouro para o bem de São Paulo.

Silêncio. Todos olhavam aquela moça desfigurada pela imensa cicatriz. Ela lhes trazia o ouro — vindo dessa guerra pelo próprio ouro. Basília continuava:

— Em nossa Fazenda, precisávamos de tudo. Mas São Paulo do Campo de Piratininga precisa muito mais do que nós. Com este ouro sejam comprados mantimentos, armas e munições. Estão aí...

E ela contou, um a um:

— Aqui estão quarenta sacolas de ouro.

Basília estava enobrecida por uma força sobre-humana, que dava fulgor e viço aos olhos baços de sempre. A mão trêmula percorreu o caminho da cicatriz. Ela continuou:

— Nós, as mulheres de São Paulo, conhecemos o peso da solidão, a falta da proteção dos homens, muitas vezes em momentos tão angustiosos que temos que inventar forças para nos defender de ataques e surpresas. Aqui está uma... — ela passava novamente a mão pelo rosto — ... que conheceu a rudeza desta vida de abandono. Nós estávamos numa fazenda de onde haviam desertado os homens pela conquista das minas. E nós nos defendemos com as forças que Deus nos deu. Esta cicatriz de abandono eu a trago no rosto, mas vosmecês, mulheres de São Paulo, bem a conhecem em seu próprio coração. Se nos defendemos sozinhas, como as outras mulheres não sabem fazer, também podemos e devemos exigir que lá fora nos honrem os homens e nos defendam o nome de paulistas. Aí está o ouro, que custou o sangue de minha gente, para ajudar a vingar o sangue derramado da gente de São Paulo.

Quando Basília terminou, muitas mulheres choravam. Mas logo enxugaram os olhos, e houve naquele momento, em que a dor era ainda lancinante, uma onda quente de entusiasmo, que floresceu no desconsolo. Estrugiram aplausos e vivas.

Basília acordou de repente. E só então se lembrou de puxar o xale sobre a cabeça e resguardar a face. Já um vereador, ajudado por um guarda, carregava a arca para dentro da casa.

Festejavam Basília por onde passasse. Até lhe beijavam a mão, como se fosse santa. Vencido o esforço de que fora capaz, voltara a ser a mesma Basília, discreta e fugidia. Envergonhada, como se se houvesse despido diante de todos, cobriu mais a cicatriz, baixou a cabeça e rumou para casa.

Dois dias passaram, e esse tempo não correu para a dor das mulheres de Piratininga. Sucediam-se as cenas de desespero. Havia crises de choro em que tomava parte toda a multidão, à hora da reza. Na própria igreja, mulheres em angústia se levantavam e gritavam, não contendo aquela dor gigantesca que latejava dentro de todas. Quando havia aquele grito que soava cortando a tranquilidade, à meia-luz da nave, várias tombavam ao chão, em desmaios prolongados.

Uma vila inteira chorava e se desesperava pela mais horrenda monstruosidade da guerra: a traição. Todas as mulheres se sentiam traídas. Elas — as rudes companheiras, durante tantos anos, amargaram na soledade. Aquelas criaturas intemeratas nada mais queriam senão guardar fidelidade a homens que, muitas vezes, lhes traziam os "filhos do mato", filhos que elas não consideravam como do adultério, mas acidentes da vida errante dos maridos. As bravas paulistanas carpiam, agora, na violência de uma dor que parecia não querer extinguir-se mais. Haviam perdido, algumas delas, pessoas da família, mas a maioria perdera a fé nos homens para os quais viviam em recato e dedicação.

Era muito injusto. Ainda nas minas gerais corriam racontos da bravura dos paulistas, mas aquela dor fora grande demais e levara toda uma população de mulheres ao desvario. Tinham sido traídas duas vezes, pensavam: "por Bento Coutinho e pelos paulistas que voltaram depois do Capão da Traição".

\*

Rosália partira para a Lagoa Serena. Basília a beijara na face, e naquele afago havia distância e já saudade de um amor de irmã que nunca mais seria o mesmo. Durante a noite, Rosália, quando ouvira, rente à janela do seu quarto, estrugirem maldições sobre Bento Coutinho, tapara os ouvidos e estremecera. Tinha medo; sentia em si a violência que a puxaria de cada lado de seu corpo e acabaria por estraçalhá-la nessa guerra. Ansiava por abraçar a mãe e experimentar aquele apoio, aquele cheiro gostoso — o aconchego materno — que iria acalmar sua dor.

Ficaram Cristina e Basília em casa, até que Aimbé voltou da Fazenda. Agora estava chegando o momento em que ele deveria acompanhar Cristina. Dentro de sete dias viria o navio. Ela já terminara a sua longa preparação. Cada dia que passava, sentia mais dificuldade em conviver com Basília.

Naquela manhã, fora à igreja e ouvira um grito, seguido de um baque surdo. Os desmaios se sucediam. A cena fora tão terrível, alcançando a multidão em tal onda de emoções intensas e de pranto, que o próprio serviço religioso fora interrompido.

Ao chegar em casa, Cristina, forçando-se a conversar com Basília, disse:

— Acho que as mulheres estão passando da conta. Se vosmecê estivesse na igreja hoje, veria que dissipação de gritos e de choros... até o padre teve de suspender a missa! Não posso compreender tanta fúria. Portugal tem perdido batalhas... ai de nós!... e nem por isso as mulheres do Reino tangem para fora seus maridos e fazem esse escarcéu que aqui se passa!

Basília ia falar... Fechou a boca. Continha a própria língua. Esperou um segundo, mas a torrente foi mais forte do que ela:

— Por tua boca falam os reinóis, que aqui vieram sugar o ouro descoberto pelos paulistas. Achas pouco o que aconteceu? Trezentos paulistas sacrificados por uma vil traição? És mesmo bem diferente de nós. Fazes bem em voltar, já que não te compadeces com a imagem da dor alheia. Teu marido foi morto, e, quando vês o choro nos olhos das mulheres de São Paulo, nem te lembras de que elas também vertem lágrimas por Tiago, que não teve as tuas. Devias agradecer-lhes o pranto piedoso por teu morto. Mas, como és vaidosa demais, orgulhosa demais, nem ao menos aceitas esse choro de misericórdia por teu marido! Fazes bem em descer, ir embora de uma vez de São Paulo de Piratininga, porque seria muito difícil a vida entre nós agora que te conheço como és... fria, sem coração... uma reinol incapaz de se aconchegar à nossa vida.

O látego daquelas palavras cortou, em vermelhidão, o rosto de Cristina. Mas, como tudo era verdade e ela fosse solitária e corajosa, apenas retrucou:

— Pois folgo em saber que estou certa e que faço bem em ir-me. Juro que não terei saudades. Deixo às mulheres da vila o encargo de chorar por um marido que foi menos meu que de outra.

Saía da sala Cristina e já passava pela porta da entrada quando Aimbé veio da rua com um recado:

— Aquela dona Antônia... a cunhã de mestre Davidão... manda dizer à sinhazinha que tem recado de muita pressa, mas pra dar só de boca pra boca. Aimbé disse: boca de Aimbé igual boca de branco. Mas dona Antônia gritou: "Vai e traz tua sinhazinha, já!".

Cristina imaginou que Joana Antônia, sabedora de sua partida, quisesse confiar-lhe alguma incumbência na viagem. Talvez recados... Recados para a gente de Joana Antônia... Que espécie de gente seria essa? Em todo caso, não se furtaria à visita. Afinal, de Joana Antônia não tinha má lembrança e deveria, pelo menos, dizer-lhe adeus.

Voltou-se para Aimbé:

— Tu me segues... estas ruas de São Paulo parecem cheias de loucos. Não me deixes só.

# III

Joana Antônia abria a porta a meio, suspeitosa.

O olho arregalava para a figura embuçada de Cristina:

— Quem vem lá?

— Cristina, e a seu chamado. Abra de uma vez a porta!

Joana Antônia parecia muito diferente. Só agora deu passagem exígua a Cristina e barrou a entrada a Aimbé:

— Espera aí na rua!

Fechando a porta, ela se adiantou para Cristina, preocupada com tão grande mistério. A janela de trás estava semicerrada. Pouco a pouco, da meia obscuridade, iam saindo os contornos das coisas.

Joana Antônia parecia muito diferente! Só agora Cristina podia examiná-la. Lembrava uma cabocla — tão sem vaidade! Cabelos repuxados para trás, o vestido de pano grosso e o ar recolhido. Até a fala adquirira um sotaque apaulistado. Disse em voz baixa, nervosa:

— Promete que não vais gritar! Estou cansada de tantas cenas, de tantas gritarias e do barulho tão grande que há, agora, por aqui. Vê se não me fazes uma cena! Prepara-te porque te vou dar notícias de teu marido.

Cristina empertigou-se.

— Não te aflijas por mim. Já sei de tudo. Sei que Tiago morreu.

Joana Antônia começou a andar, excitada, pela sala, a esfregar as mãos:

— Que faria vosmecê se alguém lhe desse uma esperança... sobre Tiago?

Cristina continuou imperturbável:

— Não é possível esperar que Tiago não tenha morrido. Morreram trezentos paulistas. Estava entre eles... Acabou-se. — Seus olhos fulguraram na meia escuridão. — Joana Antônia, aproveitei a oportunidade para vir dizer adeus. Embarco para o Reino. É estranho... que conte isso a vosmecê..., mas devo dizer que não me dei bem nesta terra e agora já nada tenho mais a fazer senão voltar.

— Vosmecê só queria bem a seu marido, hein? E é por isso que volta? — Joana Antônia estava comovida e então ousou uma familiaridade maior. Segurou as mãos de Cristina e disse: — Sei que Tiago está vivo.

As mãos de Joana Antônia conheceram o abalo intenso no corpo de Cristina. Ela deu dois passos e sentou-se, tendo o cuidado de apalpar a cadeira, pois parecia insegura e desnorteada. Levou alguns momentos assim, depois disse com voz clara:

— Joana Antônia, eu já me ia antes de saber... de pensar que Tiago morrera.

Mais alguns instantes e, para assombro de Joana Antônia, Cristina, enxugando as lágrimas que não podia reprimir, esclareceu:

— Ele me fez agravo que não tem perdão. Ainda que esteja vivo, que Deus o tenha preservado, nada me fará com que mude de ideia...

Joana Antônia, por sua vez, estava abalada. Só fez exclamar:

— Ora, com esta não contava eu. Estava aqui a cuidar em que vosmecê fosse ter desmaios e dar gritos, a ponto de chamar atenção dos vizinhos... e eu os quero bem distanciados de mim agora!... E vejo que vosmecê não está mais querendo saber de seu marido... porque esta é a vida: decerto vosmecê, por não sofrer na incerteza, não conhece o bem que representa ser casada e ter marido que a honre. Mas quer saber de uma coisa? Ponha de lado suas intenções... Agora é que vosmecê não pode mais ir embora.

— E por que não? — disse Cristina, levantando-se, ofendida. — Será que vosmecê... até vosmecê... se julga no direito de me dar conselhos e ditar sobre o que devo fazer?

Joana Antônia torceu as mãos e se levantou, dizendo:

— Já não posso mais perder tempo... Venha por aqui.

Cristina hesitou uns instantes, depois resolveu acompanhá-la. Mestre Davidão, lá no fundo da casa, teria algum recado de Tiago? E por que esse mistério?

Joana Antônia passou pela cortina que separava a sala do quarto. E Cristina viu um homem vestido deitado na cama.

Na penumbra, captou a forma daquele homem jogado sobre o leito alvo e em desordem. Ficou esperando, o coração batendo. Não era Davidão. Uma banda de pano sujo cobria-lhe a testa e avançava até perto da vista. Sua mão estava pousada molemente, com a palma para cima, sobre a boca. No entanto, apesar de que não lhe pudesse ver bem o rosto, a figura toda chamava Tiago e se relacionava com sua lembrança de tal modo que um desespero se apoderou dela e a fez dizer:

— Tiago...

A mão molemente deslizou. Moveu-se na cama, apertando os lençóis. A cabeça ergueu-se a meio do travesseiro. Cristina chegou junto. Houve o sorriso incerto e meio estúpido, como se se repetisse ali a cena em que vira Tiago embriagado. Mas o lábio que tremia no sorriso de encanto e de admiração se abria num rosto devastado e emagrecido:

— Rabudinha... eu... te procurei...

Fechou os olhos, caiu sobre o travesseiro. Depois, levantou com esforço metade do corpo e disse palavras sem sentido, que terminaram por "saiam da frente... eu preciso defender meu pai... meu pai... ".

Houve um largo gesto cortando o ar. O corpo de Tiago baqueou e ele ressonou alto, subitamente.

Cristina estava aterrada. Tomou a mão de Joana Antônia:

— Venha — disse.

E puxou-a para a sala:

— Vosmecê não pode compreender, mas eu não posso ficar com Tiago. Eu... vou embora, ele está assim, doente... Olhe, eu lhe deixo algum dinheiro, vosmecê toma conta e depois, quando estiver melhor, ele irá para casa... Eu preferia que não fosse já, porque não se pode tratar com dureza uma pessoa no estado em que Tiago está... É pecado perante Deus, e eu não teria bastante piedade dele. Além do que, daqui a três dias irei embora. Espere que me vá...

— Mas nunca se viu um amontoado maior de asneiras! Então é assim que se é mulher de bem? É nesta hora em que este infeliz precisa de um agasalho e de defesa contra a fúria de pessoas vingativas que estão a arrebentar casas nesses desatinos que campeiam por aí? Ouve o que tenho a dizer-te. Meu marido o tirou de um buraco, onde esse desgraçado estava morrendo, no campo coberto de mortos. Trouxe-o para cá, com risco da própria vida. Davidão ficou abalado e doente com todo o horror que viu. Só eu sei que pesada foi a viagem que ele fez, carregando Tiago meio morto. Durante todo o tempo, só pensou em vir aqui e se porem a salvo... Mas, ao chegar, soube que estavam todos em revolta, a tratar dos que deveriam arribar honrados e acarinhados, como se fossem réus... Escuta! Davidão está com os padres da Companhia, recolhido e tratado por eles... Não poderia ficar aqui, porque a qualquer momento seria arrancado por uma dessas fanáticas que estão promovendo algazarras e motins. Vou juntar-me a ele. Graças a Deus tenho boas relações com os padres. Dei-lhes tanto ouro que vão fazer um altar novo para Santa Úrsula e Santas Virgens. Mas, mesmo que me desses tanto ou mais ouro do que Davidão trouxe, não guardaria teu marido. Para isso casaste. É a tua obrigação. Do meu cuido eu, do teu cuidarás tu, se quiseres. Se não quiseres, deixa que estas mulheres violentas serão capazes de lhe arranjar um bom fim.

"Entrego Tiago à mãe", pensava Cristina. "E isso se a viagem até a Lagoa Serena não der cabo dele."

Joana Antônia havia providenciado tudo. Tinha uma forte rede onde Tiago poderia viajar para a Fazenda. Cedia um escravo seu, de confiança. Aimbé e ele poderiam transportar o ferido, e ela mesma se encarregaria de avisar Basília sobre o que houvera acontecido.

Quando Cristina estranhou tão longa viagem feita dessa forma, Joana Antônia deu de ombros:

— Esses bugres têm pernas de ferro. Pessoas importantes sobem a Serra, até, levadas desta maneira. Espero que vosmecê esteja, ainda hoje, à noite, em sua Fazenda. Se lhe perguntarem o que leva, diga que é um escravo que morreu e que vosmecê vai enterrá-lo, de piedosa. Como ele está tão quieto e desfalecido... pobrezinho!..., não chamará atenção no pouco que andarem aqui em São Paulo. Tomando o desvio dessa ladeira ao lado, logo estarão fora de vistas curiosas. Leve esta faca, para maior segurança... em todo caso. — Joana Antônia, com sua rudeza, despedira Cristina, dizendo:

— Aqui chamei uma cigana que me deve favores. Ela o benzeu e lhe deu uma beberagem de cardo-santo, dormideira-espinhosa e pau-de-cobra. Deixou ainda um unguento para a ferida que ele tem na cabeça e para a outra que lhe parecia vazar o rim. Mas disse a cigana que nele não sentiu cheiro de morte. Que o rim está magoado, mas não estragado de todo. Se vosmecê entregar o senhor Tiago a quem o trate com desvelo, é bem capaz que não fique viúva. Fiz meu papel de cristã. Vou tratar de meu Davidão. Vosmecê está com seu marido bem entregue. Se até Nosso Senhor o deu como seu esposo, eu mesma já não tenho nisso nenhuma responsabilidade.

Cristina, dentro de alguns minutos, seguia, vagarosamente em seu cavalo, a rede de Tiago. Levara uma garrafa de vinho e lhe deu duas vezes a beber.

Descansaram pela sombra. Aimbé se compadecia dele:

— Será que a alma não fugiu?

— Decerto que não — respondeu Cristina, zangada. — Tu não estás vendo que ele está apenas dormindo? Que mexe e suspira?

Aimbé o olhava com tristeza.

— Alma é muito diferente. Capaz que ela foi embora e não encontra mais o lugar dela de novo.

Cristina estava zangada consigo mesma. Seu pensamento procurava alcançar onde estaria Isabel. Via-a descendo um rio numa balsa. Ela se punha fora, fresca e livre, de seu crime e do seu compromisso com Tiago, quando deveria ficar perto dele. Um filho... Não vale mais um filho do que um casamento? Ela — Cristina — chegara a esta terra só para ser humilhada e espezinhada. E esse homem, que viajava inconsciente, teria de atrair sua misericórdia e viera para seu cuidado justamente quando ela já soltava as amarras que a prendiam a esse mundo cruel.

Numa das paradas, como visse voejarem moscas em torno da cabeça de Tiago, pensou que deveria trocar o pano que a envolvia e limpar a testa com o unguento.

"Tudo o que fizer será pelo amor de Deus, e não pelo perdido amor de Tiago, que se foi há muito tempo."

Deitaram Tiago, sempre na própria rede, sobre o barranco coberto de erva rasteira e fofa. O escravo de Joana Antônia — ao ser mandado por Cristina — advertiu:

— Água deste lado ninguém experimentou. Pode fazer mal a sinhozinho.

— Fará pior a sujeira. Avia-te!

Dentro em pouco, voltava o índio com um pano encharcado da água do regato que corria ali perto. Com muito cuidado, Cristina desatou o pano que cobria a testa de Tiago. Já cheirava mal. Quando ela foi lavar a ferida, Tiago gritou. Procurou contê-lo e, jeitosamente, limpou o ferimento. Com o contato da água fria na testa, Tiago abriu os olhos e disse:

— Pensei que estava chegando... Ainda estou nas minas gerais... Quem é vosmecê? Sabe? Parece a Rabudinha... parece a minha... — e acrescentou de forma apenas audível — ... mulher.

— Está vendo, sinhazinha? Isso que ele tem é outra coisa — disse Aimbé. — Não é mais alma, não. Nunca mais a alma acha o caminho. Meu sinhozinho está perdido... de sua alma.

Cristina se conteve para não atirar-se, raivosa, sobre Aimbé. E depois de passar o unguento, enquanto enfaixava a cabeça de Tiago, disse:

— Fecha a boca. Não quero saber o que pensas. Tu me fazes doente. Guarda tuas ideias tolas.

Foi assim, debaixo do silêncio de Aimbé e do escravo de Joana Antônia, que Tiago foi transportado até a Lagoa Serena.

Às vezes, Cristina pensava: "Vai ver que ele já morreu...".

Mas aquela vida sem alma prosseguia — sorte de animação do corpo, última luz a piscar e a sumir-se — dentro de Tiago. Quando chegaram junto à porteira, abriu-a Cristina para que os homens passassem. Ela havia apeado. Mirou o marido. Seu sono parecia tranquilo no fundo da rede, e a boca estava corada na palidez de cera do rosto. Foi entrando no pátio e chamando:

— Ô de casa!... Mãe Cândida — falou Cristina, puxando o cavalo e já fazendo menção de montar —, seu filho está aí!

Mãe Cândida se aproximou com lentidão, o andar quase trôpego. Cristina observou que a dona da Lagoa Serena envelhecera espantosamente. Até suas negras sobrancelhas — traço rijo em seu rosto — estavam branqueando. Toda a nitidez daquele semblante austero havia desaparecido. À luz da tarde, ela surgia sulcada de muitas rugas. O rosto balançava em tiques, e a boca mastigava de emoção. Mãe Cândida estava velha — não como fora —, uma velha a dominar sua própria condição, com espírito alevantado. Estava uma velhinha, encarquilhada. A razão dessa decadência quase instantânea Cristina havia adivinhado: Rosália contara à mãe o horror do morticínio.

Mãe Cândida ali estava — um fim de gente, trêmula e perplexa, pobre avozinha a merecer proteção, e não mais a poderosa matrona capaz de suprir, por si mesma, a decisão nos varões da Lagoa Serena.

Rosália passou-lhe à frente. Debruçou-se sobre Tiago. Sua fisionomia se fechou, dolorosa:

— Entrem logo e com cuidado, para não magoar meu irmão. — E as lágrimas corriam por seu rosto emagrecido.

Mãe Cândida curvou-se e mirou o filho. E, volvendo para Cristina a face tremente, perguntou, numa fala desigual e fraca:

— Como foi que ele... sobreviveu?

Sentindo, a contragosto, profunda pena pela decadência de Mãe Cândida, Cristina explicou:

— Foi Deus quem o quis. Davidão o encontrou dentro de um valado.

Mãe Cândida puxou pela rede que ia sendo carregada, impedindo que Aimbé e o escravo prosseguissem:

— É verdade isso? Tem certeza?... Que ele foi encontrado escondido num buraco?

— Ora, Mãe Cândida, por que haveria eu de inventar uma coisa dessas? Não sei se estava escondido, mas foi Davidão quem disse: estava no fundo de um buraco e foi por isso, decerto, que se salvou.

Mãe Cândida parecia já uma velhinha demente quando, com voz fina e variável, respondeu, os olhos cercados de círculos brancos:

— Então vosmecê carregue já este moço daqui!

— Mãe! — disse Rosália — Tiago está morrendo! Pelo amor de Deus! Vosmecê não diga uma coisa dessas! Ninguém sabe como foi que isso aconteceu! Pode não ser verdade o que mestre Davidão contou. Por favor, mãezinha — e Rosália dizia, chorando —, minha mãe eu quero paz, eu quero meu irmão vivo. Nossa família está se acabando... Minha mãe, tenha pena também de mim, que vim de tão longe para casa!

Aimbé e o escravo de Joana Antônia, sem saber o que fizessem, pousaram com cuidado a rede no chão. Tiago gemeu alto.

— Rosália — falou Mãe Cândida —, vosmecê passa da conta. Quem decide isso sou eu. Se este moço estivesse com o pai, teria morrido como morreu dom Braz. Venha, ande, menina, vamos entrar!

Cristina perdeu a paciência. Só lhe faltava esta: a demência de Mãe Cândida. A caduquice degradante a minar aquela criatura e a transformar tal cena, que deveria ser cheia de gratidão a Deus, numa ridícula teimosia de velho que não raciocina mais.

Cristina, enquanto Mãe Cândida se dirigia, já de costas, para a entrada da casa, disse-lhe quase gritando:

— Pois acho muito bom que a senhora mude de ideia. Eu não pude deixar Tiago com Basília, porque os ânimos se tornaram exaltados... Estão todos contra os poucos paulistas que chegaram das minas!

Mãe Cândida voltou-se:

— Ah, estão? Mas naturalmente! A gente paulista não pode falhar!

E naquela tristeza, e naquele abatimento, houve como que um súbito clarão de energia:

— Levem de volta o sinhozinho — disse a Aimbé e ao escravo.

— Mas como? — respondeu Cristina, por eles. — Para onde?... Além do mais, Tiago não suportará a viagem de volta. Vosmecê não tem pena? Use de misericórdia! — E sua voz tremeu num soluço. — Deixe ao menos Tiago morrer em casa!

Quando ela disse "em casa", já Mãe Cândida caminhava para a porta. Então Rosália, passando a mão e puxando a coberta sobre Tiago, elevou para Cristina o olhar doente e magoado:

— Mana, tome conta de seu marido. Vosmecê foi tão corajosa, trouxe Tiago até aqui! Tome conta de meu irmão. Eu não posso desagradar minha mãe. Ela está tão velhinha... mudou tanto!

Cristina rebentou, afinal, a própria mágoa, num soluço de desespero:

— Eu fico doida! Esta é uma terra de loucos! E eu também estou ficando louca!

Enxugou os olhos, assoou-se com ímpeto e sentiu-se mais aliviada quando viu que podia ferir alguém:

— Vosmecê achou que deveria deixar o seu marido, não é? Pôs-se a fresco; está aí muito bem ao lado de Mãe Cândida e quer me dar lições de moral! Vosmecê é a última pessoa que deveria dizer "tome conta de seu marido"!

Rosália ia falar qualquer coisa. Estava cor de lacre. Mirou Cristina, quase com terror, tanto as suas palavras lhe faziam mal. Mas viu que não podia responder. Golpeada e dolorida, seguiu Mãe Cândida.

Cristina ficou ali, como num pesadelo, diante da porta fechada. Esperavam impacientemente Aimbé e o escravo. E Tiago gemia.

Cristina debruçou-se, pegou-lhe a mão: estava quente de febre. Então, desencorajada e cansada, sentou-se no chão, chorando, exausta. Estava viva e no fundo de uma sepultura. Nem a voz de Deus a poderia libertar.

# IV

Aimbé bateu-lhe no ombro:

— Sinhazinha, Aimbé está cansado. Aimbé vai pra senzala descansar. Perna não aguenta mais.

Cristina primeiro disse, baixinho:

— Pois vá. — Logo em seguida, recobrando ânimo, perguntou: — Aimbé está querendo provar que não presta mesmo, que é mesmo de raça ruim, não é?

Aimbé se exprimiu com doçura bem contrária à sua natureza:

— Aimbé não tem casa, dona.

Quando Cristina se dirigia a Aimbé, o escravo, compreendendo a situação, resolveu escapulir e, ligeiro e silencioso, deu alguns passos em direção à porteira. Aquilo fustigou Cristina. Ela não o alcançaria mais. Como Aimbé estivesse bem perto, ela o ameaçou com a faca de Joana Antônia.

— Eu te furo, Aimbé. Eu te furo e te sangro já, como um porco, se tu... abandonares teu senhor!

Aimbé tartamudeou:

— Mas... Mãe Cândida não quer...

— Pois eu digo que tu vais ajudar a levar este desgraçado daqui, seja para onde for... nem que seja para o inferno! E, se fizeres corpo mole, eu juro que te mato! — E ela continuava a empunhar a faca, com fúria.

Aimbé não apareceu tão amedrontado quanto ela desejava:

— Sinhazinha está doente de raiva. Aimbé gosta de sinhozinho... Dona não tem coragem de matar ninguém. Aimbé está de perna mole, mas ajuda carregar pra qualquer lugar... Só que tem que sinhazinha vai achar um lugar perto, porque senão Aimbé rebenta que nem cavalo estropiado.

Foi o próprio mestiço quem lembrou:

— Aimbé carrega sinhozinho no cavalo. Melhor dona ir a pé.

Com a respiração entrecortada, cansado, gotejando suor, Aimbé, ajudado por Cristina, colocou Tiago sobre a sela. O corpo de Tiago pendeu molemente para a frente. Por pouco não resvalou. Cristina amparou-o. Aimbé, de um salto, montou atrás dele, segurando-o em seu peito, com o braço esquerdo, enquanto Cristina lhe estendia a rédea, à mão direita. De repente, ela começou a dizer coisas sem sentido, baixinho. Estava tão desarvorada que tinha medo de enlouquecer. Aquilo que dissera havia pouco não fora força da raiva. Era a verdade.

Como um autômato, Cristina seguiu Aimbé, que cavalgava, vagarosamente, amparando Tiago. Lembrou-se, então, de uma procissão enorme de nomes de santos. Nunca pensou que pudesse saber nomes de tantos santos. Era uma torrente monótona que sua meia-voz repetia. Santos gloriosos ou quase desconhecidos, santos da infância, santos dos altares do Reino, santos que talvez nem fossem santos ainda eram chamados, obscuramente. Que as potências do Céu a salvassem. Não pedia por Tiago, mas por si mesma. Quando, ao chegar à estrada, Aimbé, parando, fez a pergunta: "Onde é que a gente acampa?", sua vista, escorregando de Aimbé para Tiago, trouxe ao seu coração, enfim, a pena daquele pobre que era rejeitado e talvez morresse ali mesmo, sem um teto, sem uma consolação. E dizer-se que esta era a terra onde mais se receava tal morte! Tiago morreria no Sertão, ainda que estivesse dentro de sua fazenda.

Aimbé tornou a fazer a pergunta:

— Dona parece que não está ouvindo. Para onde a gente vai?

Então, na ideia de Cristina, qualquer coisa obscura a levou àquela despedida de Margarida e Leonel, feita na estrada.

De súbito, sobre a paisagem, os fantasmas de Margarida e Leonel se abraçaram. E aquele pensamento, que parecia solto, flutuando a esmo na sua mente atribulada, a conduziu a uma decisão:

— Há algum atalho pelo campo para a casa de nhor Leonel?

— Dona — respondeu Aimbé, compreendendo —, Mãe Cândida é capaz de matar a gente.

— Mas antes que ela o faça, sabes?... eu te matarei... se tu fores tão covarde a ponto de me negares auxílio. Eu te matarei, porque já não me importo com coisa alguma que me possa acontecer.

Tiago se retorcia. Encolhia e estirava os ombros, gemendo. Aimbé o dominou, o aquietou com doçura.

— Aimbé tem coração doente, porque sinhozinho está assim. Sinhozinho não foi muito bom para Aimbé. Mas Aimbé tem afeição de cachorro. Lá na volta da mata aparece um atalho. Capaz que ninguém veja a gente entrar por ele. Mas que adianta? Quem é que vai poder abrir a casa? Tem trave nas portas e deve ter alma guardando...

— Aimbé — disse Cristina —, leva-me até lá. Eu prometo que rezarei todas as noites para que tenhas um bonito lugar no Céu, na riqueza de Nosso Senhor, à mão de Deus Padre. Eu prometo que, se alguém souber disso, direi que te ameacei com esta faca e que tu não pudeste fazer de outra maneira. Mas leva-me para lá.

Aimbé apertou o ventre do animal com as pernas. O cavalo, cansado, resistia. Por fim, ele continuou vagarosamente a andar, e Aimbé empinou o queixo para as bandas da mata escura:

— A volta é grande, dona.

— Não faz mal — disse Cristina.

E a onda quente ativou seu corpo, moído de cansaço.

Afinal se aproximaram da casa enegrecida pelas chuvas, quase coberta de vegetação. Aimbé sofreu um abalo estranho. As almas mandavam mensagens incompreensíveis, num turbilhão de falas. Seus cabelos duros se puseram de pé. Poderia voltar, em disparada louca, castigando o animal, se Cristina não lhe compreendesse o espanto:

— Não tenhas medo, estúpido. Não estás vendo que é o pobre do Louro?

Era o Louro, sim. Como ficara ele por ali, sempre fiel à sua dona? Não era muito difícil de explicar. As fruteiras estavam casadas com o matagal, mas, da confusão de arbustos e de trepadeiras, aqui e ali, pendiam laranjas temporonas e um mamoeiro oferecia seus frutos amarelos e bambos à porta da cozinha.

— Deixa-me amparar Tiago. Desce, Aimbé!

Cristina prendeu Tiago, e Aimbé saltou. Deu voltas em torno da casa, abaixando-se sob os galhos. Quando chegou perto de Cristina, disse:

— Não adianta, dona, está muito bem seguro, e Aimbé não tem machado.

Cristina observava a porta da cozinha:

— Se tu experimentasses cavar ali com esta faca... Vê! Há uma goteira! Ela parece mais arruinada do que as outras portas e janelas! Toma esta faca! Talvez a madeira esteja podre!

Aimbé experimentou, inutilmente. Estava ainda bem rija a porta. Cristina desesperava. Já não suportaria, por mais tempo, o encargo de suster o corpo de Tiago:

— Ajuda-me a deitá-lo no chão, Aimbé. Tu não estás querendo abrir esta porta. Então pensas que não sei de teu medo?

Deitaram Tiago no chão, sobre o musgo que cobria o terreno. Cristina, febrilmente, esquadrinhou a porta. E descobriu a mancha de podridão na madeira. Tomando a faca, furiosamente, golpeou ali. E imediatamente uma boa porção de madeira se desprendeu. Aimbé disse:

— Deixe, dona, que Aimbé agora faz o que é preciso.

Apanhou a faca e continuou o trabalho. Em breve, havia feito uma abertura de mais de um palmo na madeira.

— Tem tranca de ferro lá atrás.

— Bom — disse Cristina, animada. — Vê se consegues suspendê-la pela abertura.

Aimbé meteu o braço e estremeceu:

— Acho que tem aranha-caranguejeira aí.

— Medroso! Vê se puxas a trave! Senão fica provado que eu sou mais homem do que Aimbé.

O mestiço, encostando o ombro na abertura, tateou na atmosfera úmida e fria que se agarrava a seu braço — presença viscosa — à procura da trave. Estava ali, bem pouco abaixo. Fez várias tentativas para conseguir levantá-la. Já ia a descoroçoar quando, mudando de posição, conseguiu baixar mais o braço. Com esforço e medo, segurou a barra de ferro e por fim a levantou de sua prisão. Já estava feito o primeiro tempo do trabalho, porém, como as outras janelas e portas, a entrada da cozinha fora resguardada, do lado de fora, por traves de madeira.

Cristina, que acompanhava seus esforços, viu que ele havia conseguido levantar a trave:

— Agora, Aimbé, vira assim... assim... Vê se consegues levar a ponta da trave até o buraco da porta.

Alguns instantes se perderam até que Aimbé, arrepiado ainda do medo das aranhas, pudesse tirar a trave pela abertura. Teve um grito quase infantil quando conseguiu. Ficou tão entusiasmado que, ao puxar para fora a trave, dizia:

— Viva Aimbé! Olhe, dona!

Coberta de pó, contendo ainda a friagem do sepulcro de que estava impregnada a casa, veio a trave de ferro à última luz do dia.

— Que bom! — exclamou Cristina. — Tens agora uma arma! Esta nos ajudará a nos livrar das outras traves da porta.

Usando primeiro a faca para cavar e em seguida introduzindo a barra de ferro sob a madeira, fez com que saltasse uma das traves. Depois foi a outra, a que estava mais embaixo. A porta estava livre. A mão de Cristina a fez abrir para a negrura fria do ambiente:

— Louvado seja Nosso Senhor Jesus Cristo!

\*

Tiago estava agora deitado na cama de Margarida, sobre um lençol de linho — uma daquelas riquezas tão especiais da casa. Até que Cristina o reclinasse ali, houvera a luta contra a sujeira e o pó que cobriam a casa toda, porém, antes de tudo, contra aquele pavor de sacrilégio que se apossara de Cristina. Quando abrira a porta da sala, vira na rede a figura clara e fugidia de Margarida. A visão instantânea se dilacerara, mal a claridade havia alcançado o fundo da sala. Muitas vezes ouvira falar: ao se abrir uma sepultura, o morto aparece tal qual estava no dia de seu enterramento, mas a luz desarma o pó num único instante. E é o raio do dia que acaba por dispersar a forma humana. Na sombra da casa velava a presença da morta; a luz rasteira do crepúsculo golpeara o mistério, e agora ali se via apenas em tudo que tivera viço, e cor, e encanto — o pó do esquecimento.

Cristina e Aimbé, usando a barra de ferro, fizeram saltar as guardas de madeira da janela que dava para o fundo da casa. Ela não queria bulir na frente da casa de Margarida, receando que a modificação fosse vista de longe. Tudo estava ali — não faltava nada: as vassouras ou o mais que se tornasse necessário para a limpeza. Cristina só pensou em arejar o quarto, tirar o pó da cama e deitar Tiago. No armário de Margarida encontrou um lençol de linho, cheiroso e puro, resguardado por cobertas de lã. Tiago foi deitado ali. Levava, continuamente, a mão ao quadril, gemendo cada vez mais forte. Escaldava de febre.

Cristina mirou a cama, e esta a chamou em sua gostosura. "Deita-te." Mas não. Seria preciso cuidar de Tiago. Se ele morresse, não seria sua a culpa. Trataria de Tiago como de uma criança indefesa, posta pelo destino em seus braços. Não era a seu marido que se dedicava; era a um pobre de Cristo.

Já na cozinha, a seu pedido, Aimbé, riscando duas boas pedras, fizera fogo com um tanto de lenha que não estava podre. O fogo crepitou alegre debaixo de uma velha chaleira de ferro, que cantarolava e sonhava, acariciada pelo calor renascente.

Já vinha a noite. O próprio Aimbé buscou, na despensa, duas longas velas de sebo e as acendeu; uma na cozinha e outra no quarto. Tomando de toalhas no armário, Cristina fez compressas sobre o ferimento à altura dos rins de Tiago. Quando o calor o alcançava, o doente tinha convulsões. Depois serenava, um pouco aliviado. Cristina mudou as compressas umas quatro ou cinco vezes. Dobrou, sobre Tiago, um cobertor, preservado da poeira no canto do armário. Aproximou-se, deitando-se ao lado do doente e observando a palidez intensa de seu rosto. Nem a febre lhe dava mais cor. Próxima da cabeça de Tiago, num escabelo, velava a longa vela de sebo. Pareceu-lhe um mau agouro: Tiago estava morto e a comprida vela formava o quadro lúgubre. Estava quebrada de sono. Pensou: "Devo apagar esta vela... senão ela pode incendiar o quarto. Tenho que me levantar, dar a volta, porque não a alcançarei sem perturbar Tiago".

O pensamento fazia a volta da cama, apagava a vela. Mas foi só sua ideia, porque os olhos se fecharam, pesados, enquanto ela girava, lépida, e soprava a chama. Foi o escuro do sono, mas só o sono, que cobriu tudo. Porque a vela ficou sempre a luzir.

Acordou com o sol vindo da sala, frechando de amarelo a poeira suspensa. Levou alguns bons momentos sem saber onde estava, medrosa de se movimentar. Nunca lhe houvera acontecido isso. Mas, como seu rosto fugisse à luz, viu Tiago a seu lado e então se lembrou de tudo. Continuava num cansaço sem fim. Precisaria dormir muitos e muitos dias, muitas e muitas noites, até que retomasse seu bem-estar.

Tiago, posto da mesma maneira em que o havia deitado, estava tão pálido que sua face se confundia com o pano do travesseiro. Ela o observou, assustada, com a ideia de que houvesse morrido enquanto o sono a vencera. Mas não. Ressonava regularmente. Entreabria a boca. A transpiração lhe nascia à testa, em abundância.

Sentou-se no leito. Seria o sinal, aquele? Ouvira falar nos suores da agonia. Poderia sair correndo e chamar Aimbé. Mas, como daquela vez em que se quedou indecisa junto de Margarida, hesitou. Procurou ouvir-lhe o coração. Seu próprio sangue lhe jorrava mais forte. O tumultuar de suas pulsações cobria tudo. Seria o seu coração ou o coração de Tiago que lhe batia ao ouvido? Venceu a dúvida, saiu depressa do quarto, atravessou a sala embranquecida de pó. Pisava flores defuntas, que haviam enfeitado Margarida. Chegou à cozinha; o fogo estava aceso. Novamente a água fora posta a ferver, mas Aimbé não se encontrava ali. Chegou à janela e chamou, a princípio com medo de que ouvissem de longe, baixo. Depois alteou a voz. Então empurrou a porta, alcançou a desordem da folhagem e, barafustando sob ramos de trepadeira, deu volta em torno da casa.

Aimbé não estava ali. Voltou, cuidando que ele se entregasse à limpeza de qualquer aposento. Percorreu todos os quartos. Ninguém. Retornou à cozinha.

Na angústia do desamparo, de súbito sentiu que lhe apertava o ombro uma garra. Quase gritou. Mas qualquer coisa lhe roçava a face esquerda. Era a asa do papagaio, que, em alegria, se atirava a seu ombro, vindo lá de fora. Teve uma ternura depois que serenou:

— Pobre Louro! — disse. — Até de ti tenho medo neste abandono...

Achou curioso aquilo: o papagaio nunca demonstrara querença senão por sua dona. E agora ele a buscava e não a queria mais deixar. Quando ela o soltara ao chão, ele lhe acompanhara os passos. Fora gingando atrás dela para o quarto.

Cristina chegou junto de Tiago, que deixara a morrer, pensava. E qual não foi sua surpresa diante da descoberta! Ele a esperava, os olhos bem abertos, ativos e espertos. Seu rosto acompanhava, em lento movimento, o caminhar de Cristina. Então, quando ela chegou perto, aquela mudança extraordinária se tornou maior ainda. Tiago, fitando-a, perguntou:

— Por que é que vosmecê me trouxe para cá? — Quis mudar de posição, mas, sentindo dor, desistiu. Passou a mão no suor da fronte, que inundava as sobrancelhas: — Por que vosmecê...

Graças! Graças fossem dadas! Tiago não estava morrendo. O suor o aliviara, decerto, da febre. Ela teve um desejo de experimentar o calor de sua pele, mas sentiu vergonha de sua dedicação.

Quando Tiago reabriu os olhos e suspirou fundo, de posse novamente de sua alma e de sua compreensão, Cristina apenas se expandiu:

— Estamos os dois sozinhos em casa de Margarida. Aimbé também te abandonou.

Ele não pareceu ficar impressionado. Continuava a observá-la com um frescor, quase um viço novo nos olhos fundos, acesos, no rosto magro. Ela estava contra a luz. O sol, varando a poeira, lhe punha um resplendor de ouro em torno à figura. Tiago moveu os lábios e quase sorriu. Era a mímica de uma palavra: Rabudinha... Depois a voz tomou corpo:

— Vosmecê está comigo...

Ah, se pudesse ficar descansando ali, na rede ao canto da sala! Mas teria que procurar alimento para Tiago e para ela própria. Estava com tanta fome que o estômago lhe doía. Arrastou seus passos pela sala, foi à cozinha, chegou à despensa.

Acendeu uma vela, pois que a janela estava trancada e pregada do lado de fora. A luz foi lhe mostrando apenas podridão e mofo. A um canto, as batatas se decompunham; noutro, estava o saco de farinha mofada, ao lado de uma pilha de queijos também apodrecidos. Quase esbarrou numa coisa pendurada, à sua altura, empastada e úmida, cheia de bichos, tão repugnante que receou chegar mais perto. Devia ser o pernil, o presunto que ali se desmanchava, na podridão. Era de desanimar. Nada ficara de aproveitável.

Já Cristina ia retirar-se, levando a mão ao nariz, quando topou com dois potes de barro postos sobre um estrado.

Retirou um, depois o outro, para examiná-los fora da despensa. O primeiro continha sal, e o segundo, farinha de milho. Estavam perfeitamente fechados e secos, preservados da umidade do chão pelo estrado. Por cima, havia uma crosta escura, porém, como a retirasse, apareceu então, branca e pura, a farinha.

Com tanto sofrimento, estava agora modificada. A descoberta desse pouco alimento a encheu de alegria. Com a água já fervendo, escaldou um pouco de farinha, deitou-lhe uma pitada de sal. E, retirando de sobre a mesa dois pratos, escaldou-os também, derramando neles o pirão. Levou-o ao quarto, onde o apresentou a Tiago, pondo-lhe, com uma colher, sobre o colo. Tiago pretendeu servir-se, mas se derreou, acabrunhado pelo pequeno esforço.

Cristina sentou-se à beira da cama e o foi servindo, muito cuidadosa, lentamente. Ele fazia pausas, fechava os olhos, dando com os dedos sinal para que ela esperasse. Cinco ou seis colheradas consumiram um grande tempo. Depois sua mão direita balançou, dizendo "não". Fechou os olhos e ficou quieto. Nova crise de suor o assaltou.

Cristina enxugou-lhe a fronte. Por alguns minutos esteve boiando na incerteza. "Eu deveria partir hoje ou amanhã?" Desde que fora à casa de Joana Antônia até aquele momento, o tempo se desdobrara em lentidão infinita. Já não sabia se se teriam passado dois ou três dias. Afinal, depois de rememorar tudo, esclareceu a própria dúvida: "O navio deve partir amanhã. Eu deveria ir amanhã".

Apertou, com os dedos, o canto dos olhos, como fazia quando era pequena e não queria chorar. Tiago dormia, abismado de fraqueza e de canseira. Deveria estar com raiva profunda desse homem, que, depois de lhe haver mentido e traído, ainda a impedia de voltar para a nova vida, calma e segura. Mas não tinha raiva alguma. Cuidaria dele, até que ficasse bom, e depois seguiria para o Reino. Sua vingança seria aquela: ele seria esmagado por sua nobreza e por sua generosidade — ainda que ela houvesse sido constrangida, pelas circunstâncias, a ser nobre e generosa. Depois voltaria as costas a essa miséria. Mas até chegar o dia da libertação — o que teria de sofrer? Já não esperava que Aimbé voltasse. Apavorado com a ideia de desobedecer a Mãe Cândida, ele decerto inventara uma desculpa qualquer e agora estava a servir as donas da Fazenda.

Naquela velhice e na doença que os desgostos lhe impuseram, Mãe Cândida, em vez de se tornar compreensiva e boa, ficara mais rude. Ela não teria perdão para quem violasse a casa de Leonel.

Pensou, principalmente, na comida. Como se arranjaria ela só com aquela pouca farinha?

O Louro, à pequena distância, se balançava, cadenciado, pelo chão poeirento da sala. Lembrou-se das frutas. Teria que se ferir em espinhos, derrubar galhos, para alcançá-las. Mas que importava? "Pelo menos aqui havia calma, calma de morte, mas doce e boa."

Foi à cozinha, tomou o seu próprio prato e comeu gulosamente o pirão. Soube-lhe bem, apesar de tudo. Chegou-se à porta e olhou o mamoeiro. Entre todas as frutas, era o mamão — a papaia — que estava mais fácil. Tomou da trave, desceu ao quintal e, na ponta do pé, com violência, brandiu-a até que um fruto se desprendeu, gordo e dourado. Caído ao chão, apenas uma parte se rompeu. Ela a tomou e a presenteou ao Louro, que a provou, mais sôfrego pela gentileza de ser servido como outrora do que pela fruta, que lhe era costumeira.

Cristina levou o mamão para casa; comeu-o com muito gosto. Era tenro e cheiroso. Depois do almoço — a sobremesa. Fez um começo de sorriso para o Louro. Qualquer coisa parecida com a liberdade lhe acenou, então. Sentiu-se desentorpecida com os dois achados: o da farinha e o do mamão. Depois de tais tropeços, comer um pirão de farinha velha e uma fruta lhe parecia dádiva régia.

Seu humor mudara. O Louro, terminado o naco de mamão, perseguia-a novamente com seus passinhos. Ela, que sempre fora medrosa, baixou para ele e lhe deu o dedo a pousar:

— Dá cá o pé, meu Louro.

Foi para a sala com o Louro no dedo. Por um instante, teve vontade de mostrar a alguém aquele bichinho extraordinário, manso e portentoso, que se não tornara selvagem em tanto tempo de olvido e de solidão. Mas, ao chegar perto do quarto, compreendeu que não deveria falar com Tiago, porque ele estava muito doente e porque, mesmo que não estivesse tão doente, ela jamais conversaria coisas assim com ele.

Procurou, na varanda, o poleiro do Louro. Soprou o pó, limpou-lhe a casa, pôs-lhe também ao lado um pouquinho do pirão que sobrara. Retornou à sala, sacudiu a rede, deitou-se nela. Ao lado, sobre a mesa, estavam as conchas e os caramujos. Tomou um caramujo maior. E, sem saber ao certo o que estava fazendo, levou-o ao ouvido. Um rugido longínquo, o eco da voz eterna do mar, soprou-lhe dolorida lembrança. "Amanhã, talvez a estas mesmas horas, a nau partirá de São Vicente." O mar seria estrada da volta para muitos reinóis, cheios de desilusões com a terra que, por ser mais nova, haviam julgado melhor. Tanta gente iria, contente, por sobre as águas desse mar que cantava a seu ouvido no eco da concha de Margarida.

Tanta gente iria embora! Menos ela — nesse dia.

# V

Nessa mesma rede ela embalaria seus pensamentos, muitos dias mais tarde, com o ruído daquelas conchas que lhe diziam de lonjuras impossíveis. Pensamentos ingênuos lhe escapariam como fumaça. "Até aqui", meditava, "levei eu os meus dias. E agora são os dias que me estão levando". Experimentava certa doçura e conforto dentro de suas dificuldades. Havia chegado ao chão, ao fundo de seu sofrimento. E o que ela encontrara ao fim da adversidade fora uma espécie de comodidade sonolenta. Imaginava que ficaria mais dois... mais três... ou só mais cinco dias na casa de Margarida. E Tiago tinha recaídas inexplicáveis. Voltava-lhe a febre, vinham-lhe os suores ao cabo das crises, e era sempre um recomeçar que não acabava mais.

Tiago, de tão fraco, não falava. Só seus olhos, escuros e cavados, exprimiam-lhe uma admiração diferente e boa, que ela jamais havia provado. Fora possuída de escrúpulos no primeiro dia em que tocara nas roupas de Margarida, mas se lembrou das palavras de Basília. Era costume da terra vestirem os vivos os trajes dos mortos. Usou primeiro o roupão de Margarida, de linho, com rendas nas mangas. Os cabelos destrançados, o corpo relaxado dentro das vestes, ela passeava pela casa, agora limpa, seguida pelo Louro.

Certa vez, tirando o pó aos objetos, encontrou numa gaveta muitas páginas escritas. Compreendeu que eram os versos de Margarida, e lhe deu uma saudade profunda da bondade da amiga. Estavam ali; uns sinaizinhos meio apagados sobre o papel que ia amarelando. Ela não sabia ler.

Agora tinha pena de não saber. Recordou aquela leitura das poesias de Margarida e aquele estribilho:

Meu amor não tem parada
Nem no rio, nem na terra...

Mais uma vez sentira necessidade de comunicar-se. Teve vontade de levar as páginas a Tiago, mas sopitou seu desejo. Entre eles era impossível qualquer espécie de conversa — depois do que acontecera.

Certa manhã, como dormisse ainda na rede, ouviu bulir a seu lado. E, estremunhada, viu Tiago, que se agarrava, cambaleando, à porta. Ele se levantara e agora estava tonto a ponto de cair. Saltou da rede, ajudou-o a voltar ao leito. Quando caiu, molemente, sobre as cobertas, ficou ainda mais descorado. Mas o que parecia ser um mau sinal significava melhoria.

Já no dia seguinte ele pôde levantar-se. Sentou-se na sala, com o sol de través buscando-lhe as pernas entorpecidas. Pouco dizia. Estaria compreendendo toda a situação?

Quando se acentuaram as melhoras de Tiago, já se acabava a pequena provisão de farinha. Isso coincidira com a descoberta de Cristina: no pomar arruinado e invadido pelo mato, reconhecera a planta cuja raiz era comida à mesa da Lagoa Serena, com mel de açúcar, e da qual — sabia — também se extraía farinha.

Desenterrou algumas dessas raízes e, depois que terminou a provisão, foi este o sustento maior que tiveram. Eram uma bênção de Deus as frutas plantadas por Margarida. Aprendeu a subir nas árvores e apanhou sapotis e gostosas frutas-do--conde. Vinha-lhe uma frescura venturosa de infância. Cada dia fazia uma pequena descoberta. Aquela casa era um mundo.

Resguardada por uma trepadeira que baixava de um pé de marmelo, e que carpia seu pranto verde pelo chão, ficava a cruz de Margarida. Cristina descobriu-a, afastou as folhas e lhe trouxe oferendas de rosas frescas. Como a terra era muito mais forte do que a vontade humana!

Na despensa, o que haviam guardado se perdera. Mas a terra largada em abandono vivia por si mesma e cumpria seus frutos e suas flores na obrigação de servir.

Depois daqueles dias, tão impossíveis de serem guardados e rememorados, dias cheios de pequenas coisas, de ocupações, caíram aguaceiros persistentes. Felizmente ela houvera feito o abastecimento da casa.

A mudança do tempo começou com os remoinhos de vento que faziam estalar, inteira, a habitação. Cristina acompanhou o caprichoso voejar das folhas e do pó que vinham da casa grande. Não podia saber que Rosália, a esse tempo, mirava a fuga da ventania. Quando a nuvem de pó se deslocou pelo campo, a caçula da Lagoa Serena relembrou as chegadas em escarcéu de Bento Coutinho, galopando sempre num grupo maciço de acompanhantes. Mas ali... ali era o vento... as folhas secas.

Mãe Cândida chamava-a. Ela acudia. A senhora perguntou se o mau tempo não havia prejudicado a cria que estava para nascer.

— Esqueci-me de dizer, nhora mãe. Nasceram dois bezerrinhos. Acho bom vosmecê não ir vê-los agora. Providenciei tudo. Também mandei prender o gado, mor desse atropelo de vento...

Mãe Cândida aprovou, com a cabeça. Logo pediu:

— Traz Leonel aqui!

— Não entendi bem, minha mãe.

— Afonso!... Não vê que me enganei? Dei para trocar os nomes. Ele já acordou?

A velha senhora sentou-se à sua cadeira de espaldar alto. Levou a mão à testa.

— O menino é o retrato dos meus dois... Vosmecê não pode entender por que sempre digo Leonel... ou...

Reagiu. Puxou outro assunto.

— Ainda não vieram notícias... de Basília? A falta que ela nos faz!

A nuvem de pó pairava à borda da Lagoa. Até ali vinha o cheiro da terra. Mãe Cândida tossiu, esperando. A filha a ela chegou. Prendeu-lhe a mecha branca desordenada, a descer pela nuca:

— Basília não tarda, nhora mãe! Deve estar ainda ocupada em São Paulo.

As mãos calosas, viciadas no trabalho, alisavam a mesa nua a desmanchar pregas na toalha invisível:

— Faz muito tempo... faz... que o outro esteve aqui?

— Os dias custam a passar...

Lá fora estrondava ainda o galope fantasma. Rosália mordeu o lábio. Levou a mão à boca e sentiu gosto de pó.

Foi nesse tempo de chuva que Tiago firmou sua convalescença. Entrou a puxar conversa. Primeiro, ela não lhe respondeu, e ele não insistiu, boiando em indiferença. Mas logo ele lhe fez perguntas mais incisivas. Seu espírito já estava claro, a ferida da cabeça cicatrizara, embora o golpe perto dos rins não houvesse sarado de todo e o impedisse de se restabelecer. Vinham-lhe, daí, humores que se espalhavam pelo corpo, dando-lhe acessos de febre.

Uma tarde, como a chuva escorresse a um canto da sala e a tornasse úmida e desagradável, Cristina acendeu o fogão e ficou na cozinha a aquecer-se, enquanto Tiago dormitava no quarto. De repente, ele apareceu, arrastando-se, vagaroso. Ela lhe procurou uma banqueta, e os dois ficaram ali silenciosos, algum tempo, diante do fogo. Tiago passava a mão pelo quadril e disse:

— Quando o tempo esfria, me vem a dor. Mas agora estou melhor, com esse calorzinho do fogo.

Caiu nova pausa. Falavam por ele as chamas, a contar e a recontar cantarolas de desde que o mundo é mundo. Ficaram assim algum tempo. A chuva corria com violência pelo telhado. Ali dentro era bom. Estavam parados, mas se sentiam viajar pelos tempos e pelas terras. Sentiam o bem-estar de gêmeos carregados no ventre materno. Estavam possuídos pela tepidez do lar de Margarida. O amor ido e vivido de Leonel e de Margarida ainda ali habitava? Teria a casa a alma doce e bondosa feita do eco daqueles dias de amor retribuído e de compreensão no matrimônio? Talvez pensassem isso Tiago e Cristina; talvez, silenciosos, tivessem o mesmo caminhar de imagens e de fatos em suas mentes. Ninguém dizia nada. Até o Louro, cujo poleiro fora recolhido à cozinha, cabeceava de sono, arrepiado dentro de seu bem-estar, aconchegado em suas próprias penas como uma velha friorenta em seu manto.

Ficaram ali meia hora? Uma hora? Eles não podiam contar o tempo. Tiago sentiu cansaço nas costas e se levantou para voltar ao quarto. Cristina serviu-lhe de arrimo. Ele se cobriu na cama, enregelado, mas logo depois teve um grito d'alma:

— Cristina! Vosmecê me vai dizer o que foi que aconteceu!

Ela havia feito um pacto consigo mesma. Não seria humilhada pelo seu desejo de participar, de conversar, de trocar uma impressão mínima, mas aspirava a transmitir a Tiago, quando ele a pudesse suportar, a sua mágoa e a desilusão que ele — mal sem remédio — lhe causara.

Ficou a alisar o babado de renda da manga do roupão de Margarida. E, obstinada, lhe percorria os bicos:

— Eu soube de tudo, Tiago. Aimbé contou-me tudo. Já ia voltar para o Reino quando vosmecê chegou ferido e não lhe quiseram dar agasalho. — Experimentava o gosto da vingança quando acrescentou: — Nem Mãe Cândida o quis receber.

— Por quê?

— Porque Davidão disse que o retirou de dentro de uma vala. Ela pensa que vosmecê estava escondido.

No doente, houve o clarão de um sorriso de simpatia:

— Se ela pensou que eu estava escondido, então fez bem.

Cristina ficou abalada por aquela aceitação serena. Dir-se-ia que em Tiago aumentasse o carinho por Mãe Cândida. O sorriso seria o tributo de admiração filial?

"Gente extraordinária, aquela: todos sofrendo um pouco da cabeça", pensou Cristina. A mãe recusava o filho em sua casa, e o filho se mostrava grato quando tomava conhecimento da história. Seria a doença? Ou seria que ele também se estimasse no fim de seu mundo, no fim de sua queda, perto da morte, perto do nascimento?

— Cristina... foi bom que vosmecê tenha sabido.

— Bom? — perguntou ela, num timbre de voz agudo.

Ele puxava as forças, tal como fazia com as cobertas que levava ao peito friorento.

— Vosmecê... no próprio dia do casamento... rogava para que eu contasse... o que havia. Mas meu segredo... eu não o podia trair.

Ela disse para si própria: "Medirei minhas palavras. Apesar de tudo ele está doente, muito doente". Mas as palavras lhe vieram à tona, irreprimíveis:

— Por que vosmecê casou, então, comigo?

Caiu o silêncio. Falou a chuva; disse o vento; espreitou a vista da Lagoa embuçada na névoa e na distância. Falavam as coisas, até o cheiro da casa ali vinha expressar-se, a intrometer-se no silêncio. E Tiago nada dizia. Fechava os olhos, fechava a boca. Ele se continha também. Mas a sua mão fez um sinal, como a dizer "aproxime-se". "Será que Tiago está pior? O que lhe disse o terá perturbado de maneira tão grave que ele se sinta ansiado?"

Cristina aproximou-se. Deveria ter tido mais paciência. Aquilo deveria ser pito, porém mais tarde, quando Tiago não fosse mais um pobre doente. A mão a chamou, exprimindo: "mais perto". Cristina chegou rente e, súbito, a mão cobrou energia e lhe segurou o punho:

— Amor... — disse ele. — Eu não quis perder vosmecê.

E ficou segurando o punho.

Cristina perturbou-se, infinitamente. Sentia que não podia levar além a discussão. Que de seu ânimo ganhava a doença de Tiago. Ela não poderia feri-lo.

Ele continuava a segurar-lhe o punho. Com firmeza, puxou-lhe o braço, fê-la sentar-se à beira da cama. E, num gesto impossível de ser evitado, quando Cristina ali se sentou, ele encostou a cabeça a seu colo e chorou, desafogado, agarrando-se à cintura fininha e doce.

Estando Tiago melhor, passou Cristina, já com cuidados em si mesma, para a rede na sala, onde dormia coberta, toda enrolada, escondendo-se dos infinitos rumores que balbuciavam em torno da habitação.

Crescido o mato, sobravam, por ali, os barulhos da floresta. Dom Guilherme Saltão havia falado sobre o quiriri: "Enquanto se ouvirem estas coisas, estamos bem... Ninguém nos fará mal. Nem índios, nem brancos, nem feras". Já se havia acostumado com esses balbucios e, se por acaso aquilo desaparecesse, ela poderia ter medo.

Em tal madrugada, Cristina acordou, dentro do escuro e com o escuro do silêncio à volta. Era o Nada a pesar sobre ela, o bafo da Morte. Estava tão negro que nem a menor réstia de luz se filtrava. Esfriara o tempo. E a sensação de angústia tumular lhe veio. Para onde teriam ido todos aqueles bichos tão raros, a guinchar, a rir, a palpitar, a chocalhar seus guizos? Era a escuridão fechada, o negro na vista e no ouvido.

Dentro desse abismo, subitamente se delinearam passos mansos, mas muito cadenciados. Eram passos humanos. Ela sentiu o cabelo erguer-se e pensou: "A alma de Margarida não pode ser, porque então eu não estaria amedrontada". Depois percebeu que os passos se tinham detido à porta da cozinha, apenas encostada.

A porta rangeu. Os passos vieram mais perto, houve um baque. Buliam na cozinha. Seria algum malfeitor, algum ladrão? Ela não reprimiu seu orgulho por mais tempo. Conhecia seu corpo, na cegueira do escuro, o rumor certo da cama de Tiago. E ela para lá caminhou, transida de frio, despertando o marido.

— Que foi? — perguntou ele.

Ela não dizia nada. Tinha medo de chamar atenção. Momentos depois, a porta rangeu novamente, os passos se perderam lá fora. Então, pela janela, viu um lampejo que a circundava debilmente.

O dia amanhecia, e se perdiam os receios de fantasmas. Cristina ganhou coragem. Acendeu a vela e, com a longa camisola de Margarida a roçar no assoalho, se dirigiu à cozinha, caminhando vagarosamente, espreitando de longe, ativa ao menor ruído e ao ranger das tábuas do chão.

Ao chegar à cozinha, olhou a porta: estava aberta. Correu a fechá-la e, elevando a luz, fez a descoberta. Haviam ali deixado qualquer coisa numa sacola de pano. Pousou a vela no lugar próprio e examinou o achado. Deveria ser um presente de Aimbé, roubado à despensa de Mãe Cândida: dois queijos, um tanto de feijão, um pedaço de linguiça, um potezinho de mel. Aimbé viera, assim, acobertado pela escuridão, e voltara tão misteriosamente, decerto receoso de que ela o retivesse. Seu coração se abriu. Seus lábios tensos se distenderam num sorriso de gosto. A assombração tinha sido Aimbé. Deus o abençoasse em sua dedicação e também em sua estupidez.

Com o barulho que fez, a andar pela casa, Cristina despertou Tiago. Este a chamou. Ela não pôde deixar de explicar o que acontecera. Não tinha maldade na voz quando disse:

— Chegaram presentes para os pestosos. Deve ter sido Aimbé.

Ficou muito surpresa quando Tiago se referiu a algo em que ela mesma não tivera coragem de bulir. Explicara, vagamente, que Leonel estava viajando depois da morte de Margarida. Dissera isso em meio à febre e quase desinteresse de Tiago. Mas ele, agora, queria saber:

— Leonel nunca mandou notícias?

— Nunca.

Naquela manhã, o pensamento de Tiago, já restaurado, abria-se para o conhecimento de um mundo doloroso.

— Se Leonel não morreu, é como se houvesse morrido.

A voz ainda febril continuou:

— Aquele casamento fez mesmo dois em um. Bem sei que nunca mais hei de ver meu irmão.

Cristina, sem nenhuma ameaça na voz, disse:

— Quando teu filho nasceu... Margarida começou a morrer.

Tiago olhava o dia que despontava, que avançava pelas aberturas da casa, com a tristeza de quem sai de um sonho e tem de enfrentar a dureza da verdade:

— Isso também nos separou...

Uma fresta de luz atravessou a mão de Cristina. Passou a mão direita pela esquerda e alisou a negra aliança, sobressaindo da brancura da pele. Contra seu coração orgulhoso, a voz abriu, serena:

— Tu poderias, agora que já está tudo acabado entre nós, ao menos confessar... que Isabel te perseguiu. Conheci bem a maldade dela. Sabia como detestava as outras mulheres. Tu bem poderias dizer que foste colhido numa dessas artimanhas que as más mulheres preparam.

Tiago a chamou para junto do leito:

— Fica comigo. Concordo que tens razão, e muita, para deixar-me. Mas fica comigo, em boa paz, até chegar o momento da volta.

Uma atordoante curiosidade a impelia até o esclarecimento daquela história em que havia submergido tanta coisa. A história que quase arruinara uma família inteira. Para ativar a confissão de Tiago, Cristina sopitou o desejo de gritar toda a dor que sentira quando soubera da traição.

Foi com doçura que ela se estendeu a seu lado, a ver o progresso daquela luz que, parecia, haveria de se irradiar também dentro dele. Cristina bafejou a face de Tiago com seu hálito de recém-desperta, de intimidade ainda do sono:

— Tiago... explica-me. Tu não irias trair a confiança de dom Braz, o bem-querer de tua mãe, mesmo... ainda mesmo que tua noiva distante fosse uma ideia muito vaga e pobre... Que te fez Isabel? Ela te embriagou? Embriagaram-se juntos? Ela, quando soube que te casarias comigo, resolveu caçar-te, tornar impossível nosso matrimônio? Então, com sua baixeza te atraiu à sua maneira de quem nunca foi inocente...

Tiago ficou em silêncio. Cristina achou que ele procurava um melhor meio para fazer jorrar, enfim, toda aquela represada história de seduções e conflitos. Prendeu a respiração para colher melhor a primeira frase prestes a rebentar dos lábios do marido. Tiago, enfim, virou para ela seu rosto cheio de mansidão da convalescença e que ia saindo da penumbra com a invasão gloriosa da alvorada:

— Pois tudo isso... esse segredo, que, tu dizes, arruinou uma família inteira, é minha fraqueza, mas também minha força. Não me peças mais para contar-te o que houve. Soubeste de tudo. A única coisa que posso fazer a quem causei tal agravo é... silenciar. Não me peças... que te diga... mais nada.

— Mas eu não compreendo... — disse Cristina. — Não posso entender, como, nesta terra de modos e de modas diferentes, ainda se use tal discrição a respeito de uma dama... Isabel, uma dama! Se ela nunca foi senão uma mulher muito baixa e perdida em seu modo de ser, em seu modo de viver. Se foi sempre tão vil que nem a seu filho quis! Vi-a matar um homem, um pobre homem, só porque ele dava a notícia de que o capelão de dom Braz era um impostor!

Tiago estremeceu. Mas continuou silencioso e obstinado. Cristina não podia aceitar aquela nobreza que lhe parecia falsa. Por fim, ele respondeu, com brandura, à sua última frase:

— A vida não vale um silêncio.

E ficou nisso.

Cristina experimentou a sensação de que se havia desnudado. Ele a insultara com o seu inesperado preito de discrição a Isabel. E suas perguntas sôfregas deveriam indicar a Tiago que, apesar de toda a mágoa, ainda mantinha o interesse por ele próprio. Talvez pretendesse encontrar uma justificação, apenas uma saída honrosa, para fazer as pazes.

Coberta de vergonha, ela se ia levantar da cama e disse:

— Não penses que isto é um passo para o amor. Não te enganes a meu respeito. É o desamor que se afirma. Mais razão encontro eu para voltar...

Tiago, mostrando uma nova energia, puxou-a para si:

— Se tu fosses outra mulher, saberias que há muitas maneiras de se amar um homem, e tu me darias uma delas. Tu me amarias como um amigo... e como mulher.

— Belo sermão! — redarguiu Cristina. — E vejo, pela força com que me seguras, que estás muito melhor do que eu supunha; que servi de aia a um preguiçoso... Pensas que todas as mulheres daqui são como cadelas a correr atrás do primeiro afago de seu dono? Nesta mesma cama Margarida morreu... e de tua traição. Não me fales mais como se estivesses em cima da razão. Estás por baixo dela, e eu te recolhi quando todos te desprezaram.

As lágrimas saltavam dos olhos de Cristina.

— Mas tu estás chorando... Tu fazes de valente, mas estás chorando. Como sempre acontece... quando te mostras zangada. Pois eu te proponho uma coisa. Já que nós não nos entendemos... em nosso sentimento, em nosso pensamento, já que és uma fina mulher do Reino e eu sou um rude homem de Piratininga, vamos nos entender... — ele já a enlaçava — ... da maneira pela qual combinamos melhor. Não te envergonhes... — a boca a procurava, e o calor lambia seu rosto — ... sou teu marido, estamos longe de todos, e ninguém saberá de tua fraqueza.

Cristina sentiu tal desesperada onda de raiva que o próprio ardor do ódio a tornou vibrante e desejosa.

Uma aurora nasceu dessa treva. Os cabelos penderam negros, salpicados pela flecha violenta da luz da alvorada. Pela face de Cristina, plena de ódio e talvez de outro sentimento, baixou a sombra de Tiago.

Houve o silêncio. Quando eles se separaram, pacificados, já não havia mistério algum no quarto inundado pelo sol da manhã.

# VI

Reclinava-se Cristina à janela da sala que dava para o pomar em ruínas. Procurava saber dos dias que se haviam passado.

Na varanda, o Louro, assanhado com a alegria da manhã, dava seus gritos mais ousados e felizes. Cristina pensou: "Já devo ter, por aqui, umas duas luas. Talvez mais de um mês e meio depois... daquela madrugada".

Tiago, naquele dia, fora assaltado por violenta dor no rim, e, desde essa ocasião, repetidas se tornaram as vezes em que ele tivera dores semelhantes. Nunca mais voltara a febre, mas aquelas crises prolongaram seu acabrunhamento. Agora, novamente, Tiago se sentia bem.

Cristina pensava: "Já o Capitão do Sul deverá estar prestes a chegar!". Quando ela procurava tomar lugar no navio, que afinal perdera, soubera que o próximo barco para o Reino seria o Capitão do Sul: ele deveria chegar dentro de quantos dias? Uma semana?

Nada mais a retinha ali. Tiago, após aquela madrugada, imaginara que a intimidade houvera selado para sempre o matrimônio. Mas Cristina só queria esquecer o que acontecera. Uma viva sensação de pecado se unia àquela lembrança. Perdia-se em conjecturas: "Se a consciência é o caminho para Deus, então, mesmo que tenha sido com meu marido, cometi um pecado, tanta vergonha eu sinto pelo que aconteceu". Fora enérgica com Tiago:

— Eu cuidava que estivesses morrendo, por isso não me defendi como devia. Mas, se pensas que não guardo mais rancor, estás enganado. Jamais poderemos nos entender, depois do que aconteceu, e sobretudo depois que te mostraste tão zeloso de proteger, com tua discrição, a falta de Isabel... tão conhecida.

Fazia Tiago com ela uma sorte de monólogo alto, que a irritava. Insistia em conversar e, como não quisesse ser humilhado pelo silêncio da mulher, não esperava resposta e dizia longamente das passagens da guerra, da morte de dom Braz, das lutas que tiveram. Ele não suplicara para que ela ficasse, não se arrastara a seus pés nem abençoara a mão que o havia protegido e servido. Era irritante como Tiago procurava fingir que aquela vida era uma vida natural e que não caminharia para um afastamento.

Quando Cristina olhava a paisagem na força de seu viço, já pronta a tomar a decisão da partida, Tiago lhe apareceu, tocando levemente em seu ombro. Estava vestido com roupa de Leonel. Reparando no marido, Cristina depois reparou em si mesma. Estavam disfarçados em Margarida e Leonel. Moravam em sua casa, mas eram tão diferentes daquele enlevo de amor!

Vinha Tiago com umas páginas à mão:

— Eu não conhecia esses versos de Margarida. Meu irmão teve a sorte de ter sido amado. Ouve, Cristina, até parece cantiga:

Nas paredes desta casa
Bate negro o coração...
Tonta, aflita, pobre asa,
Pedindo libertação...

— Pobrezinha! A doença fazia com que ela sentisse o coração latejar dentro da própria casa...

Sem ter coragem de pegar a mão de Cristina, mas fazendo um gesto para apanhá-la, gesto que se rompeu a meio, Tiago continuou:

— E eu, decerto, porque fiquei muito doente, também sinto qualquer coisa bem estranha nestas paredes... Deve ter sido da febre... Cristina, muitas vezes eu pensei, depois que a nuvem saiu da minha ideia, que foi Margarida quem nos trouxe para cá.

Cristina voltou-se, novamente, para a janela. Não queria ver Tiago. Era sempre aquela vergonha que a perseguia. Mas a voz de Tiago estava ali, rente. Ainda que seus braços não a tocassem, sentia vivamente a presença do marido e sabia exatamente como estariam sua boca, seus olhos, até seus gestos contidos, quando ele continuou:

— Ela não quis que se perdesse mais um amor desencontrado. E por isso nos chamou para cá.

O verde doía na vista de Cristina. Ah, vergonha deste homem, que fazia da vida uma coisa tão simples!... e que pensava que uma mulher pudesse passar por tantos infortúnios com a integridade de uma santa!...

Afinal, deixou de reparar no galho bambo que roçava a sepultura de Margarida. E se voltou para Tiago:

— Eu estava aqui, pensando... que chegou o momento...

E, ao dizer isso, sua mão crispou-se no parapeito.

Naquela manhã, vinha sentindo vagas tonturas. Fora o excesso de trabalho. Continuava procurando aparentar firmeza:

— Já não careces mais de mim, de meus cuidados. Já estás homem de novo e pronto para seres largado. Volto à minha terra.

Tiago não explodiu em queixas e amargos reparos:

— Eu não te prendo.

Seus olhos se fecharam, a face tremeu, ele aprumou a fala:

— Depois do que fizeste por mim, eu não terei uma queixa.

Cristina resolveu terminar bem aquela cena tão penosa:

— Pelo menos, agora, não irei naquela fúria em que estava. Compreendo que sou diferente, e decerto tu não tens culpa também de que sejas tão diferente. Se houvesse casado com outra..., talvez ela criasse, com todo o gosto, os filhos de fora do casamento.

Ele ainda arriscou uma última tentativa:

— Foi uma coisa que passou.

Ela se agarrava ao verde da paisagem como a um apoio, fugia da sua vista e se integrava nas coisas que a rodeavam, para sentir-se mais forte. Respondeu-lhe com cerimônia:

— Se a gente pudesse sarar da vida...

E aquela tentativa de aproximação ficou assim perdida. Cristina volveria a seu irmão, à sua quinta perto de Lisboa. Tiago seria devolvido a seu mundo de sempre. Foi ele quem propôs:

— Irei buscar montaria para irmos a São Paulo. Já que nos separamos, seja essa uma separação de amigos.

Porém, nessa mesma tarde, chegaram, intempestivamente, duas pessoas. A voz de Basília se ergueu à porta da varanda:

— Cristina!

Cristina se aproximou, atordoada com a brusca invasão. E, antes de qualquer coisa, perguntou prevenida:

— Aimbé contou, não foi?

Basília, de luto fechado, com seu rosto a meio encoberto por uma tira de pano roxo, parecia uma visão tétrica naquele dia varrido de luz.

— Mana — disse ela, com doçura. — Todos os dias, desde que voltei à Lagoa Serena, vejo a fumaça subir desta casa...
— E ela sorria de um lado só enquanto Cristina afundava em sua vergonha cada vez maior.

— Mas então Aimbé não disse nada?

Basília respondeu com a superioridade de quem se dirige a uma criança:

— O pobre forjou uma história muito pouco própria. Teria te abandonado e a Tiago no meio da estrada... e não podia dizer onde estavam. Mas a fumaça... Sei que Rosália também a viu.

— E Mãe Cândida? — perguntou Cristina, sentindo novamente rodar a casa toda, numa tonteira estranha.

— Mãe Cândida também deve ter visto. Mas nada disse. Ninguém falava no assunto. — E, mudando de tom, Basília perguntou: — Onde está meu irmão?

Cristina se agarrava àquele assunto. Então ali estivera, no esconderijo, vivendo de frutas, de raízes, e todas elas sabiam! Mais uma vez o orgulho da família a espoliara, a injustiçara. Ela ainda quis saber como se passara aquela vã comédia:

— Tu soubeste... que Mãe Cândida viu a fumaça?

— Ela não me disse nada, e não seria eu quem iria avisá-la... Mas onde está meu irmão? Tenho uma boa notícia para ele.

— Muito bem — disse Cristina. — Tens uma boa notícia para teu irmão. E, no entanto, eu, a humilhada, a que o ia abandonar... e não tardará muito que isso aconteça... graças a Deus!... fui eu quem o trouxe para esta toca, porque a sua família o rejeitou às mesmas portas da morte! Aqui estive, sofrendo por um homem que me havia traído e arrombando esta casa como um ladrão, para defendê-lo! Depois de tudo fingindo muito bem, aqui vem a senhora minha cunhada dizer que tem uma boa notícia! Qual será essa boa notícia? Que ele pode entrar novamente em sua casa? Que já tem permissão para isso? Safaram-se todos muito bem dos contratempos e largaram o fardo nos meus ombros. Pois que o carreguem vivo, já que não quiseram carregá-lo morto!

— Mana! — disse Basília, sem perder a serenidade —, quando a mulher não quer perdoar o homem... pra que casa? Vosmecê devia ter feito como eu, que não tenho paciência nenhuma para dar a homem. Vosmecê fez bem em tratar do seu esposo. Não deve contrariar-se por isso. Mãe Cândida foi injusta com ele... coitada de minha mãe!... porque não sabia da bravura de Tiago. Mas, agora que ela sabe, só quer abraçar o filho. E ele, quando compreender, não guardará ressentimento.

— Ele já não guarda nenhum rancor. Como loucos com a mesma loucura, vosmecês sempre se entendem afinal! Pois entre, mana — disse Cristina, formalizada. — Tiago deve estar no quarto a cortar as sobras da barba que lhe cresceram neste túmulo.

Basília foi entrando. Circunvagou o olhar pela sala. Hesitou. Profanariam seus passos aquele domínio? E a mão traçou, piedosa, o contorno das conchas e caramujos.

Sentiu a falta de Margarida, aquela falta que era mais presença ainda do que falta.

Basília murmurou baixo qualquer palavra unida a um suspiro. A doce Margarida dali desertara, mas nem a rudeza da vida que à morte sucedera dissipara a finura, a graça — atmosfera ali presa para sempre.

Depois daquela hesitação, Basília se dirigiu ao quarto.

Com muita dificuldade, à falta de espelho melhor, procurava Tiago alcançar o contorno do rosto na bacia de prata emborcada. E com a longa tesoura ia aparando a barba.

Ele já ouvira a conversa, mas, calmo, bem a compreendera de longe. A Lagoa Serena o reclamava. Fora de momento o gesto de sua mãe, que agora precisava do filho. Basília chamou por ele, encantada, à soleira. Ele se desfez da tesoura, pousando-a, sereno, e caminhou vagaroso para ela. Basília o abraçou e o beijou:

— Estás tão magro, meu irmão!

Ele só fez responder, mirando-a com infinita pena — "Tão feia!", pensou, depois que o lenço escorregou.

— ... Mas estou vivo!

Basília se sentou à cama, emocionada com a notícia que lhe iria dar:

— Vosmecê é hoje, mano, um nome muito repetido em São Paulo. Os próprios boavas se encarregaram de contar sobre sua bravura.

— Meu pai morreu... Não pude defendê-lo!... Não me fales em bravura!

Basília continuou:

— Nós todas deveríamos ter vindo pedir perdão, mas bem sabes como Mãe Cândida está velhinha!

Tiago ficou irritado:

— Não me venhas relembrar estas coisas! Já estou curado, espero tomar o lugar de nosso pai. A Fazenda deve estar precisando de homem.

Basília se levantou e começou a andar, aflita, pelo quarto, debaixo dos olhares suspeitosos de Cristina:

386 | DINAH SILVEIRA DE QUEIROZ

— Meu irmão..., eu não te vim chamar para casa. — E, num jato de alegria, por fim ela disse: — Houve uma grande assembleia em São Paulo. Foi eleito chefe de uma expedição, que porá termo à usurpação dos boavas, Amador Bueno da Veiga. E ele, esquecendo que nosso pai tomou muitos de seus homens para a empreitada do Morro Negro, sabedor de tua bravura, te escolheu como segunda pessoa da Força. Eu estava nessa assembleia e me senti paga de tanto sofrimento com a honra que nos entra pela casa!

Tiago sorriu largamente:

— Ah, o nosso grande e rico competidor! Nunca pensei que fosse chamado por um rival de meu pai!... Mas bem que devo voltar à luta... Agora que meu rim me deixou em paz...

Entraram os dois irmãos a fazer planos.

"Loucos, loucos!", dizia para si Cristina. "Cura-se um homem vindo da guerra... os seus o afastam, eu recolho os despojos e o ponho como homem de novo. E, mal lhe estala os dedos a família, ele volta para ela e para a guerra... Trabalho perdido! Canseira perdida! Tristeza perdida! Antes eu o deixasse morrer no pátio da Lagoa Serena, já que ele quer ser diferente de todos e morrer duas vezes!"

Não exteriorizou seu pensamento. Dirigiu-se a Basília:

— Já que celebraram tanta felicidade pela volta às unhas dos boavas... — eles a olharam atônitos, admirados de que ela se referisse assim aos reinóis — ... agora deem-me ao menos montaria e seguida para São Paulo do Campo. Já sou chegada ao tempo de embarcar e, desta vez, podem estar certos, eu me vou.

Basília se voltou sem mostrar admiração:

— Aimbé está lá fora com dois cavalos. Tiago se deve apresentar imediatamente a nosso cabo maior Amador Bueno.

Tão rápida aquela saída! Mal tivera tempo de deixar cair mais algumas flores sobre o túmulo de Margarida. Dera uma última vez comida ao Louro. Por um respeito a Margarida, não se atrevera a levá-lo, como gostaria. Dissera a Tiago que desejaria passar pelo atalho, e não pela casa da Fazenda. Não suportaria mais a humilhação de nova despedida. Fora... voltara... Não, não queria enfrentar Mãe Cândida e talvez o sarcasmo de Rosália.

Quando viram de longe a casa, a grandeza daquele momento a possuiu. Piratininga, para ela, era a Lagoa Serena. Um mundo incompreensível, forte e rústico, tão distante dela como aquela casa estava naquele momento. Apontou a pequena ilha edificada, circundada pelos campos já novamente cobertos de lavoura esplêndida, a água cinzenta velando junto:

— Queres conhecer teu filho? Eu espero aqui.

Tiago voltou-se de lado na sela e olhou, em cheio, o quadro da casa senhorial:

— Tem tempo — disse. — Acompanho-te, e na volta...

Ela engoliu seu despeito. E a viagem para São Paulo transcorreu numa densa atmosfera de meias palavras, cheias de subentendidos.

Uma hora depois, Cristina, ao passar por um brejo, levou o lenço ao nariz.

— Que mau cheiro! — disse ela. — Como fede esta água podre!

E cuspiu no lenço, nauseada e pálida.

— Vosmecê está se sentindo mal? — perguntou Tiago, cuidadoso.

— Não é nada. Esqueci-me de mim mesma e agora estou cansada e maldisposta..., mas isso passa.

Lá adiante, flores silvestres penderam-lhe à passagem, envolvendo-a, capitosas:

— Como cheira esta terra! Por toda a parte cheiros diferentes! Estas flores devem conter algum veneno!

E novamente Cristina teve de parar, ansiada e largada, numa tonteira que parecia não ter fim. Tiago, a princípio, se queixava daquele mal-estar, de certa quentura que ainda o alcançava no rim. Mas depois todo se desvelava com Cristina. Confessou, para maior desespero dela:

— Não quero que chegues pior do que vieste!

Ela não sabia dizer por que essas palavras a feriram tanto. Ele estava conformado com sua partida e unicamente preocupado em que fizesse boa figura ao ser restituída ao irmão.

Muitas vezes, Cristina teve de parar. Dir-se-ia que, ao se despedir daquela terra, de tão enojada, tudo lhe causasse asco. Deram com um animal morto: um boi já estripado pelas aves negras, que lhe comiam os restos, e aquilo acabou por tirar-lhe, enfim, o vômito do estômago. Depois disso, ficou transida e friorenta. Dizia constantemente:

— Viste bem o que ganhei? Só de cuidar-te fiquei doente.

Ao chegarem a São Paulo, Tiago serviu-lhe um vinho aquecido. Sentiu-se Cristina melhor e, reunindo o seu orgulho dilacerado, firmou a vontade:

— Não quero demorar-me. Quero ir hoje mesmo. As arcas estão prontas, não carece esperar mais.

E afinal, depois que Tiago se apresentara ao chefe da expedição e voltara para casa, Cristina deixou a vila. Durante o tempo que levou para sair de Piratininga, foi notando as mudanças. Casas novas estavam surgindo. À taipa, sucediam as construções mais sólidas. A guerra e as atribulações não pareciam ter força contra a vilazinha indômita, que se aprumava e crescia empinada em suas ladeiras estreitas. Havia uma distensão de nervos, um relaxamento de ideia concluída. Já não chorariam mais as mulheres durante as missas. Não haveria mais desmaios nem o desespero voltaria a imperar. Todas aquelas matronas se empenhavam, agora, numa vingança, na salvação da dignidade de Piratininga. Trabalhavam noite e dia ajudando no abastecimento da expedição.

Basília havia contado que sua tarefa, durante todo o tempo em que eles estiveram em casa de Margarida, fora bordar a bandeira vermelha com a imagem do padroeiro: São Paulo. Ele mesmo, em figura, marcharia à frente dos mil homens capitaneados por Amador Bueno da Veiga.

Tiago — enquanto ela reparava longamente em tudo, nos vultos peculiares das mulheres que pouco a pouco iam deixando de cobrir a fronte e se mostravam agora mais faceiras e alevantadas, nas casas assobradadas, nas lojas que se abriam —, Tiago retomava seu jeito de monologar. Parecia enfunado por um orgulho novo e ardente. Tecia-lhe a história dessa expedição destinada a recuperar, para os paulistas, o trabalho e a energia de que se haviam aproveitado os emboabas. Comentava, com ela, sem esperar resposta, que Manuel Nunes Viana, o pretensioso que ousara ser ungido como um monarca, estava caindo em infortúnio; que os baienses já lhe voltavam as costas e que os reinóis sentiam sobre si volverem as espadas dos nascidos na terra.

Os que haviam visto a luz na terra da Bahia, tanto quanto os paulistas, se enojaram dos forasteiros. Neste ponto, Cristina pensava: "Na verdade, este é um mau momento para qualquer forasteiro. Será que Tiago não se lembra de que vim do Reino e que para lá estou a voltar?".

Cristina ia reparando em tudo. Até que, ao ouvir as badaladas do sino do Colégio, mandou tenção comprida a Joana Antônia. Como o tempo havia corrido! A perdida de ontem era dona de respeito e estava bem com os padres da Companhia. A que servira os marujos do Reino agora ajudava a erigir altares. A derrotada vencera, e ela voltava vencida.

Ao transpor uma rua, lembrou-se de procurar:

— Mas aqui... Aqui estavam as fortificações!

Tiago deu os ombros:

— Eu também só agora estou reparando nesta mudança. Já nos deixam em paz os índios. Não havia razão para que restassem aqui, se a vila se prolongava para fora! Essas ruínas antigas só estavam a chamar desgostos. Não sei por que custaram tanto a acabar.

Depois... depois vieram os campos, e a vila se perdeu. Como fora fácil abandonar Piratininga!

Tiago, de longe em longe, mudava de jeito e passava a mão à altura do rim. A ideia da guerra o deveria possuir de modo absoluto, porque teve a ousadia de assegurar:

— Nesta noite que passou, o Caminho da Anta dizia bem. Contava sobre triunfos e alegrias.

Numa pequena parada, em que ela procurou consertar a correia que prendia as duas canastras, colocadas de cada lado da sela, lhe veio às narinas o odor do couro molhado no suor da besta. Rangeu os dentes e guardou para si a impressão: "Acho que vou vomitar esta terra inteira quando chegar ao mar".

Haviam melhorado o caminho. Tiago e Cristina, se bem que levassem pequenas canastras e baús, iam fazendo com facilidade a viagem. Já começava a descida da Serra. Encontraram-se os esposos com alguns conhecidos, que lhes perguntavam sobre a viagem. E o marido informava, sereno:

— A dona vai visitar o irmão. Vou embarcá-la e depois irei com Amador Bueno da Veiga.

Cristina sentia a ingratidão feri-la como uma força viva. E não dizia nada. Tantas vezes havia sido sua; no entanto, Tiago continuava, para ela, o homem desconhecido. Um mancebo do Reino, por mais mulherengo que fosse, haveria de apreciar melhor a dedicação.

Começaram as curvas, os desvios, os atalhos, as pedras mal seguras a deslizar para o despenhadeiro, que lhe abocanhara — havia um mar de tempo — a arca dos presentes. Na volta, ela se apeou menos. Tudo progredira, tudo melhorara, apesar da guerra. Menos ela. E voltava arruinada e infeliz, perdida de esperança e do gosto de viver.

Haviam levantado um abrigo — certa rudimentar hospedaria, quase ao fim da descida. Ali passaram a noite. Tropeiros cantavam, à luz das estrelas, canções tão primitivas que pareciam vindas do começo dos tempos. Eram gritos mais que cantigas. E eles participaram da natureza, tão bárbara, e tinham vozes para explicar os chamados da mata e o tremulejar das folhas. Seria impossível repetir aquele canto tão pouco humano.

Tiago estava a seu lado — crescido, porque mais magro —, e sua face longa se destacava contra o céu, que volteava até mais embaixo.

Olhando acima da cabeça do marido, ela viu um luzeiro de estrelas. "Está como gosta."

Fora combinado que eles sairiam com a alva, e assim se fez. Partiram com o sol a chamar ainda embaixo do mundo, em estrias vermelhas. Eles se achavam acima do sol, varejando um resto de serra, até alcançar a planície. Desatavam os pássaros dos galhos, aventurosos para o dia que vinha. O cheiro da terra coberta de orvalho e o distante odor do mar se casavam à fragrância das flores que se abriam, ávidas para a vida a principiar.

Cristina, empalidecida, levava a mão ao estômago. Vinham-lhe as tonteiras, mas não falava. E com firmeza concentrada procurava dominar o próprio corpo, invocando, desesperadamente, a vontade de reagir.

Veio um alto muro de taipa ao fim da descida. Um índio sonolento, coçando a cabeça, guardava o portal de dom Guilherme:

— Vosmecê quer entrar e descansar? — Tiago sorria.

— Deus me livre e guarde de tal coisa — respondeu Cristina, apressando o animal.

Quando a manhã rompia, toparam com viajantes para São Paulo. Eram um velho e uma jovem muito galante e faceira, fresca e alegre, a desvendar maravilhas e a rir com louçania para as coisas que se desdobravam em torno. Ao se cruzarem na estrada, descobriu-se o velho com muita distinção. E Tiago disse a Cristina:

— Eis aqui o juiz Domingos da Silva Bueno, que foi muito amigo de meu pai.

Cristina o saudou, sem encontrar nenhuma graça no encontro.

— Vim buscar minha sobrinha, que acaba de chegar no Capitão do Sul.

A moça olhava Cristina com a mesma curiosidade com que, tanto tempo decorrido, havia — ela própria — examinado as mulheres da Lagoa Serena:

— Ai, que raro! Que modas tão diferentes se usam por esta terra!

— Não gosta de meu vestido? — perguntou Cristina, aflita, pois que, ao tempo em que se preparava, pusera todo o gosto no vestido que mandara fazer por uma conhecida de Basília.

Enquanto o tio franzia o rosto, a moça, airosamente, sorria, balançando-se sobre seu animal, como quem se diverte:

— Ah, estas modas lá são já passadas! Meu tio, acho que vão fazer mofa de mim.

Cristina respondeu com certa formalidade:

— De vosmecê ninguém fará mofa.

Ao ouvir isso, o sorriso se transformou em desassombrada gargalhada.

— Vosmecê? Mas que trato tão estranho! Perdão, minha senhora, mas terei muito que aprender!... Vosmecê...

Tiago parecia encantado com a moça. E Cristina se cobria de vexame por aquela admiração tão descurada.

A sobrinha do juiz, leve de preocupações, só queria festejar a chegada:

— Esqueci-me de dizer-vos, meu tio, que El-Rei está para vir a estas bandas... Vem para pôr fim à guerra!...

— El-Rei? — Entreolharam-se os homens, com assombro. A rapariga prosseguiu:

— Vem, sim, acabar com a guerra. Mas, como tem muito que obrar no Reino, viajará em efígie... Sua Majestade virá em retrato a São Paulo...

Cristina, intempestivamente, se despediu, depois de dizer:

— Este capim está a cheirar tão mal... Vamos sair depressa daqui! Com perdão do senhor juiz, estes cheiros agrestes me perturbam!

Saudou rapidamente e deu com as rédeas, ativando o animal. Ainda ouviu a moça do Reino perguntar:

— Senhor meu tio, que quer dizer capim?

A agonia subia do estômago à garganta de Cristina. Cada vez se sentia pior. Tiago, cavalgando a seu lado, em breve notou a extrema palidez do rosto da mulher:

— Tu estás doente. — E segurou nas rédeas do animal em que montava Cristina. — Vamos descer aqui. Precisas descansar.

Cristina apeou-se, resguardou a boca, voltou-se de costas para Tiago, estando alguns momentos debruçada. Quando levantou o rosto, estava lívida, o canto da boca assinalado pela saliva. Quis fazer uma tentativa, montando a cavalo. Mas Tiago, com energia, forçou-a a se aquietar durante alguns momentos.

— Senta-te aqui — disse ele, mostrando uns galhos tombados à beira do caminho.

Ela se deixou docilmente levar e ali ficou sentada algum tempo, comprimindo a boca com o lenço, mais alguns instantes. E falou:

— Meu Deus, dai-me forças! Eu não posso mais!

— Que é que vosmecê tem, afinal? — perguntou Tiago.

— É o cheiro do mar. Esse cheiro de água podre do mar. De algas, que sei lá!

Ao falar em algas e água podre, sentiu mais forte a náusea. E se voltando, rapidamente, contra Tiago, baixou a meio corpo.

Tiago a observou, penalizado:

— Pobrezinha... Vosmecê adoeceu...

Então, depois que a fraqueza passou e o sangue de novo lhe ganhou a face, Cristina o mirou em desafio:

— Não sabia que eras tão bronco! Então não vês o que está acontecendo? — Ela se acabrunhava: — Não vês que eu não estou doente? Tu nunca viste uma mulher esperando... filho?

Tiago a enlaçou. Levara um grande susto:

— Mas por que não disseste?

— Porque eu queria... eu quero ir embora! Vou voltar para os meus. Tudo me repele aqui!

Ele ficou enlevado, num estado de alma onde lhe faltavam palavras. Sentia que não deveria, por coisa alguma, contrariar aquela valente mulherzinha que as águas do mar lhe haviam trazido do Reino:

— Tu podes ficar... até nascer a criança... Então tu irás em outro navio. Não demorará um ano... e virão novos barcos.

Cristina alimentou seu heroísmo. Esfregou as mãos geladas no rosto, querendo avivar a pele que sentia morta, querendo apagar a própria desfiguração que sabia em si. Num ímpeto, aproximou-se do animal e galgou-o, montando com rapidez.

Tiago acompanhou-a. A viagem prosseguiu. Agora quem monologava era Cristina:

— Então tu pensas que eu vou voltar para aquela sujeira?

Punha tenção em dizer um último desaforo a São Paulo do Campo de Piratininga, num debique de mulher, de criatura fraca desafiando um ser poderoso.

Quando já estavam na planura, novamente Cristina se sentiu mal. Sem que Tiago precisasse intervir, apeou e esteve caída em cima da grama que nascia à borda do caminho.

Tiago se acercou. Viu que as lágrimas lhe jorravam aos borbotões. Quisera Cristina volver a face, mas ele tomara nas mãos o rosto sofredor. Ele a animava com uma bondade aconselhada pelo próprio coração:

— Já estamos perto. Podemos dizer até... que já chegamos... Vosmecê sofreu tanto... Agora está bem, isto vai passar.

— Oh, Tiago — disse ela, atirando-se, por fim, a seu peito. — Eu quero voltar, mas sei que não suportarei a viagem. Eu morrerei com o balanço do barco e o cheiro do mar, e o cheiro das velas sujas... Não suportarei a comida velha! Eu vou morrer!... e atirarão meu corpo às águas...

Tiago afagava a cabeça da esposa, beijava-lhe a testa.

— Tão corajosa... vosmecê, tão corajosa... e agora não tem mais forças! É bem capaz que eu a tenha de levar de novo para... a sujeira... Vosmecê ainda não escapou de São Paulo do Campo de Piratininga!

Ela se lembrou de olhar, de procurar a "Piratininga bela" de Aimbé. E, na manhã ainda com resto de aurora, a enorme muralha encimada por nuvens gigantescas e coloridas a assombrou, com sua presença esmagadora e indômita.

Cristina assoou o nariz, desvencilhando-se, e estudou aquela barreira que trancava o horizonte. Em cima dela, as nuvens criavam a ilusão de infinitos castelos, de um casario imenso que se ajuntava, dourado, sobre a barra de sombra verde-escura.

Tiago a consolava. Mas Cristina não tinha consolo. Alisou a saia salpicada, sacudiu-a, desempenou-se e, com violência portuguesa nos olhos escuros, desafiou — com um longe de admiração — a visão enorme. Esteve assim um tempo, os cabelos soltos a lhe lamberem o rosto, tangidos já pela aragem do mar.

Tiago caminhou para ela, envolvendo-a com seus braços:

— Vou dizer-te uma coisa. As estrelas me haviam prometido alegria e triunfo. Não esperava que te fosses.

Ela ficou aniquilada no abraço. Iria voltar para aquele convento de mulheres. Seu marido partiria para a guerra. Seu filho nasceria na solidão. Seria capaz até de criar o fruto da infidelidade, como as outras mulheres desta terra incompreendida. Tiago havia dito que teria de levá-la novamente para a "sujeira". E ela... estava humilhada e rendida..., mas só por enquanto. Sua mão trêmula se elevou para a muralha. Já as nuvens não mostravam mais o mesmo contorno, e, no entanto, continuava possuída pela miragem:

— Com homens assim, assim loucos e teimosos, e mulheres tão atrevidas e obstinadas... sabes o que me veio agora à cabeça? Que esta sujeira... — e ela quase cuspiu de raiva naquele desafio à grandeza de Deus, mas se dobrou, cativa da imensidão — ... bem pode tornar-se, um dia, uma grande cidade.

# Sobre a autora

Dinah Silveira de Queiroz nasceu em 1911, na cidade de São Paulo, em uma família profundamente dedicada às letras: filha de Alarico Silveira, advogado, político e autor da *Enciclopédia Brasileira*; sobrinha de Valdomiro Silveira, um dos fundadores da literatura regional brasileira, e de Agenor Silveira, poeta e filólogo; irmã de Helena Silveira, contista, cronista e romancista, e do embaixador Alarico Silveira Junior; e prima do contista e teatrólogo Miroel Silveira, da novelista Isa Silveira Leal, do tradutor Breno Silveira, do poeta Cid Silveira e do editor Ênio Silveira.

*Floradas na Serra* é seu primeiro livro. Lançado em 1939, tem como personagem principal Elza, que viaja para Campos do Jordão para tratar-se de tuberculose, doença que na época tinha elevadas taxas de mortalidade no país, e se apaixona por Flávio, também em tratamento. Tornou-se de imediato um *best-seller* — a primeira edição esgotou-se em pouco mais de um mês. Após ser contemplado com o Prêmio António de Alcântara Machado, da Academia Paulista de Letras (1940), foi editado na Argentina e em Portugal. No Brasil, foi adaptado para o cinema em 1954, em filme estrelado por Cacilda Becker e Jardel Filho, e tornou-se um sucesso da cinematografia nacional.

Em 1941, publicou o volume de contos *A sereia verde*. Uma das histórias, intitulada "Pecado", foi traduzida para o inglês por Helen Caldwell e obteve o prêmio de melhor conto latino-americano, escolhido entre cento e cinquenta obras de ficção.

*Margarida La Rocque* (1949) logo despertou a atenção de editores estrangeiros. A personagem que dá título ao livro confessa sua história a um padre: a trágica profecia que precedeu seu nascimento, a mocidade cercada de cuidados e mimos, o casamento, até chegar ao ponto central da trama — o período em que foi abandonada em uma ilha habitada por animais e seres estranhos. Foi vertido para o francês, com o título de *L'île aux démons* [A ilha dos demônios], e recebeu da escritora Colette o elogio *"Le meilleur démon de notre enfer!"* [O melhor demônio do nosso inferno]. Foi também lançado na Espanha e no Japão.

Dinah Silveira de Queiroz

Depois de ter sido apresentado em capítulos na revista *O Cruzeiro,* o romance *A muralha* é publicado integralmente em 1954. O livro, que homenageia a terra onde nasceu, foi outro *best-seller.* Recebeu a Medalha Imperatriz Leopoldina por seus méritos históricos, e, no ano de seu lançamento, a autora foi contemplada com o Prêmio Machado de Assis, da Academia Brasileira de Letras, pelo conjunto de sua obra. *A muralha* foi por várias vezes objeto de adaptação no rádio e na TV brasileiros e lançado em Portugal, no Japão, na Coreia do Sul, na Argentina, na Alemanha e nos Estados Unidos.

*Os invasores* (1965) foi elaborado enquanto a autora morava em Moscou e retrata o período em que a cidade de São Sebastião do Rio de Janeiro foi atacada por corsários franceses, ressaltando a coragem da população — em especial das mulheres — ao enfrentá-los. Já *Verão dos infiéis* (1968) foi escrito enquanto ela vivia em Roma e aborda um relevante aspecto político com o qual o Brasil lidava àquela época: a ditadura militar. A obra de Dinah abrange romances, crônicas, contos, artigos e dramaturgia — e a ficção científica nacional teve na autora uma pioneira, uma vez que foi das primeiras a publicar dois livros de contos nesse gênero: *Eles herdarão a terra* (1960) e *Comba Malina* (1969), os quais a Instante compilou no volume *Dinah Fantástica: contos de ficção científicos reunidos — Eles herdarão a Terra e Comba Malina* (2022).

São também de sua autoria: *As aventuras do homem vegetal* (infantil, 1951), *O oitavo dia* (teatro, 1956), *As noites do Morro do Encanto* (contos, 1957), *Era uma vez uma princesa* (biografia, 1960), *A princesa dos escravos* (biografia, 1966), *Café da manhã* (crônicas, 1969), *Eu venho (Memorial do Cristo I,* 1974*), Eu, Jesus (Memorial do Cristo II,* 1977*), Baía de espuma* (infantil, 1979) e *Guida, caríssima Guida* (romance, 1981).

Em 1980, Dinah Silveira de Queiroz tornou-se a segunda mulher eleita para a Academia Brasileira de Letras (a primeira havia sido Rachel de Queiroz). Faleceu dois anos depois, em 1982, aos 71 anos.

# Sobre a concepção da capa

Conhecida como *Toile de Jouy*, a estampa que revisitamos surgiu na França, na metade do século XVIII, como alternativa aos *indiennes*, tecidos de algodão que ameaçavam as indústrias da época. Na cidade de Jouy-en-Jousas, o fabricante Christophe-Philippe Oberkampf desenvolveu o sistema de impressão e o estilo característico dos desenhos que retratam vida campestre, cenas burguesas ou marcos históricos com uma impressionante riqueza de detalhes.

O *Toile de Jouy* nos inspirou a retratar cenas que compõem a história épica de *A muralha*, ambientada no mesmo século XVIII. O estilo romântico é uma representação de Cristina. Trazida de Portugal para a realidade brutal da colônia, sofre ao ver que Tiago, seu prometido, não a aguardava no desembarque do navio. Já em Lagoa Serena, seus trajes refinados contrastam com a simplicidade das roupas femininas.

Também representamos Cristina e as outras mulheres se defendendo de um ataque de índios, pois os homens estavam em explorações à procura de riquezas, simbolizadas pelas pepitas de ouro. Nos detalhes, percebe-se a exuberância da flora e da fauna da Mata Atlântica, incluindo o papagaio Louro e a jaguatirica Morena. E, por fim, ilustramos a esperança para o casal tão diferente em suas origens, mas que se moldou por força do destino.